韓石泉【著】
韓良俊【編注】
杉本公子
洪郁如【編訳】

韓石泉回想録

医師のみた台湾近現代史

あるむ

韓石泉夫妻（1956年）

韓石泉お気に入りの家族写真。前列左から良平、韓石泉、良憲、荘綉鸞、良博、後列左から淑真、淑馨、良誠、良信、良俊、淑清（1951年ごろ）

各時期の韓石泉医師

青年時代（1920年代）

医学校時代
21歳（1918年）

働き盛りの頃（1930年代）

第一期省参議会議員時代（1940年代）

普段着で若々しい（1960年代）

64歳（1961年）

晩年（1960年代）

韓石泉、荘綉鸞の結婚写真
(1926年 3月31日)

韓石泉の妻の妹荘玉燕と頼雅修の結婚写真。韓石泉夫妻の少し後に結婚した

次女淑馨が結婚し、家族に新しい顔ぶれが増えた。前列右、淑馨とその長男の何明聡。前列左、娘婿の何耀輝とその次男何明道。二列目中央が韓石泉の岳母曾赤(1955年)

1962年旧正月に韓内科で撮影した家族写真。さらに五人の家族が増えた。前列右側が次男韓良信・李慧嫻夫妻、その長男信一と次男信仁。前列左、次女淑馨とその三男何明昌。後列中央二人は三男良誠とその婚約者の龔芳枝

矢内原忠雄夫人が台南を訪問。
左から三人目が韓石泉（1960年）

台南病院時代の院長、明石真隆教授。日本留学時代の恩師で、命の恩人でもある

杜聡明博士（前列右）と。前列左が韓石泉、子どもは末子良憲。後列左が妻の荘綉鸞

熊本留学中、義妹夫婦が新婚旅行途上で来訪。熊本市新屋敷町の自宅前にて。最前列左から、義妹の荘玉燕と夫の頼雅修、子どもは韓石泉の次女淑馨、次男良信、長女淑英。後列、右から荘綉鸞、三男良誠、韓石泉、同時期に熊本に留学していた台中の李祐吉医師夫妻、そして義弟荘洪樞（荘家の三男）。前列一番右は研究助手の大葉女史、左は台湾から連れてきた使用人

台南文化演芸会。二列目右から三人目が韓石泉（1927年 3 月28日）

台南文化劇団の演劇。舞台で共演しているのは韓石泉（右）と黄金火医師

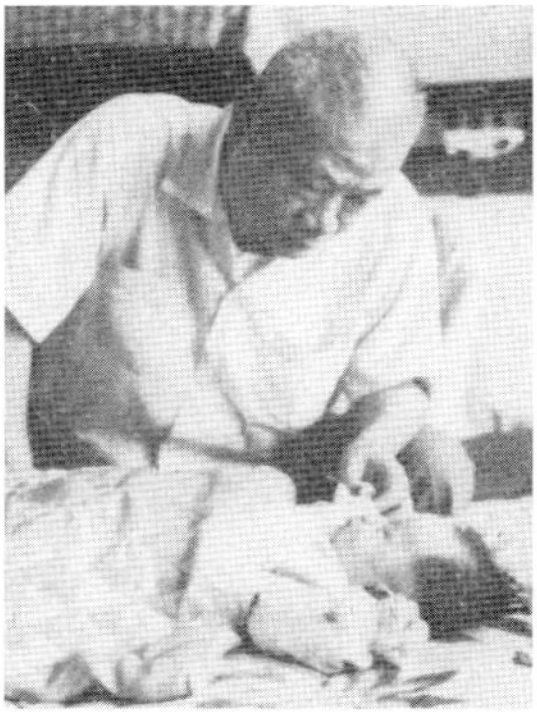

1959年 9 月24日、孫の信一が誕生。そばにいて、どれだけ見ても飽きない様子

親子三代で。孫の信一の誕生を祝い、韓石泉は即興で台湾語の詩を詠み、黒板に記した。本書第十九章第四節参照

新婚旅行

台湾服姿の新婚の韓石泉夫妻

診察の傍ら、一階の診察室の横に設けた書斎で、
書籍や新聞を読み、文筆に親しんだ

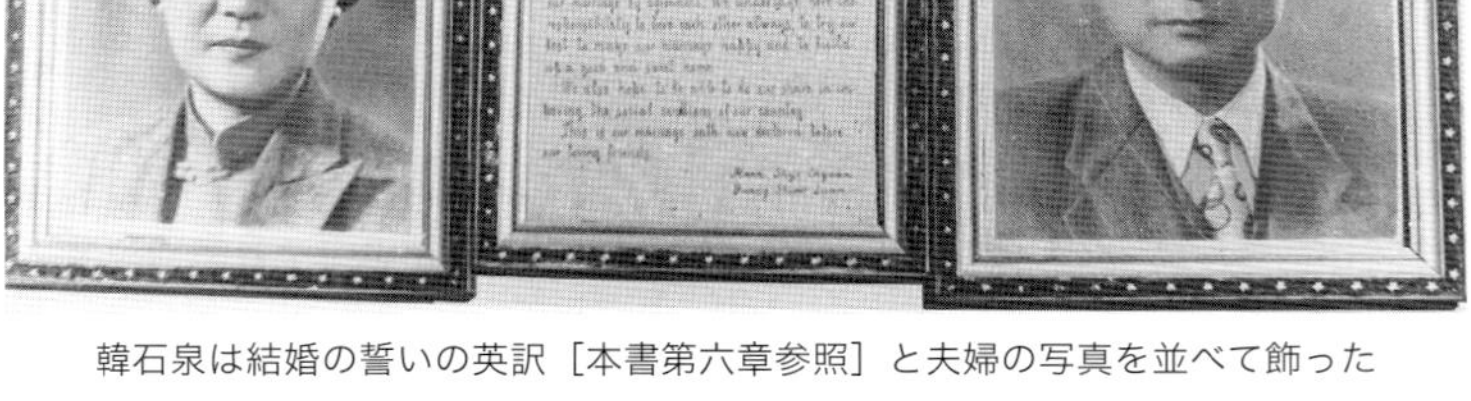

韓石泉は結婚の誓いの英訳［本書第六章参照］と夫婦の写真を並べて飾った

左から韓石泉、王受禄、蔡培火。三人は、台南における台湾文化協会の「鉄のトライアングル」と呼ばれた（1930年3月9日）

戦後、台湾赤十字社台南市支会長時代。スタッフとともに

梁加升ほか、陳、黄、張ら四人の出獄記念写真。二列目左から二人目が王受禄、三人目が韓石泉、右から二人目が林占鰲。最後列左から二人目が蔡培火（1928年12月28日）

日本の外科医犀川一夫（前列中央）がWHOから台湾に派遣されたとき、台南の韓内科で撮影した記念写真。後方左から二人目が良誠、五、六人目が韓石泉と荘綉鸞。右側二人は淑真と良俊。前列左から二人目は、同じくWHOから派遣された看護婦の鄧路徳女史（Ruth Duncan）

四女淑清が台湾大学心理学科を卒業した際の記念写真。これは韓石泉の家族との最後の写真となった。右から、良俊、淑清、荘綉鸞、韓石泉。左から、淑真、龔芳枝、当時の心理学科の学科主任である蘇薌雨教授、良誠。子どもは孫の信一（1963年6月）

韓石泉夫妻と四男良俊。嘉義の梅山にて

台南の安平古堡にて

義母曽赤の墓前にて。墓碑に刻まれているのは岳母頌。本書第十九章第四節参照（1959年）

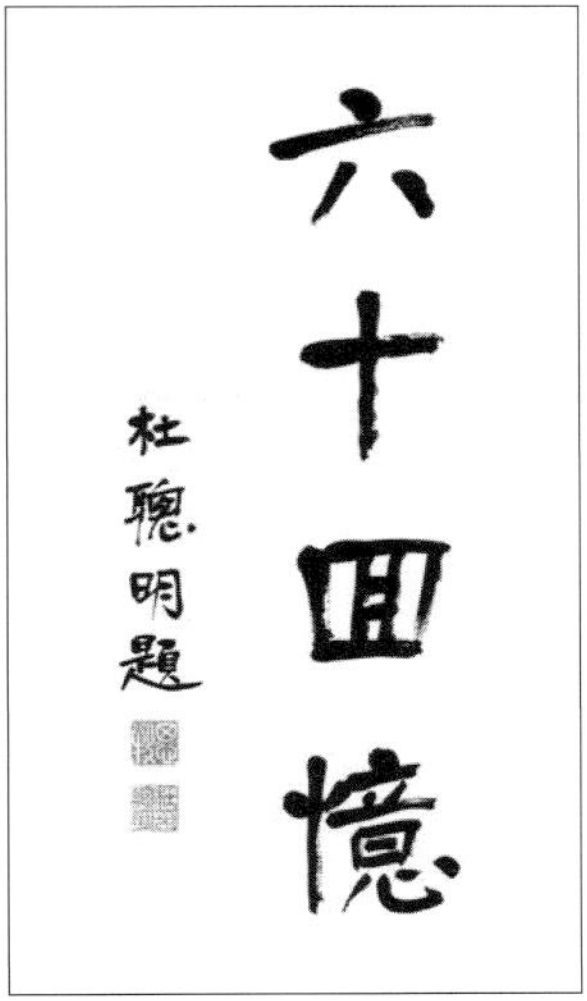

『六十回憶』題字　杜聰明揮毫

『六十回憶』初版（1956年10月25日印刷、同年11月４日刊行）の題字は韓石泉の台湾総督府医学校時代の先輩であり生涯の親友でもあった杜聰明博士の筆による。小篆体（右側）と楷書体（左側）があり、初版には小篆体が採用された。楷書体の題字は、台北県「三芝名人文物館」にて杜博士を紹介する資料として展示されたことがある

韓内科創業60周年を迎えた1989年（12月29日～31日）。台南の韓内科に韓家一族40数名が台湾と海外から一堂に会し、家庭礼拝で韓石泉を追慕

明石眞隆医師の墓前で「仰げば尊し」を歌う韓石泉医師の家族ら。右は明石医師の孫の隆吉さん＝熊本市黒髪

亡父、戦前に熊本で医学学ぶ

「日本人恩師に感謝」

台湾人遺族が来熊、墓参り

日本の統治下にあった台湾と戦前の熊本で、一人の日本人医師に学んだ台湾人医師の遺族が「父の恩人だった先生への感謝の気持ちを先生の子孫に伝えたい」と来熊。六日、熊本市にいる孫と対面し、墓参りを果たした。

故明石眞隆医師

「先生」は熊本医科大（現熊大医学部）学長も務めた明石眞隆医師（一八八二―一九六六年）。明石医師に学んだのは韓石泉医師（一八九七―一九六三年）。対面したのは明石医師の孫で熊本市医師会ヘルスケアセンター所長の明石隆吉さん(58)と、韓医師の次男・良信さん(75)らきょうだい五人とその家族計十一人。

隆吉さんや良信さんによると、内科医の明石医師は大正期に台湾に派遣され、二六（昭和元）年ごろまで台南の病院長を務めた。韓医師は二二年まで四年間、同病院に勤務した。当時、日本人の間には台湾人をべっ視する風潮もあったが、明石医師は韓医師の腕と熱意を買って助手に登用、一部診察も任せたという。

明石医師の帰国後、韓医師はさらに医学を研究するため家族を連れて熊本医科大に留学、明石研究室で学んだ。在熊中、病に倒れ一時は重篤となったが、退官した明石医師が開業する病院で一命を取り留めたという。

韓医師は日米開戦前に台南に帰り、開業医として故郷に貢献。子どもらも十一人のうち五人が台湾や米国で内科や小児科、歯科医になった。

「父は常々、先生への感謝の思いを語っていた」と良信さん。家族も明石医師への恩を忘れず、四年前から熊本の関係者を頼るなどして明石医師の家族を探していた。隆吉さんには昨年七月、柏木明元県医師会長らを介し連絡が入り、この日の対面が実現した。

一行は熊本市上通町のホテルで会食し、互いの祖父と父について語り合った。同市黒髪にある明石医師の墓では良信さんらが「仰げば尊し」を合唱、感謝の思いをささげた。韓医師が開いた医院を継ぐ三男・良誠さん(73)は「先生に学んだことを父から教わり、私たちも一人前になれた。父の命の恩人でもある先生のおかげです」と墓前に伝えた。

隆吉さんは「祖父から韓医師の話を聞いたことはなく、初めて知った。ここまで恩を感じてもらい、ありがたい。祖父も喜んでいると思う」と話した。（中村勝洋）

韓石泉の恩師である明石真隆医師への墓参と子孫の交流を報じる記事
（『熊本日日新聞』2008年4月7日朝刊）

日本語版によせて

韓良信

私たち兄弟姉妹は、父韓石泉《かんせきせん》（一八九七―一九六三）の自叙伝『六十回憶』（第三版、二〇〇九年）の出版以来、いつか日本語版も完成させたいと思っていた。日本の多くの友人からも、父と恩師の方々との関係と時代背景をもっと詳しく知りたいとの要望があった。父は医師であり、また台南市選出のただ一人の台湾省参議会議員でもあり、半世紀にわたる日本統治が終わった後まもなく起こった一九四七年の二・二八事件では命を賭して台南市民を大虐殺から救ったにもかかわらず、日本では長らく蔣介石政権下の歴史的大虐殺事件はまったく封印されていた。また日本の台湾史研究者にも父の功績が正当に評価されているとは思えない現実に、私たち兄弟姉妹はなんとしてでも父の自叙伝の日本語版を世に出さねばならないと思った。ところが適当な翻訳者が見つからず、途方に暮れていた。しかしながら一橋大学の洪郁如教授にお願いすることは、迂闊《うかつ》にも長い間全然思い付かなかった。洪氏との文通の始まりは氏の『近代台湾女性史』（勁草書房、二〇〇一年）に父と母の結婚式のことが、当時の台湾において画期的であったと載せられていたことがきっかけであった。この文献は氏の東京大学博士論文でもあり、氏が台湾史研究者として非常に公正であることと、氏の日本語の表現力が優れていることは一読瞭然であった。ある朝、目覚めた途端にこのことに気が付き、早速メールで打診したら、折り返し快諾のお返事をいただいた。まさに欣喜雀躍《きんきじゃくやく》!と喜び勇んだが、洪氏は御謙遜にも自分は日本語が母語ではないので、親友の杉本公子氏との共訳にされたいとのご希望であった。実に「小町にえくぼ」である。案の定、適訳が見つからないたびに、杉本氏は名訳を考え出しては、難局を打開してくださった。お二人は五年の月日をかけて微に入り細にわたって、誤訳のないようにと、推敲に推敲を重ねられた。しばしば完璧主義者と評されている私から見ても「想定外」の一句に尽きる。両氏の熱意にはただただ頭が下がる。また第三版のいくつかの注の間違いをこの日本語版で訂正していただけたことも誠に感謝に堪えない。

父は平和主義者であったものの、異民族統治には毅然とした姿勢を貫いた。司馬遼太郎氏の表現を拝借すれば「個人と尊厳の象徴である姓名でさえとりあげ（る）」（『季刊三千里』第四十号、一九八四年十一月一日刊）ような日本政府の植民政策に反対したのであった。しかし、父の最も尊敬していた人たちは、私の知る限り、明石真隆、内村鑑三、胡適、堀内次雄、矢内原忠雄、Louis Pasteur、Albert Schweitzerの諸氏（漢字名は五十音順、その他は姓のアルファベット順）で、日本人が過半数を占めている。日本の読者の方々には特にこの点に留意していただきたい。

父は中国国民党の一党独裁政権下でも、凛として節を曲げなかった。一九四七年十一月の国民大会代表選挙に、中国国民党の悪辣かつ卑劣な手段によって、惨敗を喫した後も、信念を曲げず、従来どおり社会福祉、教育と医療などに専念していた。父の親友で当時政務委員（無任所大臣）だった蔡培火氏を通じて、官職への誘いが数回あったが、父は知らぬ顔の半兵衛を決めこみ通した。仕官の意思は毛頭無かったのである。況《ま》してや政治道徳のまったくない中国国民党下での仕官はもってのほかであった。

しかし蒋介石のあまりにも専横な統治を見るに見かねて、一九六一年十月十日、中国国民党のいわゆる「国慶日《こっけいじつ》」に、十四年来の沈黙を破り、政府主催の式典にて、堂々と、「国内外の情勢とわれわれの覚悟」（「国内外情勢和我們的覚悟」）と題する講演を行い、同時に講演原稿を聴衆に配った（荘永明著『韓石泉医師的生命故事』台北：遠流出版社、二〇〇五年、三九九—四〇四頁参照）。善意で建設的とはいえ、白色テロ時代においては危険を犯しての建白であった。当時の台湾がおかれていた国際情勢、政治、社会、教育全般に入れた鋭い批判のメスが逆鱗に触れたのであろう、直ちに「特務」を使わして脅迫してきた。しかし父は無言の抵抗で危機を乗り切った。

私たち兄弟姉妹は、心から愛する父の事績が、正しく伝わることを強く念じている。また私たち兄弟姉妹が育った建物（「家」と言いたいのだが、近年台湾の経済発展に伴い再三の増改築で面目一新している）が二〇一六年三月十七日に台南市文化局から「歴史的人物の旧居」に指定されたことを誇りに思う。父の戦前、戦中、戦後、特に一九四七年に起きた台湾史上最大の惨事二・二八事件において、父の身命を賭した台南市での平和的解決をも含めて、終生台湾の社会福祉に貢献したことがようやく公認されるようになったのであろう。このことに最善を尽くし、かつ父の遺志を継いで、長年台湾の社会福祉や教育に尽力している弟たち良誠と良俊にこの場を借りて敬意を表したい。特に父が亡くなってから半世紀以上、われわれ兄弟姉妹の教育、健康など各方面で常に面倒を見てくれている良誠、芳枝夫妻には、嫡男として、なんと礼を言えばよいのか解らない。

また、父の恩師でありかつ命の恩人でもあった明石真隆教授のお孫さんたちの捜索に、大勢の方々のご協力をいただいた。特に故人となられた吉沢久子さん（旧姓時任、台南市花園小学校時代からの家内の親友）と河北治子さん（熊本市錦ヶ丘教会信徒）、そして野口忠子伝道師（当時、日本キリスト教団鹿児島教会応援伝道師)、川島直道牧師(当時、日本キリスト教団熊本市錦ヶ丘教会)、小田切邦雄医師(放射線科、横浜市)、阪口薫雄教授(当時、熊本大学医学部)、柏木明医師(前熊本県医師会会長)の諸氏には、並々ならぬご尽力をいただき、私たち兄弟姉妹は心の底から感謝している。
洪郁如、杉本公子両氏による日本語版の出版に、父も天国で喜んでいることを信じつつ、この辺で筆を擱《お》かせていただくこととする。

二〇一七年六月　米国カリフォルニア州アーバイン市にて

韓石泉回想録——医師のみた台湾近現代史　目次

I　六十回憶——韓石泉医師自伝　韓石泉　15

II 韓石泉を語る 231

凡例

1　韓石泉による『六十回憶』は、一九五九年に初版、一九六六年に第二版がともに私家版として出され、二〇〇九年に第三版が望春風文化出版社から改めて刊行された。それぞれの版には多少違いがあり、初版は『六十回憶』、第二版にはそれに「六五続憶」と「診療随想続誌」が付録として追加された。第三版では、「診療随想続誌」のかわりに、『韓石泉先生逝世三周年紀念選輯』（一九六六年）の一部を抄録しているほか、家族の追悼文も収録している。そして、最大の特徴は何といっても、編集者である韓良俊氏によって四五四に及ぶ注が付されたことである。この日本語版は、その第三版を底本としている。

2　第三版『六十回憶』に収録されている友人や家族から寄せられた文は、この日本語版においては、韓石泉の回想録の後ろにまとめて付した。各章および寄稿文のタイトルは、読者の便宜をはかり若干の変更を加えた。また、親子三代の家系図と年表、索引を付し、本書に登場する主な場所についての地図も添えた。

3　第三版『六十回憶』の注は、①中国語や台湾語についての読みや意味の説明、②台湾の読者に向けての韓良俊氏ご自身のコメント、心境、感情、③時代背景、人物、固有名詞などについての説明に分けられる。本書に付した注は全て『六十回憶』第三版によるものである。ただし日本での出版という性質上、注は③を中心とし、①については必要な範囲内で本文中に反映させた。また韓良信、韓良俊両氏による若干の加筆修正を行った。②については、紙幅の関係上すべてを掲載することができなかった。しかしながらこれらは、戦後台湾政治を理解するもう一つの視点を提供してくれる非常に貴重なものである。ぜひとも第三版の原著を手にしていただきたい。

4　表記法について

・文中の（　）は第三版『六十回憶』によるもの、［　］は訳注である。
・人名を含め旧字体は原則として現行の字体に改めた。
・〝光復〟〝本省〟という中国語は、特殊な文脈ではそのまま残し、それ以外については、原則としてそれぞれ「終戦」「台湾」と訳した。
・日本統治期の地名、組織名などは、戦後から現在に至るまで名称の変更を繰り返してきた。初版、第二版、第三版では、それぞれの出版時期の名称が（　）で付されていた。しかし、二〇一七年現在すでに改称されたものも多く、今後もさらに変更が予想されるため、日本語版では基本的に省略した。
・日本統治期の貨幣制度については、台湾民間の慣習によるものと統治当局が公式に導入したものが共存しており、その様子は『六十回憶』でも見られる。日本語版では前者を後者に換算した金額を［　］で示した。
・年齢については、いくつかの表記法が混在して使われており、本篇は原文表記に従い、年表は満年齢とした。

韓石泉家族略系図

- 韓子星 ― 曾潤
  - 韓石頭（石岩）
  - 韓揚治
  - 韓石泉 ― 荘綉鸞
    - 韓淑英
    - 韓良哲
    - 韓淑馨
    - 韓良信
    - 韓良誠
    - 韓良俊
    - 韓淑真
    - 韓淑清
    - 韓良博
    - 韓良平
    - 韓良憲
  - 韓石福
  - 韓石爐（石麟）

台南市市街図・広域図

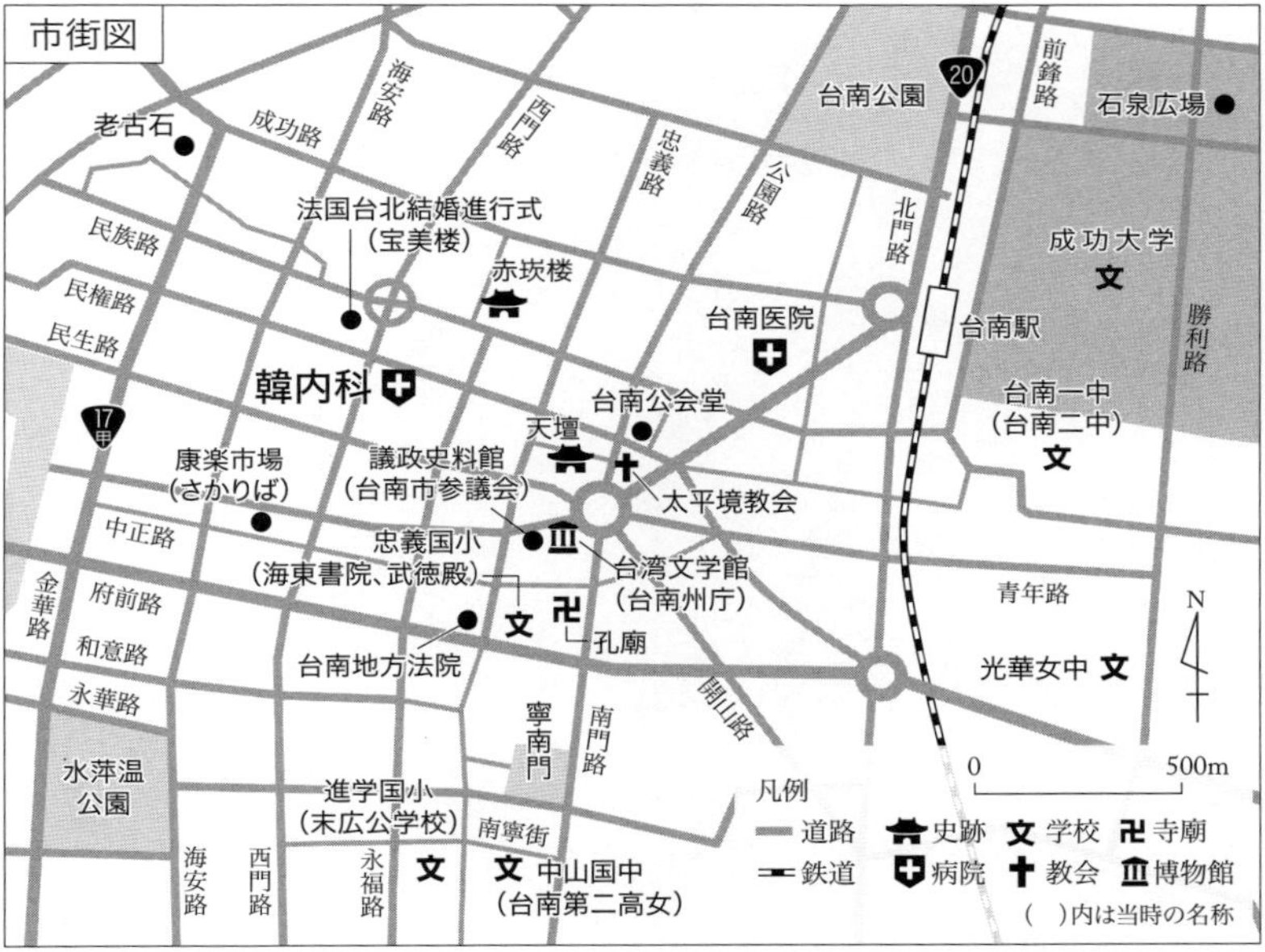

市街図
台南公園
前鋒路
石泉広場
老古石
成功路
海安路
西門路
忠義路
公園路
北門路
法国台北結婚進行式
（宝美楼）
赤崁楼
民族路
民権路
民生路
成功大学
台南駅
台南医院
勝利路
韓内科
台南公会堂
台南一中
（台南二中）
天壇
康楽市場
（さかりば）
議政史料館
（台南市参議会）
太平境教会
中正路
忠義国小
（海東書院、武徳殿）
台湾文学館
（台南州庁）
金華路
府前路
青年路
孔廟
和意路
台南地方法院
光華女中
永華路
開山路
寧南門
南門路
水萍温公園
進学国小
（末広公学校）
南寧街
海安路
西門路
永福路
中山国中
（台南第二高女）
0
500m
N
凡例
道路
史跡
学校
寺廟
鉄道
病院
教会
博物館
（ ）内は当時の名称

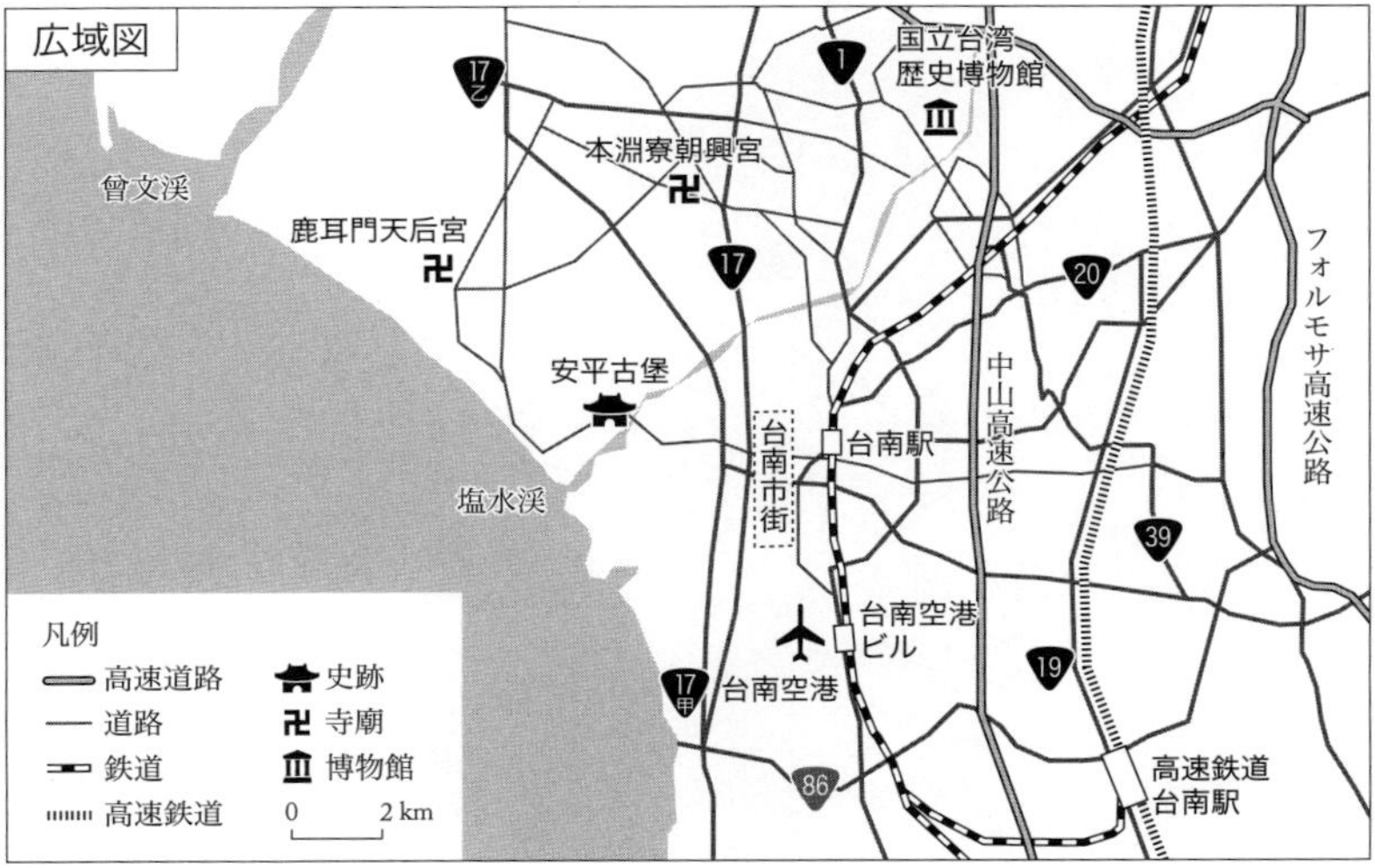

広域図
国立台湾歴史博物館
曾文渓
本淵寮朝興宮
鹿耳門天后宮
安平古堡
台南市街
台南駅
中山高速公路
フォルモサ高速公路
塩水渓
台南空港ビル
台南空港
高速鉄道台南駅
凡例
高速道路
道路
鉄道
高速鉄道
史跡
寺廟
博物館
0
2 km

I

六十回憶——韓石泉医師自伝

韓石泉

はしがき

日本時代、私は祖国に思いを馳せ、その気持ちは自ずと文中に滲み出た。大正十二〔一九二三〕年十二月、「治安警察法」に違反したという名目で台湾〔総督府〕当局による家宅捜索を受け、五冊の日記が〔台北地方法院〕検察局の予審廷（預審庭）での取り調べのために持ち去られた。これに精神的打撃を受け、以来、失意落胆して再び日記を書くのが億劫《おっくう》になった。私に関わる取り調べは某女史にまでおよび、彼女は刑事尋問を受けたが、その理由というのが、かつて私と書信のやりとりをしたことにあった。日記は事案が結審するとすべて法廷から返還された。しかし、民国三十四〔一九四五〕年三月一日午後一時、連合国軍による台南市爆撃で、不幸にも、ほかの全家財とともに灰燼《かいじん》に帰してしまった。

もう一度日記をつけようと思いながらも、医療業務の多忙さから筆を執る暇がなく、またたく間に十年が過ぎてしまった。最近、小学校三年生に進学した末子の良憲[2]が、若干九歳ながらも毎日自分から日記をつけていることに心を動かされた。もしこれを続けていき、きちんと保存できれば、出来映えなどとは関係なく、一生の実録となるに違いない。私は還暦を迎えた。普段は身を引き締めて自分を励まし、業績がないことを恥じてはいるが、実のところ、経済、家庭、環境、境遇の面での困窮のため、長所を発揮することができなかったのだ。最近、親友である杜聡明《とそうめい》兄が送ってきた『杜聡明言論集』を受け取り、それに心動かされるにつれて思った。自分の余生はあといかほどかと。もし、これまでの言行を覚えている限り記録して後世に残すことができればどうであろうか。たとえこの人生に輝かしい功績がなくとも、ありふれた日常で成し遂げた業績に検討を加えることも、まったく意味がないわけではあるまい。ましてや今日の欧米の偉人であるチャーチルやトルーマンの回想録と肩を並べようなどと思ってはいないのであるから[3]。

注

（1）日本時代の蔣渭水や韓石泉などの非武装抗日人士は、台湾が割譲の憂き目に遭って間もなかったことと、いわゆる「同文同種」であるとの認識から、多くの者が反日感情とともに「祖国」を偲ぶ気持ちを抱く傾向があった。

（2）韓良憲。一九四七年生まれ。韓石泉の十一人の子どもの末子、七男。ハワイ、ホノルルの内科医師。

（3）『六十回憶』は、一九五六年十月二十五日に刊行された。その書が世に問われて四十九年、韓石泉の没後四十二年となる二〇〇五年に台湾の歴史文学作家の荘永明が、『韓石泉医師的生命故事』という伝記を遠流出版社から出版した。

第一章　誕生と少年時代

私は日本が台湾を領有した翌年の民国前十五（丁酉《ひのととり》）［一八九七］年の旧暦十月二日(1)に、台南に生まれた。今は亡き父の斗華は、災難をさけてアモイへと逃げ延びたとき、飲んだ泉の水が甘かったため、それを記念して私に「石泉」という名をつけた。私も「石の上に湧き出る清い泉」の意味を持つこの名を気に入っている(2)。

日清戦争で負けると、清王朝は領土を割譲して講和を求め、割譲対象の地となった台湾の志士たちは一斉に立ち上がり反抗した。しかし、大勢はすでに決していて孤立無援となり、屈辱に涙をのんで日本軍の蹂躙に任せることとなった。当時、他民族の支配に帰順することを望まない者は、次々と大陸へ逃げていった。父もまた、日本軍が台湾に上陸する［一八九五年五月二十九日］前に家族を伴ってアモイへと逃れた。そのため幸いにも無事であった。というのも、聞き及んだところによると、逃げ遅れた者は日本軍が入城したときに強姦、連行、虐殺などされ、日本軍はまさに悪事の極みを尽くした。中には発見されるのを恐れるあまり、声を出して泣く赤ん坊をあろうことか泣く泣く絞め殺す者さえおり、実に凄惨きわまりない悲劇であったという。そしてこれは台湾人にとっての異民族統治の始まりでもあった。

その年の冬、父は家族を引き連れてアモイから台湾に帰り、台南の孔子廟の真向かいに居を定めた。当時、台南第一公学校は孔子廟内に設けられており、私は毎朝鐘の音を聞くと裏門から登校した。五年生になると隣の海東書院に校舎が移転したため、そちらへ通うようになった。卒業したときは十四歳、民国前二（明治四十四）［一九一一］年の春だった。

1901年、韓石泉（左から三人目）4歳、両親と兄の石岩、姉の揚治、上の弟石福との家族写真

父は台湾に帰ってからしばらくは、相応な就業の機会に恵まれなかった。家計を維持するのが困難で、毎日ただしきりに溜息をついていた。今は亡き母は、嫁入り道具をすべて質に入れるか、売ってお金に換えた。また、ひそかに知人に頼んで借金をし、暮らしの支えにした。しかし、父が苦慮するであろうと父には決して知られまいとした。母の賢明で貞淑なこと、貴く得難いことこの上ない。やがて父もうすうす感づいたようだったが、たとえ貸し主が家まで取り立てに来ても、しばしば仮病を使って出ていかず、母が一人で対応した。本当に、泣くに泣けず笑うに笑えない、どたばた喜劇であった。

母が父と婚約したのは、すべてその父（外祖父の曾師魯）の意によるものだった。ちょうど父は家運が没落して貧乏な書生となっていた。外祖父はその才能を耳にするとすぐに娘と婚約させ、父が福建省に赴いて郷試《きょうし》［科挙の一部で、受験には秀才（生員）の資格が必要］を受験することを金銭的に援助した。しかしながら惜しくも不合格となった。その後日本が台湾を領有し、ほどなくして外祖父は世を去った。母の兄は無理やり婚約を破棄しようとしたが、母はその父の命に違《たが》わず、断固結婚に踏み切った。

結婚後は艱難辛苦《かんなんしんく》をなめつくしたが、母は愚痴をこぼしたことがなく、夫婦は円満で意見の相違が起きたこともなかった。まさに互いに尊敬しあっていただけのことはある。父が病床で苦しんでいるときには、母は煎じ薬を作り休むことなく世話をし、時には父の退屈さをしのぐために四書［儒教の根本経典とされる『大学』『中庸』『論語』『孟子』の総称］を諳《そら》んじたりした。母は記憶力が特によく、四書の注釈に精通していた。それはおそらく、幼少期にその父が励ましのごほうびを用意したことが効を奏したのだろう。そのうえ、母はすべての祖先、親戚の誕生日と命日をどれもしっかりと覚えていて間違えたことがなく、その聡明さのほどがここからも見てとれる。

その後、父は私塾を創設した。名を「尚志斎書房」といい、所在地は天壇の中で、多くの生徒が集まった。開設から数年して日本政府により強制的に移転させられたが、その理由というのが、公学校との距離が非常に近く、日本語教育の妨げとなるからというものだった。そこで仕方なく市の中心街を離れ、人も少なく不便な「老古石」(3)地区へ移転した。そこは父方の叔父の家からほど近かった。父の名は子星で、字は斗華、叔父の名は子明で字は邦光(4)といい、ともに清の光緒年間、己丑《つちのとうし》［一八八九年］に科挙試験の秀才に合格した。父は第三位で叔父は第十七位に名を連ね、兄弟ともに合格したことは一時美談として広く伝わった。父は骨身を惜しまず苦労に耐え、事の大小にかかわらずすべてを必ず自分で行った。また品行方正で節操を持して汚れがなかった。家の中は和《なご》やかで、それは、母の善徳に頼る部分もあったが、父の愛が一筋であったことにもよった。

私は七歳のとき重慶寺の私塾の蔡先生から学び初めの儀式である開筆之訓を受けた。お香と蝋燭《ろうそく》、赤く殻を染めたゆで卵などの供物を携えて、先生に見《まみ》え、孔子像にひざまずいて拝礼した。それから蔡先生が私の後ろに立ち、赤いゆで卵を私の後ろから前に向かって転がし、その転がる勢いのよしあしで聡明か愚鈍かを判断したのをまだ覚えている。蔡先生にはアヘン癖(5)があり、私に『三字経』(6)の最初の四句を授けると、悠々とアヘンを吸う寝台に横になり、一人で煙を吸ったり吐いたりしてアヘンをふかし、しばらくすると大いびきをかきだした。私は呆然自失《ぼうぜんじしつ》し、いつになったら自由をとりもどせるのかわからず、思わず悲しみがこみあげてきて大声を出して泣いた。蔡先生は急に驚いて目を覚まし、少しの間私をじっと見てから、入門したてであったため叱ることもせず、とりあえず慰めた。しばらくすると兄が来て、やっと私を連れて帰ってくれた。父は私がまだ幼いのを思ってか、また学びに行くよう強いたりはしなかった。

翌年［一九〇六］八歳となった私は、［台南］第一公学校（台南師範附属国民学校の前身）に入学した。修業期間は六年だった。校長の鈴木金次郎は、台湾語が少しわかる方だった。先生方の中で比較的印象深かったのは、五年担任の井上徳造先生と六年担任の下川高次郎先生、そして、漢文の王鐘山先生（王受禄氏の父）である。生徒たちには年齢の隔たりがあり、年上の生徒はすでに異性のことを意識し始めていたため、放課後ときどき女子生徒をからかい、時にはみだらな歌が聞こえてきたこともあった。彼らは先生に厳しく処罰されても改悛せず、校内をわがもの顔で闊歩し、弱い者いじめをした。私もいじめられた者のひとりで、今でも思い出すと恐ろしくなる。
ある日、私は同級生に背中を殴られて怪我をし、急いで家に帰って泣きながら母に話した。母は私を連れて学校に行き、担任の井上先生に「子どもがどうしようもなく動転している」と、台湾語と日本語が入り混じった言葉で殴られた状況を訴えた。この事件の印象は大変強く、四十数年たった今でも忘れることができない。当時、公学校の先生の指導監督の方法は生徒に体罰を加えることが多く、拳《こぶし》や足で殴ったり蹴ったりすることが当たり前だった。できの良くない生徒の脛は、いつも蹴られて出血し、そのうえ鞭打たれて頭は腫れ、背中も青あざになっていた。まるでこれ以外に良い方法がないかのようだった。しかし生徒の中にも悪事をはたらくばかりで悔い改めようとしない者もおり、「土匪」や「肉弾まな板」とあだ名され、その品行の悪さは実に目を覆うばかりであった。教員の中でも井上先生は最も温厚な方で、殴る代わりにつねることが多かった。それを女々しいと嘲笑《あざわら》う人もいたが、私は先生の並々ならぬ心配りに感服した。

ここではあらためて、父が天壇に開設した私塾の様子について述べよう。私が第一公学校に入学した後、父は天壇経文社のなかに私塾を設け、十数名の生徒を受け入れた。そこでは、『三字経』、『千字文』、『四書』、『幼学瓊林《けいりん》』、『左伝』、『古文』、『唐詩』、『詩経』、『書経』、各種尺牘《せきとく》〔書簡〕、珠算、書道などの授業を行った。使用した書籍は生徒の程度によって異なった。暗唱、解釈、作文、習字、手紙を書くことなどが必須の課題で、商家の子弟には商業用書信の書き方を教えた(7)。反応の鈍い生徒、忘れっぽい生徒には、理解できるように順序立てて教え導いた。素行がよくない生徒に対しては、物差しで尻を叩いたり、罰として跪《ひざまず》かせたりと厳格で、実の息子と娘も例外ではなかった(8)。毎年、孔子の生誕日には劇を上演して宴会を開き、とても賑やかだった。
公学校の放課後、私は父の私塾で勉強した。私の漢学の基礎はこの時期に築かれた。記憶力には非常に自信があり、そのうえ繰り返し復習したので、『左伝』や『四書』のような長編の古典も、全部すらすら暗唱できた。当時、廟主［道教寺院の祭祀・庶務などをつかさどる者］を務めていた壬癸叔父は、「私の息子だったら、毎日豚肉一斤買って食べさせてやるぞ」と私に冗談めかして言った。これには言外の意味も含まれていた。[9] 数年後に公学校を卒業したときには、『三国演義』、『西遊記』、『東周列国演義』、『西廂記』、『水滸伝』などの小説は全部理解できた。しかし、『二度梅』やほかの恋愛小説は父に禁じられたため、寝る前に蚊帳の中で盗み見しなければならなかった。[10]
父は、昼は天壇、夜は自宅で塾を開設した。その後、日本政府が方針を変えて同化政策を実施したため、公学校の漢文科目は廃止され、私塾も禁止された。父の私塾も当然閉鎖の目に遭った。市街地から少し離れた老古石に引っ越し、ふたたび私塾を開設して授業を行った。しかし、不幸にして民国五［一九一六］年、父は私たちを残して他界した。享年四十九歳であった。ああ、悲しい哉《かな》。
私は五年生の在学中、赤痢にかかった。体力が続かず何度も気を失った。粘血便が一日何十回にもなり、「渋《しぶ》り腹《ばら》（裏急後重《りきゅうこうじゅう》）」という重い下痢の症状に苦しめられ、半年近く、病床に伏してばかりだった。市内の三人の医師に診てもらったが、いずれからも不治の病と診断された。その後、台南医院に入院した。当時、台南医院は山《やま》病院と呼ばれており、院長は氏原均一氏であった。同室の患者は私を含めて四人だったが、数日も経たないうちに三人とも相継いで命を落としたので、私は怖くなって、あわてて退院した。幸いにも氏原院長のご厚意による特別な取り計らいで、高再祝先生[11]が毎日自宅まで往診してくださり、数カ月後、幸運にも快癒した。当時の医薬はまだ発達していなかったため、私がかかったのはアメーバ赤痢[12]だったのか細菌性赤痢だったのかは定かではない。特効薬もなく、病を克服するには体の抵抗力によるしかなかった。私が平癒できたのは、まったく天の助けによった。

　病後は枯れ木のようにひどく痩せていた。闘病の半年は、練乳とお粥だけで栄養を摂り、気力をつないだ。長い時間をかけてようやく回復したが、頭髪はほとんど抜け落ち、残ったわずかな髪の毛を編んで、うなじまで垂らした。この滑稽な格好で登校したため、同級生たちの物笑いの種になった。本当に、生まれてから精神的に一番やりきれなかった時期であった。

　私の入院中、母は纏足《てんそく》で歩行困難にもかかわらず毎日何回も様子を見に来た。父方の二番目のおばは、私の病床の横で敬虔《けいけん》にお経を唱えた。声がまだ耳に残っているが、もう約半世紀も前のことであるとは。二人は相前後してこの世を去った。百年は一瞬の如く、万事絶えず変化して推し量れず、人生の無常さ、かくのごとし。私が病気にかかったとき、学校は布告を張り出して、私のようにむやみに食べ物に手を出さないよう生徒たちに警告した。当時、青マンゴーが旬を迎えて大量に出まわり、私の大好物であったため、毎日父から小遣いをもらって買って食べていた。小さい頃に食いしん坊だったせいで悪い病気にかかってしまった。今思うと慄然《りつぜん》とするばかりである。

　当時の公学校では、最初、漢文の科目が設けられ、平易な漢文を教えた。授業は週にわずか数回しかなかった。漢文の先生は王鐘山先生であった。先生は慈愛にあふれる穏やかな性格で、生徒に体罰を加えたこともなく、逆に不良生徒にからかわれた。新しい課に進むときには、必ず私を指名して音読させた。そのため私は一部の生徒に嫉妬された。事あるごとに嘲笑われ、身の置きどころがなく、いつも彼らを避けた。あのときの行き詰まって苦しかった状態を言い尽くすことはできない。少年時代にあらゆるいじめを受けたため、自分でも屈辱に耐える精神力は強いと思う。こうした経験は大いに私に益した。もう一人の漢文の先生は、今も心が大変若い、古稀を迎えられた許子文先生（許仲熹氏の父）である。

昔年《せきねん》の校友は、卒業当時六十三名だったが、現在は四十名もいない。しばしば会食して往事に思いを馳せ、今昔《こんじゃく》の感に堪《た》えない。薛増益君は桂友と号し、詩作する。かつてその情景を即興で詠んだことがあった。記念にここに書き記す。

還童宴

聊設還童宴　芸情五十年
談心浮緑蟻[13]　掻首問蒼天
友聚無憂島　詩吟不老篇
小陽春日暖　酔裡話桑田

癸巳《みずのとみ》［一九五三年］聖夜　桂園にて[14]

1966年に出版された『韓石泉先生逝世三周年紀念専輯』の題字はこの杜聡明博士の筆によった。本書には同書から何篇か抄録している

注

（1）この日付は調べた結果、一八九七年十月二十七日である。日本が台湾を領有したのは一八九五年であるため、韓石泉が誕生した年は、「日本が台湾を領有した二年後」とすべきである。

（2）韓石泉は韓家の二男で、上には長男の石頭（別名石岩）と、姉の揚治がおり、下には弟が二人いて、それぞれ石福、石爐（別名石麟）といった。彼らの名前については当時いぶかしがる人も少なくなかった。というのも、韓家の父、子星（字は斗華）は学問も博識な秀才という科挙試験合格者で、母の曾潤も四書五経に通暁している非凡な女性であったため、二人が子どもにつけた名前がみな奇妙なのはなぜなのかと不思議に思えたからだった。娘（第二子）の名前には「男尊女卑」の意味があるほか（単に当時の風潮によるものかもしれない）、息子はみな「石」の字を一字目としており、その中で唯一「石泉」という名は比較的よいが（本文で述べているとおり）、そのほかの三兄弟の名前はみなとても通俗的であった（そのため、後に石岩、石麟の別名を加え、石爐は台南市立図書館館長を務めたとき、公式の場では石爐ではなく石麟を比較的よく使った）。これはなぜなのか。もともと韓子星の妻が初産でもうけたのは双子だった。しかし、産後まもなく上の子が夭折《ようせつ》し、下の子だけが残った。当時の見解では双子の上の子が死ぬと、下の子もまもなく同じように夭折するだろう云々《うんぬん》、といわれていた。そこで、一人の親切な近所の人が、「頭の殻が硬い」という意味をとって、石頭という名を下の子につけたら、きっと生き延びるだろうと提案したのだった。こうして最初に生まれて生き残った弟（兄弟の序列で長子となる）が、「石頭」を名前としたため、そのあとに続いた三人の弟たちも（二男となった韓石泉も含めて）みな自然と名前の一字目に「石」の字をつけることとなったのだった。

（3）老古石街は台南市にある旧い地名。『府城文献研究一』によると、日本統治時期には「入船町一丁目」と称し、二〇〇九年現在の信義街（忠孝街から文賢路）にあたる。ここの重要建築物には集福宮があり、信義街八五号にある。

（4）韓子星の実の兄弟は子明一人だけだった。韓子明には息子が四人おり、名を承沢、承烈、承烓、承淋といい、みな韓石泉と同輩の（韓氏第十八世）の父方のいとこである。そのほかの同輩の親戚には、ほかに韓王、韓錦源、韓寿郎、韓起鳳、韓文鳳、韓飛鳳など合わせて十八人いる。

（5）アヘン癖とはアヘンの煙を吸う嗜好。アヘンは煎じて煮出したものを練り固めてあり、アヘン用の長煙管《きせる》にのせて燃やし、その煙を吸うのだが、長い期間吸うと中毒となり、それをアヘン癖といった。

（6）『三字経』は内容と言葉ともになかなか面白味があり、音読しやすい。始まりの四句は、「人之初、性本善、性相近、習相遠。」「人の初め、性もと善なり。性相近きなり、習い相遠きなり。（人は生まれたとき、その性質はもともと善良である。善良な性質は人と人とは互いにほとんど同じであるが、習慣により、互いに隔たりの大きいものとなる）」である。

（7）韓子星が私塾「尚志斎書房」で行った読み書きと実務を同等に重視する教育は、たいへん堅実なものであった。そのため韓石泉には幼い頃から優れた漢文の基礎が築かれた。文語文による本書『六十回憶』も思うままに執筆している。驚くべきは、その学習歴からすれば、これを書いたときはおそらく「台湾語漢文」の読み方によったと考えられるが、本書を文語文として今日の中国語の読み方で読み直してみても、少しも違和感を覚えることがないことにある。

（8）次男韓石泉に対する韓子星の評価について、韓石泉のすぐ下の弟の石福は、「二兄逝世三周年回憶」のなかで以下のように述べている。「（二番目の兄は）幼い頃から聡明かつ親孝行で、成績はいつも優秀でした。亡父は私塾の教師で、天公廟のなかに塾を開設し漢文を教えていました。父はいつも二番目の兄が生まれつき聡明だと称賛したものです……」（『韓石泉先生逝世三周年紀念専輯』九七頁）。向上心を持つ息子を見て、厳しい父が「自分の教育成果」に満足していた様子も垣間見える。

（9）「ご縁があれば婿として迎えたい」の含みのある言い方である。

（10）私韓良俊の経験と比較すると、『三国演義』、『西遊記』、『水滸伝』などは中学生のときにようやく読み終えた。『紅楼夢』は読んでみたが完全には理解することができず、何回か読み返してようやく読み終えた。韓石泉が中国古典文学の名著を、少年時代の早い段階で広く読みあさっていたことがわかる。また、時代と性格の相違によるものかもしれないが、韓石泉はさまざまな方面について開明的な親であった。そのため、私は少年時代に『紅楼夢』をこっそりと「蚊帳の中で盗み見る」ことなく、堂々と読むことができた。

(11) 高再祝の父は、台湾キリスト長老教会初の信者であり、かつ、初の宣教師にもなった高長である。高再祝はその四男で、台南市における内科医の先駆者でもあり、後に高雄県岡山鎮に移り開業し、岡山教会を創設した。また、長老教会総会の前総幹事である高俊明牧師の叔父でもある。韓石泉は一生のうちに多くの「貴人」[将来を切り拓くきっかけを作ってくれる人]に恵まれて助けられた。自分の両親と親戚を除くと、氏原院長と高再祝先生はともに、彼の人生の最も早い時期における恩人であった。

(12) アメーバ(amoeba)は、原生動物の一種である。アメーバ赤痢(amebic dysentery あるいは amebiasis)は、アメーバ原虫に起因する寄生虫症で、顕著な腸管感染症状を特徴とし、急性赤痢を引き起こす。病原体においては赤痢菌による細菌性赤痢とは異なる。

(13) 螘は蟻である。「浮緑螘」の出典は張衡の「南都賦」のなかの「醪敷径寸、浮蟻若萍」であると思われる。浮螘(浮蟻)は、酒の泡、酒粕を指す。「談心浮緑螘」は、酒を飲みながら親しく語り合うという意味である。

(14) 公学校の同窓生である詩人薛増益は、韓石泉の他界後、追憶する詩「夢韓博士入懐」「夢與石泉遊」の二首を詠んだ。ここに前者を書き留める。

夢韓博士入懐

罪悪人間世　逍遥世外人　死生如泡影　名利渺風塵
有友何曾負　無群不是親　扶危與済困　救族又医民
楽国堪依仏　天堂亦倣神　芸情縈若輩　侠気可亡秦
明月青空満　光華大地春　幽思懐往事　入夢自頻頻

第二章　台湾総督府医学校

十番目くらいの成績で公学校を卒業したとき〔一九一一年〕、私は十四歳だった。当時の規定では、台湾総督府医学校を受験するには満十六歳でなければならず、受験年齢までにはまだ二年もあった。この二年をどう過ごせばいいのか途方に暮れた。

ある日街をふらふら歩いていると、台南州庁の給仕募集の広告をたまたま見かけた。何とはなしにこれに応募してみたものの、給仕がいったいどのような仕事をするものなのか、まったく知らなかった。出勤後、初めてそれが雑役夫であることを知った。ひとまずはこらえて働いたが、知り合いに出会うたびに恥ずかしく思い、見つからずにいられることだけを切に願った。日給は一角八占〔十八銭〕で、無欠勤であれば毎月の収入は五円四角〔五円四十銭〕となった。このほかに、給仕服（夏冬各ふた揃え）と靴と帽子が支給された。革靴など履いたことがなかった私は、あるとき左右を取り違えて履いて醜態をさらした。皆から当時のいわゆる「田舎紳士」が洋服のズボンを前後逆に履くのに例えられ、実にいっときの笑い者となった。

私は財務課地方税係に配属され、係長の白井怡三郎氏（のちに高畠に改姓）が大変可愛がってくれた。

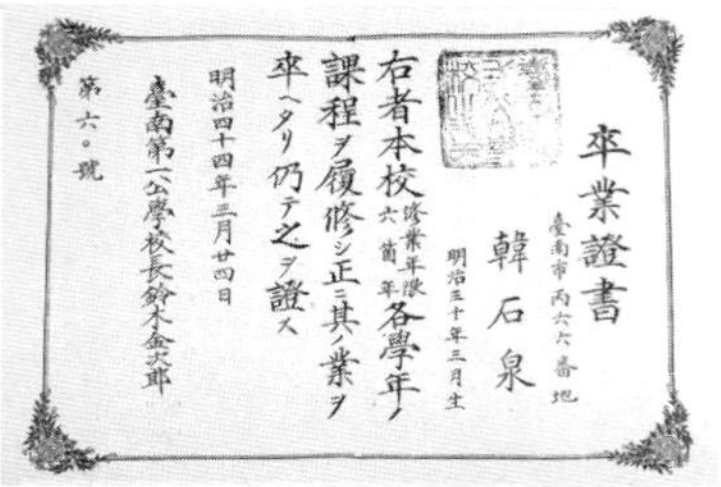
卒業證書
臺南市丙六六番地
韓石泉
明治三十年三月生
右者本校修業年限六箇年各學年ノ課程ヲ履修シ正ニ其ノ業ヲ卒ヘタリ仍テ之ヲ證ス
明治四十四年三月廿四日
臺南第一公學校長鈴木金次郎
第六〇號

韓石泉の公学校卒業証書。「明治三十[1897]年三月生」とあるが、後に判明した誕生日（1897年10月27日）と齟齬がある

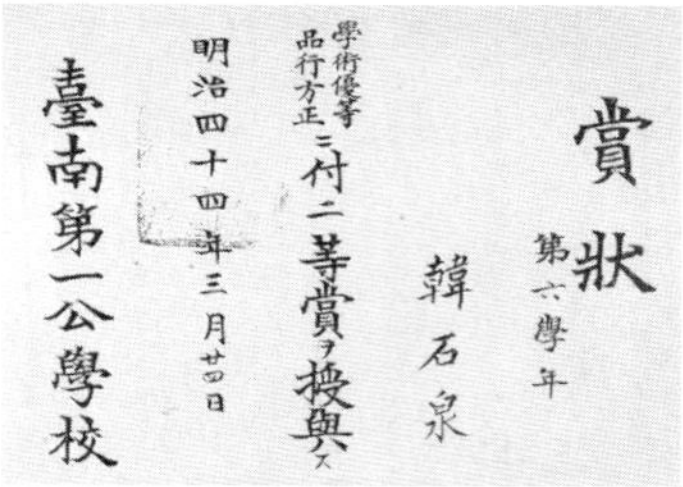
賞狀
第六學年
韓石泉
學術優等品行方正ニ付二等賞ヲ授與ス
明治四十四年三月廿四日
臺南第一公學校

1911年韓石泉が台南第一公学校を卒業したときに得た賞状。授与の事由は、「学術優等、品行方正」であった

私が机に向かってものを書いていると、係長は私に用をいいつける代わりによく他の給仕を呼びつけたため、周りの人たちの恨みをかった。私が学業に励む時間を少しでも多く得られるようにとの心遣いだったと思う。

当時、私の家は老古石にあり、退庁時間は午後五時だった。帰宅して晩御飯を食べ終わると夜学に通った。そこの責任者は矢野勘一先生で、数学、国語、初級英語を教えていて、夜十時に授業が終わった。所在地は両広会館で、老古石へ向かう道にはまだ電灯もなく、帰りはまったくの暗闇で、いつも放し飼いの母豚につまずいては、その幽霊を思わせる鳴き声にひどく驚かされた。一年の間、雨風や寒暑にかかわらず、昼間は出勤で行き来し、夜は補習に通い、真っ暗な闇に肝がつぶれそうになったものだった。友人に連れだって帰ってもらうかわりに、私が数学の難題を解くという交換条件を取り交わしたこともあった。

日中は人に使われたが、少しでも暇があれば、努めて勉強した。わからないところに行きあたると、暇な係員がいないか様子をうかがい、聞きにいっては教えを請うた。当房森吉[1]という人がいて、私を大変可愛がってくれた。彼の宿舎は「台南公館」（のちの台南公会堂）

プロペラの響
韓石泉君
道理庵

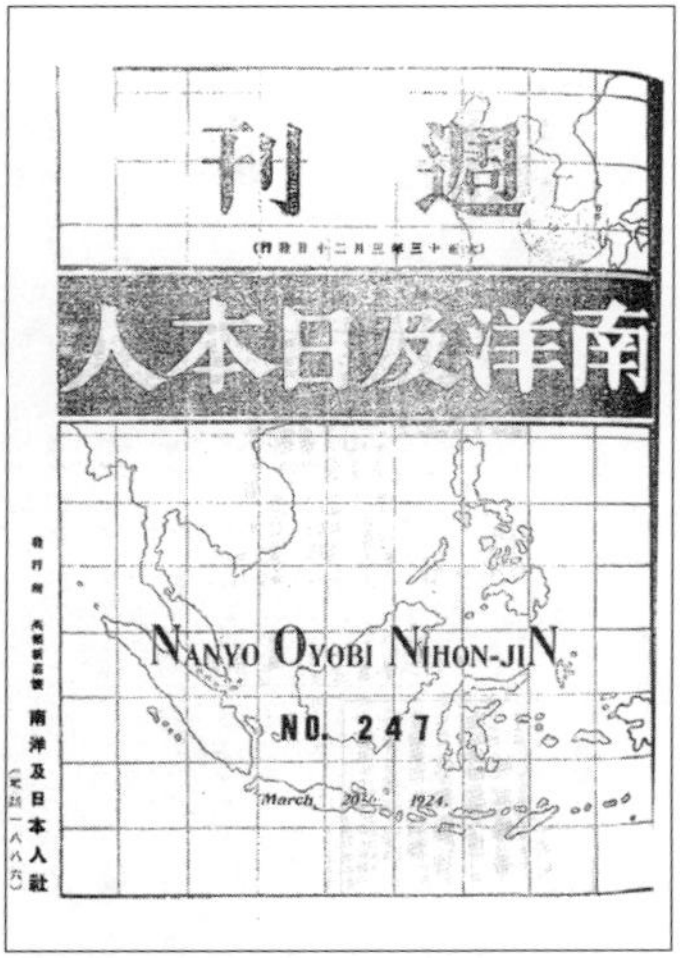

道理庵（当房森吉のペンネーム）著「プロペラの響：韓石泉君」
『南洋及日本人』第247期、21–22頁、1924年3月20日発行

の裏手にあり、退庁後、私が彼に代わって市場へ食料品を買いに行くかわりに、彼は私に数学と国語を教えてくれた。こうして私の学は大いに深まった。

その後、当房氏は官職を辞して南洋へ赴き、雑誌『南洋及日本人』を発刊した。それ以来、音信は久しく途絶えた。一九二三年、私は台湾当局から治安警察法に違反したという無実の罪を負わされ(2)、蔡培火や蔣渭水などとともに投獄された。この事件は一時日本全国で人々の関心を引いた。当房氏は南洋でこのことを聞くに及び、少年のころの私について書き記し、自らが経営している雑誌に載せて私に送ってくれた。これは私の人生で最も大切な宝物となった。しかし、はからずも民国三十四［一九四五］年三月一日、連合軍の爆撃機が台南を空襲したときに焼き払われ、私のこれまでの記念写真、日誌、論文もまた、焼失してしまった。心痛の極みである。(3)

プロペラの響

韓石泉君

（道理庵）

過日臺灣議會設置運動をなす陰謀團中十四名起訴され豫審終結有罪と決定した事が報ぜられたが其內に臺南市醫師韓石泉の名があつた、俺《わし》の知人に同姓名の韓石泉と云ふ人が居る、同一人ではなからうと思ふが年齢及び職業からしてもしやと思ふのである。

明治が大正に變る前だつた、當時の民政長官は今の內田嘉吉總督で其時分に臺南廳に一給仕《きふじ》として臺灣人に韓石泉と云ふ十四五の少年が居た、一を聞いて十を知るの類で性《せい》の怜悧《れいり》なる事他に比を見なかつた、特に數理的頭腦の所有者で年《ねん》一年《ねん》と囑望さるゝに至つた、白井氏(後に高畠氏)は此少年に多大なる將來を持ち臺北醫專に學《まな》ばせ樣とした、試驗準備に取りかゝると一寸《ちよつと》の暇《ひま》にも手から本を離さなかつた、毎日退廳後及び日曜毎に當時臺南公館內の俺《わし》の偶居《ぐうきよ》に來て數學其他俺《わし》と共に勉強した、毎日曜の俺《わし》の安平《アンピン》への散歩歸りが如何におそくなつても韓君は俺《おれ》の顏を見る迄は待つて居てくれた、時には一所《しよ》に飯《めし》を食《く》つた、菓子《くわし》も取《と》つた、時に異性《いせい》が遊びに來た折等《をりなど》韓君は去らうともせず、それかと云つて嬉《うれ》しがる方《はう》ではなかつた、彼は常《つね》に俺《わし》に云つた、年少の故ではない、貧なつた曉《あかつき》妻子を養《やしな》ふ道《みち》だに得《え》られれば年に不拘《かゝはらず》妻も貰ひましやうと云つた、又兩親《れうしん》今《いま》にも去《さ》らるゝ樣の事があれば家の爲めに年少をかへり見ず妻を迎《むか》へるかも知れない、たゞ慰《なぐさ》みとしての異性《いせい》は一生《せう》を通《つう》じて私には得《え》られないかも知れませんとコマシヤクレた事を云つて居た、俺《おれ》は韓君の家へも遊びに行つて彼れの兩親に韓君の通譯《つうやく》で面談した事もあつた。

彼れの父は佳《か》なりの漢學者であつたが家は貧《ひん》であつた、父君《ふくん》の訓陶《くんたう》を受けて彼れの頭は非常に頑固《ぐわんこ》な所があつた、世《よ》が開《ひら》けるに隨《しよが》い最も忘《わす》るべきは法律《はふりつ》だ、正邪《せいじや》の區別を立てゝ賞《ほ》へるが一方《はう》裁判等の折《をり》、一般に善惡判明せる事でも證據《しようこ》不充分《ふじうぶん》の譏を以て善《ぜん》が善《ぜん》とされない場合が往々《わうわう》あると云つて居た。

日夜受驗準備としての韓君の勉勵は實《じつ》にすばらしい勢《いきほひ》で僅《わづ》かに公學校出の彼れとしてはあまりに博學過《はくがくす》ぎた、そして俺《わし》が內地へ歸つた留守中《るすちう》資《し》を得《え》て臺北に出て醫專の選拔《せんばつ》試驗に見事《みごと》上位を以て級第《きうだい》した、其後俺《わし》は韓君に會《くわい》する機會《きくわい》もなく年月《さいげつ》を送る內《うち》、僅《たし》か一昨年、ふとした機會《きくわい》で俺《わし》の在星の由《よし》を知つたと見えて、醫學校を首尾《しゆび》良く了《を》へ、今《いま》は臺南醫院に奉職《ほうしよく》し已《すで》に妻帶《さいたい》した旨《むね》を報《はう》じて喜《よろこ》んでくれと云つて來た。

永い間音信不通《いんしんふつう》であつた君《きみ》からの來信は一方《かた》ならず俺《わし》の心を喜《よろこ》ばしたに不拘《かゝはらず》、今日同姓名《どうせいめい》の韓石泉なる人が治安警察法違反者として有罪の決定を受けたとある、もしも同一人ならば云つてやりたい、製糖會社の土地買收《ばいしう》は佳《か》なり殘酷《ざんこく》であつた、官尊《くわんそん》民卑《みんぴ》の區別はあまりに懸隔《けんかく》があり過《す》ぎた、古《ふる》き慣習《くわんしう》に殆《ほと》んど無稅《むぜい》の姿《すがた》であつた臺灣は急激《きうげき》に種々の租稅《そぜい》を取り立て、貧者《ひんしや》程《ほど》塗炭《とたん》の苦《く》を受けて居た、急激なる進歩にはあまりに根本が薄弱《はくじやく》であつた事、同じ官吏《くわんり》にして一部智識階級者は親《した》しまれ安《やす》きに反《はん》し多數低級《ていきう》官吏が却《かへ》つて暴威《ぼうゐ》を振《ふる》つた事、然もそれより以上一般無智《むち》の內地人の横暴《わうぼう》であつた事、是れ等を皆《みな》知つて君《きみ》け慨歎《がいたん》して居た事も俺《わし》は知つて居る。

「プロペラの響：韓石泉君」部分

私が当房氏の台湾の自宅に行くと、氏はよく一人でビールを飲んでいて、いつもお相伴にあずかった。私はビールの味わいを多少解するが、それはこのとき覚えた。当房氏はそのときまだ独り身で、化学や物理などの書籍をとてもたくさんくださった。しかし私は当時まだそれらの内容を理解できなかった。

私は地方税係に勤めていて、税金の徴収開始の時期になると「告知書」（納税通知書）の筆記作成にも加わり、日給以外に収入を得て家計を助けた。毎日昼夜を分かたず筆をふるい、臨時収入はもともとの日給をこえた。父は私の勤勉さをたいへん喜び、父の友人である陳さんは私に笑いながら、「君は今は給仕だが、将来は参事官にまで昇進するかもしれないな」と言った。おおよそ日本統治時代では、「参事官」というのは立身出世の一つの肩書であった。

二年後の一九一三年春、台湾総督府医学校の入学試験を受けた。算術の四則計算問題は全問正解であった。それは、試験前に試験対策用の算術書数冊の問題を一つずつすべて解き、まさに備えあれば憂いなしという状態で自信となっていたからであろう。小論文の題目は「風」だった。幸いにも天変地異の本を一冊読んでいたので、「風とは空気の流れのことなり。静なればすなわち空気となり、動なればすなわち風となる。風には春夏秋冬、東西南北の風がある。また、貿易風などもある……」あれこれよせ集め、そうして一篇の文章とした。もし苦労して勉強していなければ、当時の公学校には理科の科目がなかったため、おそらく何もわからず、白紙答案を提出するしかないところであった。

吉田坦蔵先生による口頭試験を受け、なぜ医者になりたいのかと聞かれた。私は、范仲淹《はんちゅうえん》［北宋の政治家、文人］が語った「大丈夫、良相［宰相］たらずんば、良医たるべし」という言葉を答えた。これは父から家訓として教えられたものである。試験の結果は合格で、私は林安息（炯東）と劉乞食（崇崑）の二人とともに入学した。地方税係のみなはお金を出し合って祝ってくれ、その厚意に私は感涙した。今なおそのことをかたときも忘れたことはない。会計係の高橋さんは、欠勤とみなされる受験日を出勤と認定して給料を差し引かずに支給してくれたので、私はさらに感激した。私の当時の日給は二角二占［二十二銭］に昇給しており、(4)初給よりも四占［四銭］増えていた。

私は一九一三年四月に台北へ行き、台湾総督府医学校に入学した。当時そこの学生は脚気《かっけ》にかかっている者が非常に多く、なかには病状が極めて深刻な者もいた。病理・病因がまだ十分に解明されていなかったため、全部「気候風土」が合わないことが原因とされた。そのため母は出発のとき、「台南の水と土」の入った小さなガラス瓶を私に授けた。そして、病気を払いのけることができるだろうから、汽車が到着して台北の地面に降り立つとき、それを飲むようにと命じた。私はいいつけに従った。しかし台北にいた五年間、その病気にかかることがついぞなかったのは偶然にすぎない。(5)

私は給費生（官費生）で、日本政府から毎月学費の補助として七円五角［七円五十銭］支給された。そのうち六円は食費にあて、残りは小遣い銭とした。このほか、靴と帽子、夏冬の服と外套などが支給された。したがって五年間に自分で消費したのは、夏休みに帰省する旅費や書籍の費用を含めても、わずか六百円ほどだった。当時、実家の家計はどうにか生活費を維持するのがやっとの状態だった。入学準備や台北へ行く諸費用についてはすべて、飼っていた豚を売ることで賄《まかな》った。(6)

同級生は台湾各地から来ていて、その学業の程度もみなまちまち、一回の試験で合格した者もいれば、数年努力してやっと合格した者もいた。また、家庭環境も異なり、妻帯者もいれば妻も妾もいる者もあった。私と安息君は若く、時々いじめを受けるのは免れがたかったが、当時の公学校のひどさほどではなかった。学生の気風は、勤勉な者と放縦な者の二派に極端に分かれ、留年、退学、再入学も時には聞かれた。色恋沙汰も頻繁にあった。台北の艋舺《ばんか》（万華）は有名な遊郭街で、年上の血気盛んな者は、いつも夜が更けて静かになると、ぬき足さし足で校庭のまがきの隙間から這い出て、夜が明ける前に自分の寝床にこっそりと戻り、素知らぬ顔で当直の舎監の見回りに応じた。舎監は時々抜き打ちで点呼を行った。見回りの時間がはっきりわからないために、悪行の露見は免れがたく、そういうときは厳罰を受けることとなった。

当時、教科書は非常に数が不足していて、多くの教師は口頭で読み上げ、学生に書き取らせた。筆を使う者は唐紙《とうし》を使い、万年筆を使う者はノートを使った。私はすべて筆で書いたが、惜しいことに戦禍のためすべて焼失してしまった。もし保存できていたら、一つの貴重な史料となり、当時の医学の未熟さをうかがい得る手がかりになったであろう。先生の読み上げる速度が速すぎるために、書くのが遅い者は常に筆記が追いつかず、寮に戻ったあと、級友のノートを借りて自分のものと照らし合わせ、足りない箇所を埋めないわけにはいかなかった。しかし、完全なものにするのは非常に難しく、かけた労力の割に成果は乏しかった。ものぐさな者はよくこれを放置し、試験期間が間近に迫るとそのときだけノートを借りてきた。苦しいときの神頼み、その慌てふためく様は、おかしくもあり、また、哀れでもあった。そしてまた、自分は天才だと得意になるあまり我を忘れた者は、筆記の総量があまりにも多くて、非常にすぐれた能力をもっていても、どうしようとただ叫ぶばかりであった。そのため、問題を選んで飛ばし読みするしかなく、山を掛け、幸運にも的中すると腿《もも》をぽんとたたいて小躍りして喜び、外れると胸をたたき地団駄《じだんだ》を踏んで悔しがった。いつも試験の時期になると、緊張した空気が校内に満ちあふれた。当時、［公学校卒業後の進学先となる］学校というもの自体が珍しい存在で、台北には医学校の他に、国語学校と工業講習所、そして農事試験場があるだけであった。その中でも、医学校の学生の動きは一番人々の注目を集め、学生の成績の優劣はただちに全島に知れ渡った。優秀な者は胸を張って故郷に帰省し、成績の悪かった者は本当に人に会わせる顔がなかった。

一年度は三学期に分けられ、学期ごとに期末試験が一回あり、他に学年末試験があった。三学期分の試験結果の平均を半分とし、学年末試験の成績を半分として、進級を決定した。当時の医学校は五年制で、予科が一年、本科が四年であった。学生は公学校卒業後、試験を経て入学し、中学校を経る必要がなかった［台湾人を受け入れる中学校の設置は一九一五年以降を待たなければならない］。予科はわずか一年で中学に相当する学習内容を一通り学んだ。本科の医学関連の各種課程に進むと、たとえいくらか資質があったとしても、さらに勤勉に努力しなければ、内容をきちんと理解して自分のものとすることはできなかった。

幸いにも学生はおおかたみな優秀な青年であった。年齢が少し上の者は、記憶力が比較的劣っていて、ついに精神錯乱をおこす者や、体が弱いために結核にかかる者もいた。脚気《かっけ》や疥癬《かいせん》にいたってはごく普通で、重篤《じゅうとく》な風邪、赤痢、マラリヤもよく見られた。私が在学した五年間、意外にもそれらにかかることがなかったのは実に奇跡であった。私は毎日明け方に起床して、学友の振純や徳和たちと運動場で走って体を鍛えた。そのとき、よく夜遊びしてきた学生に出くわした。彼らはまがきの隙間から滑り込んできたもので、おおかた夜こっそり抜け出て女色《じょしょく》をあさり、興《きょう》を尽くして帰ってきた者たちであった。

試験期間になると、学生たちの多くは夜を徹して一生懸命勉強した。消灯後でも、図書室、食堂、廊下、そしてその他わずかな明かりがあるところは、みな学生で埋まっていた。当直の舎監が巡回に来ると、蜘蛛の子を散らすように隠れ、巡回後、またもとの場所に戻った。このように熱心に勉強しなければ、すべてを終わらせることができなかった。諺《ことわざ》にいわく、「三更《さんこう》［真夜中］の燈火、五更《ごこう》［夜明け］の鶏《とり》、正《まさ》に男児《だんじ》が苦読する時」。今思い返しても、当時の学生が苦学している情景がありありと眼の前に浮かんでくる。

学生の中で心意気があったのは、翁俊明兄[7]と蔣渭水兄の二人だった。学者の気概があったのは杜聡明兄で、三人とも優等生であった。聡明兄は淡水出身で、学生時代には寸暇も惜しんで勉強し、厠《かわや》へ行くにも書物を手から離したことがなかったというから、その学問好きが見てとれる。卒業後はさらに日本の京都帝国大学に進学し、森島庫太《くらた》教授の指導のもと、薬物学を専攻した。台湾の医学界において日本の医学博士の学位を取得した者は、聡明兄が嚆矢《こうし》となった。台湾に帰った後は、医学教育に従事すること十年一日のごとく、やがて医専の教授を務め、さらには医学部教授となり、戦後は国立台湾大学医学院院長となった。一九五二年に辞職し、それから私立高雄医学院の創設を企画した。人を誨《おし》えて倦《う》まず、人と仕事をするとき

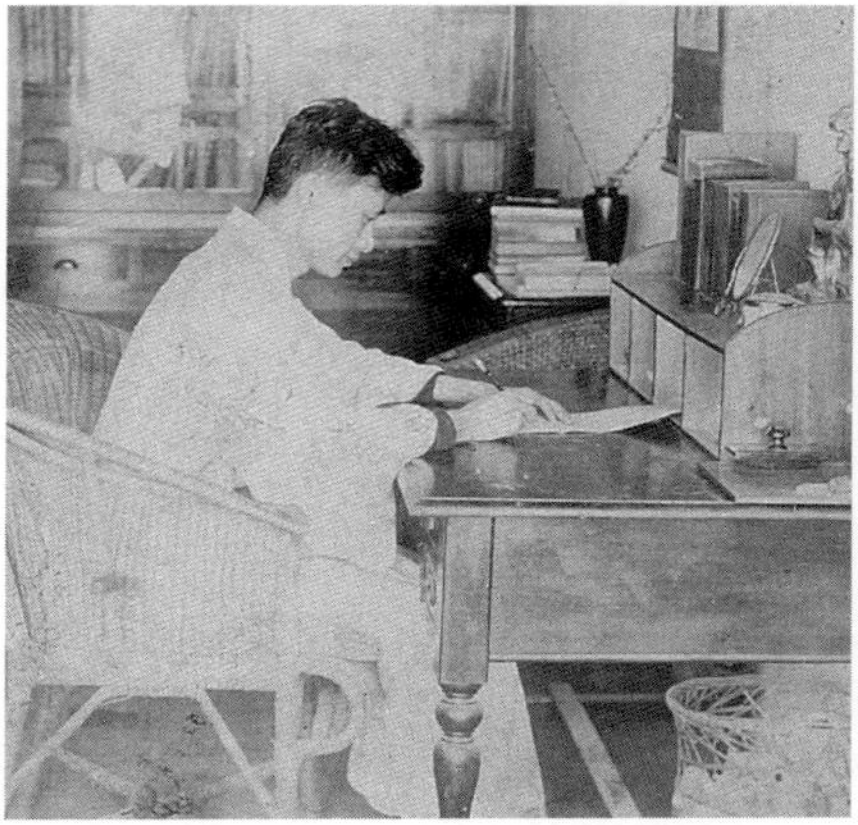

青年韓石泉。机に向かっているところ

の誠実さと志の強さは、医学界の模範たるにふさわしく、台湾の医学史に、偉大な功績をうちたてた。

蔣渭水兄は宜蘭の出身で、在学中から社会と政治の問題に強い関心を持っていた。弁舌に長《た》け、胆力と見識に富み、革命性があって、指導者の才があり、うわべを飾らない素朴な人柄であった。卒業後、同志たちと台湾議会を請願し［一九二一年一月］、台湾文化協会と新台湾連盟［ともに同年十月］を組織した。文化協会分裂後［一九二七年一月］は、新しく台湾民党［同年五月］を組織した。台湾民党が解散させられた後［同年六月］は、さらに台湾民衆党［同年七月］を組織した。一九三一年二月十八日に台湾民衆党は再び日本政府により解散させられた。渭水兄は、同年七月二十二日に腸チフスにかかって台北病院に治療のため入院したが、病が癒《い》えることなく、八月五日に逝去した。享年わずか四十と二歳、志を抱いたままその生涯を終え、台湾の民族運動と労働運動に、激しく盛り上がる巨大なうねりを巻き起こしたのであった。渭水兄は私より七歳年上で、私が入学したときはすでに本科の三年生だった。医学校の卒業生の中で実に最も日本政府ににらまれ、忌み嫌われていた人物であった。

翁俊明兄は台南市出身で、頭脳明晰、眉目秀麗で才能にあふれ、漢文に精通していた。中国の歴史を熟知し、卒業とともに大陸に渡って上海で俊明医院を開設し、林錦生と林安息の両氏を招聘《しょうへい》して医療業務を担当させた。彼はというと、実業に奔走し、杭州の専売局長も務めた。革命に参加し、抗日戦争中は中国国民党台湾党部主任委員を務め、祖国のために尽くした。不幸にも終戦前にこの世を去った。台湾の中でも実に有数の人材で、もし長生きしていたなら、大人物となったに違いない。

以上に挙げた三人の先輩方は、私が在学していたときの学生の中でも実に傑出した人物だった。私はまだ若かったが、学校の勉強に励んだほかにも、祖国に心を寄せ[8]、学友の簡仁南、鄭徳和、陳振純、張洪南などと時々その状況について話し合い、卒業後は中国大陸に行って尽くすことを約束しあった。簡、鄭、陳、張たちは願いをかなえるべく、戦後大陸に渡り、医療の仕事に従事した。私だけが台南に留まり、遅々として行かずに今に至ってしまったことは、なお心残りである。

本科二年生の学期試験中、突然家からの電報を受け取った。父が危篤で、ただちに故郷に帰るようにとの知らせだった。悲しみのほどは言い表し難く、故郷へ飛んで帰った。玄関を入り、父が病床で横になっているのを見た。顔はやせ衰え、意識は混濁していた。しかし、私を一目見るなり、試験中になぜ帰ってきたのかと聞いた。私が、試験は終わったのでどうぞ心配しないでくださいと答えると、父はまた目を閉じて眠りに引き込まれた。私は数日父に仕え、その間、父は昏睡しては時々目醒めた。中国医学と西洋医学で延命治療をしたものの、薬石効なく、一九一六年二月二十一日に亡くなった。われわれ弱く幼き五人の子どもたちを置いての永別となった。

父の病気は、最初は胃痛だった。しかし、毎日仕事に精を出して休むことがなかったため、病状が悪化した。その後、強烈な漢方の滋養強壮剤を誤って服用したことで、腎炎[9]を引き起こした。最後はおそらく尿毒症を併発し、ついに治療のしようがなくなった。当時の私は医療知識がまだ乏しく、父の病状を目のあたりにしてもどうすることもできなかった。はなはだ親不孝であった。思い返せば、父の生涯は試練に満ち、苦しみに耐えて奮闘していたため、卒業後は私が父の肩の重荷を減らすことが期待されていた。しかしその願いがかなえられないまま、父は四十九歳でこの世を去ってしまった。私は学業を修了しておらず、兄は妻を娶っておらず、姉も嫁いでおらず、二人の弟はまだ幼いというなか、私たちは突然父を失って、困窮した状況に陥った。

父が亡くなった後、母は私に「お父さんが亡くなられました。これからはあなただけが頼りです。これまでより何倍も勤勉にならなければなりません。一日も早く学業を修めてお父さんの在天の霊を慰めるのです」と戒めた。私は母の命に謹んで従い、以後たゆまず励んだ。父の葬儀を終えてから私は学校に戻って追試験を受け、意外にも上位に名を連ねた。それからは卒業するまで、なぜだかわからないが成績が下がることはなかった(10)。

父が亡くなった直後、家は赤貧洗うがごとしであった。仕方なく、葬儀費用を捻出するため、父が残した唯一の財産、つまり兄弟で共有していた土地の権利分を、叔父に売った。しかし、登記手続が完了しなければ支払いをすることができなかった。また、父の闘病中に急にお金が必要になったとき、父と同世代の年長者たちに相談したがしばしば拒絶され、私は幼いうちにすでに世間の現実の辛さを十分に味わった。

父は貧乏学者であったが、教育のかたわら詩吟を愛好し、燈謎［元宵節や中秋節に行われるなぞなぞ遊び］を好んだ。また演劇鑑賞を習慣としていて、常に私たちを京劇鑑賞に連れていき、芝居の内容を説明してくれた(11)。時には物語を聞かせてくれ、その話は生き生きとしていて私たちをひきつけた。真に厳しさと優しさを兼ね備えた模範的な父親であった。教学中には近寄りがたい威厳があり、放課後は穏やかで親しみに満ちていた。

在学中、最も印象深かったことは、舎監の瀧野先生との衝突であった。当時、瀧野先生は権力を一手に収めて大いに威張り、独裁君主のようで、逆らう者はいなかった。学生を呼ぶときは決まって「お前」か「貴様《きさま》」で、卒業して初めて「君《きみ》」になった。試験期間中のある時、彼の愛嬢が自習室の廊下を下駄で走り回り、高く鳴りわたる騒がしい足音が学生たちの勉強を妨げた。我慢できなくなった嘉義出身の黄君は、ひとこと「やかましい」と叱った。すると、彼女は泣きながら父親に訴え、瀧野は娘を連れてすさまじい剣幕でいきなり自習室に入ってきた。愛嬢がこの人と指すと、理由も聞かずに黄君を何回も平手打ちした。仕方なく、黄君は頭を下げて詫びた。というのも、瀧野は主任舎監を務めながらも歴史、国語、地理の三科目を担当しており、進級か留年かの決定権が彼の手に握られていたからである。閻魔のような彼の逆鱗《げきりん》に触れようとする者はいなかった。学生は彼に会うと、まるで猫に遭ったネズミのように恐れ、言いなりになるしかなかったのである。

宿舎には小使い（用務員）の某氏というのがいて、阿諛追従《あゆついしょう》が上手であった。毎日、牛乳と卵を舎監に貢ぎ、購買部の販売権を獲得して暴利をむさぼり、自宅には妾と使用人もいた。学校の諜報員を兼任し、学生の行動、思想などのあらゆる情報を密かに舎監に報告して、その信頼を得ていた。学生が何かの事情で休みを願い出るときは、彼にとりなしてもらってやっと認められることもあった。虎の威を借る狐の恐ろしさがわかるであろう。

三年生の時、私は学生寮の寮長を務めた。冬休みが明けて学期が始まったある早朝、瀧野舎監は食堂で居丈高に一部の学生たちに自主的に鍋を差し出すよう命じ、違反者は罰すると言った。これは、冬休みに帰省する経済力のない貧しい学生が三人か五人で一緒になり、その間だけ外で魚や肉、野菜などを買ってきて共同で自炊していたのを、学期が始まっても続けていたため、小使いの売り上げに響き、その利益を損ねたからであった。瀧野舎監が去った後、私は起立して、この件は間違いなく小使いが策動したことだ、みなで不買同盟を結成しようと呼びかけると、学生全員が拍手して賛同した。その夜、小

1917年に卒業生を送別する赤崁［台南］出身の学生たち。第二列右から四人目が韓石泉。当時、医学校 3 年生だった韓石泉は、「同盟罷買事件」［不買運動］のために危うく退学処分となるところであった

使いが仕入れた大量の肉まんと粽《ちまき》は、なんと買う者がおらず、非常に大きな損失となった。次の日、小使いは発起者が私だったことをつきとめると、瀧野舎監に訴えた。

夜になって私は舎監室に呼び出された。瀧野は私を一目見るなり、おまえはやくざ者だ、余清芳（一九一五年の西来庵事件［タパニー事件。台湾人による抗日武装蜂起事件］の指導者）と同じ輩《やから》だと大声で罵倒した。舎監の命令への反抗理由を聞き、校長に報告して必ず私を退学処分にすると言った。私は、反抗する意図はなく、単に学生の経済問題のためにしたことだと答えた。小使いの各種食品の値段は特に高く、学生の中には数百円もの付けがたまっている者もいる。経済的な理由から、外から買い入れたほうが合理的だと説明した。すると彼は、それは詭弁《きべん》だ、卒業後社会に害をもたらすから絶対に退学させる、断じて許さん、と罵った。

舎監室から出た後、私は不安で怖かった。数日間安眠できず、静かに凶報を待った。もし退学処分を受けたら、将来の見通しが立たない。遠く日本に渡り勉学するにもその経済力はなく、街をさまようしかないと自ら推し量った。当時、裕福な家庭出身だが医学校に合格できなかった者はほとんど日本に留学した。しかし、いくら志があっても、私の力では実際どうにもならない。幸いにも、捨てる神があれ

ば拾う神もあるものだ。数日後、再び舎監室に呼び出された。私は、恐怖におののく牛のように、屠《ほふ》られるのを静かに待った。

予想に反して、瀧野舎監の態度は前回よりいささか穏やかだった。お前の言い分もまったく理由がないわけではなかった、学生たちへの前言を撤回して、また小使いから物を買うようにさせたら、過去の過ちは咎めない、と私に告げた。しかも、校内の購買部の食品は、前校長の高木友枝先生が学生を大事にし、みなの栄養補給のために発案し、販売を許可したものであった。小使いから買わなければ、今後校外からの食べ物の買い入れを一切禁止するといった。私は、命令には従うが、学生たちが小使いから買うかどうかは私の力の及ぶ範囲ではないと答えた。その後数カ月は、小使いから買う学生は依然として少なく、小使いの損失は非常に大きかった。そして、私は堀内（次雄）校長の慈愛を身に余るほど受けていることを感じた。校長が退学処分に同意しなかったため、瀧野舎監は気持ちを鎮めて、穏便に収めざるを得なくなったのである。(12)

堀内校長は勇敢な開拓者であり、偉大な教育者であり、真摯な学者であった。戦後は日本に引き揚げ、一九五五年五月十二日に故郷で逝去した。享年八十三歳であった。昔日の門下生は同年六月二十五日に高雄医学院で追悼式を執り行い、先生の恩沢を偲んだ。式の際に私が述べた弔辞は以下のとおりである。

堀内先生を偲ぶ（「悼　堀内師」）

日本は台湾を五十年間領有しました。その台湾統治政策はいうまでもなく帝国主義政策であり、本国日本の利益を中心とする政策でした。そのような中で、台湾民衆に唯一福利をもたらした政策は、医事、衛生面の成果でした。そして、これにその一生を捧げ、偉大な功績を立てられたのが、われわれの恩師、堀内先生です。

この勇敢な開拓者、偉大な教育者、真摯な学者[13]は、本年五月十二日、享年八十三歳のご高齢で、日本の郷里にて逝去されました。今から六十数年前の台湾は、疫病（マラリア、赤痢、コレラ、ペストなど）が猛威をふるい、医療施設が皆無という暗黒時代であったといえるでしょう。勇敢な開拓者精神と偉大な信念を持っていた堀内先生は、アフリカで悪性の伝染病と戦ったスタンリー〔Sir Henry Morton Stanley、イギリスの記者、探検家〕のようでした。

六十年前の医学はまだ発達しておらず、その拙さは信じがたいほどでした。例えば、マラリア[14]の原因はメタンガスであると思い、小さなガラス板を湖や沼の畔《ほとり》に掛けて病原を探っていました。当時、マラリアの伝染と蚊の関係はまだ明らかにされておらず、マラリア、脚気と赤痢は同じ病原によるものだと推測する者もいました。ペストの病原菌も特定されておらず、ノミとの関係はなおのことよくわかっていませんでした。当時、ペストによる犠牲者は年間約二、三千人ありました。堀内先生は、台湾に到着した三日目にペストの予防と治療の仕事を命じられ、そこから、悪性の伝染病との戦いが始まりました。一九一七（大正六）年に、この疫病はようやく跡を絶ちました。それまでの累計患者数は三万一〇一人、死者は二万四一〇四人に達し、その凄惨な状況をうかがうことができます。

台湾における医学教育のゆりかごとなったのは、台湾医学講習所でした。六十年前に設立され、二年後に台湾総督府医学校に改編されました。その後さらに台北医専となり、台北帝国大学医学部を経て、戦後の台湾大学医学院となりました。堀内先生は二十四歳から六十四歳まで、医学校と医専の時代に四十年間教鞭を執られました。教《おし》え有《あ》りて類無《るいな》し。台湾人青年に対し、差別意識も、差別待遇もありませんでした。豊かな学識と明晰な頭脳を持ち、温和かつ親切な人柄で、人を誨《おし》えて倦《う》まず、誠意をもって辛抱強く学生を教え導きました。現在、門下生は全国各地に存在しており、台湾における医事、衛生に揺るぎない基礎を築きました。

堀内先生の人となりは、聡明、厚道、克苦、謹厳、沈着、簡黙、慈祥[15]であり、あらゆる美徳を一身に兼ね備えておられました。堀内先生は幼い頃に父を亡くし、家計を助けるために店先の小僧となりましたが、そこの主人に侮辱されたためそこを辞め、ある病院の薬剤師見習いとなりました。昔、貧しさゆえ蝋燭《ろうそく》を買えなかった者が、隣家の壁に穴を開け、光を借りて一生懸命勉強したように、一心に勉学に励みました。そして驚くべきことに、十六歳にして薬剤師試験に合格しました。その後、堅忍《けんにん》不抜《ふばつ》の精神で日進学舎に入り、とうとう仙台の第二高等中学校医学部[16]に入学し、医学を専攻しました。卒業後は軍医となり、その後は医学教育に一生を捧げました。細菌学、衛生学および伝染病の分野に関する研究業績はとみに多く、いずれも貴重な学術資料となっています。

堀内先生は普通の日本人と違い、渡台後、台湾語を学び始めました。彼は台湾の青年に日本語を教え、自らも台湾語を学びました。先生の偉大な精神はこの事からもうかがうことができます。堀内先生の門下生の多くは、当時の民族運動の先鋒でした。先生はこの運動を理解しなかったのではなく、この運動が門下生に不利をもたらすことを非常に憂慮され、学生たちに密かに忠告しました。私も先生の忠告を受けたことがあります。当時、私は先生に不満を持っていましたが、今になってようやく、並々ならぬ先生の心配りと苦しいお立場を理解することができます。
本日、高雄で追悼式を執り行い、往事を回想しますと、感無量の思いです。ここに謹んで哀悼の意を表します。

先生方の中で、最も研究精神に富んでいたのは横川定《よこがわさだむ》先生であった。風雨寒暑を問わず、研究室から一歩も離れず、絶えず顕微鏡を覗き続け、ついに、腸内寄生虫の一種を発見した。それは先生の名を冠して、Metagonimus yokogawai[17]と称され、世界的によく知られるものとなった。先生は私を特に高く評価してくださった。当時、横川先生は解剖学の授業も担当されていた。解剖学は記憶力が最も重要で、若き頃の私は大変記憶力が良く、今田束《いまだつかぬ》［明治期の解剖学者、医師。日本の解剖学の草分け］の『実用解剖学』三巻をいずれも間違いなく暗記できたため、最も高い点数を得た。

教職員の中には、瀧野舎監のような横暴な人もいたが、新家鶴七郎《にいのみつるしちろう》先生のような慈愛にあふれる方もいらした。先生は白髪美髯《びぜん》で、学生には至れり尽くせりの心遣いをされた。毎日、夜が更けて人が寝静まるころに寮を巡回し、学生の散らかした雑多な物を片付け、暴風雨の日には、とくに気を配られた。残念なことに晩年の境遇は恵まれていなかった。一九四〇年の秋に私は名古屋の田舎へ先生を訪ね、夕食をともにし、記念写真を撮った。別れ際には、先生は名残惜しく老いの涙を流した。師弟の絆は、長い歳月を経ても変わらなかった。

前記の高木校長は、講演が上手で落ち着きがあり、政治的手腕にも長けていた。日本の細菌学者北里柴三郎博士の高足《こうそく》の弟子であった彼は、台湾における衛生制度および医学教育の草創者であった。「衛

韓石泉の医学生時代における台湾総督府医学校での人体解剖実習の様子

堀内次雄校長（後方左）の家族写真。後方右は娘婿の小田俊郎、手前右が外孫の小田稔、左が小田滋。台北の住まいの一角にて（1928年5月）

生総督」と呼ばれ、台湾の医学教育と衛生面に確固たる貢献をした。夫人はドイツ国籍の方だった。

当時の学生の娯楽は、囲碁、南詞、北調「ともに中国の民間俗曲《ぞっきょく》芸能の一種」、詩吟、書画などが挙げられる。とくに彰化出身の学生は、詩に長じる者が多かった。スポーツも普遍的で、高再福兄は徒競走と跳躍競技の優勝者として有名であった。学生の多くは品行方正であったが、中には規則を破る者もいた。あるとき学生寮で革靴や布靴が相次いで盗まれ、その数は十何足にもなったが、わけがわからなかった。そこで舎監が抜き打ち検査を実施し、学生一人ひとりに荷物を開けさせた。その結果、同室の某君の柳行李《やなぎごうり》の中から、すべての盗品が出てきた。事の真相が明らかになり、某君は停学処分を受けた。かなり裕福な家庭の出身だったらしいが、どうしてそのようなことをしたのか。もしかしたら精神的疾患があったのかもしれない。

卒業試験は競争が最も激しかった。なぜなら、それは将来の吉凶を決める命運がかかっているからであった。

1918年４月に韓石泉（前列着席者、右から二人目）は台湾総督府医学校を卒業。赤崁郷友会（台南同郷者校友会）の送別会での記念写真。撮影場所は現、台湾大学医学部人文館の近く

試験勉強のため、睡眠は毎晩わずか数時間という状態が一カ月にわたり続いた。同じクラスの林安息君は一番よく勉強した。卒業試験前まで第五位だった成績の平均順位が、卒業時には一躍、第二位に上がったのもうなずける。同窓の卒業生は三十八名、今日までにすでに他界した者は七名、十年後、この世に残っているのは果たして何名であろうか(18)。

卒業後、林君は台南に帰って台南医院の眼科に勤務し、私は台北に残って日本赤十字社台湾支部医院(19)の内科に勤め、吉田坦蔵、小島鼐二両教授の指導を受けた。当時、同医院は台湾における内科の権威であった。私は内科に憧れていたため、卒業前、眼科教授の藤原謙造先生に助手の職を持ちかけられたが、婉曲に辞退せざるを得なかった。卒業したのは一九一八年の春であり、当時、同級生のほとんどが喜びにあふれ、故郷へ錦を飾ったが、私にはそうできない複雑な事情があり、一人ふさぎ込んでいた。本来なら、卒業後は故郷の台南に帰って就職し、家の面倒を見るはずであった。しかし当時、台南医院の内科には欠員がなく、私は他の診療科には大した興味を持っていなかったため、やむを得ず赤十字社医院の内科を選択して台北に留まり、再びいばらの道へと足を踏み入れたのである。

そもそも父が逝去してからは、家計はほとんど借金で維持されていた。そのため母の唯一の願いは、私が帰郷して家計の一切を担うことだった。しかし、人生は意にかなうことが少なく、失望させられることは多いもので、卒業したての身ではそれほど役にも立たず、期待が大きかった分、失望も大きかった。赤十字社で勤務する新卒者の多くは無給であったが、私は月給十五円であった。すぐ下の弟の石福[20]は、成績が向上するよう、台北で入学試験の勉強をすることを希望した。母には就職のために台北へ行くと偽って、実のところは私と共同生活を始めた。私の十五円の月給は、その大部分を家に仕送りした後にはいくらも残っておらず、それで二人の生活を維持していくことは、筆舌に尽くしがたい苦しさであった。

当時、府前街[21]にある雑貨屋の上に下宿し、家賃は毎月一円五角〔一円五十銭〕であった。出費を節約するために電灯を付けず、昼は図書館に行き、夜には蝋燭《ろうそく》を灯した。当時、張鴻図兄がしばしば来訪し、「長談義《ながだんぎ》をして貴方らに蝋燭を多く浪費させてはならないな」と私を揶揄《やゆ》した。その貧しさのほどが想像されよう。私は自炊し、自ら洗濯もした。就寝前にはあらかじめ米を研いで鍋に入れておき、コンロにも枝や木炭を用意しておいて、翌朝起きるとすぐに火を起こしてご飯を仕掛けた。洗顔などを済ませると、新公園まで行って朝の体操をし、帰宅する頃にはご飯も炊きあがっていた。嚢中無一文《のうちゅうむいちもん》となっておかずとなる食べ物が買えない時は、ご飯の上に醤油と豚の脂をたらしてかき混ぜ、がつがつと食べた。その味も申し分なかった。時にはこれで小遣いを少し貯めて、映画を観に行くこともできた。

その後、姉婿の郭鬱兄[22]と同級生の秋徳君もここで同居し始め、急に賑やかになった。その下宿は、一年後に私が台南に帰った後も同級生たちが借りて住み続け、「貧士窟[23]」と命名された。ここでの生活は、私にとって一生忘れられないものとなっている。

日本赤十字社台湾支部医院の内科は、吉田、小島両教授が共同で責任を負い、交代で診療していた。吉田先生は謹厳で微《び》に入り細《さい》を穿《うが》つ性格であり、小島先生は瀟洒《しょうしゃ》で自由気ままな性格であった。前者は医専出身、後者は大学の「銀時計組」(24)であった。しかしながら、患者からは前者の方が後者よりも高い信頼を得ていた。そのため、両者は互いに協力しがたく、時には衝突して部下が板ばさみになることもあった。前者に心服して暗に後者を軽視していた赤木金太郎先生のような人は、前者の診療担当の時には午後三時頃にならないと昼食を取れないにもかかわらず、空腹で診療に当たることも厭《いと》わなかった。

吉田先生には『内科診断学』という著書があり、その後開業医になると、多くの患者が訪れた。一方、小島先生は変わらず学校で教鞭を執り続け、一九三五年に勤続満二十五年となった。囲碁を愛好し、興が湧くとよく詩吟もした。台南医院で勤務していた私に、詩作を数篇郵送してくれたこともあった。残念ながらそれは手元に残っていない。台南医院の院長を務めていた明石真隆先生が、小島先生の詩を読んでそれに合わせて作った詩の内容を、私は今も覚えている。当時日本は中国侵略の計画をちょうど練っていた頃で、小島、明石両先生はこの事態を憂慮していた。以下は明石先生の詩である。

良医為国憂　忘為子孫謀
陋屋堆書裡　慨然論五洲

注

（1）当房森吉と先述の白井怡三郎は、ともに早くから韓石泉を援助し、のちの韓石泉を造りなした「貴人」（第一章参照）であった。当房森吉は台湾を離れた後、遠く英領シンガポールまで赴き、一九一六年八月二十八日に当房盛吉の名前で発行人および印刷者となって、『南洋及日本人』という週刊雑誌を発刊した。販売店には台北新高《にいたか》堂、上海日本堂書店、新嘉坡《シンガポール》花屋商会と彼南《ペナン》山田新助などがあった。

［韓良俊は、同誌に掲載された当房氏の「プロペラの響き：韓石泉君」（三三頁図版参照）について、以下の二点を指摘した。第一に、治警事件の判決結果について当房氏に誤認があり、予審判決は有罪ではなく、全員無罪であったこと（同事件の詳細については第五章参照）。第二に、植民地台湾に存在したさまざまな民族差別について、当時の在台日本人の中でも当房氏は比較的台湾人に同情的な立場を取る人物であったが、治警事件に関わった台湾人民族運動家に対しては、統治側である日本人の自己本位的な無理解と敵意があったと見て取れることである。韓良俊の見解については「整整六十年前失、而復得的家宝」韓良誠・韓良俊編著『景福兄弟耕心集 下冊』台北：台大医学院、二〇一四年、七三五―七四二頁参照。］

（2）一九二三年十二月に発生した治安警察法違反事件（治警事件）のこと。そのとき日本の警察は台湾全土で台湾議会設置期成運動に参加した知識人エリートを一斉に捜索し逮捕した。これは、五十六年後の一九七九年十二月十日国民党当局がでっちあげた美麗島事件のようなものである。

（3）私韓良俊は、一九五六年の初版の原稿を準備しているとき、どうにかしてこの雑誌を探し出す方法はないものかと考えていた。そして突然、五番目の弟である良博の、台南一中時代の親友である陳恒昭［チェン・ポール］君が、ちょうど日本の東京大学法学部で教授を務めていることを思い出した。そこで彼に、亡き父が「人生で最も大切な宝物」であると考えていた文章を、東京大学図書館あるいは日本の国立国会図書館で探してはくれないかと手紙でお願いした。その結果、天は自ら助くる者を助く、地球を半分めぐり、日本からイギリスのオックスフォード大学へ、そしてまた台湾へともどり、ついに九月中旬、陳教授からの依頼を受けた台湾大学法学部の王能君教授の助けを得て、意外にも台湾の中央研究院で、戦禍のために焼けてまるまる六十年のあいだ失われたままとなっていた文章を探し出すに至った。この探索の一連の過程は、緊張と、焦りと、切実な期待が織りまざったもので、ついに、失われていたものが再び得られたことは、まるで奇跡のようである。

（4）二角二分。「占」は台湾語で発音すべきで（音は台湾語の「針」と同じ）、台湾語には、「没有著半占銭」という言い方があり、「小銭がまったくない」、「わずかなお金さえも使っていない」ことを意味する。

（5）韓石泉がその人生において極めて重視したのは、合理的科学的であることと、迷信の排斥であった。したがって、彼が母のいいつけに従って「台南の水と土」を飲んだことは、極めてらしからぬことであった。これはまったくの母親に対する孝行心からとった行動である。

（6）そのとき、韓石泉の母親は彼に言った。「今、我が家は確かに苦しい状態にあります。これを克服するには、家の誰もが一致団結しなければなりません。あなたのお兄さんも（石岩のこと）台南州庁で働いて家計を助けてくれています。あなたも卒業後はお兄さんの子どもたちを助けなければなりません。そうしてこそ、お兄さんのあなたに対する育成の恩に報いることができるのです」。このように道理をよくわきまえた母親がいたため、韓家の人間は当時から一人ひとりが団結し、協力した。そのうえ、飼っていた豚を売って得たお金で、韓石泉の入学と台北へ行く諸費用とした。韓石泉も医学校卒業後、確かに母親の期待に背くことなく、できる限りを尽くして、四十九歳で早逝した長兄の子どもたちの面倒を見た。

（7）翁俊明には翁炳栄という息子があり（妻は劉雲娥、台南県出身）、その娘（翁俊明の孫）というのが、日本在住の才女で芸術家のジュディ・オング（翁倩玉）である。その版画作品は日本の美術展で何度も入選し、二〇〇五年には日展特選を受賞した。

（8）当時の少なからぬ知識分子は「祖国に心を寄せ」ており、それは日本に対抗するために自然と生まれた純真な気持ちであった。いわゆる「祖国」とは、理想化された中国であり、実際の状況のものとは明らかに異なる。

（9）中国医学の理論については、科学的研究の証拠をもって補うべきだと韓石泉はいつも考えていた。そして、今日のいわゆる「実証医学」に置き換えることができなければ、簡単に信じて使うべきではないと主張していた。彼のこの理念は、この時期から芽生えたと思われる。

（10）現在（二〇〇九年）台湾における各学校の規定では、追試験で合格した場合、点数は一律六十点を付ける。しかし、当時の医学校は実点を付けたと思われる。したがって、二年次の韓石泉の成績が「上位に名を連ねた」のは、幸運と言わざるを得ない。しかし、三年次、四年次にもそれが維持でき、「成績が下がることはなかった」のは、「何倍も勤勉にならなければならない」という母の命をしっかりと守ったことによるものと言えよう。なお、後述される「同盟罷買事件」が起こったのは、彼が三年生の時であり、瀧野舎監が歴史、国語、地理の三科目を担当した予科一年の時ではなかった。そうでなければ、その三科目は決して及第できず、その後の学業も当然順調に行くはずもなく、「上位に名を連ねる」ことも不可能であったろう。まさに幸運でもあり、危ういところでもあった。

（11）父の影響を受けた韓石泉は大の京劇好きであった。しかし子どもの私たちはクラシック音楽の洗礼を受けたため、鳴り物が多く、メロディーやハーモニー、リズムの美しさに乏しい京劇にどうしても馴染めなかった。それゆえ、父が私たちを京劇鑑賞へ誘おうとするたび、いつも「さっと逃げ」て、かわしきれないのを恐れた。今思うと、父にあまりにも興ざめなことをしてしまった。親子とはいえ、「失礼」すぎた。若さゆえに物事をわきまえず、考えが足りなかった事例の一つであろう。

（12）高い地位にある者は、人材を見極め、その才能を愛し、「貴人の助け」（第一章参照）ともなる後押しをするべきであろう。堀内校長のこの件における行動はまさにその手本となる。このエピソードは、堀内校長の娘婿である台北帝国大学医学部長、小田俊郎の『台湾医学五十年』のなかでも言及された。当時もし韓石泉が退学処分の不運に見舞われていたら、後日の韓石泉は当然存在せず、台湾社会に貢献する種々の機会も失われていたであろう。そのため、韓家の人間は堀内次雄校長を一家の大恩人と慕い、今日に至っても恩義を感じ、この先も決して忘れることはない。

（13）堀内次雄校長の外孫、小田滋（のちに台北帝大附属病院の初代院長となった小田俊郎の息子）［一九二四年生まれ］は、東北大学法学部卒業後、母校で教鞭を執ったが、その後オランダのハーグにある国際司法裁判所の判事として長く務めた。青少年期を台湾で過ごしたため、台北高等学校の校友（前台湾総統の李登輝氏や楊基銓氏など）が多い。小田滋の著書『堀内・小田家三代百年の台湾——台湾の医事・衛生を軸として』（日本図書刊行会、二〇〇二年）五五頁には、堀内校長に捧げたこの賛辞も引用されたが、残念ながらその出所が韓石泉の弔辞であることは記されなかった。小田氏の原文は以下のとおりである。「そこ（荘永明『台湾医療史』）にはなんの偏見もなく、大正から昭和への台北医専、そうして台北帝大医学部に実に多くのページが割かれている。堀内の事蹟がことの他詳しく、堀内が『開明作風、まったく差別もなく、勇敢な開拓者、偉大な教育者、真摯な学者』であり、台湾の医師は『慈父の如く慕った』と称えている」。

（14）マラリア（malaria）の台湾語が「寒熱仔」であることを知る者は今は多くないであろう。台湾語の病名からわかるように、この病気にかかると、悪寒、震え、発熱の症状が現れる。そして、悪寒、発熱、発汗および溶血などの症状には周期性がみられる。法定伝染病であり、ハマダラカに刺されることによって、病原体のマラリア原虫が体内に侵入して感染する。

（15）小田滋の著書には次のような描写がある。「［台湾で催された堀内先生の追悼会で］そのすべてにおいて披露された弔辞はいずれも中国語のものであるが、堀内の五十年の台湾を振り返り、切々として身内ではあるが、私［小田］としても涙なくしては読めないものばかりである。高雄における追悼の辞のなかに、『堀内先生の人となり、〈聡明、厚道、克苦、謹厳、沈着、簡黙、慈祥〉美徳を一身に集めた』と称え、一般の日本人と違って、台湾語を学び、台湾人に対する偏見のかけらもなかったことを述べている」（小田滋『堀内・小田家三代百年の台湾』五四―五五頁）。ここで取り上げられた追悼の辞はこの「堀内先生を偲ぶ」と一致しているので、韓石泉のものとわかる。

（16）東北帝国大学医学部の前身［のちの東北大学医学部］。

（17）Metagonimus は寄生虫の属名であり、メタゴニムス属である。yokogawai の語尾の〝i〟はラテン語名詞の形容詞変化である。二つの単語を合わせると「横川吸虫」の意味になる。人間や畜類の小腸に寄生し、日本、中国、東南アジアの島嶼地域、バルカン半島、パキスタンなどの各地で発見された。なお、横川定は、三男の韓良誠が千葉大学医学部に留学した際の博士論文指導教授であった横川宗雄の父である。

（18）『六十回憶』初版は一九五六年十月に刊行されたが、韓石泉本人が、不幸にも一九六三年に六月に逝去した。ここで述べた「十年後」に至ることなく、出版から七年も経たないうちのことであった。

（19）台湾支部医院の建物は台湾医療史において極めて重要な建造物であったが、非常に惜しむべきことに、戦後、国民党中央党部［本部］のビルを建てるため、理不尽にも暗闇に乗じてひと晩のうちに国民党に取り壊され、台湾の地から永遠に消失してしまった。

（20）韓石福は韓家の三男で、韓石泉とは一歳違いである。台北医専の卒業後、台南医院の内科と外科に勤務した。一九三三年に学甲［当時の台南州北門郡学甲庄。二〇一七年現在の台南市学甲区］で開業した。韓石泉の日本留学中には、台南市で韓内科医院の医務を代行した。一九三六年六月に麻豆に移転して開業し、晩年には再び台南市に戻り、そこで逝去した。享年八十四歳であった。石泉、石福兄弟は、日本統治時期の台湾新民報社が出版した『台湾人士鑑』［一九三七年、六四頁］の同じページに同時に名を連ね、二人とも読書が趣味として挙げられていた。また、次のような興味深いエピソードもあった。韓石福が卒業した時、母親は自ら台北医専まで行って卒業式に出席した。「纏足している」保護者の列席は、開校以来初めてのことだったそうで、この出来事は一時世間の注目を浴びた。韓家の母親が息子たちの教育を非常に重視していたことがうかがえる。

（21）台北市武昌街一段の一帯である。

（22）韓石泉の唯一の姉、韓揚治の夫である。銀行に勤めた。若き頃には韓石泉の父、韓子星の私塾の教え子であった。子星は彼のことが気に入って娘を嫁がせた。彼の珠算の腕は当時ほとんど無敵で、珠算競技大会では何度も優勝したという。

（23）「貧士窟」についても、以下のような興味深いエピソードがある。韓石泉は貧士窟時代に首席卒業の賞状を質入れして、十八金の懐中時計を入手した。彼はこの懐中時計を非常に愛用し、いつも肌身離さず身につけ、眠る時にも枕元に置いていた。毎晩懐中時計と「同衾《どうきん》し枕を共にする」彼は、親友に「これは僕の側妻《そばめ》だ」とよく冗談を飛ばしたという。

（24）当時、帝国大学の首席卒業生には、天皇陛下より銀製の懐中時計が下賜された。そのため銀時計を授与された者たちは、卒業成績が優秀であったことを意味して「銀時計組」と呼ばれた。

第三章　医者になりたてのころと台南医院時代

台湾総督府医学校を卒業したとき、私はちょうど二十二歳だった。在学中かなり一生懸命勉強したが、医学は範囲が広いうえに、在学期間は五年しかなく、しかも中学の学習課程を学ぶことにも時間を割かねばならず、全力を傾けてもそのすべてを極めることはできなかった。当時の社会は未発達で、医学校の卒業生は博学な学者のようにおそれ敬われた。そして、われわれは自分が非凡であると自惚《うぬぼ》れ、身の程を知らなかった。経験は知識に勝り、真実は道理を説いた名言の中にある。

後に働くようになって、二度の過ちを犯した。一度目は死亡診断書の死亡時刻を家族の意向に従い、融通をきかせて繰り上げて書き入れ、吉田先生から厳しいお叱りを受けた。それ以来、物事には細心の注意を払い、開業から今日まで、同様の事例については、二度と融通をきかせたことはなく、よく頑固者と謗《そし》られた。もう一度は、農村の庄長の某《なにがし》から、六〇六注射を打ってくれるよう強く求められ(1)、その者が遠方より遥々《はるばる》やってきたことに同情して、特別に病室で注射をした。ところが意外にも、五分もたたないうちにその患者は顔面蒼白となり、突然卒倒した。私は大変驚いて真っ青になり、急いで人工呼吸を施し、大量の強心剤を注入して、幸いにもほどなくしてその患者は息を吹き返した。しかし、私は背中がぐっしょりとぬれるほど汗をかき、しかも病室に集まってこの一部始終を見ていた者の多くが患者の親戚と友人だったため、私は恥入ることこの上なかった。

六〇六注射については、血管外への漏出もよくあることだった。患者がその腫れて痛む腕を出して湿布治療を求めてくるときは、たいへんきまりが悪く、心臓はしきりに早鐘を打った。私が初めて医局に入ったとき、ある年上の肺結核患者の主治医となった。当時この病気に良く効く薬はまったく存在せず、旧ツベルクリン注射（Tuberculin）が最も効果的で一番よく行われている治療法であったが、結局は治癒せずみなこの世を去っていった。この方は生前私に、酒色に溺れて心を狂わせることをもっと早くにやめるべきであったと深く嘆いた。人は自分がやがて死ぬとわかると、その言葉も善良なものとなるが、惜しいかな、後悔しても遅いのである。

またこんな悲劇もあった。同期で卒業した某君が、卒業後間もなく腸チフスにかかって入院し、治ることなくこの世を去った。某君はしゃれた好青年で、和服の正装である羽織袴がよく似合い、鼻には金縁眼鏡をかけていた。若い看護婦たちはそんな彼に全力を注いで求愛した。家は大変豊かで、卒業して故郷に錦を飾ったとき、祝賀の酒席をもうけ、芝居を三日にわたり上演したという。こともあろうに学業を修めた後、病に倒れ帰らぬ人となり、その家族の悲しみたるや、これほどまでに深いものはなかった。

敬服する友人である謝銀君は、彰化市出身で、その人となりは誠実で偽りがなく、幼い時に父を亡くし、母に孝行を尽くした。入学前はある公学校で教員を勤め、毎週土曜日、母のご機嫌をうかがうために遠路歩いて実家へ帰った。幸いにもその姉婿の助けを得て医学校に入学した。日本政府から毎月支給される雑費用小遣いはわずか一円五角［一円五十銭］だったが、それに手をつけずにおこうとし、同学の

韓石泉は1918年に台湾総督府医学校の第17回卒業生として卒業した。この卒業記念写真は同年４月15日、現在の台北市仁愛路、台湾大学医学院にあたる場所で撮られたもの。最後列左から二人目が韓石泉。同期の卒業生は38名。上方の楕円はともに写真に入ることができなかった先生方

中でも倹約することについてその右に出る者はなかった。毎日必ず日記をつけ、書が大変上手で、物事を細かいことまで覚えており、その細心のほどと頭の良さに私は深く敬服し、互いに意気投合した。卒業後は屏東府立病院で職に就き、冬休みに帰省する道すがら私を訪ね、携えてきた新しい革靴を見せた。私がどうしたのかと聞くと、良縁に恵まれて結婚するのだと答えた。はからずも数日後に、突然訃報を受け取った。あろうことか急病でこの世を去ったのだ。私は弔いに行き、手書きの日記を一冊思い出にいただいた。一九四五年三月一日に罹災したとき[2]、大変残念なことに、その日記も焼かれてしまった。

私が台北に留まって一年、台南医院の内科にまだ決まっていないポストがあると聞き、私は堀内校長に紹介をお願いして、翌年（一九一九年）台南医院に移った。当時の医院長明石真隆博士は、私が尊敬する日本人の一人で、内科の専門家であり、台湾の風土病についても非常に研究されていて、『日本内科全書』の中でもマラリヤとアメーバ赤痢の項

目を執筆していた。その人となりは、意志が固く正義感があり、陽明学の学説についても造詣が深く、「知行合一《ちこうごういつ》」と「事上練磨《じじょうれんま》」(3)が事にあたる際の態度であった。九州帝国大学で研究していたときのあだ名は「学生先生」で、学生でありながら先生であり、先生でありながら学生であるとの意味をもっており、他の学生とは似ておらず、何事についても経験者の教えを請うた。己の道を貫き、頭を低くして相手の言いなりになることは決してなかった。台南医院の各科の医長が雑談をしていたとき、解けない問題が挙げられたことがある。彼はそれをそばで聞いていて、そもそも自分の専門外である問題を帰宅後一生懸命考え、文献を集めて参考にし、翌朝医長たちに自分が得た結論を報告した。この難解な問題を取りかかりを見つけてすらすらと解いたため、みなから称賛された。したがって、院内で彼とあえて論争する者がいなかったのは、決してその院長の権威をおそれたためではなかった。そのうえ先生は、台湾人を差別したことがなかった。私より十五歳年上で、私に特に期待をかけてくださった。

　私は当時若年で気が短く、病棟であれ外来であれ診察する権利をこともあろうに無理に要求した。しかし、当時私の職務は医務助手であり、その上は医官補、医官、医長とあり、それぞれの権限ははっきりと分かれていた。私はただ処方をひき写し、検査し、病歴を尋ねるだけで、治療の仕事は担当しておらず、その時の仕事にはまったく関心がなかった。院長はついに私の要求に折れ、病棟の一部の患者を担当させてくれたほか、もし外来で私の診察を希望する者がいれば担当してもよいという、前代未聞ともいうべき英断を下した。しかし、日本人の医員の多くはこのことについて口々に不平をこぼし、日本人の看護婦たちには蔑視する者もあれば、命令に従おうとしない者もあった。

　私の当時の立場は非常に窮屈で、実力だけが頼りであり、そのほかのことは一切気にしなかった。初

韓石泉は、長く待ち望んだ台南医院内科に招聘され、3年後には正式に昇進して判任官となり、医官補を務めた。月給22円と定めている最初の辞令（1919年）

めの月給は二十二円で、三年後に医官補に昇進して判任官になり、制服も支給された。日本の官制では判任官の上は奏任官であり、さらにその上は勅任官、最上が親任官で、各層にはまた等級があった。台南医院の内科における台湾人の医官補は、私が最初であり、外科は王受禄兄[4]、続いて黄金火兄、耳鼻科では陳徳智兄であった。当時、民族主義が次第にあらわとなり、院内にも台湾人職員と日本人職員の間に対立関係が存在していた。日本人の中で差別意識が最も強く、横暴で道理をわきまえなかったのは、耳鼻科医長の伊藤某《ぼう》と歯科医官の野谷某、そして事務長の鹿沼某であった。伊藤は小柄で横暴、極めて傲慢でひねくれており、言葉づかいも横柄、患者にはまったく親切でなく、台湾人を蔑視していた。野谷の気性は伊藤に極めてよく似ていて、同じ穴のムジナ、典型的な日本軍国主義者であった。したがって、太平洋戦争の開始から、野谷は防衛団で重要な役を果たし、鹿沼事務長の息子、鹿沼医師と淫行をきわめ、わがもの顔に振る舞い、無数の性的暴行事件を起こした。

鹿沼事務長はというと、狡猾で、上の者には媚びへつらい、下の者は見下した。あるとき、出張についての台湾人職員に対する処遇が極めて不公平だったため、私は彼と衝突した。私は実情を明石院長に訴え、事務長は大いに譴責《けんせき》された。この件以来明石院長は事務長を非常に嫌悪し、昼近くになって事務長が大量の決裁書類をかかえて院長室に入ってくることがあると、院長は面と向かって「私は内容を確認せずに判を押すことはできない。あわただしい時間に乗じて重要な事務案件の指示を仰ぎにくるべきではない」ととがめた。

またあるとき、私が院長に就《つ》いて病棟を巡回していると、途中で事務室を通りかかった。院長は笑いながら私に聞いた。「君は事務長の困った顔を見たくないかね」。そう言うなり、院長は事務室に入って鹿沼に向かって言った。「君は、当院の病棟で使っている病床が何種類あるか知っているかね。高さが高いものもあれば、低いものもある。高いのは何尺で、低いのは何尺かね」。鹿沼は答えにつまり、院長は、すぐに調べて少し後に報告に来るよう命じた。事務長は恥ずかしさのあまり顔を真っ赤にした。明石院長の悪ふざけであった。事務長は、もっぱら権力のある人に取り入り、媚びへつらうことに長けていて、高木、堀内両先生にひきたてられて地位を獲得した。明石院長は、彼を年老いた役立たずとみなした。先述した息子の鹿沼医師が卒業するとき、台南医院に職を求めたが、院長に断られた。鹿沼事務長はいつまでも身持ちが改まらず、足繁《しげ》く遊郭に通い、夫人は神経症（ヒステリー）となって首をくくって亡くなり、一幕の家庭の悲劇を演じた。およそこのような女癖の悪い者は、自らよくよく戒めなければならない。

内科の医局では、伊勢医長は鈍重《どんじゅう》で事の是非を判断できず、大井医官は驕《おご》り高ぶって好戦的で、大言壮語し、岡本、伊藤両医師は、温和で礼儀正しかったものの、その性格においては際立つところがなかった。私は一九一九年春から一九二二年末まで台南医院に勤め、約四年の歳月にわたり明石院長の薫陶を受けて、医学と医術において多くのことを学び、以後の開業に大変役に立った。当時、台南医院は山《やま》病院と呼ばれていた。病院の周りが一面の野原だったからである。ここは台湾南部で一番良い病院で、一般の人々から大変信頼されており、そこでの職務が長ければ長いほど信用と評判も高くなった。

私はわずか四年しかいなかったが、かなりの信用と評判を獲得した。

明石院長は非常に学問を好み、研究熱心で、研究時間と経費が足りないといつも嘆いておられた。地方病院は治療を主としている上、院長であるからには雑務がつきまとい、研究時間は少ないものとなった。後に台北医専の吉田教授が辞職して台北市内に開業したとき、明石先生はその職を継ぐことに意欲を示したが、小島教授に阻まれた。聞くところによると、お二人はともに九州帝国大学の出身で、小島先生の方が明石先生より一年先輩であった。しかし、官階では下にあったため、小島先生は明石先生が自分の上司にあたる台北医専の内科の長となることが受け入れられなかったという。このことで明石先生は憤って日本に帰られ、熊本医科大学教授となり、まもなく学長に選出された。このことからも、学界において明石先生がいかに重視されたかがわかる。

当時、日本の学界の一般的傾向として、大学卒業後、研究室に職を得て残らなければ、大学教授として名を成す機会は非常に少なくなった。特に地方に長く留まった人はその学術研究の能力を大いに疑われた。明石先生は台湾が非常に長かったものの、帰国後学界から諸手を挙げて迎えられたことは、極めて異例なことである。

看護婦の多くは日本の若い女性で、他はみな台湾の女性であった。私はこのときお付き合いしている相手はおらず、何人かの日本のお嬢さんが私に大変惚れ込んで、中には私に嫁いだ後、台湾語を話し、台湾の服を着ると自ら誓う人もいた。その中で最も私を恐れさせたのは、高等女学校卒の臨床検査員だった。私が当直をしていたとき、わざわざ訪ねてきてずっとつきまとい、婚約を迫ってきたのだ。彼女は独り言をいいながら手にした二本のマッチに火をつけて吉凶を占い、これは彼女の郷里の習慣で、とても当たるのだと言った。私は婉曲的に断り、彼女は腹を立てて去っていった。もし私に邪《よこしま》な考えがあったならば、いとも簡単に手に入れることができたろう。しかし、私には信念があった。相手に対して純粋な思いを抱き、一生の伴侶となることを願ったのでなければ、簡単には愛情は示すまいと決めていた。そうでなければ、自分に対して誠実でないばかりか、後になってから面倒を引き起こすことになるからである。私はまだ婚約はしていなかったが、媒酌人として鄭徳和兄と鄭錦治女史の間をとりもったという手柄があった。

注

（1）六〇六注射は、当時最もよく用いられた梅毒治療のアンプル入り注射薬である。「六〇六」の名前は、研究者が製薬を試みていたとき、六〇六回目の試薬が成功したことによる。韓石泉の三男良誠医師の記憶によると、韓内科の電話番号について韓石泉は、この六〇六という数字が覚えやすかったため、まだ自由に電話番号を選べた時代に、三〇三という番号を選んだのだと彼に語ったという。時代を経た今でも、韓内児科診所［内科、小児科］の電話番号は、変わらず覚えやすい（〇六）二二二二三〇三である。

（2）「一九四五年三月一日に罹災したとき」とは、当時日本の統治下にあった台南市が連合軍の爆撃機により受けた、一回目の全市大空襲のことを指す。

（3）一つのことをするのに、完全にやり方を熟知してから行う必要はなく、それよりは行いながら学ぶべきで、そうして毎回取り組む中で経験を積んでいくという意味である。この四文字が韓石泉に与えた影響は大変深かっただけでなく、韓石泉はその子女にもこの教えをよく諭した。

（4）王受禄［一八九三―一九七七］は、台湾で最初にドイツに留学して医学博士の学位を取得した人で、南台湾で当時最も著名な外科医師であった。

第四章　恋愛史

　ここでは、私の異性とのかかわりと恋愛史について話そう。私は十三、四歳の頃にはもう「性への関心」が芽生え、異性を意識するようになった。というのも、当時父の私塾に女子生徒が数名おり、その中に器量の良い者がいて、見掛けるたびに惹きつけられたのだ。しかし年少だった私は邪念を一切抱かなかった。そのうちの一人の少女と私はよく一緒にいて、ともに遊び、よく彼女の家に行った。二人とも幼く無邪気であった。私が医学校に入った後は会うことが難しくなったが、私が台南医院に奉職してから訪ねてくるようになった。昼夜が不規則なため、頻繁にラブレターが寄せられ、そこには幼い頃の友情に触れつつ、私への思いの丈が綴られていた。彼女は私に深く好意を寄せていたが、残念ながら私はただ友情を懐かしむだけでそれ以上の思いはなかった。当時の私は、まるで科挙の最高の試験である殿試に首席合格した進士になったようで、医院では看護婦たちに囲まれ、家では縁談を持ち込む人たちが訪れ、応対に追われて息をつく暇もなかった。

　卒業してからは私の縁談への世間の関心はますます高まり、こちらの某女史と恋愛しているとか、あちらの某女史と婚約したという憶測や噂が飛び交った。それどころか、先手を取って自分から宣伝してくる者までいた。姉妹を私に選択させる者、剃髪《ていはつ》までしたのに還俗《げんぞく》を願う尼僧、豪華な嫁入り道具に数十甲［一甲は約九六九九平方メートル］の良田をつけて結婚を申し出る者もいた。さらには、自ら我が家まで来て母を説得しようとする最先端で肝の据わった者までいた。まさに色とりどり、多種多様で賑やかだった。古人曰《い》はく、「学業に励めば妻を娶《めと》るに良媒《りょうぼう》無きを恨む莫《なか》れ、書物の中には自《おの》ずと美玉の如き麗人あり」。これはまさにそのとおりであった。しかし、私は結婚についてすでに四つの信念を持っていたため、冷静な態度で密かに相手を探すことができた。

第一、富豪の娘を娶らず、嫁入り道具を貪《むさぼ》らない。およそ資産家の娘の多くは傲慢で、嫁入り道具にものをいわせる。私はこれを大変恥ずかしいことに思う。

第二、才色兼備で名が通っている女性を娶らない。この類の女性は協力し合うことが難しい。

第三、華麗で艶《あで》やかな女性を好《よ》しとせず、淑《しと》やかな田舎娘を特に好しとする。

第四、相当な教育を受けていなければならない。もし気に入る人がいて、その人がさらに学業を深める意向があれば、私も喜ぶところである。(1)

親友の安息君(2)は私の信念と希望をよく知っていて、ある日私にこう言った。「妙齢の淑女、荘綉鸞女史が毎日あるいは隔日、私の病院に来て耳の病気を治療している。君にもしその気があれば、ちょっと見てみないかい。良縁が得られるように手伝ってあげよう」。私がこれに対して、「『良質な材木は安平鎮を通らない』。君はなぜ自分自身のために頑張らないのかい。私と同病相憐れむ者同士ではないか」と言い返したら、安息君は、「私は華やかで活発で外向的な女性が好きだ。彼女はおそらく私のタイプではない」と答えた。(3)

翌日、彼女が病院に到着する前に私は春陽堂に行き、二階で粛々と待ち構えた。しばらくすると彼女はその父君とともに現れた。私は急いで一階に下り、新聞を読むふりをして診察室に入り、安息君と話をしながらそっと彼女をのぞき見た。太っても痩せてもおらず、すらりとして美しい方だった。特出した美貌の持ち主ではないが、奥深い谷にひっそりと咲く蘭の花のようにもの静かで、清らかで品が良く、素朴で、派手さのまったくない女性であった。一目しか見なかったにもかかわらず、私はすっかり魅了されてしまった。直ちに行動を起こし、急いで相応《ふさわ》しい媒酌人を探した。そして安息君の父君、すなわち女性のおじ［母の兄弟］、および私の父方の一番目の伯母に縁談を頼んだ。しかし、相手から得られたのはまだ若いのでゆっくり進めたいという断りの返事で、私は大いに失望させられた。

その後の半年間、私はまるで『詩経』の関雎《かんしょ》篇に描かれた「窈窕《ようちょう》たる淑女は、君子の好逑《こうきゅう》なり……悠《ゆう》なる哉《かな》悠なる哉、輾転反側《てんてんはんそく》す」［しとやかな淑女は君子のよきつれあい……慕る思いに、寝返りばかり打って寝付かれない］という状態に陥った。私は君子を自任することはできないが、あれこれ考えて寝返りばかり打ち、一晩中寝付くことができなかった。なぜ相手は快諾しなかったのだろうか。金持ち息子と結婚させるつもりなのか。それとも、才能と容貌が私に勝る求婚者がいたのか。そのうえ、なぜ私は自分に求婚してくる女性たちを受け入れられず、あろうことか、自分が気に入ったこの女性に逆に断られたのだろうか。彼女のご両親は、本当に彼女を他の者と結婚させたいと思っているのだろうか。仮に他の者と結婚したとして、彼女は私と一緒になるよりももっと幸せになれるのだろうか。もしそうならば、私は彼女が一生幸せであるよう祈ろう。それにしても、彼女のご両親は人を見る目がないのではないか。もしこの縁談が絶望的となったときには、比較的気に入った日本人の看護婦を選び、失恋の傷を癒そうと

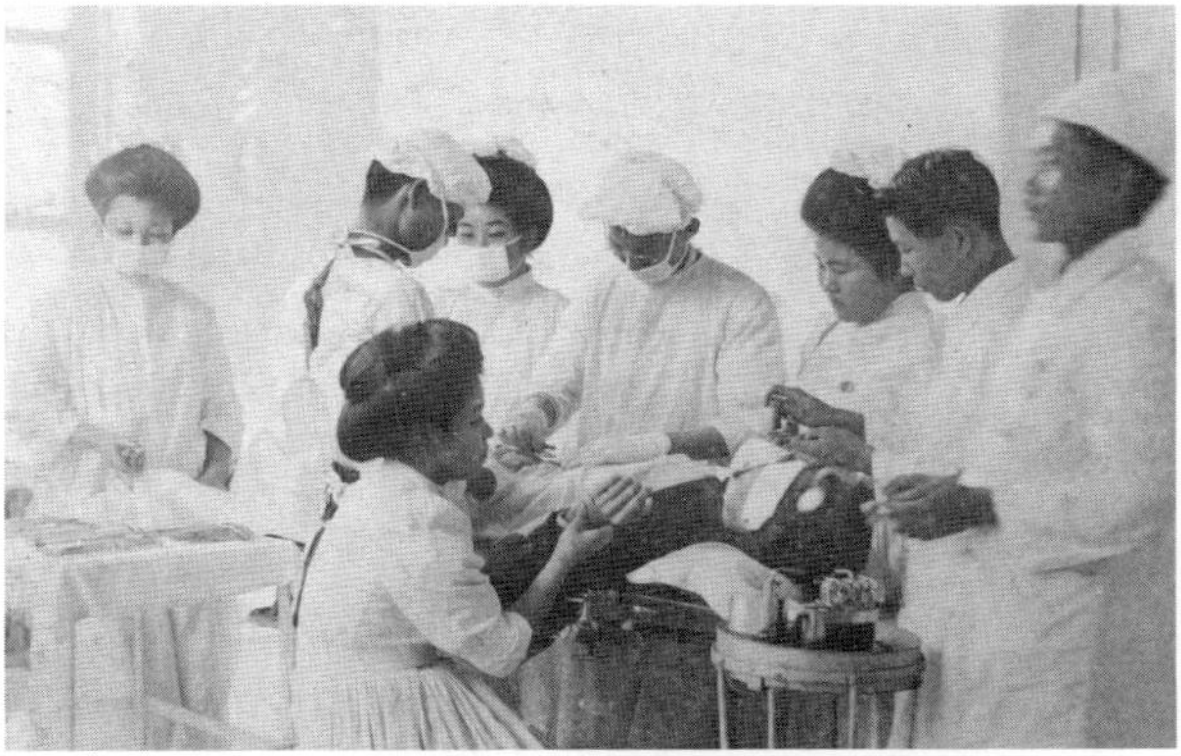
韓石泉が助手として開腹手術に携わった時の様子（左から二人目）。座っている看護婦は患者の脈を取っている。その髪型は当時の典型的な看護婦ヘアスタイル

私は考えた。
古人曰く、「山窮まり水尽き、路《みち》無きかと疑えば、柳《やなぎ》暗く花明らかにまた一村《いっそん》あり」。突然、先方が私との縁談について、やや意を変えたというかすかな吉報が届いた。知らせを伝え聞いた私は狂喜し、再び勇気を出して彼女の漢文教師の呉鏡秋先生に、縁談を取り持っていただき必ず成功させるよう依頼した。呉先生は面倒を厭わない応対が巧みな方で、物事は非常に順調に進んだ。縁談はまとまり、西暦一九二一年（すなわち大正十年）六月二十六日に婚約した。[4] まさに有志竟《ゆうしきょう》成《せい》「志を曲げることなく堅持していれば、必ず成し遂げられるということ」、世の愛し合う者たちがみな夫婦にあいならんことを願う。

当時の結納は極めて簡単であった。婚約指輪とその他の結納品を入れた赤い籠を、呉先生に託しただけで、いかなる結納の儀も行わず、大いに宴席を設けることもなく、愛する人に会う機会すらなかった。当時は今日と異なり、結納の際に花婿が花嫁の実家に訪れることはなかった。その後、彼女に会うためにあらゆる方策を講じ、機会を探した。ちょうど台南医院に彼女と同級生

韓石泉が台南医院に奉職中、同僚の医師や看護婦たちとともに院外で撮影されたもの。一番左が若い内科「医官補」の韓石泉医師

だった看護婦がいて、彼女にお願いして文《ふみ》のやりとりをし、こうして盧淑賢女史のお宅で初めてお会いすることができた。初対面の時、彼女はとても恥ずかしそうだった。美しい手をそっと触ってみようとしたが、縮こまって逃げられた。何回か試みたら、ようやく成功した。稲妻が走ったように意識がぼんやりとなった(5)。その後さらに観劇に誘ったが、彼女の父君はまだ不安に思われていて一緒に行くのを許してもらえず、私は大いに失望した。すぐ近くにいながら、まるで空の果てにいるように隔たっていて、眺めるだけで自分の手に取ることができない高嶺の花であった。

後の生活が円満で情趣豊かなものになるようにと、私は彼女に進学を勧めた。しかし、公学校を卒業してすでに三年経っていたため、受験は非常に難しく感じられた。そこで、ご両親の黙認を得て、私に就《つ》いて勉強を始めた。幸いにも、友人の簡仁南君とその婚約者の盧淑賢女史もこちらと同じ状態だったので、錦治女史のお宅か淑賢女史のお宅で、私と仁南君が交替で教えた。当時仁南君も台南医院の内科に勤務しており、二人の若い医師は、診察するよりも勉強を見る方にもっと熱心で、根気強かった。幸いにして翌年（一九二二年）四月に、盧、荘両女史は台南州第二高等女学校(6)に合格した。入学の日、つがいでともに連れ立って出向いたのであるから、当時の日本人校長 楠基道《くすのきもとみち》に笑われたのも無理はない。入学後、私はようやく彼女のお宅に上がることが許され、婚約は内々のものから公のものとなった。

それから四年間、雨の日も風の日も、寒い日も暑い日も、夜に時間があれば必ず彼女の家を訪れた。名目上は学習指導であったが、実際には互いを思いやる時間であった。仁南君と私は同病相憐れむ者同士であった。私は当時、金火君(7)と共和医院を共同経営していた。私の家は院内にあったが、私はそこではなく、外南河（現台南市和平街）の読報社の階上に一人で寝泊まりしていた。読報社とは、文化協会(8)が設立した読報所および文化講演の会場であり、私はそこを管理する責任も負っていた。時々訪れて深夜までいた鸞「婚約した荘綉鸞のこと」は、いつも江福君に頼み、自宅まで送ってもらった。江福君は文化協会に勤務し、職務に精励する忠実な青年であったが、肺病(9)にかかり、四十にしてまだ独身主義のままだったのを、気の毒に思う。

一九二四年八月の夏休みに、文化協会は霧峰の林献堂先生の莱園を会場に夏季講習会を開催した。会期は一週間で、鸞も赴き参加した。最終日に私も馳《は》せ参じ、帰りに、「鸞と」陳逢源兄夫婦とともに関子嶺温泉に宿泊した。幸いなことに性欲を克服でき、一線を越えずに済んだ。女学校側は「生徒が外泊したとの」通報を受けたが、いかなる処分もせず、実に寛大であった。その後、彼女は学校で少しわからない問題があった時、韓先生に教えてもらったらどうかねと担任にからかわれたこともあった。ひどく揶《や》揄《ゆ》されたと言えよう。

一九二四年八月、鄭徳和兄と錦治女史が旗山で結婚し、私と鸞も祝賀に駆けつけた。一泊して帰ってきたら、鸞の母君は非常に不機嫌であった。二人に何か怪しい関係があったのではないかと疑われたのだ。およそ人はその一生のうちに、何かで疑いをかけられることは避けがたいであろう。友人の中に遊女屋通いが好きな者がいて、私が婚約する前、一緒に「粗糠崎貸座敷」に行った。夜も更《ふ》けて、友人の中には泊まった者もいたが、私だけは断わった。遣《や》り手婆《てばば》に入口を開けるように命じ、帰らせてもらった。「天下一の空《うつ》け者」と笑われても気にしなかったため、重大な過ちを犯さずに済んだ。ただ一度、こんなことがあった。一九二一（大正十）年、私が二十四歳の時、医学会に出席するために北上した。学会の後、友人たちが私娼窟にちょっと遊びに行こうと提案し、私も好奇心に駆られて同行した。その夜、私は地獄の淵に落ちる寸前までいったが、幸いにも足を踏み外して堕落するところまでは至らなかった。それ以来、私は懼《おそ》れ、二度と試すことはなかった。

注

（1）その後の恋愛、結婚の過程において、韓石泉は確かにその信念を貫いた。この四カ条および韓石泉夫婦の古い型にはまらない新しい形の結婚式は、『福爾摩沙愛情書』（陳昭如編著、柿子文化出版、二〇〇五年）の「和洋婚礼定終生」［和洋式での挙式］の章の中で、一節を設けて特筆された（九〇―九一頁）。

（2）級友の林安息のこと。クラス一番の勉強家で、もともと五番目だった成績が卒業試験の時には一躍、二番目となった。本書第二章参照。首席で卒業したのは韓石泉であった。

（3）河川を上流から浮かべて運ばれてきた良質の材木は、台南の安平に流れ着くころには、すくわれてなくなってしまっているという意味。「安平鎮」に「安息君」をかけている。

（4）選ばれたこの吉日は、ちょうど荘綉鸞の満十六歳の誕生日である。そして韓石泉はあと四カ月で満二十四歳になる。

（5）このエピソードは、優良図書として選ばれた『台湾西方文明初体験』（陳柔縉著、麦田出版、三〇一頁）の第九部「両性関係」において、「自由恋愛」の部分に引用されている。

（6）現、国立台南女子高級中学。

（7）外科医師である黄金火を指す。その娘は前高雄市長楊金虎の息子に嫁ぎ、子孫の多くも医療関係の仕事に従事している。

（8）正式名称は台湾文化協会。一九二一年十月十七日に台北で創立され、一九二三年に本部を台南に移転した。会の趣旨は「台湾文化の向上、教育の振興を図る」ものであった。［会の趣意書には以下のように記されている。「思ヘバ台湾ノ前途実ニ寒心ニ堪ヘザルナリ。茲ニ吾人大ニ感ズル所アリ、即チ同志ヲ糾合シテ台湾文化協会ヲ組織シ、台湾文化ノ向上ヲ謀ラントス。切言セバ相互ニ道徳ノ真髄ヲ切磋シ、教育ノ振興ヲ計リ、体育ノ奨励ヲ行ヒ、更ニ芸術ノ趣味ヲ養ヒ、以テ其ノ発達ヲ穏健ニ、其帰結ヲ実行ニ期セントス」（台湾総督府警務局編『台湾総督府警察沿革誌第二編　領台以後の治安状況、中巻、台湾社会運動史』復刻版、緑蔭書房、一九八六年、一三九頁）。］民衆の文化啓蒙を柱として、各地に読報社を設立し、文化講演を催し、台湾議会設置請願運動を支持した。一九二七年一月、台北と彰化における左翼青年の入会により、文化協会はついに左右二派に分裂し、会の創立メンバーであった蔡培火、陳逢源、蔣渭水などが相次いで退会した。一九三一年末、文化協会は活動を停止し、自然消滅した。分裂前の前半期は、文化啓蒙、知識教化を趣旨とした時代で、文化協会の各種活動に韓石泉は積極的に参与していた。（荘萬寿等主編『台湾文化事典』台湾師大人文教育研究中心出版、二〇〇四年。二〇八―二〇九頁「台湾文化協会」、一〇五六頁「韓石泉」を参照。）

（9）戦後初期、台湾語の「肺病」は専ら結核を指している。

第五章　台湾議会期成同盟運動と治安警察法違反事件

一九二二年の冬に私は台南医院を辞し、黄金火兄と共和医院を共同経営し始めて、内科を担当した。その頃、民族思想は全島に広がり、人民は日本の統治に不満を募らせていた。私も台湾文化協会の活動に携わり、台湾議会期成同盟会にも参加した。同会は、一九二三（大正十二）年二月二日に日本政府から台湾総督田《でん》健治郎(1)の名義で治安警察法によって活動を禁止された(2)。当時、会の主幹は石煥長であった。同年二月二十一日に、会は東京に移って再建され、林呈禄を主幹に活動を続けた。すると、日本政府は強硬な弾圧策を採用し、同年十二月十六日払暁《ふつぎょう》、大勢の警察を動員して全島規模の大検挙を始め、千余名を逮捕した。

その日の明け方、私がまだ熟睡している中、日本の警察十数名が家の戸を開けて突入してきた。何が何やらわからないまま私は車に押し込まれ、安平路を直進し、臨時収容所に拘留された。そこは日本統治時代の伝染病隔離病院であり、現在の台南空軍医院のある場所である。当時、建物は竣工したばかりで、ペンキも塗り立てであった。われわれは一室に拘置された。私は逮捕の具体的な理由は知らなかったが、早くから覚悟をしていたので、冷静に対処することができた。さらに家宅捜索もされ、家中をかき乱されて、少しでも疑いのある書簡はことごとく持って行かれた。その中には私がひそかに隠していた五冊の日記も含まれていた(3)。あの日の検挙では、日本の警察の段取りは周密を極めていて、屋根に登る者も、裏門を見張る者も配置され、まるで強大な敵を目の前にしているかのように緊迫した雰囲気であった。

私は一週間拘留された。芝沼検察官に一度尋問され、初めて、台湾議会期成同盟会事件〔通称、治安警察法違反事件〕を知った。台南市では数十人が検挙され、取り調べを受けた後、次々と釈放されたが、蔡培火、陳逢源、呉海水諸兄と私だけは台北監獄(4)に移送され、牢獄の生活を十分に味わうこととなった。あの夜、護送車はなぜか婚約者の鸞の自宅前を通り過ぎた。できるものなら中に入り、別れの口づけをしたかった。失意に深く沈んだ。

台北に到着後、未決監に入れられた。監房は、幅約五尺、奥行き八尺(5)の独房で、左右と奥の三面は厚い壁で囲まれ、奥の壁の最上部には採光と通気のための小さな窓があり、窓の外には鉄格子がはめられていた。正面は木製の厚い扉になっていて鍵が掛けられ、その上の方には看守が監視するための二つの丸い覗き穴があった。寝起きは床でし、片隅に設けられた小さな四角い窪みが便所であった。正面の厚い壁の下の方には四角い小窓があり、食器や弁当などはここから出し入れした。看守は徹夜で監視し、呼ぶときにも番号を使う。私は九十九番であった。九九は久久〔台湾語〕と発音が同じだったため、おそらく長く収監され、釈放される日は来ないだろう、と一人で考え込んでいた。

ちょうど厳冬にあたり、監房は底冷えした。幸いにも特別待遇を得て、鼠色の毛布を一人で五枚使った。普通の囚人は三枚しかなかった。そのうえ私の場合は座っても寝転んでも干渉されなかった。ほかの囚人はきちんと正座していなければならないので、慣れない人は十五分もたたないうちに両足が痺れて痛み、我慢できなかった。一般の囚人は一日中正座していなければならない。少しでも姿勢を崩し、看守に見付けられたら、すぐに殴られた。毎朝裸で肛門まで全身検視される。そこに何か隠してはいないかと疑っているからであった。私たちはそれも免除された。聞くところによれば、私たちはほかの囚人とは区別され、国士として礼遇されたのであった。

毎朝五時に起床し、夜八時に就寝した。呼ばれたら起き、命じられたら横になる。すべて看守の命令に従わなければならなかった。横になる時、頭は必ず扉の側になくてはならず、頸部以上は隠してはならない。囚人の自殺や異常な行動を防ぐため、看守は徹夜で厳密に監視していた。少しでも命令に従わなかったら、殴られ、鼻から水を入れられた。深夜に時々、嗚咽《おえつ》やすすり泣く声が聞こえてきた。悲惨さのあまり語るに忍びない。まさにこの世の地獄であった。毎日一回入浴でき、一週間に二、三回屋外で体を動かすことができたが、いずれも十分間が限度で、看守は時計を手に監視し、少しの遅れも許されなかった。

収監中に最も気にかけたのは母と鸞のことであった。六十に近い母は、私の入獄に精神的に大きな打撃を受け、毎日首を長くして私の帰りを待っていた。在学中の鸞は時々慰問の手紙を寄せてきたが、残念なことにすべて焼失してしまった⑹。手紙の中に「天命に従う」という一文が書かれており、このような境遇のもとでは運命に身を委《ゆだ》ねるほか致し方ない、という意味であった。それゆえ、私の心に深く刻み込まれ、今なお忘れてはいない。

入獄中、検察官および予審判官［判官は日本統治時代の裁判官］による数回の尋問の後、蔡培火、蔣渭水、蔡恵如、林呈禄、石煥長、林幼春、陳逢源、呉海水、王敏川、鄭松筠、蔡年亨、蔡式穀、林篤勳、石錫勳、蔡先於、林伯廷、呉清波の諸兄と私の計十八人は公判のため法院に移送された[7]。予審終結後、ようやく釈放され出獄した。検挙から釈放まで約二カ月半かかった。出獄した時、民衆が爆竹を鳴らして歓迎してくれた。当時、人々の感情は高揚し、志士は死を恐れなかったことがうかがえる。

治安警察法違反事件（1923年）に関連する台湾人運動家とその弁護士たち。二列目右から五人目が韓石泉。当時26歳

初審の公判は、一九二四（大正十三）年七月二十五日から八月七日まで八回続けて開廷された。日本貴族院議員で弁護士の渡辺暢と、日本の刑法の第一人者である花井卓蔵、およびその他の在台弁護士の長尾、永山、渡辺、岸、国原、葉などが次々と出廷して弁護を担当した。八月十八日に判決が下り、被告全員が無罪を言い渡された。三好検察官は、不服として即日上訴した。

第二審は同年の十月十五日に高等法院覆審部で開廷され、東京の渡辺、清瀬一郎[8]の両弁護士とその他の台湾の弁護士数人がいずれも雄弁を揮《ふる》い、当局が台湾議会の請願に対して行った弾圧行為の違法性を指摘し、被告全員の無罪を一致して主張した。十月十八日に開廷、十月二十九日に判決が下った。王敏川、蔡先於、呉清波、呉海水と私の五人は無罪、鄭松筠、蔡年亨、蔡式穀、林篤勳、林伯廷、石錫勳の六人にそれぞれ罰金百円、蔣渭水、蔡培火二人にそれぞれ禁固四カ月[9]、蔡恵如、林呈禄、石煥長、林幼春、陳逢源の五人は禁固三カ月であった。有罪判決を受けた被告たちはいずれも不服として上訴し、著名な弁護士である花井卓蔵が、弁護を担当するため再度来台した。一九二五（大正十四）年一月二十日に上告棄却の判決が言い渡された。各被告は即日または翌日に、それぞれ台北、台中、台南の刑務所に移送され、服役した。

その後、各被告が出獄すると、民衆の意気はさらに高まった。文化協会の講演会には聴衆が押し寄せ、日本政府はそれを押さえこむのも困難となっていた。弁士[10]は絶えず「注意」、「中止」、「検束」（一時的な拘留）の命令を受けたが、圧迫が強くなればなるほど、人々の士気はますます高揚した。当時の港町（現在の和平街）の読報社は全市の中枢神経となり、私はその階上に寝泊まりした。鸞はしばしば訪ねてきて、深夜帰宅した。当時の日本政府の特務（私服の密偵）がさまざまな方法で情報を収集していた。時に公然と、時に水面下で調査し、硬軟両様の手を使った。いつも日本内地から重要な人物が来台すると、疑いのある者を尾行して行動を監視した。私が往診に出掛けたり、夜に鸞の家を訪れたりするときは、常にぴったりと尾行された。私が帰宅すると、その者も去っていった。一苦労と言えよう。

同志の中にいたずら者がいて、身をかわして尾行をまく戦術を採り、正門から入って直ぐに裏門から抜けていき、特務がさっぱり気付かずに門外に立ち尽くしたままだったこともあった。また、両者が互いの事情を汲み、特務の尾行の労苦を軽減させ、帰って上司に復命できるよう、自分の一日の行動を自ら提供する者もいた。

一九二七（昭和二）年一月に、不幸にして台湾文化協会は分裂し、その影響は台南にまで及んだ。［左

1928年に台湾民衆党は台南市で第二次全島党員代表大会を開催し、王受禄と韓石泉は会の議長と副議長を務めた。議長席の向かって右側に座っているのが王受禄、左側が韓石泉

派は同年一月に新文化協会、右派は五月に台湾民党を結成。後者は二カ月後に台湾民衆党となる。」新文化協会会員は港町の読報社を接収する意欲を見せた。まさに「凡人は自ら面倒を引き起こす」としか言いようがない。逆に日本政府を喜ばせることとなり、誠に遺憾であった。同年七月に台湾民衆党が成立した[11]。私は中央委員に選出され、一九三一（昭和六）年二月十八日に民衆党の活動が禁止される[12]まで、王受禄兄の後を継いで台南支部主幹を担当した。

民衆党の政談講演会には聴衆が喜び勇んで参加し、会場は時に妨害を受けた。ある時、集会の会場として台南公会堂を借りるのに警察に干渉された。白い長衣を着ていた私は、肩で風を切って、そのまま増田警務部長の執務室に入って抗議した。彼はたいへん緊張した面持ちで受話器を握っていて、直ちに私を追い出すよう命じた。私は憤慨して立ち去った。時に一九三〇（昭和五）年十月二十七日、この日、霧社事件[13]が発生し、彼はちょうど重要な報告を受けていたのであった。

注

(1) 田健治郎(一八五五—一九三〇)は、一九一九年十月に就任した第八代台湾総督であり、初めての文官総督でもあった。就任期間は四年ほど。一九二三年九月に離職して内地に戻り、農商務大臣兼司法大臣に転任した。

(2) 蔡培火、蔣渭水、林呈禄などが、一九二三年二月二十一日に東京に移って「台湾議会期成同盟」を設立したが、依然として治安警察法違反と見做《みな》され摘発の対象となった。台湾総督府は同年十二月十六日に全島大検挙を発動し、最初に四十九人を逮捕した。「治警事件」と略称される。

(3) 本書第I部「はしがき」参照。

(4) 日本統治時期の台北監獄は、現在の台北市金山南路二段五二号の中華電信の所在地にあった。同監獄は一九一〇年に創立され、今もその地に周囲を囲んでいた塀が残っており、台北の市定古跡となっている。

(5) 台湾の尺度で、幅約一・五メートル、奥行約二・四メートル。面積は約三・六平方メートル。

(6) 一九四五年三月一日に台南市が連合軍による大空爆を受けた際、韓内科は直撃弾を受けたため、焼失した。

(7) 十八人中、医師だった者は、韓石泉のほか、蔣渭水、石煥長、林篤勳、呉海水、石錫勳の計六人であった。その他、貸地業の者四人、弁護士三人、記者、編集者、雑誌『台湾』関係者などの文化人が四人いた。三十歳以下の青年は三人おり、若い順に、石錫勳(二十五歳)、呉海水(二十六歳)、韓石泉(二十八歳)であった。最年長者といってもわずか四十六歳(呉清波、製靴商人)で、その次は林幼春、蔡恵如(四十四歳)、蔣渭水と蔡培火は当時いずれも三十六歳であった。ついに二審の判決において、蔣渭水、蔡培火、蔡恵如、林呈禄、石煥長、林幼春、陳逢源ら七人は禁固刑(三カ月から五カ月)を言い渡され、その他の六人は罰金百円となった。無罪だったのは韓石泉を含め五人であった。しかし、逮捕され台北監獄に拘留されてから、かれこれ二カ月半監禁されたのであった。治警事件は、戦後の白色テロ時代の案件および美麗島事件と比較すると、審判手続きの合法性と量刑の軽重において、日本植民政府の方が「祖国」からの外来政権よりもかなり軽い判決結果を下した。

(8) 台湾議会設置運動の間、道徳心と勇気を有する多くの日本人弁護士が台湾人のこの運動を応援した。清瀬一郎(一八八四—一九六七)は、最も重要な人物であった。台湾人が日本帝国議会に対して行った十五回の請願活動のうち、十三回にわたり清瀬が衆議院への紹介議員を務めた。戦後、清瀬は日本民主党政調会長、第三次鳩山一郎内閣文部大臣、衆議院議長などの要職を歴任した。その一生において、開明的なところと保守的なところを兼ね備えていたが、治警事件関係者を助ける際には、幸いにも明らかに前者に属していた。

（9）蔣、蔡の二人は禁固四カ月と言い渡されたが、実際には三カ月足らずで（一九二五年二月下旬から五月十日まで）仮釈放された。

（10）元々は無声映画の上映の際、映画の進行につれて解説する人を指す。試験を受けて免許を取らなければならない。日本統治時代には重要な知識分子であり、文化啓蒙者でもあった。しかし、ここでは文化協会の講演会で講演する者を指している。

（11）台湾民衆党は台湾で創立された最初の政党であった。紆余屈折を経て、一九二七年七月十日にようやく正式に成立した。一九八六年九月二十八日に成立した民主進歩党の誕生よりも、実に五十九年早かった。一九二七年八月七日、台南支部と南投支部は、同党の各支部の中でも、最も早く設立された。前者は王受禄が主幹を務め、韓石泉は四名の常務委員（王受禄も含まれる）の一人となった。その後、韓は王の後を継いで主幹を担当した。台南支部は七十九名の党員を有し、各支部の中で最多であった。党員数が二番目に多かったのは台北支部（五十七名）、三番目は高雄支部（三十八名）、以下は、彰化、台中、基隆支部の順で、それぞれ三十四、三十三、三十一名であった。その他の支部はみな三十名に満たなかった。ここからも台南市民が特有の強い郷土愛と反骨精神の伝統を日本統治時代からすでに有していたことがわかる。

一九二八年七月十五日に台湾民衆党は台南市で第二次全島党員代表大会を開き、王受禄が議長、韓石泉が副議長を務めた。韓石泉は同党の第一期臨時中央委員会で中央委員として選出されたほか、中央常務委員会の七部門中の一つである組織部で、二人いる運営責任者の一人となった。また、この第二次全島党員代表大会の後の十月七日に設立された政治、経済、労農の三つの委員会のなかの、経済委員会の委員（計十八人）にもなった。経済委員会の主席は陳逢源、政治委員会は黄旺成、労農委員会は謝春木であった。

（12）台湾民衆党の活動禁止の理由は、「……漸次強烈ナル民族主義者蔣渭水ノ率ユル左派ガ勢力ヲ把持スルニ至リ、其ノ運動日ト共ニ矯激ニ嚮ヒ、徒ニ反母国、反官的態度ニ出デ……」というものであった（『台湾文化事典』、前出、二二〇頁参照）。［原文出所：台湾総督府警務局編『台湾総督府警察沿革誌第二編 領台以後の治安状況、中巻、台湾社会運動史』復刻版、緑蔭書房、一九八六年、五一四頁］

（13）霧社事件は、一九三〇年十月二十七日に台湾原住民のセデック族が起こした、大規模かつ組織的な抗日事件である。首謀者はマヘボ社のリーダー、モーナ・ルダオで、彼は霧社の十一社［村］のうち六社の原住民を率いて、霧社公学校、小学校の連合運動会を襲撃した。日本人一三二人が殺害され、台湾人も二人誤って殺された。日本当局は直ちに大規模な鎮圧に乗り出し、抗日した六社一四〇〇人の原住民のうち、九百余人が殺害され、生き残った三百人は強制的に移住させられた。事件発生の原因は、台湾総督府の長年にわたる不当な「理蕃政策」と関連がある。ただし、私韓良俊が台湾南投県の春陽で実際に聞いた話では、セデック族の中でもモーナ・ルダオに対する評価はまちまちで、定まっていない。韓石泉が偶然にもこのようなタイミングで「そのまま警務部長の執務室に入って抗議した」のは、自分と家族の生命をたいへんな危険にさらす行為であったと言えよう。さらに、戦後の二・二八事件の際、処理委員会台南市分会の主任委員を担当していたことの危険性も考えると、彼がその一生の中で生死の関頭に立ったのは、一度や二度ではなかった。

第六章　韓荘両家の新しい結婚式

一九二六（大正十五）年三月二十七日、鸞は台南第二高等女学校を卒業した。その数日後の三月三十一日に、私たちは台南公会堂[1]で電撃的に結婚式を挙げた。来賓は数百名いた。当時私はまだキリスト教徒ではなかったので、宗教的な儀式はしなかった。また、旧式の婚礼の儀を行うつもりもなかったので、新しい形の儀式をすることにした。これが、空前絶後の「韓荘両家の結婚式」ということになった。このときの私たち二人の結婚の様子は、数年後の一九三三（昭和八）年一月一日付『台湾新民報』の文芸欄に掲載された「酉年生まれの人士[2]」という記事の中で、次のように掲載された。

韓氏は台南医院にいたとき友人の紹介を通じて綉鸞女史と知り合い、縁結びの神様が五百年前に定めた二人の婚姻の縁を取り結び、生涯の伴侶となった。綉鸞女史が台南第二高等女学校を受験するとき、韓氏はわざわざ試験会場まで彼女に付き添い、綉鸞女史が合格した後も入学式にともに出向いた。それ以来、二人はたまに暇ができると仲睦まじく手に手をとって海や山へ出かけ、時には韓氏が彼女に懇切丁寧に勉強を教えた。四年の歳月が過ぎて綉鸞女史は卒業し、大正十五年三月、台南公館で結婚式を挙行した。その婚礼の形式がまた珍しいもので、新郎新婦が二人揃って来賓の方々や親族の前で結婚の誓いを読み上げるというものだった。宣誓書の原文は以下のとおりである。

結婚の誓い(3)

私たち二人は、大正十(一九二一)年六月二十六日から今日に至るまで、約四年十カ月の婚約期間をすごしました。この自由な交際の間、多くの試練を経験しましたが、私たちの初心が変わることはありませんでした。今日、この神聖な場において、私たちは互いの合意のもと結婚いたします。この日より永遠に、夫婦ともに支え合い、親しみ合い、愛し合い、あるべき最善の道を行くことに努め、円満な家庭を築き、不合理な社会を改革していくためにさらに努力し(4)、人としての責任を尽くしてまいります。皆様方の御前にて、謹んで私たちの誓いのことばを宣言いたします。

大正十五年三月三十一日

韓石泉

荘綉鸞

当時の台南市でこのように自由な交際から結婚へと至り、古い習慣を打ち破って新しい形の結婚式を挙げたことは、実に高く評価されるべきものである。

私の婚礼についての改革の要点は、以下のようである。

◎こまごまとした煩わしい礼法やしきたりを排除し、できるだけ簡素にする。
◎嫁入り道具を重視しない。特に、たくさんの花嫁道具や紙幣をひけらかすことを最も嫌う。
◎「随嫁」(5)の悪習を廃止する。
◎婚礼の夜、新郎新婦の部屋におしかけるのは少数の親友と親族だけで、新婦を冷やかしにくる大勢の野次馬は歓迎しない。

ここで特筆したいことは、我が母が、相手を選び、結婚するまでの段取りについて、私の考えをすべて受け入れ、少しも反対しなかったことである。私と綉鸞が婚約してまもなく、錦治女史の家で母は初めて未来の花嫁の姿を目にした。帰宅すると大いに満足した様子で、私の決定について絶対の信頼を置いて干渉せず、また、古い習慣を固く守ることにもこだわらなかった。本当によき理解を示してくれた賢母であった。

結婚五日後、一カ月半におよぶ新婚旅行に出かけた。基隆から船で日本の神戸に向かい、大阪、京都、鎌倉、東京、日光などを周り、それから船で上海へ行き、さらにアモイの集美を経由して台湾へ帰った。

日本の春は桜が満開できらきらと美しく、また良友（仁南、安息、洪南、振純の諸兄）の同伴もあって、悠々自適に過ごし、思う存分楽しんだ。海辺の景勝地である鎌倉では、半月滞在した。ここには集美学校の校長である陳敬賢先生がいらして、肺病治療のために日本人から別荘を借り、藤田霊斎先生を招いて座禅を学んでおられた。私はここで先生から厚いもてなしを受けた。残念なことに敬賢先生は不治の病でほどなくしてこの世を去られ、まことに悲しみ惜しまれることであった(6)。仁南君と淑賢女史はこのとき鎌倉で結婚式を挙げた。二人の出会いから婚約期間までの流れは私たち夫婦とほとんど同じだったが、結婚に至るまでが少し違っていた。結婚数日前のこと、私と一緒に日本に来ていた仁南君は、互いの愛を確かめ合うために、台湾にいる彼女にちょっとした芝居を打ち、ついに彼女から結婚の承諾を得たのだった。こうして淑賢女史は、仁南君を追いかけて急ぎ日本に赴いたのだった。結婚式は鎌倉の海浜ホテルで挙げられ、正面には中華民国と日本の国旗が掲揚されたため、日本政府の干渉にあった。仁南君は結婚後中国の東北地方へ渡り、大連医院の外科に勤めた。大陸が中国共産党の手に落ちたときに逃げ遅れ、今に至るまで大連に留まっている。誠実かつ勤勉で、苦労も厭わないキリスト教徒としてその地の人々に大変信頼され、その後、大連市内に仁和医院を開業した(7)。

台南公会堂での結婚記念写真。韓石泉28歳、荘綉鸞20歳（1926年3月31日）

新婚旅行のとき。鎌倉山のコッホ（Koch, 著名なドイツの細菌学者）記念碑にて。右側が韓石泉夫妻

日本各地を漫遊した後、私は安息君とともに上海に行き、三日間滞在した。いくつかの娯楽施設をまわり京劇を観賞したことのほかは、あまり覚えていない。帰りは回り道をしてアモイの集美学校を参観した。当時の校長は葉淵氏であった。集美学校は、幼稚園、小学校、中学校、男女師範学校、水産学校、商業学校などのほか、科学館や図書館などの設備もあり、規模は大変大きかった。洪南、徳和の両兄は、相次いでこの学校の校医となった。末弟の石麟と鸞の弟である茂林、そして黄振君はみな集美中学の出身である。当時は大陸へ行って勉強しようにもはなはだ難しく、日本政府のひどい差別にあった。夏休みの帰省中は日本の特務が何回も訪ねてきて、たいへん面倒であり、度胸と忍耐力がなければ卒業まで勉強し続けることは難しかった。

注

（1）台南公会堂は、戦後、かつての台南市社教館として使われた。台南市民権路二段にあり、見学できるように整備されている。

（2）文芸欄の「酉年生まれの人士」という記事では、同日の同一紙面に、台湾初の女性医学博士となった許世賢医師についても掲載されている。

（3）THE OATH OF OUR MARRIAGE

Written on our Wedding Day, 31st of March, 1926.

We were engaged on June 26, 1921, to be married. Our engagement lasted for four years and ten months, and many trials had to be endured, but our original intention of marrying remained firm.

Today, we stand in this holy place to ratify our marriage by agreement. We undertake here the responsibility to love each other always, to try our best to make our marriage happy and to build up a good and sweet home.

We also hope to be able to do our share in improving the social conditions of our country.
This is our marriage oath, now we declare before our loving friends.

Harn Shyr Chyuan
Juang Shiow Luan

この結婚の誓いの英語訳は、第二次世界大戦が終わった後、韓石泉が外国籍の家庭教師 Ms. Unterberger に英語を学んだとき、特にお願いして翻訳の指導をしてもらったものである。原著の第一、二版では、この英語訳は本文のすぐ後ろに置かれたが、結婚からだいぶ経ってからの英訳であるため、第三版では注の箇所に移した。訳文を原文と比べると多少の間違いがあり、その部分については修正した。

（4）このことばは、「自分の修養だけに専念する」のではなく、「一家を構える」ことのほかに、「国を治める」志があることを意味しており、まさに、「上医《じょうい》は国を医《いや》す」であるところの、すぐれた医者は、国の疾病である戦乱や弊風などを救うのが仕事であって、個人の病気を治すのはその次であるということばのとおりである。その一生を見るに、韓石泉は確かに努力してこれを実行した。

（5）これは今でいう花嫁の近しい友人がなる「花嫁の付き人」とは異なり、花嫁につき従ってきて共に生活する女中で、一人とは限らなかった。しかもそのほとんどが、のちに側室となった。これは当然ながら当時の悪い習わしの一つであり、正しい道徳観の持ち主である韓石泉が廃止すべきであると主張したのも無理はない。

（6）「まことに悲しみ惜しまれた」ことは、これだけではなかった。韓石泉とその友人たちは、そもそも陳敬賢先生に集美大学医学院の創設を提案しようとかなり具体的な計画を立てていた。しかし、陳先生が逝去されたことで、この計画は実現することなく終わりを告げた。

（7）簡仁南医師は、台湾人であるという「原罪」を負っているとして、ひどい迫害を受け続け、不幸にものちに自殺して亡くなった。

第七章　韓内科医院開業のころ

一九二八（昭和三）年三月に、私は独立して韓内科医院を現在の場所［台南市本町四丁目。現、民権路二段二九九号］に開業した。あの時代に特定の診療科を掲げて開業するのは、私が先駆けであった。当時は開業医が少なかったために伝染病が特に多く、とりわけ乳幼児と小児の感染率が非常に高かった。若かった私は意気盛んで、己が身を顧みず診療に取り組んでいたことで多くの患者が集まり、受診者は毎日百人を下らなかった。当時、病室を備えてはいたがそれ専用の入口を設けていなかったため、重症者や不治の者が出た時に対処するのに困った。今でも覚えているのは、開業して間もない頃に、ある資産家の女中が受診しに訪れ、入院してまもなく死亡、その後、彼女の雇い主が虐待致死罪の疑いで起訴されたことである。死因と死亡時刻の問題をめぐり相当揉《も》めたため、医療においては時刻に関わることは殊に慎重に扱わなければならないと、さらに肝に銘じた。

　結婚後、一九二七（昭和二）年二月十六日に長女淑英が生まれた。熊本の白川小学校を卒業した後、熊本市立高等女学校に入学し、台湾に帰ると台南州立第二高等女学校に転入、一九四三（昭和十八）年に同校を卒業した。[1]

今医院となっている土地建物（本町四丁目一九五）は、一万円で日本人の小原氏から購入し、改修したものである。その後、六千円で日本人の東氏が所有していた本町四丁目二二〇をさらに購入し、日本留学を終えて（一九四〇年に）台湾に戻ってきてから、病棟建設にとりかかった。開業中の医療業務は多忙を極め、昼食はいつも午後二時、三時になり、夜中には毎晩何度も患者に起こされた。昼夜の別なく診療に専念した結果、自らが胃潰瘍を患い、しばしば出血した。

出血すると、短くて半月、長くて一カ月以上、いつも強制的に休養させられた。若い頃は勢いよく邁進し、養生するということを知らなかった。病後、枯れ木のように痩せても、相変わらず休まず忙しく働いた。自分の健康をまったく顧みず、またその余裕もなかった。今思うに、本当に愚かであった。若

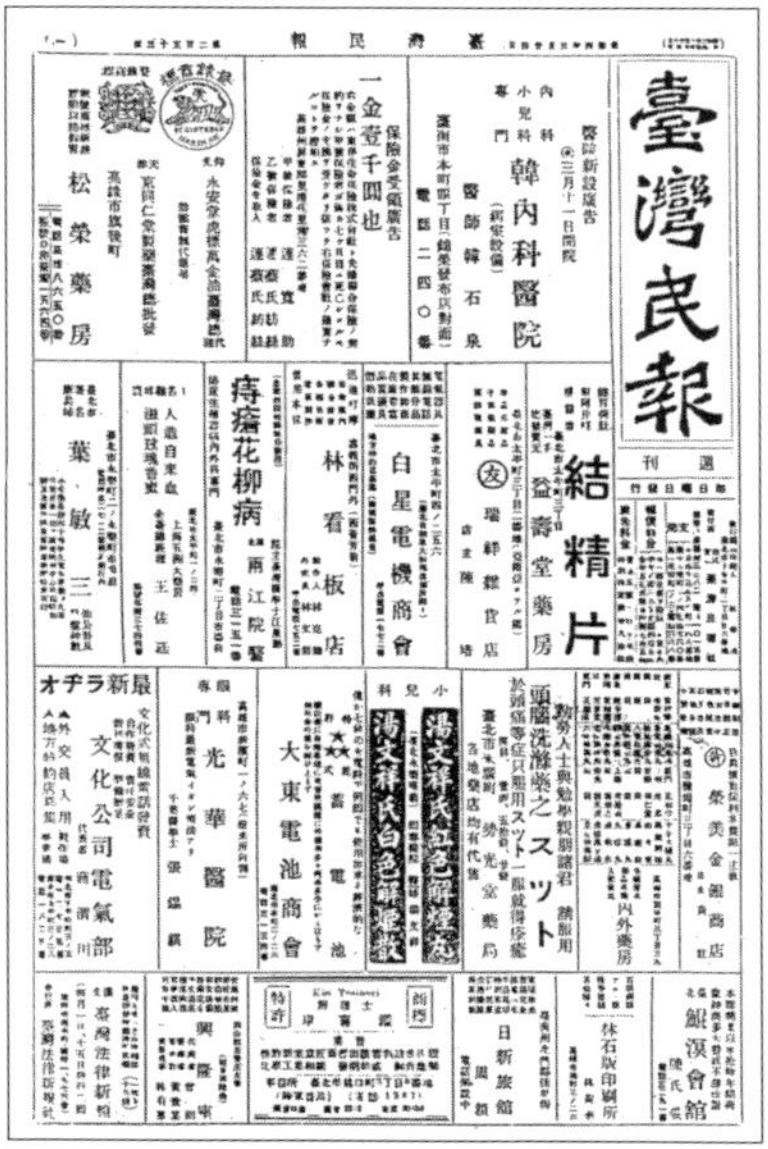
臺灣民報

醫院新設廣告
◉三月十一日開院
內科 小兒科 專門
韓內科醫院
（病室設備）
醫師 韓石泉
臺南市本町四丁目（錦榮發布店對面）
電話二四〇番

結精片

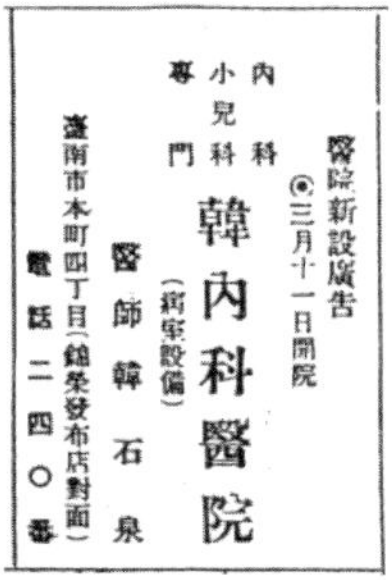
醫院新設廣告
◉三月十一日開院
內科 小兒科 專門
韓內科醫院
（病室設備）
醫師 韓石泉
臺南市本町四丁目（錦榮發布店對面）
電話二四〇番

部分

韓内科医院は1928年３月３日より開業。翌1929年、３月11日開院として同年３月24日付『台湾民報』に韓内科医院の新設広告を掲載。この図版は、荘永明『韓石泉医師的生命故事』216頁から、著者の同意を得て転載

い頃からずっと苦労を耐え忍び、夜《よ》を日《ひ》に継いで働きながらも、体は今なお変わらず壮健であることを思うたび、驚きを禁じ得ない。働き盛りだった私は、まさに「生まれたばかりの子牛は虎の恐ろしさを知らない」のように若さゆえに大胆で怖いもの知らずであった。

開業医として働き始めた一九二三（大正十二）年から一九二九（昭和四）年までの七年間で、私が死亡の証明書を出したのは合計五四六人、うち男性三〇九人、女性二三七人で、その他に、自殺者三人（すべて男性）、死産三人、事故死一人であった。

自殺者の一人は菓子屋の雇い人であった。店主の金の装飾品が盗難に遭い、その者に疑いがかけられて、酷刑に耐えきれずに罪を認めてしまったのである。盗品を差し出したいと言って店に戻ると、刑事が眼を離した隙に、水甕に溜めてあった大量の灰汁《あく》を一気に飲んで自殺を図った。私が駆けつけた時にはもう気息奄々《きそくえんえん》としていて、手の施しようがなかった。死に際に刑事の残酷さを呪い、必ず復讐してやると言い残して、惨《むご》たらしい最期を遂げた。その後、真犯人が本当に逮捕された。刑事は免職処分を受けて街をさまよう浮浪者となり、行方もわからなくなった。その他の二人の自殺者は、一人は放蕩者で、一人は厭世《えんせい》自殺であった。事故死は子どもで、屋根の上から転落し脳挫傷で死亡した。その後の記録はすべて焼失したため、調べる術《すべ》はない。

患者が亡くなるたび、私はいつも自問自責した。責任を全うしきれたか否か。特に急患の場合はそうであった。知力には限界があり、病状は思いがけず急変することもあり、常に予測がつかなかった。「人間死ぬまで勉強だ」とはいえ、四十年近い経験をもってしても、ときには不可解に思うものもある。

一人の患者を診察するごとに、いつも次のことを念入りに検討し、深く考えた。

第一、不治の傷病かどうか。

第二、診断は確かかどうか。

第三、経過は悪化する可能性があるかどうか。どの段階で悪化する可能性があるのか。いかなる続発症や合併症を引き起こす可能性があるのか。

第四、最も重視すべきはいかなる症状か。どの段階でさらに侵される可能性があるのか。

第五、ひとつひとつの症状はそれぞれ何を意味するのか。好転なのか、悪化なのか。それとも無関係なことなのか。

第六、いかなる治療法を用いるのが最も適切で合理的なのか。有効かどうか。その効果はどうだったか。

第七、好転は自然回復によるものなのか、それとも治療の効果によるものなのか。

第八、いくらか好転が見られても、楽観視できるのかどうか。どの程度まで好転すれば安心できるのか。逆に、どの程度まで悪化すると、不治で望みがなくなったといえるのか。(2)

第九、自分は、能力の限りを尽くし、最大限の努力をしたのかどうか。


一九二九(昭和四)年二月十日(旧暦正月元日)に長男が誕生し、良哲と命名した。発育がとても良く、広い額、キラキラ輝く目、真っ白い肌、ふくよかな体をしていて、非常に可愛く、みんなを魅了した。この子のこの世での命が、たったの一年一カ月しかないとは、誰が予想しえただろうか。翌年の春、二月に肺炎にかかり、髄膜炎を併発して、ついに手の施しようがなくなり、夭折した。当時はまだ

韓石泉夫婦と長女淑英、長男良哲の四人で撮った唯一の写真。良哲は幼くして、また姉の淑英も連合軍の爆撃に遭い18歳にしてこの世を去った。この極めて貴重な写真は1929年の撮影で、時に韓石泉32歳、荘綉鸞24歳、淑英２歳、良哲は１歳未満であった

肺炎に対する特効薬がなく、病状が悪化した場合はなす術がなかった。死者の前に立ち、深い無力感を覚えた。

良哲の死により、私は生と死について改めて考えさせられた。さらに良哲の死を通して、私は宗教の道へと深く導かれた。人は、何ゆえ死ぬのか。何ゆえ生き返るのか。ただキリストを信じること、唯一の神を信じることだけが、私たちに啓示を与えてくれる。当時、私は『死滅より新生へ』という日本語の小冊子を著して記念とした。さらに良哲の死によって、不幸にも病気にかかった子どもたち一人ひとりをいっそう理解し、同情するようになった。病気の子どもたちに神のご加護があらんことをいつも祈っている。

注

（1）二〇〇六年九月、東洋大学社会学部の植野弘子教授が調査のために訪台した。台南州立第二高等女学校（台南第二高女と略称）の卒業生を対象とするフィールドワークを行い、それを「植民地台湾における高等女学校生の『日

本』――生活文化の変容に関する試論」〔下記の共著に収録〕として論文にまとめた。植野教授の著書には、『台湾漢民族の姻戚』〔風響社、二〇〇〇年〕、『戦後台湾における〈日本〉――植民地経験の連続・変貌・利用』（共著）〔風響社、二〇〇六年〕などがある。十月の初めに、私韓良俊は植野教授を台北の三芝にある双連安養中心という老人ホームに案内し、三日間（十月三日から五日まで）を費やしてそこに入居している卒業生約七、八名を対象に詳細なインタビューを行った。そのなかの高さんと王さんのお二人は、韓淑英のかつての同級生であった。彼女たちが覚えている韓淑英は、内向的で無口な性格で、それはおそらく一九四〇年に日本内地から第二高女に転入してきたことによるものだったという。

（2）韓石泉は常に「患者が心配するより先に心配し、患者が楽しんだ後に楽しむ」という言葉で自分を励ました。

第八章　留学した矢先に慈母と岳父を失う

私が受けた教育は、前述したとおり変則的な短期養成型の教育であった。(1) 卒業後、絶えず努力は続けたものの、一方で日常の診療の仕事と雑務、そして他方では政治活動に忙殺され、医療と医学についてさらに造詣を深める機会はなかった。良哲の死に見舞われてから己の無力さを思い知らされ、また、民衆党の解散(2)から活動の拠り所をすっかり失い、ついに、日本に渡って学問を探究することを決意した。折よく明石真隆先生が熊本医科大学の教授となられ、内科の長で、大学の学長も兼任されていたので、一九三五（昭和十）年三月に家族を連れて（息子の良信、良誠と、娘の淑英、淑馨のみが随行した）日本に渡り、明石内科学教室に入った。

熊本に到着して数日後、やっと旅の荷を下ろしたところに、突然、郷里からの電話を受けた。母が急逝したという知らせだった。とるものもとりあえず家族を引き連れて汽船で台湾に帰った。母は父に先立たれてから苦労をなめつくし、過度の疲労で体は弱々しく痩せ細り、慢性の気管支炎を患うようになっていた。そのうえ日々のことについても慎重で、何かあると念入りに配慮する性格だったため、しばしば頭痛がするようになっていた。私が卒業して台南に帰ってからは母が老後を安心して過ごせるようそばでかしずき、もう二十年近くになろうとしていた。しかし私ももう不惑の四十、将来のことを考えて日本に渡って研究することを決意した。母は私がそばを離れるのを望まず、内心苦しんでいたが、私を思って日本行きに反対もしなかった。

韓石泉と家族の集合写真。最後列右から四人目が韓石泉。最前列の中央が石泉の母、曾潤（1928年5月28日）

私は一九三五（昭和十）年三月二十二日に台南を発った。出発してから母はひどく寂しがり、南勢街（今の長楽街）にあった家から、毎日人力車に乗って医院へ行っては気を紛らわせた。医院では三番目の弟の石福が私の代理を務めていた。そんななか突然、四月五日に母は咳き込み、呼吸が苦しくなった。ほかに頭痛もあったが熱は高くはなく[3]、さほど深刻そうではなかったため、弟の石福はそれ以上気に留めず、母自身もたいしたことはないと思っていた。四月八日夜十時半に母は床に就くと、十一時ごろ眠りながら何回か長く息をついた。そのとき石福はまだ起きていて、母の寝息に気付き、起こそうかと思った。しかし、母が眠っているときはむやみに起こさないようにとの兄の言いつけに従い、そのまま眠らせておいた。ところが、十二時に脈診すると脈拍はすでに微弱で、蘇生を図る注射をしたが回復の見込みはもはやなく、ついに九日午前四時、母はこの世に永遠の別れを告げた。

母の死は、私がそばにいなかったことと決して無関係ではない。切に子を想い、「生きている間に石泉が学業を修めてもどり、見《まみ》えることはおそらくできまい」とよく言っていた。そして私は、学問の探求をこれ以上先延ばしにすることができず、涙を払って行くしかなかった。半月で永遠の別れになろうとは、どうして推し量ることができただろうか。私の罪は大きく、心は痛み、終生の心残りとなった。

台南に帰ると、四月二十八日に出棺し、葬儀堂で告別式を行った。そして母の遺志に従い、烏尖宅にある父の墓のそばに埋葬した。わが子を亡くした涙がまだ乾かぬうちに、母を失う痛みに見舞われようとは。わが人生はなぜにかくのごとく不運なのだろうか。

母の名は潤といい、一八六七年五月二十八日に生まれた。母の父は曾師魯といい、貢生《こうせい》(4)の称号を持っていた。生家は非常に裕福で、代々、台南市柱仔行街（日本統治時代の幸町、今の文廟路）の孔子廟のそばで暮らしていた。母は二十六歳のときに一つ年上の父と結婚した。結婚後は苦労に耐え、堅実に節約して家をきりもりし、いつもこう嘆いていた。「私が韓家の人間になってから、家のことに追われて、昔勉強したことはほとんど忘れてしまった」。暇なときには覚えている書を私に朗読して聴かせてくれた。昔を偲ぶに、心感じるところがある。母は誠実で、その父に信頼され、嫁ぐ前は貴重なものの管理をすべて任されていた。嫁ぎ先での暮らしは困窮していたが、それをあてにすることはまったくなかった。

一八九五年台湾は日本の統治下に置かれた。このとき台湾全島で伝染病が猛威をふるい、母の実家の曾家もペストに見舞われた。母の兄は寝床でうめきながら母が見舞いに来ることを望んだが、母はすでに嫁いだ身、実家の財産めあてと思われるのを嫌って断固として行かず、すべての財産は兄嫁のものとなった。間もなく兄嫁も亡くなると、曾一家はほとんど絶えてしまった。そして曾家のすべての財産は、働かずに遊んでいる二番目の兄のものとなり、またたく間に使い尽くされてしまったのは、まことに嘆かわしいことであった。母はまさに、妬みも欲もない美徳にあふれていた。

韓家に嫁いでからの母は、つましい暮らしにも満足し、よく働いて倹約し、落花生がよくご飯のおかずになった。また、豚を飼って家計の足しにし、纏足をしていて動きにくかったにもかかわらず、働くことを厭《いと》わなかった。私が医学校に進学したときの費用は豚を売って工面したものだった。一日中ひとときも休むことなく働いて、家事を全部一人できりもりし、外も内も清潔に保たれて、すべてに行きとどいていたが、ひとことも不平をこぼしたことはなかった。夫を助け子に教え、みなの成功をただ願った。

荘綉鸞（長女。後列一番右）が嫁ぐ前の家族写真。前列左から四女、父荘大松、次男、祖父、母曾赤と三男、三女荘玉燕。後列左から二女と長男

母の葬儀が終わると、私は再び一家で日本に渡り、異国の地で研究生活を送った。熊本は日本の九州西岸にある大都市で、山を背に海に面し、土地の人は素朴で、気候はよく変わった。私はそこで五年余りを過ごした。一年目は坐骨神経痛で長患いをして、半年ほど過ぎてしまった。子どもたちはみな幼く、赤痢、自家中毒、肺炎などに順番にかかっては入院し、ありとあらゆる苦労を経験した。しかし、試練はそれだけではなかった。年の初めに母を亡くし、末に

は岳父を亡くした。岳父は急性腎炎にかかり、発病してから数カ月で治療の方策がないことを告げられ、一九三五（昭和十）年十一月二十七日に亡くなった。一年の間に、妻は二度も慌ただしく台湾に帰ることになった。母の出棺のとき弔いに訪れた岳父が、半年後、病にかかって亡くなろうとは。時に四十九歳であった。

注

（1）韓石泉は、公学校卒業後二年間働き、一九一三年十六歳の時に台湾総督府医学校に合格して入学し、五年後の一九一八年に卒業、合わせて十一年しかない短期養成型教育だった。

（2）台湾民衆党は、一九三一年に日本の警察によって活動を禁止され、全島の各支部を解散させられた。史上初の台湾で誕生した政党だったが、一九二七年に成立してからわずか四年しか存在しなかった。

（3）今日の医学によると、高齢者がインフルエンザなど感染性の病気にかかったときには、必ずしも高熱が出るとは限らない。石泉の母は他界したとき六十八歳であった。

（4）科挙時代に秀才の資格を得たもののうち、推薦されて都に設置された最高学府の国子監に入学した学生のこと。

第九章　留学生活

私は常に何かにうちこむのを好み、仕事をしているとよく寝食を忘れ、昼夜も分かたずのめりこんだ。そのため、研究室の同僚からは「怠けることを知らない人」と呼ばれた。精神的に過度に張り詰めた状態が長く続いたため、治っていた胃潰瘍が再発し、痛みが出て便に潜血反応がみられた。しかし、研究の進捗状況から休むことができず、その結果大事に至ってしまった。一九三九（昭和十四）年冬、突然胃から大量に出血し、昏倒して人事不省となった。顕著な虚脱状態となり、脈拍は二百以上、気息《きそく》奄々《えんえん》となった。朦朧《もうろう》とした意識の中で、私は気持ちを奮い立たせ、死んではならない、異郷の地で没してはならないと自分に言い聞かせた。私は明石真隆先生の内科に救急搬送されて入院し、明石先生の処置を受けた。O型の血液型だった妻から二百ミリリットルずつ二度輸血をしてもらい、その後少しずつ回復した。二カ月後に退院し、中断していた研究に再びとりかかった。

病魔との闘いが一段落し、平静を取り戻し始めたころ、一難去ってまた一難、明石学長が学閥の暗闘のために辞職し、開業することを決意された。私は明石先生の内科学教室から生化学教室への編入を余儀なくされ、加藤教授の指導を受けることになった。加藤教授は特異な性格の持ち主で、多弁であった。時は日中戦争たけなわで、いわゆる皇軍はまさに破竹の勢い、世を憚《はばか》らず睨みつけ、気炎万丈であった。南京が陥落すると、研究室では祝賀会が開かれた。落花生（南京豆）を買ってきてそれを拳の中で強く握りしめ、殻を割った。それは「南京破レ《ワ》」と呼ばれ、南京が攻め落とされたことに意味をかけていた。みなは大変な喜びようであったが、私は黙したままでいた。加藤教授は私の態度を訝《いぶか》り、何を考えているのかと尋ねた。私の見解はみなさんとは異なりますと答えると、先生はそれ以上追及してこなかった。

熊本医科大学留学時、授業の合間に同級生と野球を楽しむ。打者が韓石泉（1935年）

当時、学内の朝鮮の学生には、日本に媚びて名前を変える者が相次いだ。加藤教授は私にもそうしたまえと言ってきた。しかし私が、改めるのに適当な名前がありません。私の名前には「石の上に湧き出る清い泉」という意味があるのです。これにまさる良い名前はありません。ゆっくり考えますと答えると、先生は押し黙った(1)。私は何度も研究室を離れる決心をしたが、妻にあの手この手でなだめられ、恥を忍んで研究を続けるしかなかった。しかしながら、政治、軍事問題を別にすれば、研究の面では私は熱心な指導を受け、研究室の人々とも仲が良く、研究は順調に進んだ。

私の研究テーマは、「燐《リン》脂質代謝ノ研究」であった。実験動物には小型犬を利用し、研究を終えるまでに全部で百頭以上用いた。当時、小型は一頭八十銭、少し大きいものは一円二十銭で、

阿蘇山を訪れた韓石泉夫妻

すべて犬を捕獲する者から購入した。犬の捕獲を専門としていたのはある父子で、乞食のような格好をしていて、日本人は「穢多《えた》」と呼んでいた。二人は捕獲縄を手に郊外を渉猟し、野犬は二人に出くわすと泣き声をあげて逃げていった。戦争中、犬の皮は値打ちがあり、天草の方では犬の肉を食べる風習もあった。そのため熊本だけでも一万頭余りを捕殺しており、日本人は忠犬塔を建てて、その霊を慰めた。実験に使った犬は飼料の欠乏により犬を管理する用務員によって絞殺された。その様子は残虐で見るに忍びなかったが、そうするより仕方がなかった。

私は研究の合間を見つけては行楽にでかけた。山水の景色を探勝して回り、花見、潮干狩り、いちご狩り、栗拾い（クリガリ）、紅葉《もみじ》狩り、みかん狩りなど、どれも興味深かった。また、阿蘇山に登ったのも愉快なことだった。熊本から汽車で一時間南へ下ると、日奈久《ひなぐ》温泉があり、大晦日に家族を連れてそこの柳屋旅館に泊まった。迎春の寒さのなか温泉につかって窓の外を静かに眺めていると、雪がひらひらと舞い、無我の境地に誘《いざな》われた。あのときの情景は、決して忘れ得ぬもので、もう一度その情景に浸る機会があることを願うばかりである。我が台湾の気候は、惜しむらくは単調で季節の変化に乏しく、それゆえ気持ちを切り替えて元気づけるのが難しい。まこと我が宝島の気候のいささかの欠点である。

一九四〇（昭和十五）年四月、研究が一段落し、私は妻と子どもたちを一足先に台湾に帰そうとした。このとき生後まだ十カ月だった三女の淑真[2]が突然麻疹《はしか》にかかり、続いて胃腸炎にかかり、さらに肺炎を併発した。幸運なことにサルファ剤[3]が開発されてちょうど臨床に使えるようになったときで、日本製のトリアノン（Trianon）とアジプロン（Adiplon）がかつての肺炎薬に取って代わり、三女は回復することができた。しかし台湾に帰った後、長旅の疲れからかこんどは肋膜炎の症状が現れ、大変深刻な状態となった。妻は呉秋微兄[4]のお世話になって三女の病気を治療してもらいながら、私に早く帰ってくるよう急きたてた。しかし、折悪しく定期船がなかった。かといって、飛行機に乗ることもためらわれた。当時日台間に航空便はあったものの、安全性が高くなかったからである。最後には貨物船に乗って、やっと台湾に戻ったのだった。

秋のことである。私が提出した論文が教授会を通過したという知らせを受け取った。教授の先生方にお礼を申し上げ学位を受領するために、培能君[5]とともに再び日本に渡った。このとき足を延ばして、雅修兄[6]と新家先生（医学校時代の恩師、新家鶴七郎）を名古屋に訪ねた。

右：韓石泉（右）と、妻荘綉鸞の妹婿の頼雅修（左）。日奈久温泉にて丹前《たんぜん》を羽織っている二人　左：晩年の頼雅修先生（この写真はいつも韓良俊の書斎にかかっている）

注

（1）のちの第二次世界大戦の時期になると、南部で人望の高い名士の一人として、韓石泉は何度も名前を変えるよう台湾総督府から圧力をかけられた。しかし、それでも韓石泉は自分の信念を頑なに貫いた。

（2）淑真は韓石泉の三女で、一九三九年五月六日、日本の熊本市で生まれ、兄弟姉妹の中では七番目である。一九五八年台南女子中学から推薦で台湾大学心理学部に進学、卒業後はアメリカに留学し、カンザス大学心理学修士の学位を取得した。夫は黄東昇教授（北米台湾人教授協会の会長を務めたことがある）。二男一女をもうけた。

（3）サルファ剤（sulfa drugs or sulfonamides）は、抗生物質の研究開発が成功する前まで、細菌性感染症に対する最も有効な治療薬であった。

（4）呉秋微は、韓石泉と同年代の台南の有名な内科、小児科の医師で、高長（本書第一章注(11)参照）の娘婿である。

（5）陳培能。若いときから韓石泉につき従い、韓内科で薬局生をしていた。八女の父である。

（6）頼雅修。韓石泉の妻荘綉鸞の妹婿。その妻荘玉燕は、荘綉鸞の二番目の妹である（二〇一四年に百二歳の長寿を全うした）。頼雅修は台中の草屯の出身で、台北高等学校と日本の東北帝国大学工学部金属工学科を卒業し、当時台湾人ではまれな製鉄、製鋼の専門家であった。戦後に台湾に戻り、一時期、台南工学院（成功大学の前身）で教鞭を執った。一九四七年二・二八事件の後は、大同工業職業学校（現在の大同大学の前身）の校長、台湾煉鉄公司（汐止にある）の工場長、シンガポール大衆鋼鉄公司の設立顧問などの役職を歴任し、著作に協志工業叢書の『製鉄工業』がある。一九七三年、心臓発作により急逝した。享年六十七であった。私韓良俊は父が日本留学中に病気で倒れたため（一九三九年の胃潰瘍とそれに伴う大出血）、三歳から満八歳になるまで、頼氏ご夫婦に預けられ、数年の間両親に代わって面倒を見ていただいた。父が名古屋を訪れたとき、私は頼家にいた。非常にかわいがられ、ひとかたならぬお世話になった（一九四〇年に家族が台湾に帰ったとき、私は同行していなかった）。お二人が一番嬉しそうに話された私の小さい頃の思い出は、私がよくお二人にまとわりつきながら、「『天皇陛下』はどうして偉大でいらっしゃるの」と聞いたことだった。このほか、私の兄弟姉妹、姉婿、兄嫁たち八人が、同じ時期に台湾大学で勉強や仕事をしていたとき、前後して台北市上海路（現在の林森南路）の頼家に出入りし、お二人のお世話になった。

第十章　台湾人が経験した第二次世界大戦

台湾に帰ると韓内科医院での診察を再開し、病棟も新しく建てた。受診者は日に日に増えて以前よりもかなり忙しくなり、一日中休む暇がなかった。兄の石岩は、不幸にも私が台湾に帰った翌年の一九四一（昭和十六）年一月に病気で亡くなった。享年四十九、父と同じ年齢であった。兄は律義かつ素朴な人柄で、私の医務を補佐し、私の日本留学中は、家の一切を整然と取り仕切った[1]。不幸にも突然病に倒れ、そのまま亡くなってしまうとは、何といたましいことか。

日本軍閥による中国侵略戦争は激しさを増し、まさに頂点に達しようとしていた。台湾人の各種の訓練も時々査閲され、平穏無事な日はほとんどなかった。一九四一年冬、日本が真珠湾に奇襲攻撃をしかけて太平洋戦争が勃発した。戦時の雰囲気は一層濃くなり、特務は横行闊歩し、デマが飛び交い騒ぎが起きた。加えて、日本政府からの抑圧はさらに強まった。少しでも気を抜こうものなら、必ず災いが降りかかってくるため、台湾の民衆はびくびくして心安らぐ時などなかった。軍人、政客の気勢は特に猛々しかった。各種の重要な物資は厳格に統制され、経済管制違反とされる案件は毎日のように聞かれた。働き盛りの若者は可能な限り徴用され、医師も例外ではなかった。召集されて戦場で犠牲になったり、異郷の地で命を落としたりした台湾人青年の数は、少なくなかった。

戦争初期、大陸を席捲せんとする日本軍の意気込みは気炎万丈で、いわゆる「大東亜共栄圏」「東亜新秩序」を掲げて民心を惑わせた。中国で一つの都市を攻め落とすたびに日本人は大いに祝い、狂喜した。それに迎合する台湾人もいたが、大多数の人民は苦しみを深く心に留め、大陸の中国軍はなぜこれほど軟弱なのか、有効な反撃と強靭な抵抗をなぜしないのかと、いつも嘆いた。日本軍の手に落ちた地区の民衆が苦難に見舞われているという知らせを聞くたびに、胸をたたき地団駄を踏んで、天に向かって嘆き悲しんだ。

当時、日本人の不遜横柄さは頂点に達し、キリスト教に強圧を加え、天皇は神であり、その権威はすべてを凌駕《りょうが》し、イエス・キリストよりも高いのだと誇らしげに主張した。教会系の学校の校長はイギリス人から日本人に変えられた。天皇に少しでも関連する言葉は一切許されなかった。あるとき某紳士が宴会の席上で、自分の娘の誕生日がちょうど内親王と同じだと「失言」した。これが特務の耳に入り、不敬であるという理由で捕らえられ、鞭打たれた。憲兵も横行闊歩して民衆を思うままに虐《しいた》げた。あるときなどは私自身が次のような光景を目にした。ある田舎の農夫が、急いで汽車に乗ろうと先を争って日本軍の負傷兵を追い抜いたため、憲兵に捕らえられ、頬を数回平手打ちされた上、髪を引っ掴《つか》まれて足蹴《あしげ》にされた。実に残忍でひどい横暴ぶりであった。この一件は、私の民族意識を少なからず刺激した。(2)当時は怒りをこらえて我慢するしかなく、いかんともすることができず、ただ、抑圧から解放され誇らしげに胸を張ることができる幸運の訪れを願うだけであった。

日本政府は献金の名目で民間の黄金をできる限り巻き上げた。およそ金塊、婦人の首飾り、その他の装飾品から、さらには懐中時計の蓋に至るまで、金の成分が含まれるものはすべて徴用の対象となった。隠匿して申告していなかったことがわかると、例外なく酷刑が加えられた。まことに池の水を干して魚を捕るように、人々から搾取した。敗退の兆しは、そのなりふりかまわぬ様にすでに現れていた。高
連合軍の反撃が始まり、一九四四年十月二日以降、台湾への空襲が次第に頻繁になっていった。高雄、新竹、基隆および台南、嘉義、塩水などの被害が最も大きかった。当時、民衆は疎開先について海辺説と山中説の二派に分かれていた。各人各様の見解があり、それぞれ主張も異なった。海辺説を唱える者は、戦争が長引けば山中は食糧が欠乏し、入手する方法もないこと、また、マラリアも猛威を振るうので非常に恐ろしいと考えた。山中説を主張する者は、海辺は空襲、軍艦からの砲撃、連合軍の上陸に遭遇した際、危険度が山中より高いと考えた。その後の事実は、海辺が有利であることを証明した。
当時、空襲にやってくる連合軍機は、午前九時前後に飛来し、午後三時、四時に退去することが多かった。空襲警報が解除されると、近くの海沿いに避難していた市民たちは次々と市内に戻ってきた。また、終戦とともに山中の疎開先から帰ってきた人のほとんどは、髪はぼさぼさ、顔は垢で真っ黒、よたよたと餓えた様子であった。それとは対照的に、海辺の疎開先から戻ってきた者は、病気にかかった者が非常に少なく、マラリアの脅威もなく、新鮮な魚という副菜もあったため、栄養も十分で、顔色はかえって良くなっていたのである。
当時の疎開地におけるマラリアの犠牲者数についての統計はないが、爆撃で死亡した人の数よりも多く、ひどいものでは、一家全員マラリアで亡くなるという悲劇もあった。マラリアを治療する薬物のほとんどが日本軍部に奪い去られたため、民間の保有量はごくわずかであった。われわれ医師は精一杯探

し集めたが、焼け石に水、対応するのが困難で、手の施しようがない時には天命に委ねるしかなかった。「家のトコジラミは専ら客を刺す」ということわざのとおり、田舎に疎開した都市の客人は免疫がなく、マラリアを媒介する蚊の格好の餌食となったのである。

大敗した日本海軍の惨状について日本政府は隠して公にせず、民衆を欺こうとした。そして好機を待って出撃し、一気に勝負を決めると宣《のたま》った。しかし、敵軍が城下に迫っているのに、応戦しないとはどういうことか。有識者は早くもその嘘を見抜いていた。日本は窮地に追い込まれており、強そうに見えて中身は空っぽ、大言壮語していたということが、特攻隊の出現によって如実に示された。いわば、一葉落ちて天下の秋を知るというように、一部を見て全体がわかるのである。初期の勇壮な軍歌「見よ東海の空明けて……」(「愛国行進曲」)が、一変して悲哀漂う調子「海行《ゆ》かば」となったのも、その惨敗の局面がすでに決定的となっていたからであろう。

日本が台湾を統治した五十年間、人民は甚《はなは》だしく抑圧され、いささかの平等も自由もなかった。そのうえ、警察と特務が功績を奪い合うように作り出した冤罪は枚挙にいとまがなかった。いくらかの良心を持ち合わせていた日本の司法当局でさえも、明らかに報告内容が事実にそぐわないとわかっていながら、その政治的特権を守るため、無理やり有罪の判決を下すことが多かった。戦時中の東港事件は、まさに一大冤罪で、ひとえに高等警察がでっちあげた残忍な事件であった。主謀者とされたのが、後に無期懲役を言い渡された欧清石兄であった。残念なことに、一九四五年五月、連合軍機が台北に大規模爆撃を行った際に犠牲となった。

欧清石兄は師範学校を卒業した後、故郷の澎湖で数年間教鞭を執り、それから澎湖郡役所と澎湖庁の

韓石泉（後列右から四人目）兄弟と韓内科の創立初期の職員。兄の石岩（後列左から二人目）、弟の石福（後列右から二人目）が揃って写っており、他に薬局生の陳培能（後列一番右）と蔣米（後列左から三人目）もいる。後列一番左は韓内科専属の人力車の車夫、前列に座っている3名はいずれも韓内科の看護婦で、間に立っている少年は石岩の長男韓龍門

若き頃の韓石泉夫妻（前列中二人）と友人たち

二箇所を転任した。その後日本に留学し、司法と行政両方の高等試験に合格した。台湾に戻った後は台南市で弁護士業務を始めた。民族意識が強く、日本人による統治に不満を持ち、日本人との付き合いを好まず、さらに、日本人が台湾民衆を圧迫していることに対していつも義憤を感じていた。太平洋戦争勃発後、台湾各地で防衛団が組織されたが、彼はいつも協力を避けた。日本当局も欧清石兄を要注意人物と見なし、厳重に監視していた。そして、日本高等警察はついに東港事件を捏造し、欧清石は日本の国体を変えて日本の統治からの離脱を試みた首謀者であるとの事実無根の罪を着せた。こうして欧清石は逮捕され、残酷な拷問にかけられた。いわゆる「飛行機搭乗」「伊勢海老彫り」などと俗に呼ばれる酷《ひど》い刑は、地獄のような惨《むご》たらしさであった。その後、無期懲役の判決が下って、欧清石は台北監獄に送られた。獄中で遺作となった詩八首を残したが、いずれも最後まで読み終えるには忍びないほど痛ましく悲しいものである。ここに最初と最後の二首を書き留めて、無実の罪で亡くなった硬骨の士を記念する。

其一

辛苦十年博一経　為民護法幾周星
家山零落風飄絮　身世飄揺雨打萍
縲絏窓中悲万緒　伶丁影裡涙千零
人生自古誰無死　留取丹心照汗青

其八
是縲是素不分明　一味糊塗逞毒刑
悍吏狼心兼狗肺　悪魔冷血本無情
雛雞灌水龍蝦綑　夾指飛機虎豹行
十八機関均受遍　嗚呼我幾喪残生

東港事件の主要人物のうち、呉海水[3]、陳江山、郭成章の諸氏はいずれも医師で、欧清石兄は逮捕される前、友人の簡仁南兄の事を伝えるために私を訪ねていた。そのうえ、呉海水兄が逮捕される前日に、私は海水兄に手紙を送っていた。返信は美珠夫人による代筆であった。それを受け取った時、私にはわけがわからなかったが、知らせが伝わってくると大変驚き、自分の身にも類が及ぶのではないかとひどく恐れた。ついに巻き込まれることがなかったのは、まことに幸運であった。

一生のうちで最も悲しかったのは、一九四五（昭和二十）年三月一日午後一時、台南市が最も大きな戦禍に見舞われ、家が壊れ、娘を失ったときである。今思っても、なお戦慄を覚え、胸が張り裂けそうになる。思いがけぬ災難の訪れは、人間の知恵で予測できるものではない。一九四四年十月初め、連合軍が台湾空襲を開始してから、高雄方面は爆撃されたことがたびたび伝わってきたが、台南市はいつも通り平穏が続いていた。迷信的な者は、「大道公」「媽祖婆」のご加護があったのだと言い、無邪気で楽観的な者は、連合軍は軍事施設以外には決して無差別攻撃を行わないし、台南市は居住地が密集し、台湾式民家は上空からも識別できるので、絶対的ではないものの比較的安全である、と考えた。当時の私はそこまで無邪気で楽観的ではなかったが、終日医療業務に追われ、家内も家を離れて田舎に疎開することを望まなかったため、一時の安逸をむさぼり、先延ばしにしていた。空襲の数日前に、わずかに一部の古い書籍を姉(4)とともに麻豆(5)に疎開させただけで、その他の家財は一切動かさなかった。

台南市が空爆されるまでは、無知な市民は警報を聞いてもみな反応しなかった。それどころか、興味津々で外に出て、遠くの空を見上げながら飛行機の数を数える者もいた(6)。三月一日午前十一時頃、空襲警報が鳴り響いた。医師として動員されていた私は、いつも通り和春外科医院に行って待機した。正午に警報が解除され、やっと自宅に戻って昼食をとった。食後三十分ほど仮眠をとっていると、午後一時頃再び警報が発せられた。私が着替えて一階に下りようとすると、ちょうど長女の淑英が階段に腰かけていた。淑英は女子救護隊の一員であり、慈恵院で待命すべきなので、私は娘に行くよう勧めた。淑英は私の指示に従い、私の後に続いて出た。私が和春医院に入った途端、医院の前にある大舞台戯場と、その裏手にある盧氏が経営する工場が爆撃を受けて崩れた。爆音は雷のように轟《とどろ》き、大地も激しく揺れた。室内の物は倒れ、窓が割れてガラスが飛び散った。その病院には防空施設がなかったため、私は仕方なく流し台の下に身を隠し、爆撃が過ぎ去るまでじっと待った。

三十分後、私は家族の安否を確認するために走って帰宅した。途中、宝美楼の近くで家族に出会った。みな髪がひどく乱れ、顔は真っ黒、全身埃まみれだった(7)。姉(8)と看護婦以外の自分の家族を確認すると、淑英がいないことに気付いた。直ちに人をやって慈恵院へ探しに行ってもらい、私は自分の医院まで駆けつけた。三つある建物のうち、第二、第三棟は崩れ落ち、手前の棟だけがもとのまま残っていた。しばらくすると淑英は慈恵院にはいないという知らせが届いて、私は不安を感じ始めた。しかし、もしかすると友人の処に避難していて、まもなく帰って来るのではないかというわずかな希望を抱いた。しかしながら、消息は杳《よう》として知れず、人に頼んでいたるところを探してもらっても、所在は不明のままであった。私の不安は、恐怖に変わった。

三、四時間後、火の手がついに医院まで回ってきた。高く上がる炎を見て、その瞬間、一生かけて努力して得たすべてが、灰燼に帰したことを悟った。災禍に見舞われ、私だけがさらに過酷な仕打ちを受けた。物を失っても、淑英が無事に戻ってくれればとひとえに期待した。帰りを待ちこがれつつ、日は暮れ、私は娘を探し始めた。いたるところで火が激しく燃え盛っていた。家を焼き払われた人は数知れず、人々はどうすることもできず、ただ嘆きながら遠巻きに眺めるだけだった。普段の防火訓練など、何の役にも立たなかった。

夜になり、無情な戦火が市街地を焼き尽くさんとほしいままに猛威を振るう以外、全市は暗闇に包まれた。絶望的であると感じながらも、私は淑英を探して狂ったように町中を歩き回った。夜中になり疲れ果てた私は、王受禄兄のお宅でしばし休ませてもらい、翌日、再び捜索を開始した。早朝、すっかり廃墟となった医院を目の当たりにして呆然と立ち尽くし、ひどく心を痛めた。その時、淑英が女友達のところで見つかった、と友人が知らせにきた。私は急いで駆けつけた。見ると、娘はすでに気配もなく息もなく、ただ、塀のそばに横たわっていた。下半

17、8歳頃の韓淑英
これが最後の一枚となった

身には瓦礫が重くのしかかり、上半身は目も向けられぬほど黒く焦げ、焼け残った上着からそれが娘であるとかろうじて判別できた。私は胸が張り裂けそうになった。戦禍はあまりにも残酷かつ無情きわまりない。昨日いとしく可愛いかった少女が、今日は変わり果てた姿と化す。罪のない、かよわきこの子が、あろうことか、人類の罪と悪の犠牲となろうとは。この犠牲が無駄にならず、すべての苦痛に取って代わり、人類の過ちが繰り返されぬよう願うばかりである。そうすれば、天国にいる淑英の霊もいくらか慰められよう。

当時、市内は恐怖と不安のあまり、大混乱に陥っていた。私は急遽一人雇って良港君（韓内科の職員）を手伝わせ、トタン板で淑英を文廟路の家まで運ばせ、広間の左側に安置した。急には棺を入手するすべはなかったものの、幸いにも受禄兄がご尊父のために用意されていたものを譲ってくださり、あわただしく納棺した。私は胸を刀でえぐられるようで、自分を恨んだ。何故かくも不幸なのだろう。翌日午前三時、培能君と雇い人たちに丁重に運んでもらい、南門外の新墓地に埋葬した。十八歳のこの清らかな少女は、父の命令に素直に従い、ついに神聖なる職務のために犠牲となって、この世と永別した。花《か》晨月夕《しんげつせき》のような美しく楽しい時節にはひとしお悲しく感じられる。淑英はこの災難に見舞われる少し前に、「もし戦争の災禍で死ぬことになったら、一瞬で死にたいわ、あまり苦しまずにすむもの」と冗談めかして言ったことがある。無心の言葉は不吉な予言となってしまった。もしかすると予感があったのだろうか。嗚呼《ああ》。

三月一日に爆弾で犠牲となった者は、全市で約二千人以上と推計されている。遺体の多くは破れた蓆《むしろ》に包《くる》まれ、牛や馬の牽《ひ》く車で火葬場に運ばれた。その悲惨な様子は、さながら阿鼻地獄のようであった。

一家全員亡くなった事例は非常に多く、集団避難して爆撃を受けたり、宝美楼の斜め向かいの防空壕のように、直撃弾を受けて、壕内に避難していた約三、四十名全員が姿もわからないただの血と肉となったりした。私もあの時そこを通りかかったが、その防空壕に避難せずに和春医院に急いで駆けつけたのは、幸いであった。さもなければ、おそらく難を逃れることはできなかったであろう。あるいは、もし自宅の二階であと数分でも惰眠をむさぼっていたら、極めて危険な状況に陥り、これも崩れる家の中で圧死していたに違いない。我が家と陳家の間に、爆弾がひとつ落下した。我が家は幸いにも家族みな防空壕に避難していたため、二十数人のうち一人として怪我をしなかった[9]。しかし、左隣の陳家では四人が下敷きとなり、二人は救出されたが、瑞山伯父とその長女は圧死し、助け出すことができなかった。瑞山伯父は齢《よわい》七十余歳、悠々と老後を過ごしていたが、天寿を全うできなかった。禍福、

1932年、淑英（中央）５歳の時。両親と妹の淑馨とともに、台南公園にて

第二次世界大戦末期、連合軍が台南を空爆した。1945年３月１日、韓内科医院は台南大空襲の際に直撃弾を受け、その後、ほかの所からの焼夷弾による火の延焼で、まったくの廃墟となった。韓石泉の家族は淑英と本人以外全員、火の海と化した台南市区からその日夜通し逃れ、本淵寮まで避難してようやく落ち着いた

まさにかくのごとく計り知れないものである。

台南市は大小の空襲を何度も受けた。そのうち最も規模が大きかったものは三回あり、最初が三月一日、次が三月十七日、最後が五月二十三日だった。このため市民の多くが、全市が壊滅されてしまう悪夢に怯えた。こうして当時家屋を投げ売りする者も出たが、誰も興味を示さなかった。家屋の価額は暴落し、一軒の家は一台の自転車の値段にも及ばなかった。なぜなら、疎開する際には自転車が最も利用価値のある物となったからである。

被災後の私の全財産は、わずかに人力車一台、往診用カバン一個、長椅子二脚（和春医院に預けていたため）、家族が身に付けていた衣服、そして、台南信用組合にある六千円を残すのみだった。顕微鏡一台は火事が延焼する前に医院から取り出し、黄金火兄の処に預けたにもかかわらず、焼失してしまった。家族はその日の夕暮れに台南市を出て、安順庄土城仔に向かった[10]。途中、本淵寮を通った際、呉偕蔭兄の特別な好意を受けて、そこに一カ月ほど留まった。

折よく台南市内の総趕宮の近くで開業していた日本人の吉村医師が、召集にいつでも応えられるようにと新営製糖工場で働くことにし、医院の一切の器具、機械、薬剤をすべて私にいくらかで譲ろうと申し出た。互いに話し合って、まずはすべての器具を運び出し、代金は後から精算することにした。急いで牛車を数台雇い、空襲の合間を縫って、市街地から本淵寮まで運び出し、もう一度開業する準備にかかった。数日も経たないうちに、吉村医院だった場所も爆弾の洗礼を受けた。行動は迅速第一、少しでもぐずぐずしていたら、また共に焼き尽くされてしまったであろう。

代金については、四月七日に四千円を、終戦後の九月二十六日に残金を支払い、総額六五一一円七九銭だった。この件はまことに不幸中の幸いであった。このような良い機会に恵まれなければ、改めて開業できたかどうか未知数のままであったろう。ただ座して食らえば山も空《むな》し。わずか六千円の貯蓄でどれだけ持ちこたえられただろうか。そのうち必ず衣食に困窮し、飢えと寒さに苛《さいな》まれたであろう。私の生涯は決して平坦ではなく苦難に満ちていたが、時として山窮まり水尽き路無きかと疑えばという状況になると、必ず柳暗く花明るく又《また》一村ありという境地が訪れた。

本淵寮では四カ月ほど開業した。陳培能、蔣米の二人が私についてきて協力してくれ、さらに江萬里兄御夫妻[11]の助けを得て、病院は相変わらず受診者が多かった。最も困難を感じたのは田舎での往診であった。私は自転車に乗り慣れておらず、災難を逃れた人力車が一台あったものの、遅くて効率があまりにも悪かった。幸いなことに培能君のこぐ自転車の後ろに乗せてもらい東奔西走し、

戦後、医院の中庭にて、韓内科の一部の職員とともに。和気藹々《あいあい》とした雰囲気があふれている。左から二人目が韓石泉、一番左は蔣米、右から三人目は陳培能

同じ場所に再建された韓内児科診所。この医院は1963年より韓石泉の三男良誠が引き継いで今に至る。韓石泉が開業した1928年から起算すると、韓内科は台南市に90年近い歴史を有している（2007年３月）

乾仔埔の隅々までほとんど遍《あまね》く走った。あの時のことは一生忘れられない。苦難の時こそ人情のあるなしが簡単にわかる。自ら進んで援助してくれる人みなが、これまでの親友であるとは限らない。普段親交が深い者でも、無関心どころか却って態度が冷淡になり、ますます疎遠になることもある。世間の薄情さ、まこと慨嘆にたえない。

三月一日の大空襲から数日も経たないうちに、友人の許君が私を慰めに訪ねてきた。帰り際に彼は、「こうなってくると、いつ大きな災難が降りかかってくるやも知れぬ」と嘆いた。思いもよらないことに、さらにその数日後の台南市第二次空襲の時、疎開地から戻ってきていた許君は、愛娘とともに台南地方法院長官舎前の防空壕で爆撃に遭い、亡くなった。その愛婿《まなむこ》である医師の蔡君は、当日難を免れたものの、ほどなくして急病で逝去し、痛ましいことであった。蔡君は誠実で責任感も強く、卒業後、私の医院で研修医をしていたことがある。本淵寮まで訪ねてくれたこともあった。まさに空襲の日々のもう一つの悲劇であった。

空襲警報が頻繁に鳴り響く中、次男の良信は台南第二中学校を受験した。その後、学校の一部が永康庄大湾に疎開した。良信は友人の劉札兄宅に寄宿し、毎週土曜日に家族のいる本淵寮へ帰ってきた。そして日曜日の晩に歩いて学校に戻った。いつも夜が更けて人が寝静まり、星も月の光もない中、一人で村道を歩き、大変つらい思いをさせた。

終戦の二カ月ほど前、日本政府は田舎に疎開した医師の一部に対して、市内に戻って開業するよう命じた。私も呼び戻され、楊元翰兄の養生医院を借りて一時的に医務を行った。いつも暮れどきに台南市から疎開先へ歩いて帰り、一時間半ほどかかった。月夜にはよく途中で空襲に遭い、逃げるところもな

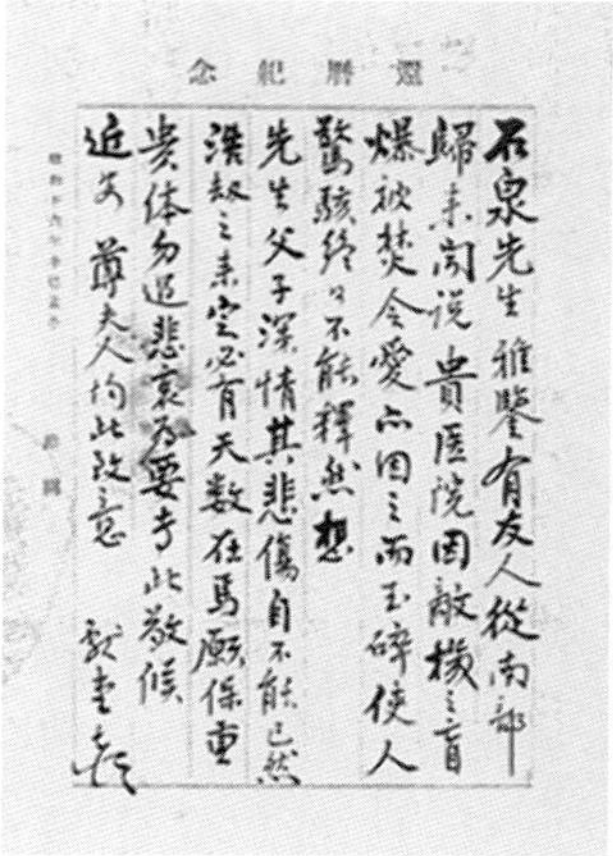

1945年3月1日、韓石泉の長女淑英が連合軍による台南大空襲で亡くなった後、台中の林献堂から直ちに送られてきた自筆のお見舞いの便り二通。左は一通目。「先生親子の情愛は深く、その悲しみたるやいかほどかとお察し申し上げます。しかし、大災禍の到来は天命であり、どうぞお体をお大事に……」と書かれている

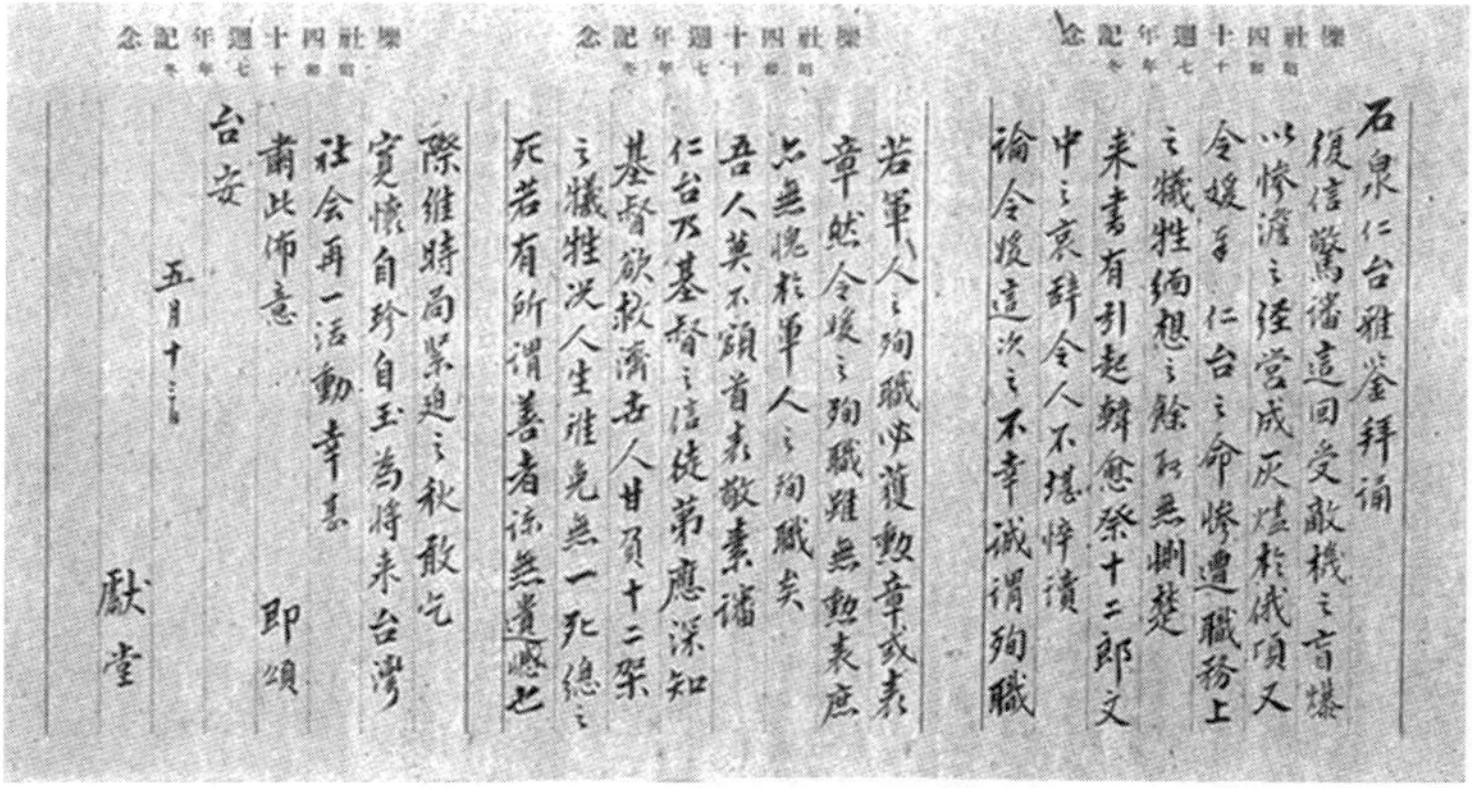

林献堂からのさらに長い二通目の手紙。次のようなくだりがある。「ご令嬢が貴兄の命に従い、職務上の犠牲となりましたこと、思えば悲痛の念に堪えません。……ご令嬢の殉職には勲章の授与はございませんが、軍人の殉職にもひけをとるものではないでしょう。……貴兄はキリスト教徒であり、キリストが民を救うために十字架を背負い甘んじて犠牲となったことはよくご存知でありましょう。まして人生は死から免れることはできません。つまるところ、死が善なるものであるならば悔いなきことでございましょう。……なにとぞお心安らかに、くれぐれもご自愛ください。台湾社会の未来のために再び活躍していただければ、幸甚に存じます」

く、小さな橋の下に駆け込み、首をすくめて震えていた。当時は精神的に緊張していたため、倍の苦労にも耐えられた。戦後は徒歩で遠出する勇気も失くし、夜の一人歩きをもう一度してみたこともない。

戦争末期、日本が降伏する少し前、連合軍の飛行機は何者にも邪魔されることなく、空をほしいままにした。来るのも去るのも決まった時間で、毎朝九時ごろ進入し、午後三時ごろに退去した。そのため、市民たちも同じ時間に郊外に避難し、同じ時間に市内に戻って仕事をし、互いに一日無事に過ごせたことを祝った。私も空襲の時間帯は郊外の魚の養殖池に避難し、午後になると再び市内に戻って医務を行うことが常となっていた。日本政府は当時、要注意人物に対し避難場所を随時報告するよう命じ、警戒を強化していた。聞くところによれば、時局が差し迫り最後の瀬戸際に追い込まれたら、いつでもどこでもこうした人たちを処分できるように、特務には黒表（ブラックリスト）が交付されていたという。危うく命を落とすところだったといえよう。

注

（1）韓石泉は次男で、長男は石岩（本名は石頭）である。韓石岩夫妻は五男四女をもうけ、その長男の龍門は、韓家の兄弟の協力と分業、および祖母の曾潤が家計を切り盛りする様子について、以下のように回想している。

父の韓石頭は、今日の台南和平街、看西街教会付近で米屋を経営していた。当時、米屋は繁盛し、大型の精米機などを設置していたほか、電話もあった。あの時代に電話を備え付けられる店は少なく、繁盛していなければとうてい無理であった。石泉叔父が韓内科を開業しようとした時、資金が足りなかった。韓家のみなで話し合った結果、叔母［荘綉鸞］が実家から（当時はおそらくまだ結婚前）お金を借りてきて、建物の購入に充てた。しかし、設備などにはまだ多くの資金を必要とした。家族会議の後、祖母は、米屋をたたんで売却し、それで得た資金と人力のすべてを韓内科に投入することに決めた。こうして資金と人員（電話も含め）は、韓内科に移った。祖母はさらに、兄弟が一致団結してこの韓内科をしっかりと経営するよう指示した。石頭は事務全般を取り仕切り、石泉の社会、政治活動などのすべてについて「後方支援」を行った。彼は毎日朝早く出勤し、九時には市場に買い出しにも行き、一家全員分（韓内科の全職員も含めて）の食事の手配をした。夜九時過ぎにようやく帰宅し、それから一日の収支と全体の状況を祖母に報告した。彼は、一年三百六十五日、一日の休みもなかった。これも韓内科の成功を支えた内助の功であったと言えよう。

急にお金が必要となった時には、事後承認を得るために必ずメモを残しておかなければならなかった。私たちが幼かった頃、お金のことで大人たちが口論するところを見たことは一度もなかった。祖母の命令には兄弟ともに誰も逆らうことができなかったが、祖母も進歩的な人で、社会の公益のための支出について、いつも快く二人を支持した。祖母は日々の食は石岩に任せたが、それ以外の必要なものについては、衣類から日用品に至るまで、すべて自ら出かけて購入してきた。祖母が買って帰ってきたものはどれも一番良くてモダンなものばかりだったので、誰もが満足した。

我が韓家は、社会改革をし、古い慣習を一新するために、率先して実行したことが少なくなかった。このことは当時の台南では非常に有名で、人心を得たり、たびたび人々の話題となって議論されたりした。例えば、当時の習慣では父母の誕生祝いには、大通りに舞台を設けて一座を招いて上演させた。比較的裕福な家庭は劇団を二つ招いて競わせることもあり、大勢の人が見に来た。しかし、我が家は演劇の代わりに映画を上映した。このようなやり方は台湾の歴史上、おそらく前例がなかった。当時は音声のないサイレント映画であったが、まだ非常に珍しいものであった。サイレント映画にはさらに「弁士」（映画の上映中その対話、話の筋を解説する者）がいて、晩に無料の映画を見に来た人は黒山の人だかりとなり、非常に賑やかであった。毎年祖母の誕生日はこのように催され、台南市の名物となった。

初めて映画を上演した日の翌日、韓内科には転んで怪我をしたという人がたくさん来院した。内科医院に何故こんなに多くの外科患者が来たのだろうと私たちは不思議に思った。その時、患者さんたちが石泉叔父にこのように冗談を言った。「韓石泉、お前のせいだ。昨日の夜われわれは君のところの映画に夢中になるあまり、排水路に落ちて怪我をしたのだよ」。みな大笑いして、石泉叔父もみなの治療費を無料にするよう看護婦に指示した。最後の上映は一九三三年の夏で、アメリカ映画の『九尺人』だった。放映終了後になって、フィルムを一本紛失したことに気付いた。みなでいたるところを探し尽したが見つからず、結局、二十数本のフィルム全部について映画会社に弁償し、その賠償金は相当な金額になった。この事件以来、毎年恒例の映画は取り止めとなった。

祖母の葬儀についても大胆な改革を行った。当時の葬礼は家族が人力車に乗って「泣く」ことが一般的であった。場合によって人力車の数は相当なものになり、さらに花車もあった。その数は儀式の手厚さの度合を示す目安と見なされた。私たちは新しい生活様式を提唱したため、人力車は纏足《てんそく》の者のみが利用し（足が小さく縛られていたため歩行が不便である）、家族の他の者は行列の両側に張った白い帯布の内側を、葬儀場まで歩いた。棺には何の装飾も付けず、ただ「韓」という字が書かれた黒い布で覆っただけであった。もちろん花車は一切なくした。当時で言えばこれは非常に大胆な改革であった。このような厳かな儀式は、その後、台南市で大きな話題を呼んだ。それ以降、模倣する者も少なくなかった。

（2）韓龍門は、さらに以下のように回想している。

祖母、母親、姉などがわれわれに語った内容をまとめると、日本人が台湾に来る前、我が家は相当裕福で、おそらく数百甲［一甲は約九六九九平方メートル］の農地を所有していた。日本人が台湾に来てからは、政治的圧力をかけられて強制的に土地を買収された結果、我が家は破産した。祖父の子星はもともと体が弱かったが、このことで精神的な重荷が増したことが、早逝した原因の一つとなった。安値で買いたたかれた後、韓家はそのお金を基金とし、「秀才租」制度を作ることに決めた。この制度は今日に至ってもなお存続している。「秀才租」の目的は、韓家の子孫に大学への進学を激励するもので、大学を卒業した全ての子は、残された土地から不定期に得られる賃借料の収入を、頭数で割って分配される資格を有する。

（3）第二次世界大戦後、呉海水は一時、韓内科で韓石泉と一緒に仕事をしていたことがある。私韓良俊は幼い頃、いつも彼のことを「海水叔仔」（台湾語で発音）［海水おじさん］と呼んでいた。呉海水は、蔣渭水らより早い時期から社会運動に従事し、いちはやく一九二〇年に台湾文化協会の成立を提案した六名の医学生の一人であった（荘永明

『韓石泉医師的生命故事』一一六―一一七頁)。

(4) 韓石泉の姉妹は姉の韓揚治一人だけだった。その夫は、珠算名人の郭鬱である。本書第二章注(22)参照。

(5) 韓石泉の上の弟、石福は、韓内科を離れた後の壮年期に、麻豆で長い間内科を開業していた。そのため、韓石泉は古い書籍の一部を台南県の麻豆に疎開させた。

(6) 私韓良俊の記憶では、爆撃機が飛来すると、日本の地上守備部隊が例により高射砲を発射して応戦した。しかし、米軍のB-29爆撃機の飛行高度は高射砲の射程距離より高く、発射された砲弾が爆発した時に、たくさんの黒い小花が爆撃機の下で咲いたように見えただけで、何の脅威にもならなかった。

(7) 韓内科が空爆を受けた時、私良俊と家族は、父親と一番上の姉淑英を除き、幸いにも事前に家の中の防空壕に避難したため、誰も負傷しなかった。しかし、出てきた時に爆弾が炸裂した後のほこりを吸い込んだため、みなの上唇から鼻の孔にかけて二本の黒い線ができた。この光景は今に至ってもなおはっきりと覚えている。戦争の傷跡は、かくのごとくである。

(8) 韓石泉の姉、韓揚治は、早くに夫を亡くしていたため、すでに麻豆に疎開していたものの、時々弟の韓石泉の所に泊まりに来ていた。そのため、爆撃を受けた時、彼女も韓内科にいた。

(9) 当時私韓良俊は八歳で、家族は、外出していた父と一番上の姉を除き、母と兄弟姉妹の八人全員が防空壕に避難したため、幸いにも無事であった。

(10) 私韓良俊はおぼろげながら、あの夜、着の身着のまま夜を徹して逃げ、振り向いて台南市街を見やると、闇夜に一面の火の光と黒い煙が見えただけであったのを覚えている。

(11) 江萬里は新竹人、幼少時に香港英語学校に留学した。台湾に戻った後、英語教師を長く務め、戦後は台南市私立光華女子中学で教鞭を執った。英女という娘が一人いて、その夫は精神科医の陳光明である。娘夫婦は長くグアム在住である。

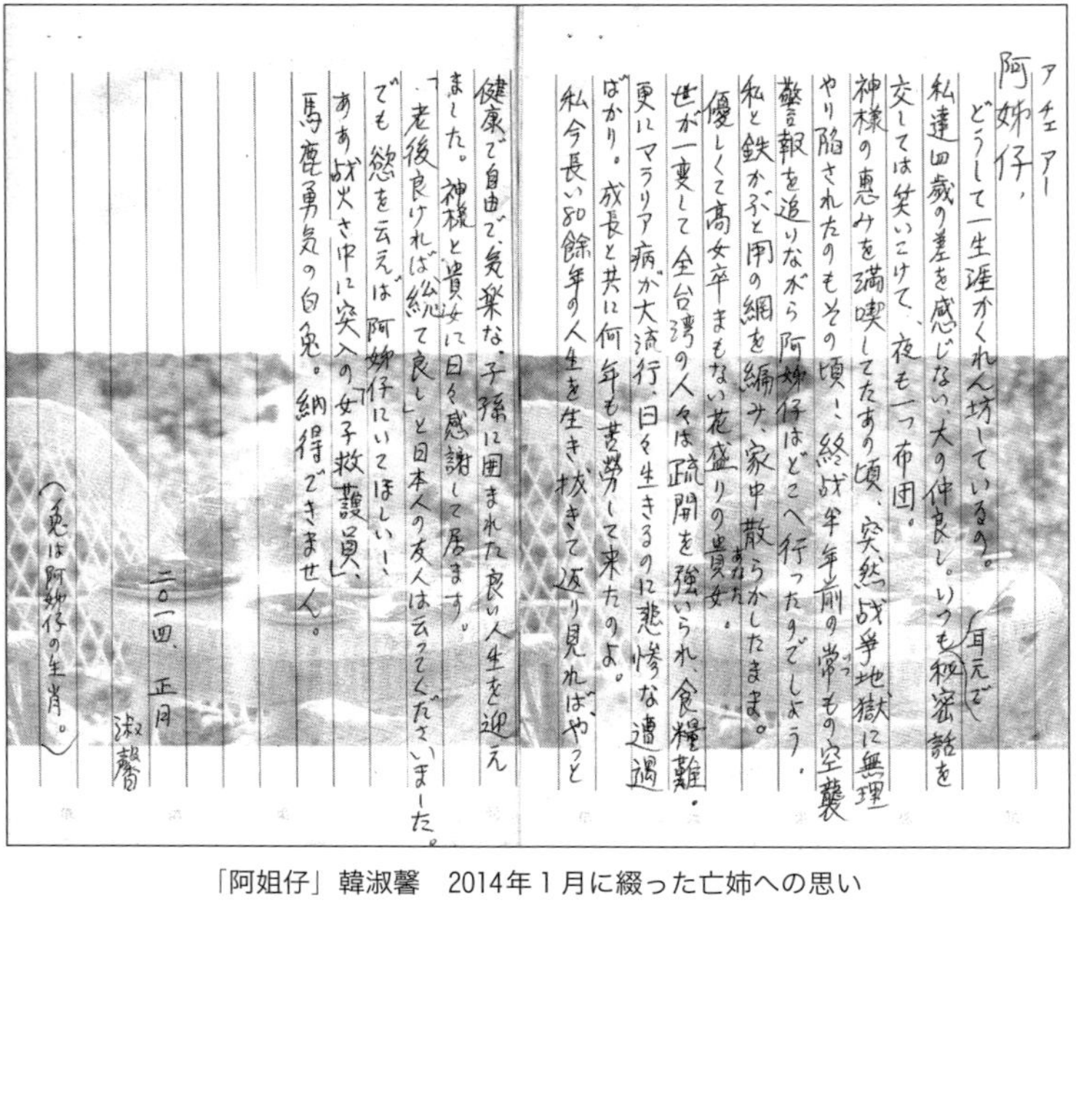
アチェアー
阿姉仔、
どうして一生涯かくれん坊しているの。
私達四歳の差を感じない大の仲良し。いつも耳元で秘密話を
交しては笑いこけて、夜も一つ布団。
神様の恵みを満喫してたあの頃、突然戦争地獄に無理
やり陥されたのもその頃！終戦半年前の常もの空襲
警報を追りながら阿姉仔はどこへ行ったのでしょう。
私と鉄かぶと用の網を編み、家中散らかしたまま。
優しくて高女卒まもない花盛りの貴女《あなた》。
世が一変して全台湾の人々は疏開を強いられ、食糧難。
更にマラリア病が大流行、日々生きるのに悲惨な遭遇
ばかり。成長と共に何年も苦労して来たのよ。
私今長い80餘年の人生を生き抜きて返り見ればやっと
健康で自由で気楽な、子孫に囲まれた良い人生を迎え
ました。神様と貴女に日々感謝して居ます。
「老後良ければ総て良し」と日本人の友人は云ってくださいました。
でも愁を云えば阿姉仔にいてほしい！
ああ戦火さ中に突入の「女子救護員」、
馬鹿勇気の白兎。納得できません。
二〇一四、正月
淑馨
（兎は阿姉仔の生肖。）

「阿姐仔」韓淑馨　2014年１月に綴った亡姉への思い

第十一章　終戦

日本軍は貪欲で飽くことを知らず、己の力量を見極められず、僥倖《ぎょうこう》に希望を託して一九四一年冬、真珠湾を奇襲、アメリカを参戦に奮い立たせ、第二次世界大戦を引き起こした。開戦当初、世界の民主国家はいずれも守勢に立たされたが、次第に反撃に転じた。イタリア、ドイツ両国が相次いで総崩れして降伏すると、日本は孤立無援となり、惨敗の末無条件降伏することはもはや時間の問題となった。カイロ宣言とポツダム宣言は、台湾の光復［失地回復されること］を明確に定めていた。(1) そして広島と長崎の二つの都市に原子爆弾が投下されるという悲劇が発生した後、一九四五年八月十五日、天皇は正式に連合軍に対し降伏したのだった。

日本の降伏式典が南京で挙行されたのち、一九四六年十月二十五日、台北公会堂で日本の第十方面軍司令官兼台湾総督の安藤利吉《あんどうりきち》大将が降伏文書に署名して、この日、台湾は正式に祖国に復帰した。［これに伴い、国民政府が一九四五年九月に重慶に設置していた］台湾省行政長官公署と前進指揮所が、後者から先に相次いで台北に移転され、十一月一日、台湾省接収委員会が全省の接収にとりかかった。台南州接収管理委員会の主任委員は韓聯和氏が務めた。

天皇が突然降伏を宣言したことで、台湾にいた日本人は、慟哭したり憤激したり、国を誤らせ民に災いをもたらしたとして軍閥をひどく恨んだり、アメリカに敗《やぶ》るるも中国に敗るるにあらずと言う者もいた。こうした人はみな頭《こうべ》を垂れて肩を落とし、傲慢で横柄だった態度は、一変して卑屈になって媚びへつらい、失意のさまは喪家《そうか》の狗《いぬ》のようだった。これに対して、台湾の人々は得意然となって喜びに湧き、日本人に侮辱された者はこの機に乗じて報復しようとした。以前は我こそが法なりと闊歩していた刑事と巡査は今では一番ひどく罰せられ、中でも経済警察がひどかった。虎の威を借る狐であった台湾人の下級官吏も難を逃れることはできなかった。

日本統治時代に日本の手先となっていた者は、人々からの報復を恐れた。それゆえ、一部は機に乗じて一転して熱烈な愛国分子となり、民衆の先頭に立って歓迎の歌を声高らかに歌い、旗や幟《のぼり》を掲げた。比較的まだ良心的な者は、家に閉じこもって謹慎し、良心の呵責《かしやく》に苛《さいな》まれて人前に出ようとしなかった。そのほか、かつて日本人に抵抗して祖国に忠誠を誓った人の中には、その志がめでたく報われたと得意になり、政治活動の機会をつかんではい上がろうと必死に手づるをあさる者もいた。そして一般民衆は、提灯を吊るし、楽を奏で、爆竹を鳴らし、旗を掲げ、ビラを貼った。その歓びの声は天に轟《とどろ》き、五十年のあいだ鬱積された憤りは、堰を切ったように一気に溢れ出し、余すところなく放出された。式典や奉迎行列を目にするたび、どれもこれまで見たことがないほどの熱狂ぶりだった。今思うに、隔世の感を禁じ得ない。(2)

戦後すぐのころ、人々は中華民国の国歌の練習や国語学習に自主的に参加した。中でも四、五十代の者は特に熱心であった。私は日本統治時代に多少古典中国語の基礎を学んでいたため、戦後は人に後れをとるまいと復習を始めた。三カ月後に中国語で演説するという目標をたて、実際にその目標を実現した。そしてさらに何回か翻訳を請け負い、大きな失敗もなく、人々の称賛を得た(3)。

韓聯和氏は、台南に来る前から私と荘氏の名前を耳にしており、台南に来たらすぐに会いたいと私ども二人を招待され、台南に着いた翌日には旧日本統治時代の知事官邸で面会した。韓氏は恰幅《かっぷく》が良く豪快で、細かいことにこだわらない人柄であった。接収の仕事に協力を得られるよう、自治宣導員［自治宣伝指導員］として私を招聘した。それからというもの、公私にわたり頻繁に行き来した。韓氏はキリスト教徒ではなかったが、私の通う太平境礼拝堂の礼拝に出席されたこともあった。当時の接収と送還の仕事は入り組んでいて煩雑だった。一九四五年十二月十四日に台南市政府が成立すると、韓氏が初代市長となった。一九四六年八月に異動となるまで、在任期間は一年にも満たなかった。その短い在任期間中に、飢饉が襲いコレラが蔓延した。(一九四六年四月に台南市近郊の湾裡地区にもたらされ、続いて台南市を襲い、ついには全島に広がった。)あらゆる苦労をつぶさになめ、韓氏は何度も辞意をもらした。彼は小型の工業機械に非常に興味を持っていて、官職を辞した後、数種類の小型工業機械を故郷の安徽省に持ち帰り、事業を立ち上げようとした。しかし、ほどなくして病にかかり、志を果たし得ぬまま、中国共産党の手に陥落する前の南京でこの世を去った。まことと嘆かわしきことである。

接収の過程で最も厄介だったことは、日本人家屋の賃貸問題であった。うまく取り入って利を得ることに長けた者が日本人と結託して賃貸契約をし、既成事実を根拠に所有の優先権を得ようと各方面に働きかけた。利益のあるところには、うまい汁を吸おうとたくさんの人がたかってくることが、私には煩わしく感じられた。日本人の土地家屋に私個人が手を出したことは断じてなかったが、何箇所かを国民党の財産として接収するために奔走した(4)。これが人の恨みを買い、公然と告発されたり中傷されたりした。そしてその後の選挙にも大きな影響を与え、不利な立場に追い込まれた。いかばかりの苦労と非難に耐えたのかが推し量られよう。

私は社会に尽くし法を守っていたが、日本人が引き揚げた後に残された薬品を横流ししたという無実の罪を着せられ、取り調べのために台北に呼び出された。取り調べても私から何も得られるものがなかったが、一通の密告書簡のために、いたずらに二度も台北に足を運ぶこととなった。一度目のとき、私は司法官にこの案件について憲兵がすでに調べたかを聞いた。返答は、「まだだ。すぐに詳しい調査を要請しよう」というものだった。二度目のとき、調査の結果はどうだったか尋ねた。返答は、「事実ではなかった」だった。事実ではなかったのなら、なぜ再び呼び出したのかと聞くと、「この手続きを経なければ、この案件を終わらせることができない」と返ってきた。その後、私が某参謀長に虚偽の投書に基づく事案については、慎重に対処していただきたいとお願いすると、参謀長は、重要な軍用品と関わりがあるものについては、このように対処するしかないと答えた。

一九四六年三月二十四日、私は第一期県市参議会議員選挙に立候補し、落選した。それはおそらく、私が選挙運動の何たるかを知らなかったことによった。支持を求めて一軒ごとに訪問する余裕もなく、また、自分を過信しすぎて直接支持をお願いすることもしなかったため、望まぬ結果をもたらした。この初めての失敗で私が最も不愉快に感じたことは、自ら私への支持を表明してきた人たちが、あろうことか心では違うことを考え、虚言を弄し、支持表明の真偽はめまぐるしく変化し、開票に至るまでその心の内をはっきりと知ることができないことであった。

同年四月十五日、台南市参議会第一回大会が開かれた。ここで私は十六票を獲得して、第一期台湾省参議会議員に当選した。当時、省参議員は県市参議会によって選出された。［台南市を代表する省参議会議員一名を選出するこの選挙では、］立候補者二十九名、選挙人［である台南市参議員］は二十七名であった。大陸から帰ってきたばかりの蔡培火兄がこの場に出席して挨拶をのべ、台湾建設の抱負を発表し、大変好評を得た。培火兄は戦前大陸に渡って重慶に行ったきり、戦後は杳《よう》として消息が知れず、根拠のない噂が飛び交い、親戚や友人たちは心配していた。この日、故郷を離れて七歳《とせ》、培火兄が再び帰ってきて、みなは喜び、安堵した。

当選してから十日たった四月二十五日、私は台南市参議員の諸氏にあいさつをした際に書面で以下の所信表明を行った。

われわれ中華民族は、八年の歳月におよぶ戦争の洗礼に耐えぬき、ついに大いなる勝利を手にしました。尊大横柄で、貪欲無尽、侵略しか頭になく、退くことを知らない日本の侵略者が、無条件降伏したのです。国父(5)［孫文］が半植民地と呼んだわれわれの地位は、今や不平等条約を廃し、領土の保全を達成、一躍、四大強国の一つとなりました。そして、米英ソとその他連合国などとともに、世界平和を維持し、人類の恒久平和の基礎を定める責務を負うに至りました。この偉大な栄誉ある事業は、われわれ中華民族五千年の歴史の中でも最も栄光輝かしき一頁であるとともに、極めて大きな重責を負ったということでもあります。

われわれはこの使命を負い、全国民がともに協力して、徹底して努力しなければなりません。そのうえ、国土は残虐非道な蹂躙《じゅうりん》を受け、まさに満身創痍《まんしんそうい》、すべてが再興を待っている状態です。もし世界平和を維持する責務を負うならば、まず、国内の平和統一から始めなければなりません。平和なくして建設はなく、統一なくして政令は施行されないのです。そして、波瀾含みの政治協商会議(6)は、譲り合いの精神に基づき成果を収めることができました。しかし、軍事調停の方は、中断と情勢の悪化を免れることができませんでした。はるか東北を望むと、暗雲が低く垂れ込め、国家の前途はなお憂いに満ちているのです。

占領されて五十年の台湾は、去る八月十五日に日本が降伏したのち、祖国の懐に再び抱《いだ》かれました。祖国を歓迎する台湾同胞の熱意は、まさに最高潮に達しています。台湾は地理上、海の上の孤島ですが、今は祖国の一員となり、中華民国の一省となり、祖国と分かたず運命を共にする存在です。私たち台湾同胞は愛国の情熱を奮い起こし、建国事業に積極的に参加しなければなりません。

このような肝要な時期における建国の基礎工作は、地方自治です。そして、地方自治の基本は、当然民意を反映する機関の設立です。台湾省は、光復以来のこの短く慌ただしい時期に、郷鎮区市県から省レベルに至るまでの民意機関を設立させました。このたび民意による命を受けて省参議員に当選しましたことは、まことに光栄なことです。また同時に、責任の重大さを感じ、国のために全力を尽くす決意であることをここに誓います。地方の進歩のため、国家の富強のため、そして、国民の平穏と幸せのために、この重大かつ神聖な使命を全うする所存です。

注

（1）戦後正式に調印されたサンフランシスコ講和条約（一九五一年九月八日）では、日本が台湾についての主権を放棄することが明記されただけで、いかなる国家にその主権を委ねるのかについては何も示されなかった。

（2）『六十回憶』初版の刊行は、韓石泉が還暦を迎える一年前の一九五六年十月で、二・二八事件を経た後であった。そこから、「今思うに、隔世の感を禁じ得ない」との言葉となった。本書第Ⅱ部荘永明「台湾史の本音と台湾人の尊厳の再現」でも言及されている。

（3）終戦時、韓石泉は四十七歳で、まさに文中でいうところの四、五十代の一人であった。

（4）戦後、国民党が日本人の所有していた土地家屋を力ずくで党資産としていった貴重な証言である。これは、韓石泉の経歴上、小さな瑕疵《かし》となった。彼はこのことにより一年後（一九四六年）の市参議会議員選挙で落選するという代償を支払うことになった。この過ちの埋め合わせとなるように、韓石泉は赤十字社台南市支会長として、国民党台南市党部が占有していたもと日本赤十字社台南州事務所について、果敢に資産の返還を迫り、二年余りの交渉を経て、一九五六年に公文書で正式にそれを回収したのである（荘永明『韓石泉医師的生命故事』三七四―三七六頁）。

（5）「国父」［辛亥革命を率いた孫文のこと］の二文字は、一文字分下げて書かれている。これは孫文について書く際の当時の表記の仕方である。かつての威圧的権力の時代に、人々がいかに個人崇拝の命に従わなければならなかったかを如実に示している。

（6）一九四六年一月、中国各党派と各界の人士は、重慶でともに政治協商会議に参加し、国民大会の召集、憲法の修正、平和建国綱領の制定などを取り決めた五項目決議案を可決した。

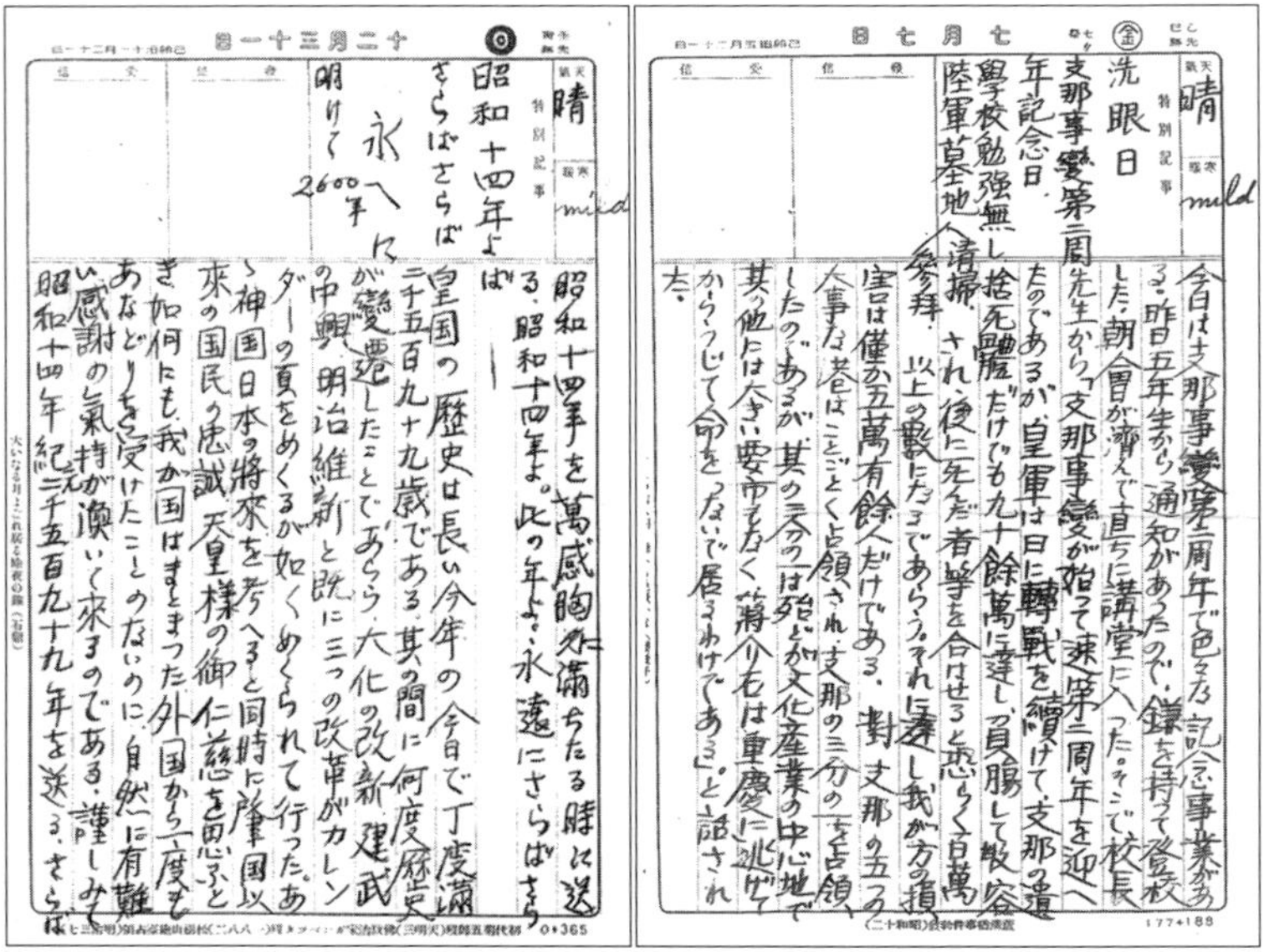

十二月三十一日　天気 晴　mild

特別記事

昭和十四年よ
さらばさらば
永へに
明けて2600年

昭和十四年を萬感胸に滿ちたる時に送る。昭和十四年よ。此の年よ、永遠にさらばさらば。

皇国の歴史は長い今年の今日で丁度滿二千五百九十九歳である。其の間に何度歴史が變遷したことであらう。大化の改新、建武の中興、明治維新と既に三つの改革がカレンダーの頁をめくるが如くめくられて行った。あゝ神国日本の將來を考へると同時に隣国以來の国民の忠誠、天皇樣の御仁慈を思ふとき、如何にも我が国はまとまった、外国から一度もあなどりを受けたことのないのに、自然に有難い感謝の氣持が湧いて來るのである。謹しみて昭和十四年、紀元二千五百九十九年を送る。さらば

七月七日　金　天気 晴　mild

特別記事

洗眼日
支那事變第二周年記念日。
學校勉強無し
陸軍墓地へ清掃參拜。

今日は支那事變第二周年で色々な記念事業がある。昨日五年生から通知があったので、鎌を持って登校した。朝會が濟んで直ちに講堂に入った。そこで校長先生から「支那事變が始って第二周年を迎へたのであるが、皇軍は日に轉戰を續けて、支那の遺棄死體だけでも九十餘萬に達し、負傷して收容され、後に死んだ者等を合せると恐らく百萬以上の數にたっするであらう。それに對し我が方の損害は僅か五萬有餘人だけである。對支那の五分の一…大事な巷はことごとく占領され、支那の三分の一を占領したのであるが、其の三分の一は殆どが文化産業の中心地で、其の他には大きい要市もなく、蔣介石は重慶に逃げてからようじて命をつないで居るわけである」と話された。

台南少年日記　1939年7月7日（右）と12月31日（左）

日本統治時代の台南市の少年（13歳）の日記。「母国」日本への深い愛と誇りに思う心情が滲み出ている。学校現場において台湾人生徒がいかに日本への愛国心を植え付けられていたかをうかがい知ることができる。少年は18歳のとき肺結核のため東京で病没。2007年3月にその弟が台南市で日記を発見した。少年のご家族の同意を得て掲載

第十二章　第一期台湾省参議会議員として

第一期省参議会第一回大会は、一九四六年五月一日、台北市省参議会議事堂で開幕した。台湾全省の三十名の省参議員のうち、台南市からは私一人であった。この中に三名年配の方がいらした。李崇礼（七十三歳）、黄純青（七十二歳）、林献堂（六十五歳）である。特に若かったのは、劉闊才（三十七歳）と林為恭（三十九歳）の二人で、どちらも新竹県からの選出であった。その他はほとんどが四、五十代であった（当時、韓石泉は四十八歳）。孔子いわく、「四十、五十にして聞こえざれば、また畏《おそ》るるにたらず」。これはまことか、そしてまたなにゆえか。

私は議員として五年議場にいたが、これまでに欠席も遅刻もしたことはない。第十回大会期間中の一九五〇年十二月二十日、台南高等法院分院の召集に応じ、蘇珩山医師の医療訴訟事件の鑑定のため、一度休暇を願い出ただけである。そのときちょうど台湾大学の学長であった傅斯年が答弁のために出席し、某議員の質問に対して答えたあと、脳溢血で急逝した。

議長の座に誰が就くのかをめぐっては、林献堂と黄朝琴の一騎打ちの様相を呈した。献堂先生は、台中の名家のご出身で、日本統治時期には文化と政治運動の指導者となられ、声望が非常に高かった。老いてはますます盛んで、一介の議員で終わることを決して望まれなかった。しかし、ご高齢ゆえに世界の変化に迅速に対応していくことは難しく、また、国学の素養がかねてから深かったが、外国語については少し解されるだけであった。

黄朝琴兄［一八九七―一九七二］は五十歳で、青年期に大陸に戻って外交界に身を置いていた。内外の情勢によく通じ、日本統治時代の文化・政治運動にも貢献をしていた。戦後は外交特派員や台北市長などを務めた。公職を辞して民意の代表となる以上、当然ながら議長の席に就くことを望んだ。しかし、ここは年長者に譲るというのが礼儀であった。舞台裏での折衝の末、献堂先生が大局を鑑み、決選投票の前に自ら身を引くことを宣言した。こうして朝琴兄は二十二票を得て議長に選出され、その願いを達成した。それから今日まで十年間にわたり再任され続けたのは、正真正銘の名議長だったからであろう。

議場の変更は、本大会の特徴の一つであった。省参議会の議場は、広くはなかったものの十分足りていた。しかし一部の議員は顕示欲が強く、活躍する様子を民衆に誇示しようと中山堂［日本統治期の台北公会堂］に議場を変更することを提案した。反対する者もあったものの、結局可決された。自分の勇姿を示したい議員は、見せびらかすためのよい舞台のないことを心配する必要がなくなった。

まず上演されたのは、『民報』が演出した范寿康教育処長の失言問題だった。問題となったのは、范処長が一九四六年四月二十九日の国父記念週間に、台湾省地方行政幹部訓練団［省訓団。台湾省行政長官公署が設置した幹部公務員を養成するための研修機構。二〇一二年に地方行政研習中心と改称］で行った「台湾復興の精神」（「復興台湾的精神」）と題した講演である。『民報』の記事によると、その講演内容は台湾省の民衆に対する侮蔑のきらいがあり、次のように謗《そし》っているとした。台湾同胞は独立の思想を抱き、大陸から派遣された人員を排除している。そして、台湾人自身によって台湾を治める考えを持っているため、台湾省に関わる行政事務について傍観を決め込んでいる。［日本に］完全に奴隷化された人々だなどというものである。省参議会大会の初日は、郭参議員（郭国基、「郭大砲」とも呼ばれた）がまずこの問題をとりあげ、大会決議を経て、郭議員と蘇議員の二人が真相究明を行い、後日報告することとなった。

五月七日の第七回会議では、郭・蘇両議員が報告をした後、范処長が弁明した。当時、台湾の内と外の情勢は非常に緊迫しており、その隔たりと亀裂は憂慮すべきものとなっていた。私と劉伝来参議員は、大局を鑑みて慎重に考慮した結果、批判を覚悟の上で臨時動議を提出した。その内容は次のとおりである。「連秘書長［連震東、のちの第九代副総統連戦の父］の［調査結果に関する］報告を受けまして、范教育処長の講演の内容は、批判されるべきところは多少あるものの、某新聞が掲載したほど非常識な講演内容でもなかったということがわかりました。誤解の原因は、おそらく范処長の中国語の発音があまり正確でない上に、通訳も介し、もともとの考えと食い違いが生じ易い状況となっていたことにありました。この事案が六百万の同胞に対して引き起こした誤解は小さくありません。そこで、民衆の誤解と反感を取り除くために、講演の内容を新聞紙上に発表するよう要請します」。

この議案は、二十四票の多数をもって可決されたため、事態が白熱することを期待して騒動を引き起こそうとしていた一部の記者たちを大いに失望させた。そこで彼らは、議長と私への集中攻撃をし始め、お得意の煽動、誹謗中傷、誇張などの活動を展開した。そのうえ本件の調査を請け負った蘇惟梁参議員が本決議案に賛成の挙手をしたため、彼らに大変厳しく責められた。

こうして、議会が人々に包囲されるという事件が起きた。五月九日正午より中山堂で開かれた第九回会議が終了し、解散しようというときに、突然民衆に包囲され、活劇「臨時民衆大会」の開演となった。群衆の中から、「参議員のみなさん、しばしの間、お待ちください」と大声で叫ぶ者があった。傍聴席の人々は全員起立していた。「議長を打倒せよ。議長、逃げるな」と叫ぶ者もいた。そのとき、議長と副議長はごたごたの中を議場の外へと逃れ、ある市民は壇上に上り、悲憤慷慨《ひふんこうがい》をぶちまけた。

こんな参議会に、台湾の政治の改善など望めやしない……あんた方は六百万の民衆がばらばらで団結できないこと、そのままだ。あんた方三十人は責任を負うべきだ。……建設的な意見を出すべきだ。あんた方が本気でやるんなら、六百万の民衆も必ずついていくに違いない。

この発言からは、四つのことが導き出される。
一、省参議会への不満。この参議会には台湾の政治を改善する力がない。
二、参議員たちが団結できないことについて、全参議員が責を負うべきだ。
三、建設的な意見を望む。
四、参議員が本気でやるなら、六百万の民衆は必ずついていく。
以上の四点について、第一点はやや見識がある。第二点は「団結」の意味が漠然としすぎている。三十人の議員がみな同じ行動をとること、同じ意見であることを求めているのだろうか。もしそうならば、それは議会制民主主義の意義を失いはしないか。第三点は、建設的な意見が必要だと言っているが、当時の状況下では建設的な意見は最も嫌がられ、逆に、破壊的、煽動的で、プロパガンダの要素があり、盲従する意見であってこそ喝采をもって歓迎された。第四点の「本気でやる」ことについては、いったい、何を本気でやるのか。皆目見当もつかない。その後、何人かが熱心に考えを述べたが、多くが的外れであった。偉そうにして鼻持ちならない数名の参議員が民衆に媚びへつらい、民衆の歓心を買おうとした。ついに私は、民衆に三つの希望を提示した。

第一　観劇の気持ちで参議会に来ないでいただきたい。
第二　冷静さを保っていただきたい。
第三　記者の方々は報道の質を高くし、正確な内容を報道し公正な姿勢で批評していただきたい。

この間、民衆はひっそりと静まり返って私の言葉を聴いていた。しかし翌日の新聞はまたもや中傷を開始し、そのときの状況をこう伝えた。「民衆の中には、こう叫ぶ者がいた。韓石泉をやっつけろ。韓石泉くたばれ」。

私がさっさとくたばることを望んでいる記者たちよ。私は今もって健在である。[1] のちに友人が私に語った。「あのとき、ごろつきの記者たちに取り囲まれている中、君が臆さずはっきりと考えを語ったものだから、私は君の勇気にすっかり感服したよ。普通の人なら、記者たちが大いにほめそやしてくれることを期待して、歓心を得られないことを恐れるものだ。でも君は、血気にはやった者たちを物ともせず、あえて耳に逆らう言葉を口にしたのだからね。まれに見るすばらしいことだ」。

こちらの騒動が収まりきらないうちにまた次の騒動が起きた。新聞が黄議長の専制を非難し、買収されているとのデマを飛ばしたのである。そのうえ、林献堂先生の議長選出を支持していた一部の者たちが不満を抱き、献堂先生は脅迫されたために議長選挙を放棄したのだと宣伝し、台北市参議会に黄議長

1946年５月１日、第１期台湾省参議会第１回大会での議員全員の集合写真。後列右から三人目が韓石泉

1946年、韓石泉は台南市からただ一人、第１期台湾省参議会議員として選出された

を罷免するよう策動した。というのも、黄議長が台北市参議会から選出された省参議会議員だったからである。意外なことに、省参議会十日目、厳処長が交通の状況について報告したのち、黄議長が起立してその場で辞意を表明し、大会に辞職を願い出た。自分が議員に立候補した動機は、民衆に尽くし、政府と民衆のかけ橋となるためであり、断じて買収されてはいない。実のところ、献堂先生が譲ってくださったことで初めて議長に当選できたのだと涙ながらに訴えた。そして、議長の務めとは、議員全員の意見を取りまとめ、どのように議案を実施していくかについて政府と掛け合うことにあり、その態度は一貫して公平無私で、公明正大でなければならないと語った。己の失敗は、自分が受けた民主教育と台湾

の民主の方法が合わなかったことにある。自分は徳が低く才能も乏しいため、議長を辞任する決意である。自分が台湾に忠を尽くすことを大衆が受け容《い》れられない以上、今後は老いた母に孝を尽くしその不安な気持ちを慰めようと語った。

　言い終えるとひっそりと議場を退出して、北投の別荘でやり過ごそうとした。その演説は非常に心を打つもので、諸参議員を突き動かした。献堂先生は真先に立ち上がって発言し、自分は年齢も高く、労苦に耐えられないゆえ、黄朝琴先生を議長に選んだのだと、黄議長をもっぱら弁護した。私も献堂先生の意見に賛成し、世論をリードする者は、感情に左右されたり、黄議長に侮辱的態度をとってはならず、公平かつ冷静で批評の質も高めなければならないと考えを述べた。それから数名の議員が相次いで発言した。最後に黄議長の慰留を全会一致で可決し、説得にあたる代表も選出した。黄議長はそこでやっと辞意を取り下げ、第十二回会議に出席し、改めて議会を取り持った。黄議長の辞意提出は、考えてみると賢明な措置であった。当時の状況では、小さな野火も広野を焼く大火になる勢いが大いにあった。今回の振る舞いは、事を大きくしようとする者に冷や水を浴びせたかのごとくその出鼻をくじき、時宜《じぎ》に適《かな》って火を消し止めたのであり、その後の状況は徐々に穏やかなものとなった。

　省訓団に対して、前述した〔五月七日の〕臨時動議を提出した理由とわれわれの立場を説明するため、五月十三日夕方六時、私は劉伝来議員と蘇惟梁議員とともに水道町にある省訓団へ行き、当時受講中の研修生四百名余りを召集し、講演した。私の講演の大意は以下のようであった。「省〔参〕議会の会期中には、慎重に討論するべき議題が大変多い。些細な失言問題を取り上げて大ごとのように騒ぎたててはならないし、大局的見地に立って冷静でなければならない。省内外の意見の隔たりを煽ったり深めたりしてもならない。また、何事も公平に論断すべきである。激高した民衆の感情を恐れ、過激分子の脅迫と煽動を憚《はばか》り、公正な意見を示す勇気すらなければ、それは参議員としてすでに道義を失ったということである。こうなると、その崇高な職責を果たすことはできない。もし今のような状況が拡大し続けるならば、例えば国家興亡の大計にかかわることに直面した際、どうして冷静、自由、慎重に協議することができよう。私は愚か者となることを望み、罵られることを甘受する。今はこのような愚直な者が必要とされているからだ。日本の五・一五事件や二・二六事件で犬養毅や高橋是清などが暗殺された当時と、現在の状況は似ているところがある。今日つまるところ、誰が正しく誰が間違っているのか。私に下心があると誣《し》い、操り人形だと罵る者がいるが、事の是非は他日明らかになろう。私自身はただ大局を鑑み、敵対的態度をとって鋭く対立することが必ず将来に残すであろう禍根を非常に恐れるのである」(2)。

講演の最中、研修生たちは静かに傾聴し、空気は穏やかであった。しかし、翌日の新聞ではまたもや大いに誇張され、私たちが研修生たちにプールへ案内されたとき、危うく彼らに追い出されかけたと伝えた。これは明らかな捏造であり、中傷のためには手段は選ばれなかった。この事件への対処には、議長も慎重さを欠いた。調査に派遣される議員は、先入観を持たず感情に左右されない人が最も任に堪える。しかし、議長はこの点を考慮しなかった。そのため、調査結果はあいまいなものとなってしまった。連秘書長がその報告をみなの前で読み上げたとき、調査を担当した議員は黙り込んだまま一言も発しなかった(3)。しかし、調査対象の講演内容全体を判断するには、詳細に検討しなければ正確な結論は得られないものである。私たちの［五月七日の臨時動議の］提案は、前述のようにただその内容を社会に公表することであり、それは、大多数の議員の賛成を得て可決された。そして、調査を担当した蘇議員までもが挙手して賛成したため、彼は自分の選挙区である新竹市の高ぶった民衆から激しく糾弾された。その後、施政方針に対する質問の重点は、汚職、不正、縁故者優遇に集中し、法廷尋問さながらに非常に緊張した様子だった。それが終わった後は、あたかも台風一過のように平静をとりもどした。最後に三回の会議で議案を審議し、一二八件の議案と民間からの六十三件の訴願を取り上げ、可決した。この審議の速さは、勢いよく流れる川のようだった。保留となった若干の議案を除き、議決にはいくつかの類型があった。政府の対応を請うもの、検討を要するもの、斟酌《しんしゃく》して受理するもの、参考とするもの、斟酌して施行するものなどなど、多くに分けられた。政府に対応を請う決議は、必ずしも政府が執り行えるとは限らない。検討、斟酌、参考に処するものについては、行政当局の熱意と誠実さに期待するしかなかった。

第一回大会から六カ月過ぎた一九四六年十二月十二日、第二回大会が召集されて開幕し、同月二十四日に閉幕した。それはちょうど南京で召集されていた国民代表大会の閉幕と同じ日だった。本大会には二つの特徴があった。それは黄議長が閉会の辞で述べたように、一、会期全体にわたり「二つの審査」「二つの報告」「二つの決議」を経たこと、二、大会は「十二月」「十二日」開催で十二日間開かれ、三つの「十二」が重なったことであった。

第一回大会閉会後の休会期間には二度の特例選挙が行われた。九月に八名の参政員を選出し、十月三十一日に臨時大会が召集され、国民大会の地区代表十一名を選出した。参政員選挙で蔡培火兄は落選し、林茂生兄は当選後辞退し、当時かなりの波乱が巻き起こった。選挙候補者の政見発表の舌戦は熾烈をきわめたが、実のところ、当落を決定したのは演説内容の良し悪しではなく、人脈などの利害関係で

臺灣省民意機關之建立

臺南市　韓　石　泉

一、教育問題，

二、醫學衛生問題。

三、公文及登記辦法等手續簡化問題，

四、安平港修築問題。

臺南縣　李　萬　居（副議長）

本人認爲作一個參議員，第一要能夠溝通民情，使之得以上達。第二要能夠監不適當，或不合法的地方，有沒有違反民要隨時加以注意，並督促其糾正。第三要作，則力量集中，不合作則力量分散。

臺南縣　劉　明　朝

一、製糖工業之全部國有國營，實際上省富於經驗者及技術家，並與農民保

二、砂糖出口，應以運回省民必需物資設官民合作之砂糖販賣公司辦理。貿

三、設置有價證券處理委員會，以處理三十餘億元日本國債，及其他

四、對有不得已理由者，應解除千元券之凍結計劃。

韓石泉傳

韓石泉が『台湾省民意機関之建立』(台湾省行政長官公署民政処、1946年)という書の中で述べた政見。1. 教育問題。2. 医学衛生問題。3. 公文書および登記などの手続きの簡素化の問題。4. 安平港修築の問題。雲林県口湖郷梧北村の李萬居精神啓蒙館にも、第1期省参議員についてのこの資料のほか、第5回大会の集合写真がある

參議員　韓　石　泉

（略歷）韓先生：臺南市人，現年五十五歲，臺北醫學專門學校畢業，日本熊本醫科大學研學，得醫學博士，曾任中國國民黨臺南市黨務指導員，臺灣銀行監察人，臺南市醫師公會理事長，私立光華女子中學董事長，臺南市第二信用合作社理事主席，私立韓內科醫院主，有子女九人，男六，女三，對於地方自治，提議甚多，曾請政府將縣市行政區域重新劃分以便推行政令，先生發言有條有理，無偏無私，態度謙和，論鋒銳利，尤能任勞任怨，不圖功利。

『台湾省首届参議員名鑑』(全民日報社、1951年)に掲載された韓石泉の略歴と写真。ここでは韓石泉について「地方自治について数多く発議し、政府に対して県と市の行政区画を再編成して政令を施行しやすくするよう提案したこともある。話は筋が通り、公平無私、謙虚かつ穏やかで、論理は鋭く、労苦を厭わず非難も意とせず、名声を求めない人柄である」とある

あったことは明らかであった。

この年の十二月五日午前六時五十分、台湾（台南県新豊区、新化区と台南市）で突然地震が発生し、甚大な被害をもたらした。私は周民政処長（周一鶚、福建人）とともに被災地を慰問した。被災者は餓えと寒さで震え、帰る家もなかった。一番悲惨だったのは、友人の李聡徹兄（医師）の夫人が、次女の結納の準備にとりかかろうと早起きをしていくらもしないうちに、大地が激しく揺れ、家は倒壊、五番目の娘と次男とともに下敷きとなったことである。災害はかくも予測できない。私は慰める言葉に窮した。私もこの種の苦しみを味わったことがあるからだ。当時の省参議会大会は、私が発議した罹災者救済案を可決し、政府に速やかに対処するよう求めた。しかし、被災した各県市政府がいくらかの救済扶助金を給付したものの、省は積極的に救済措置をとらなかった。議案は、このように可決されながらも実行されない、ということもあったのである。

注

（1）私韓良俊は、二〇〇三年に口腔健康法が通過したのち、歯科医師会が行政院衛生署口腔医学委員会の設立を検討していたとき、ある人士が電話口で私を辱め罵り、「おまえはもう退職したのだろう、家でくたばっていればいいのだ。こういうことに首をつっこむな！」と言われたことを思い出さずにはいられない。あろうことか、父子でかくも似たことに遭遇するとは。そのうえ、ありがたいことに私も父と同じくびくともしていない。歳をとるにつれて知識や素養の異なるさまざまな人々とさらに知り合えることは、人生における継続教育の必修課程であるといえよう。

（2）この日は一九四六年五月十三日で、一年もしないうちに台湾史上最も不幸な二・二八事件が発生し、韓石泉の恐れは的中した。

（3）調査に派遣された二人の議員は、蘇惟梁と郭国基であった。

第十三章　二・二八事件と私

終戦後、最も不思議で驚いたのは、銃を身に付けた兵士、警察が特に多かったことである。そのため、常に事件が起きた。例えば、台南市での余剰兵士と警察との衝突、新営鎮での民衆と警察の衝突、員林鎮での法警と警察の衝突などである。中には夫婦喧嘩で発砲して相手を脅す事件まであり、容疑者が逮捕に抵抗して銃殺されるなどということも折々耳にした。これは実に二・二八事件を引き起こす導火線となった。省参議会第二回大会に、私は「法的根拠なき銃の携帯を禁ずる案」を提出したが、残念ながら管轄当局に重視されなかった。思い出すと胸が一杯になる。

ここからは、二・二八事件という、あってはならず再び繰り返してもならない、台湾未曾有の大災禍について、台南市で私が経験した戦慄の状況をつぶさに述べていく。この事件は、一種の「突発的、衝動的、煽動的、普遍的で、強迫性の社会の集団的躁病」であったといえる。実に台湾史上の一大汚点である。祖国から切り離されて五十年、台湾はやっと祖国の懐に戻ることができた。当初、人々は熱烈に歓迎し、期待で胸をふくらませていたのが、何故、同胞の少なからぬ生命、財産を犠牲にするまでに至ったのか。責任者(1)は前兆を見逃し、事の発生を防ぐことができなかった。今思い出してもなお心痛のほど余りある。

二・二八事件の災いの発端は、闇タバコの取締りの際に当局が民衆に発砲して負傷させ、これが悪徳者(2)に利用されたことにある。台北市に端を発したこの事件は、全島を波乱の渦に巻き込み、国家は深刻な損失を被った。今落ち着いてから当時のことを思い起こしてみると、台南市も三月三日に外からやって来た「暴徒(3)」に煽動され、騒動が起きたのであった。当時、私は台南市党務指導員で、台湾省参議員も兼任していた。事件の発生を事前に防ぎ得なかったことについて、慚愧に堪えない。

事が起きた以上、負うべき責任は負うべきであり、保身をはかって事態をただ座視していることなどできない。それ故、危険を顧みず生死を度外視し、事の成否を問わずただ真心をもって同志諸氏とともに困難な仕事に立ち向かい、社会の安寧を目指し、国家、民族を裏切らないよう努力した。幸いにも本市の軍と政治機構の責任者が大局に配慮して緊密に連携した結果、不幸な事件が発生するのをかなり抑えることができた。大多数の市参議員が大義をわきまえていたこと、また、民衆の気風が純朴で、友誼と誠意と団結を基礎に、無血、不拡大の原則を堅持したことで、ようやく難関を乗り越えることができた。実に不幸中の大いなる幸いであった。

当時の事件の経過と状況について、ここからは私が深く知っている事実に基づき、嘘偽りや虚飾の言を加えず、ありのままを叙述する。常に過失のないよう努め、他人の功績をかすめ取るようなことはしない。この不幸な事件から痛切な教訓を得ることをひとえに願い、それが将来に善き指針となるのであれば、それに勝ることはない。

一九四七年三月二日午後八時、陳懐譲警察局長が私を訪ね、卓高煊市長官邸に行こうと誘われた。卓市長、項総台長（高雄要塞第三総台長の項克恭上校）、廖営長（憲兵営長の廖駿業）および市内の中等以上の各学校長がすべて同席していた。市長は、今後起こりうる事態に対処することについて私に直接協力を要請し、私は承諾した。帰りに侯全成議員を訪ね、協力をお願いした。侯兄は私の親友であり、強い意志力と、機知と勇気に富み、当時の市参議員のなかでは錚々《そうそう》たる人物であった。

帰宅して就寝したが、深夜二時（三月三日）に陳局長が再度玄関の戸を叩いた。共に市の警察局に赴くと、卓市長と廖営長が先に来ていて、みなで今度は市参議会に向かった。黄百禄議長のほか、議員とその他の人士三、四十人がすでに集まり、本市の治安協助委員会の設立を討論していた。会議がまだ終わらないうちから、すでに数箇所の派出所から陳局長に報告があり、「暴徒」が銃器を強奪し、電線を切断するなどの事態が発生しており、情勢は徐々に不穏の様相を呈している、とのことだった。私は侯議員らと、議会と警察局の間を行ったり来たりしていた。その夜は、侯兄と李国沢兄とともに市参議会で仮眠し、午前（三月三日）九時になって帰宅した。その日の朝、市党部でしばし公務を行い、十時ごろ市参議会に様子を見に行った。午後二時から市の臨時参議会を傍聴した。そこでは七項目の要求が可決された。

一、安易に発砲せず、挑発的な行動も取らないよう、軍隊、憲兵、警察に求めること。
二、専売局、貿易局の廃止を求めること。
三、無能かつ無責任な公務員の即時解任を求めること。
四、食糧問題について責任を持って処理すること。
五、県、市長の民選を直ちに実施すること。

六、省の各処の処長、重要な機構の管理職は、必ず台湾省の出身者を抜擢すること。
七、省が接収した会社、工場は、台湾省出身者に任せること。
午後七時に再び市参議会に行き、市民大会の様子を後ろから細かく視察した。非常に張り詰めた空気が漂っていた。八時半に帰宅して対策を沈思した。

三月四日午前八時に再び侯兄の自宅を訪れると、張寿齢議員が偶然にも居合わせた。そこで市参議会の黄百禄議長に参加を懇願し、無血、不拡大の処理方針を決定した。(4) そして、学生たちに軽挙妄動《けいきょもうどう》を戒《いまし》めるよう忠告する役を、李国沢兄に務めていただくよう、林占鰲兄に依頼した。それから市参議会に移動して、議員数名と面会し、議長に協力して平和の方針を堅持し、断じて行き過ぎないよう求めた。もし常軌を逸した行為をすれば、その後の責任は決して議員に負いきれるものではなく、いい加減に対処することは絶対禁物であると。

午後二時、黄議長らと暴動を抑制する方針について三民主義青年団中正堂において再度確認した。議長室は群衆が騒々しくて話ができなかったが、中正堂は比較的静かだったからである。

午後三時、政府の回答および政治に関する九項目の提示条件を受け取りに、黄議長らと憲兵隊へ行った。当時の軍部代表は廖駿業営長、政治代表は陳懐譲警察局長だった。

台南市参議会の七項目の要求に対する政府の回答は、以下のようであった。
一、原則的に認める。但し、軍隊と警察の駐屯地付近は、秩序が正常に回復されるまでは立ち入りを禁ずる。
二、回答を勘案中である。

三、受け入れ可。
四、当然である。
五、中央の指示を仰がれたし。
六、任用を酌量する。
七、優秀でふさわしい人員がいれば、当該機関の長を通して、なるべく工鉱処に推薦する。
（付帯条件）これまでの行動について、武器、財物は返却を求めるべきであるが、それ以外の過去の行動にいたっては過ちを咎めない。但し、公布日以降の常軌を逸した行為は、法に従って処理する。

政府も九項目の条件を提示した。
一、行政への侵害は許さない。
二、固有の行政権を保全する。
三、警察の武器および財物は直ちにすべてを返却するべし。
四、個人の損失を調査する。
五、軍人と警察の移動と通行は一切干渉を受けない。
六、負傷者や遺族に対し、慰問や救済を行う。
七、各機関の損失について直ちに調査するべし。
八、警察は即日復員し通常の職務を行う。
九、各学校は直ちに授業を再開するべし。
午後四時半、学生と青年たちは政府の回答と提示された条件について説明を求めてきた。その勢いは相当すさまじく、銃器や剣を身に帯びて、入口を占拠し、空気は異常なほど緊迫していた。少しでも不注意な発言をすれば、不測の事態を招きかねない。黄議長と侯議員の後に、私は次の四大原則を示した。

一、不拡大。

二、無血。

三、既存の行政機構を否定しない。

四、政治的な問題は政治的に解決する。(5)

午後五時半に、区長、副区長、区民代表、里長、市参議員を召集した。会議では市参議会の要求に対する政府の回答および提示条件が可決され、平和の情勢が定まった。その後、少数の不良分子が挑発や欺瞞、脅迫の手段を使って波風を立てようとしたが、その目的を遂げることはついぞできなかった。

午後七時に、黄議長らと再び憲兵隊に赴き、七カ条を設けた。

一、軍は元の駐屯地に帰隊するべし。

二、本事件の解決のために、駐留軍をさらに増加しない。

三、治安問題は市参議会、憲兵、警察が責任を負い、直ちに原状回復する。学生と民衆は直ちに各々《おのおの》の授業、仕事に戻る。

四、外省人の生命と財産は、今後市民が共同で保障し、外省人と本省人はともに互いを尊重するべし。(6)

五、民間が入手した武器、財物はすべて市参議会に差し出し、元の所管機構に返還する。

六、今後、常軌を逸した行為がなければ、過去の過ちについては追及しない。

七、失業と食糧問題については、政府は有効な解決策を講じるべし。

三月五日午前九時に、高雄要塞第三総台の項総台長の招請を受けて、黄議長らと第三総台部に行った。前記の四大原則を再度確認し、昨日憲兵隊で起草した七カ条についての補充解釈を以下のように作成した。

一、軍隊は元の駐屯地に戻る。
二、兵力を増強しない（高雄司令部に仰ぐ）。
三、午後三時より憲兵と警察は市参議会で秩序維持を開始する。
四、外省人の生命と財産は市民が共同で保障し、互いに尊重し合う。今後、再び外省人を殴打するような事件が起きた場合は、軍隊、警察、憲兵は断固としてしかるべく対処し、それを警護する。
五、銃器、財物について、学生は入手したものを比較的親しい教員に渡す。集まったものは市参議会に送ってから、警察局に引き渡す。同時に、政府は市民に対し、所持している銃器は直ちに差し出さなければならず、以後保有が判明した場合には暴動を目的とする銃器隠匿の罪名で厳罰に処すことを宣布する。
六、今後、常軌を逸した行為をしてはならない。但し過去の過ちについては追及しない。
七、失業と食糧問題は、市政府が有効な解決策を講じるべし。
八、各学校からは学生の父兄会に対し、学生がいざこざを引き起こそうとするたくらみに引き込まれて常軌を逸することのないよう、その行動の管理を要請する。併せて、校長には責任を負うことを命じる。学外にいる学生は連れ戻し、今後再び騒ぎを起こすことがあれば、学生本人が軍と警察によって処罰されるほか、校長にも連帯責任を問うものとする。各区の区長、区民代表、党組織の末端における責任者、里長および父兄は、共同して本地域の暴徒の活動を効果的に抑制する。
九、昨日の議案は本日午後三時より施行する。今後変事が発生した場合には、暴動を起こした者に責任を問う。

午後二時、台南放送局で卓市長、黄議長、荘幹事長とともにラジオ放送を行った。午後八時、市参議会で二二八事件処理委員会台南市分会が設立された。(7)夜、小雨が霏々《ひひ》として降りしきった。私は出席を予定していなかったが、黄議長と侯議員が人を遣《つか》わして招請に来た。好意を断りづらく、九時に出席したところ、驚いたことに主任委員に推挙された。黄議長と荘幹事長は副委員長だった。辞退できそうもないので、四大原則の維持を目標とすることで、その任を引き受けた。処理委員会には総務、治安、宣伝、食糧、救護、連絡、学生の各部門が設けられ、それぞれに組長、副組長、組員などが置かれた。

三月六日午前十時、二二八事件処理委員会台南市分会委員会が開催され、私は何度も主任委員の職を辞退したが可決されなかった。午後二時、市内の中等以上の学校の学生たちが非武装デモの実施を訴えてきた。それに対し項総台長は、軍事地域に接近、通過しないことを条件に許可した。私と黄議長、李国沢兄は秩序の維持を担当した。市内の中等以上の学校の男女学生数千人は、「国民政府を支持せよ」「民主政治を確立せよ」「本省の腐敗政治を改革せよ」「地方自治の実施を促進せよ」「新しい台湾を建設せよ」などの標語が書かれた紙の旗や幟《のぼり》を手に、スローガンを高らかに叫びながら、秩序を保ちつつ整然と市内の大通りを行進した。デモは非常な盛り上がりを見せたが、幸いにも突発的な事件は起こらなかった。これは、臨機応変に対応した成果である。(8)午後四時、憲兵隊から電話があり、市内に不穏な様子が見られるため、われわれは直ちに憲兵隊に赴くよう要請された。黄議長、侯議員とともに赴いたが、結局、情報が不正確で、特に何かあったわけではなかったことが判明した。

三月七日午前九時から午後二時まで、陳局長、黄議長、侯議員とともに第三総台部を訪れ、卓市長に対し、市政府に戻って公務を執るよう懇請した。午後三時、卓市長は市政府で食糧会議を開き、飢餓救済のために、二二八事件処理委員会台南市分会の名義で金融機関から旧台湾元二千万元を借り、食料品を購入することを可決した。午後六時半、私は二二八事件処理委員会の各組長に対し、市長に市政府に戻って公務を執るよう懇請した経緯と、食糧会議の内容を報告した。また、張寿齢、楊請副議長を推挙し、二人が台北に赴いて陳儀行政長官に謁見し、台南の状況を報告するとともに、台南への波及を避けるべく嘉義、高雄の両市に対し情勢の平穏化のための対策を緊急に取るよう要請した。というのも、当時両市に関するデマが特に多く流れていたからである。

私は再び、「不拡大、無血、既存の行政機構を否定しない、政治的な問題は政治的に解決する」という指針である四大原則を厳守するよう、各組長に念を押した。この範囲を逸脱した場合、私は責任を負うことができない、と。台南市は幸いにもこの四大原則の制約があったため、他の常軌を逸した行為の発生を避けることができた。会議中に提出された動議は、この四大原則に違反するものは一切否決された。しかしそのために過激分子の不満を招いた。私に危害を加えると声明した者もいて、親族や友人が大いに心配してくれた。しかし、この事態の渦中に身を置きながら、勇気がどこから湧いてきたのか、泰然として対処できたこともまた、生きた心地のしなかった中での経験の一つである。[9] その後、安平港に船が来た件について、憲兵と警察当局に検査と救助の協力を要請した。

三月八日午前十時、組長会議が開催され、各組長が目下の重要問題について報告した。そして正当な民意を広く求め、慎重に審議を行うために、政治組が増設された。指針としている四大原則の中の、既存の行政機構を否定しないという条文の解釈については、独立しない、中央から離脱しないものとした。(10) 午後二時、市参議会は座談会を開き、現職の市長は適任か否か、および市長選挙の方法について討論し、私も列席して傍聴した。それというのも、三月六日の夜、陳儀長官が次の二点についてラジオ放送したからである。一、行政機関の改革。まもなく行政長官公署を省政府に改編する件について、中央の指示を仰ぐ。委員、庁長、および処長の職には、できる限り本省出身者を起用し、民意機関はその適任者を推薦する。二、県と市の行政機関について、六月末までに県、市長の推選手続きをとり、七月一日に選挙を行う。選挙以前に、民衆が現職の県、市長を不適任と判断した場合は、長官である自分が当該者を免職する。[県、市の] 参議会は各方面の人士を招集して協議し、候補者三名を推挙してもらい、長官である自分がその人選から一名に丸印を付けて決める云々《うんぬん》。

三月九日午後三時、市参議会の議事堂で台南市各方面連合大会が開催された。現職の市長が適任かどうか討論し、新市長の候補者を選出した。参加者は、市参議員、各区長、区民代表、各民衆団体、機関、会社、工場、学校職員、学生などの代表からなる計四五八名であったが、実際に出席したのは四二五名で、黄議長が主席を務めた。現職の市長の適任問題については各方面の代表に意見を求め、結局市長の留任は否決することで満場一致した。私が出馬の意思がないことを表明したあと、候補者選出の投票が始まった。その場で集計された開票結果(有効投票数四二四票)は、黄百禄一七九票、侯全成一〇九票、湯徳章一〇五票、そして私二十六票であった。

この候補者選出の投票前夜、出馬意欲のある人士たちは、市長の座を夢見て激しい選挙活動を展開し

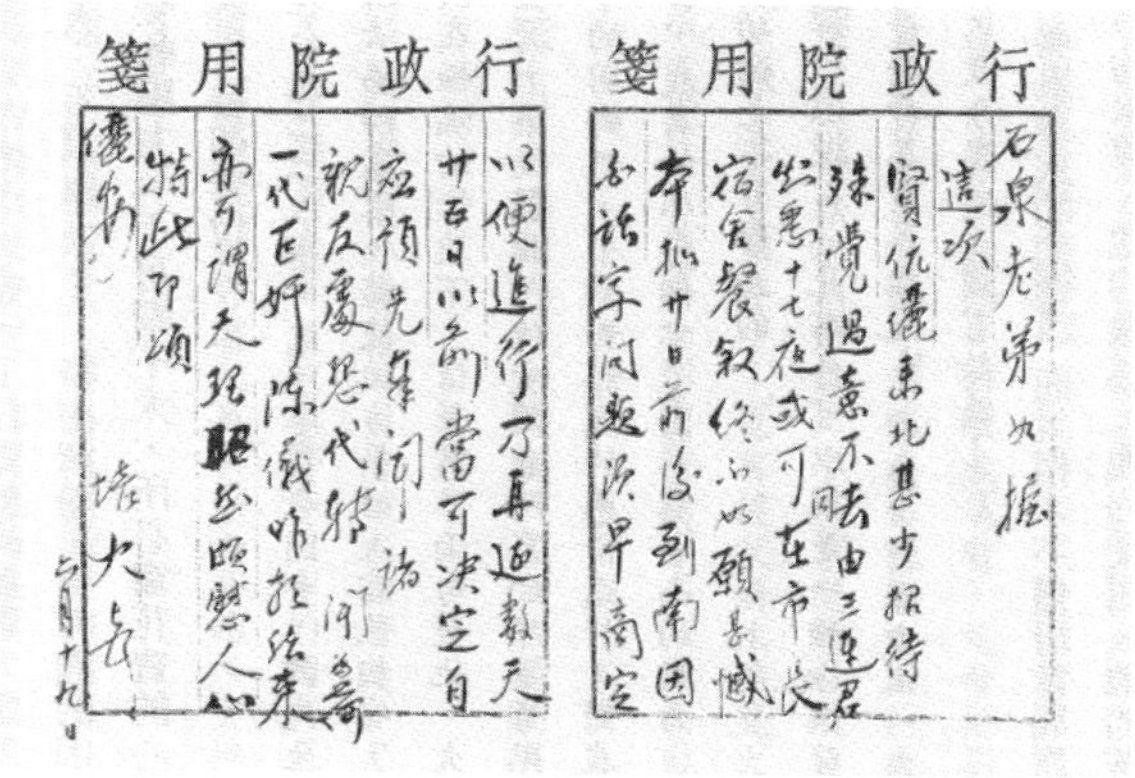

蔡培火が1950年６月19日に韓石泉にしたためた親書。当時の台北市長呉三連と食事をしたことや白話文の問題について触れた後、陳儀が銃殺刑に処せられたことについて、こう述べている。「陳儀という一代の極悪人が、昨日の朝、終《つい》を迎えた。天理は明白であり、人心を頗《すこぶ》る慰めたであろう」

た。しかし、思いもよらなかったことに、候補者選出が終了した直後の翌日（十日）、陳儀長官は台湾全省に戒厳令を敷き、二二八事件処理委員会に対し解散を命じた。ここに至って、市長選挙が水泡に帰したことを知った。午後九時、市参議会で議員による座談会を開いた。台北二二八事件処理委員会はすでに解散されたので、各県や市の分会も同様に解散されるべきこと、残務整理は台南市参議会が行うこと、翌朝、各組長と副組長に解散を発表することを協議した(11)。

三月十一日、政府軍は台南に進駐した。午前十時に台南市参議会が包囲され、現場にいた議員、学生なども取り調べを受けた。私も車の中に押し込まれた。連行される前に、ある兵士に銃口を向けられ、「お前たちは間違っている」と責められた。台南区指揮部に送られると一部の議員とともに会議室に連れていかれた。某指揮官が主席となり、武器接収会議が開かれた。指揮官は筆で「兵器は火なり、虎なり」と書き、それを「瞬時にして、玉石倶《とも》に焚《た》く［滅ぼす］もの」と解釈してみせた。誰が武器の接収を担当できるのかと聞かれ、手を上げる者はいなかった。侯議員が奮起し、進んでその全責務を引き受けた。(12) 全市内を回って武器接収の宣伝を行い、またその後、徹底的な戸籍調査と政令宣伝に協力し、綏《すい》靖《せい》［鎮定・治安維持］委員に推挙された。

この綏靖の過程において、検挙された人士の中には、罰を受けて当然の者もいたが、ありもしない罪を着せられた者も決して少なくなかった。国家に誠意を込めて尽力する者ですら濡れ衣を着せられた。(13) 幸いにも本市では外省人同胞が損害を被ったことは極めてわずかで、生命に危険が及ぶ問題は起こらなかった。二二八事件処理委員会のなかでは、治安組長だった湯徳章が処刑されたほか、(14) 有罪判決を受けて投獄された者も少なくなかった。私は縄を打たれず優遇された。そのため、某高級軍人にこのように語った。「私は何事にも公明正大で裏がなく、鏡に映るがままに澄みきっている。このような私の行いさえ理解されないならば、ほかの誰も正しく判定されないだろう」。私は某関連当局から「自白書」を書くよう迫られたことがあった。「顛末書《てんまつしょ》」であれば書くが、「自白書」なら無理であると答えた。結局、前者で済ませることができた。

この間、失踪する者も出てきた。例えば省参議員の王添灯、林連宗、台湾全省を代表する名士の林茂生、陳炘などである。また嘉義市、高雄市の参議員からいずれも数名の犠牲者が出た。台南市からこのような犠牲者が出なかったことは、ここゆえの幸運であった。事態の深刻化について重大な責任をとらなければならない某氏は、事件後、逆に高い官位についた。まことに合点がいかないことであった。(15)

私はこの件から大きな教訓を得た。指針としている正確な四大原則(16)と、誠実に協力する仲間、(17) そして生死を度外視し、光栄と恥辱を顧みない精神を備えれば、危険と困難の中に身を置かれても動揺しない。もし、あれこれ恐れて思い切りが悪く、二の足を踏むと、何も成果がないばかりか、災難までもがその身に降りかかってくることは明らかである。

ここまで筆を進めたところで、「それまで反対してきた大統領を救ったSenator Edmund G. Ross」という、アメリカ史上、長い間埋もれていた感動的なエピソードを読んだ(『読者文摘』一九五六年三月号、六一頁)。感無量であった。(18)

二・二八事件後の一九四七年四月に、長官公署は改められて省政府となり、魏道明主席が台湾の政事を引き継いだ。六月二十日から三十日に省参議会第三回大会が開催されたが、出席した参議員は二十名に足らず、総数のわずか三分の二にしか達しなかった。大部分は意気消沈し口をつぐんで語ろうとせず、第一回大会に比べると、隔世の感を禁じ得なかった。

二・二八事件について、省参議会大会では以下の宣言が出された。

二・二八事変は、本省の光復後に発生した重大かつ不幸な事件であった。事は突然発生して急展開したため、事前に阻止する術がなかったとはいえ、われわれは指導力の欠如について責任を負うものであり、(19)まことに慚愧の至りである。幸いにも事件は収まりをみせた。得られた教訓は多く、今後同様な事件が繰り返されることはないと確信している。

この事変の起因を詳細に追究すると、第一は、政策上の問題である。本省は光復してから一年半、政府が推進した政策は多くないとはいえないが、実施困難なものについて、残念ながら直ちに検討し改善することができなかったため、人々を納得させられなかった。第二に、心理的な要素である。本省の同胞は長期にわたり、抑圧的な統治を受けてきたため、その多くは政治に対する理解が欠けている。いったん祖国に復帰すると、政治への期待がいっそう切実となった。そのため政策に少しでも不満を感じると直ちに激高してしまう。この心理状態が急進的になると、ついに間違った行為をしてしまうのである。

わかっていなければならないのは、二・二八事変は、兄弟間の一時的な誤解であって、誤解がひとたび解ければ、すぐに仲直りして元通りになるということである。兄弟間の一時的な誤解は、互いの情に影響を及ぼすほどのものではなく、二・二八事変が台湾と祖国の関係に変化をもたらすはずはない。下心のある発言から誤った推測をしないように、われわれは世界中の人士たちに望む。そして特に省内と省外の同胞には、わだかまりを取り除き、一致団結して祖国の復興に協力しながら、新しい台湾を建設していくことを切望する。

監察院の監察委員である丘念台先生[20]は、「過去を検討し、将来を展望する」(「検討過去、希望将来」)という一文のなかで次のように述べた。

過去一年の台湾政治は、省、県、市で民意機構が設置されたが、まだ十分に民主ではない。祖国の懐に再び抱かれ、自ら政治をつかさどるようになったものの、汚職官僚がやってきて、腐敗の風習も持ち込まれた[21]。産業計画が立てられ、統制の主旨も悪くなく、金融対策も講じられたが、官僚と財閥がわれわれ台湾の農村、鉱工業、交通の発展を少なからず破壊した。軍隊が数十万の日本人の捕虜と住民を送還したとはいえ、戦時期の武装兵力と特務組織は、時には台湾の実際の必要性を超えていたと言わざるを得ない。(22)

これらの状況について、我が祖国は不幸にも数十年にわたり帝国主義の圧迫を受け、八年に及ぶ侵略と戦乱に見舞われたため、政治的施策はすぐには人々を満足させることができないということを、われわれは理解し、許容すべきである。しかし残念なことに、省によるこうした種々の不良な施政は、意外にも二・二八事変を引き起こす主たる原因となった。日本人の離間策が残した弊害は、原因としてはまだ二の次であり、「悪党、暴徒」に至っては事変の結果であって、原因ではない。悪党と暴徒を厳罰に処すべきことは言うまでもないが、一年余りの統治を経てもなお、わずか二、三日で全省が悪党と暴徒に引っくり返されるとは、その責任はどう考えるべきか。

私が思うに、政府が人民に対するのは、親が子どもに対するのと同じであるべきである。子どもが言うことを聞かない、あるいは窓ガラスを割ってしまった時、親は子どもに一、二発平手打ちをすれば、それでおしまいである。親不孝と決めつけて指を切り落とすことまでしなくてもよかろう。あるいは一枚の窓ガラスを割ったくらいで永久に恨むこともないであろう。子どもはそのたびにショックを受け、ひと言も話せなくなってしまう。事変に加わった台湾人のなかには、気性が荒く、私利を求め、遠い見通しを持たない者も確かにいた。しかし、官僚、軍人、警察のなかにも、蒋主席の寛大な措置と意志に背いた者もいた。例えば、親日、親米、委託統治、独立、共産党、反乱(23)などの罪名を乱用して台湾人に被せた。これはあまりにも台湾人を侮辱するものであり、国家を侮辱するものである。

省参議会第三回大会において私は、県、市長の民選と二・二八事件の処理について、魏主席[24]に次の三点を尋ねた。

一、県、市長の民選は、全島民が待ち望んでいる。最初に陳長官の声明があり、その後、白部長の布告があった。いずれも中央の徳ある意向と見なされているが、省政府はこの方針について如何《いか》に考えているのか。準備は始めたのか。時期について明示できるのか。

二、現行の県、市長の任用資格は本省の現状にそぐわない。本省は五十年間も占領されたことより、特殊な状況にあるため、その資格と条件は緩和すべきである。さもなくば、絵に描いた餅で飢えをしのごうとするようなものとなり、民意への影響は極めて大きい。これについて主席のご意向は如何なるものであろうか。

三、二・二八事件は不幸な出来事であった。国家は極めて多大な損失を被ったのであり、官民双方に責任がある。[25]中央は寛大な処置を示し、地方の責任当局も中央の徳ある意向に従っていることは確かであるが、省民たちはどちらも十分に寛大であるとはいいがたいと感じている。民意に応えるためにも、重罪犯を除き、さらに踏み込んだ寛大な措置を取るよう主席に望む。

この質疑に対する回答で魏主席が強調して述べたのは、果たして陳前長官にそのような決定権があったかどうか非常に疑わしい。中央の各行政部門のトップとはいえ、個人的な同情を示すことはできても、具体的な決定は下せない、ということであった。[26]そうとすれば、二・二八事変における、県、市長の民選に関する陳長官のラジオ放送は、明らかに何らかの魂胆があったということになる。[27]閉会後、私は七月三日の『中華日報』の紙上に以下の「ある省参議員の所感」(「一個省参議員的感想」)を発表した。

私は一人の省民であり、五十一年間の占領時期に生まれ育った。日本の統治に反対した一分子であったため、二十数年前に監獄の辛酸をなめ尽くした。(28) 光復後、もともと政治には興味も素養もなかったが、祖国と同胞を大切にする情熱に駆られ、かたじけなくも省参議員の末席を汚《けが》し、三回の大会に加わった。今回はちょうど省政府が成立して初めての議会であるが、もし二・二八事変発生後でなければ、本議会に対する民衆の関心と情熱はこれほどまでに低くはなかったであろう。何故このようになってしまったのだろうか。官の威厳が強すぎて民が萎縮してしまった感はないか。省参議会に対して何も期待することがないのか。はつらつとした人物が減ってしまったことによるのか。新たな省政府は長官公署と同じようになってしまうのだろうか。

ここで挙げたいくつかの項目は、どれも何らかの原因ではあったと思う。しかし、いずれも直接の原因ではない。まず一つめについて見てみよう。光復してまもなく、長官公署が設立され、陳長官が台湾に来て政治を取り仕切った。その時、台湾全省の民衆は彼を熱烈に歓迎した。しかし、一方で大戦の影響を受け、また一方で不可抗力に翻弄され、さらにまた一方で少数の公務員の怠慢、汚職があったことにより、政治が軌道に乗らず、社会不安が醸成された。そこで民衆は政治に不満を抱き、民意機関を通して発散し、若干の改善を期待した。

この時、民衆は意気盛んで、誹謗も多く湧き出し、山雨来《さんうき》たらんと欲《ほっ》して風楼《かぜろう》に満《み》つような、一触即発の緊迫した空気がみなぎっていた。陳長官は新たな台湾を建設する熱意を持っていたが、もし社会のそのわずかな兆候を見逃さず、民衆が切望していた重大な事項について少しでも解決できていれば、あるいは民心を取り戻すことができたかもしれない。そしてこのたびのように些細な事件が端緒

1948年7月1日、第1期台湾省参議会第5回大会開幕を記念して撮影された集合写真。二列目の左から十人目が韓石泉（黄晼英女史による複製）

となり、悪党がそれに乗じて、山が崩れ地も裂けるような事態が引き起こされ、重大な惨劇へと発展するまでには至らなかったであろう。振り返ってみると、実に心痛の極みである。今日ではみな意気消沈し、鳴りを潜めてしまった。二・二八の事後処理は幾分行き過ぎていたとはいえ、公正たる言論であれば、何を恐れることがあろうか。まして権威と武力にはなおのこと屈服してはならない。そのうえ、魏主席は「民主的な法家」であり、法治を励行し、民意を尊重すると発表したのである。思うに、政府には威信がなければならない。しかし、威だけで信がなければ、民衆を信服させることはできない。信は威よりさらに重要なのである。政府は発布したことについて、必ず実行に移さなければならない。

次に、省参議会に対して何も期待することがないのかについてである。省参議会の職権に関しては議論する余地があるが、もし民意を確実に代弁し、誠心誠意政府に協力することができれば、政治の推進には相当な効果がある。冷静な頭で政治を議論し、感情的に騒いでかき乱してはならない。そうすれば、失望してしまうこともないであろう。政府の側には、議員の建議に対し、いい加減にして責めを逃れたり、公文書をたらい回しにして物事をうやむやに処理したりしないよう切望する。民意を真に尊重してこそ、民心を得ることができるのである。

では次に、はつらつとした人物が減ってしまったことによるのかという点についてである。思うに、意気揚々とした人物は必ずしも国の役に立てるとは限らない。得意気なさまは信頼できず、一過性のものに過ぎない。一時的な快感を得るための刺激的な言論は信じてはならない。善意の建設的な言論を以て、議会の風格、誠実さ、協調性、融和性を向上させてこそ、省民の利益を増進させることができよう。

最後に、新たな省政府は長官公署と同じかどうかということについてである。省政は改まり、長官は交替し、戒厳令は解除され(29)、軍事管制は解消された。二・二八の処理をさらに寛大に行おうとし、省民の一部はすでに登用された(30)。貿易局は廃止され、専売局は改編され、一部の工場は民営化された。田畑の所有者から余剰食糧を買い取って民衆の食糧問題に取り組み、工程隊［工事作業班］を組織して建設を進め、失業問題の解決を図った。県、市長の民選に関わる立法手続きが完成し次第、実施に移ろうとしている。こうしてみると、省政府は長官公署とは異なる点が多いといえよう。われわれは、ともにもう一度奮起して諸事の推進に協力し、新たな台湾の建設を急ごうではないか。最後に、政治に携わる諸氏には、新任、留任を問わず、確実に国家と民族の福利を図るために、官僚主義的な風習を一掃されんことを、心より願うものである。

注

（1）ここでいう責任者とは、当然政府の責任者を意味し、突き詰めればいわゆる「最高責任者」を暗に指していると解釈することも可能である。あの時分、ここまで表現することは、相当危険なことであった。

（2）ここでいう悪徳者とは、もめ事を引き起こした民衆と読むこともできるが、適切な処理を誤った官僚と解釈することもできる。

（3）「暴徒」という語は、当時政府側の「公式」用語を借用したものである。そうしなければ、初版で本書の全文を発行することすら困難だったであろう。しかしながら今日では、この言葉は明らかに多少の違和感がある。

（4）「無血、不拡大」の処理方針は、韓石泉、侯全成、張寿齢、黄百禄、林占鰲、李国沢らが協議して取り決めた真の平和方針である。今日、二・二八というとただちに平和を連想する。例えば、二二八平和の日、二二八平和公園などである。不思議なことに、今日、二・二八に関わる歴史を語る人士の多くは、この史実に注意を払っていない。韓石泉、侯全成らは、急進的な民衆からは「軟弱すぎる」と批判され、政府の側からは彼らが民衆のためを考えたのだということを理解されず、結果としてどちらの機嫌も損ね、不当な扱いを受けてきた。今日、「平和」を強調するからには、歴史家と有識者は「一九四七年三月四日午前八時」という時を、二・二八事件における「最も早く平和の理念を提唱し実践した歴史的な瞬間」と認め、遅ればせながらも正当な評価を与えるべきであろう。

（5）この四大原則は、政府側にも民間側にも過度に偏ることなく、交渉と意思疎通を通して問題を解決するという、平和を真に考慮した原則であった。もしこれを認めず、遵守しなければ、武力革命を行うしかなく、平和的な解決も不可能となったであろう。

（6）今日から見るとこの内容は何ら問題なく思われるが、当時の時間的空間的な条件のもとでは、エスニック・グループの別を問わずに互いに尊重することを主張するこのような中立公平な態度は、非常に得がたく尊いものであった。

（7）この二二八事件処理委員会には全省レベルのものと各県市レベルの分会があった。二・二八事件の発生とその後の白色テロの時期に、その構成員たちは非常に大きな危険を冒しながらさまざまな問題に対処しなければならなかった。

（8）韓石泉らは危険を冒しながら努力した。その結果、台南市民（学生も含む）の無駄な死傷は他の県市に比べて最も少なかった。

（9）このように実際に命の危険を冒しながら、平和を守るために韓石泉が努力し続けられたのは、そのキリスト教信仰に支えられていた部分が大きかった。神の前にひざまずき祈りを捧げることで勇気を得、やり遂げることができたのである。

（10）この解釈を今日の観点からみると、多くの人が納得できないと感じるだろうし、中には非難する人もいるだろう。しかし、当時の時間的空間的な制限の下では、武装革命の道を進むのだとみなで選択し決めたのでなければ、このように解釈してもやむを得ないことであったろう。

（11）三月五日に二二八事件処理委員会台南分会が設立してから、三月十日に陳儀が台湾全省の戒厳を発布して、各地の二二八事件処理委員会が余儀なく解散させられるまで、わずか六日間であった。韓石泉は、二・二八事件の発生からその後の波乱に満ちた数日間を、その目で見、かつ、如実に記録した。

（12）侯議員はすなわち当時の台南市参議員の侯全成医師である。彼はその後、台湾省政府委員および嘉義県代理県長を務めたが、乗っていた車が踏切で事故に遭い、他界した。詳細は本書第Ⅱ部侯全成「医師の鑑――韓石泉先生」注（1）参照。

（13）白色テロの時代に韓石泉がこのような事実を明白に書き記したことは、実に多大な道徳心と勇気を必要とすることであった。そして「濡れ衣を着せられた」人々のために少しでも正義を主張したといえよう。

（14）湯徳章（一九〇七―一九四七）は弁護士であった。当時は二二八事件処理委員会台南市分会の治安組長を務め、台南市の秩序を安定させるために協力していた。しかし、一九四七年三月十一日に国民党政府に「学生を率いて警察局を占拠した」との罪状で逮捕され、三月十三日に台南市民生緑園にて銃殺され、遺体は見せしめとして晒《さら》された。享年わずか四十一歳であった。その後、台湾高等法院の審理で無罪判決が下されたが、もはや何の役にも立たなかった。彼は二・二八事件で犠牲となった極めて少ない台南市のエリートの一人であった。民生緑園は現在、湯徳章記念公園と改名されている。

(15)「某氏」について韓石泉は言い淀んでいたが、二・二八事件後、台南で「高位に躍り出た」者は指折り数えるほどしかいなかったため、容易に推測がつく。本書第十四章注(5)参照。
(16)韓石泉らが堅持していた「不拡大、無血、……」の四大原則を指す。
(17)前述した侯全成、張寿齢、黄百禄、林占鰲、李国沢および二二八事件処理委員会台南市分会の仕事仲間たちを指している。
(18)韓石泉は同誌をいつも購読していた。中国語版だけでなく、英語版も英語の学習教材として読んでいた（このために家庭教師の指導を受けた）。［"The Man Who Saved a President," *Reader's Digest*, March 1956, pp. 57-61. 同誌の中国語版『読者文摘』の創刊は一九六五年三月であるから、韓石泉が読んだこの記事は英語版であったとわかる。］
(19)立法院が台湾に移転される以前は、省参議会は当時の台湾における最高の民意機関であった。
(20)丘念台（一八九四―一九六七）は、丘逢甲（一八六四―一九一二）の子である。一九四五年から監察委員と国民党台湾省党部委員を務めた。一九五〇年代には、台湾人と国民党の間の架け橋となり、台湾人の苦境を緩和する役割を果たした。
(21)戦後台湾の状況について「十分に民主ではない」「汚職官僚」「腐敗の風習」とあえて指摘するとは、さすが台湾出身の監察委員だけのことはある。
(22)ここでいう「武装兵力」と「特務組織」とは、韓石泉がまさに参議会で指摘し議案を提出した「法的根拠なき銃の携帯を禁ずる案」において、是正しようとした問題であった。しかし、議案は責任当局に重視されることなく、問題は放置されて「二・二八事件を引き起こす導火線」となった。
(23)ここで列挙された親日、親米、委託統治（国連やアメリカによる）、独立、共産党などの名詞は、まさに二・二八事件当時とその後の、台湾人の政治主張を反映していた。
(24)魏道明（一九〇一―一九七八）、中国江西省徳化県出身、フランスのパリ大学法学博士。国民政府の初代司法行政部部長（一九二八）、南京市長（一九三〇）、立法院副院長（一九四五）などを歴任した。一九四七年五月十六日に初代台湾省政府主席に就任し、その後、駐日本大使や外交部長などの要職にも就いた。

(25) 舌禍を恐れて口を閉ざし、誰もものを言おうとしなかったあの時代に、二・二八事件について「官」民双方に責任があると明言し、さらに三つの質疑の第一と第二において、機会を逃すことなく県、市長の民選を強く要求したことは、実に容易ならぬ行為であった。

(26) 魏道明はここで、「そのような決定権」は、実のところ、蔣介石一人に握られていたために、その他の「中央の各行政部門のトップ」は本当に「具体的な決定を下すことはできなかった」ということを、暗示してはいないか。そうであるならば、二・二八事件の責任は誰にあるのかについて、またひとつ傍証を得られたことになる。

(27) 韓石泉はここで、陳儀による「県、市長の民選に関するラジオ放送」は、実は蔣介石が派遣した鎮圧軍の到着を待つための時間かせぎだったということを指摘している。

(28) 韓石泉は一九二三年十二月十六日に起きた治警事件で逮捕され、最終的に一九二四年十月二十九日の二審で無罪判決を受けた。しかし、一審の公判までの二カ月半もの間、台南市安平路にある臨時監獄および台北監獄に収監された。本書第五章参照。

(29) 一九四九年五月二十日に国民党が台湾で戒厳令を発令してから、一九八七年七月十五日に解除するまで、その期間は三十八年の長きに及び、これは台湾の白色テロ時代でもあった。韓石泉のこの文章が発表された一九四七年七月三日当時は、二・二八事件の戒厳令（三月九日—五月十五日）が解除され、白色テロの戒厳令がまだ敷かれていない時期であった。

(30) 「省民の一部はすでに登用された」ということは、政府の公職に就いた台湾出身の人士も現れたと解釈できる。

第十四章　国民大会代表選挙への出馬

第三回省参議会が開かれたのちの一九四七年秋、私は大規模な選挙である選挙区制の国民大会代表選挙に出馬した。そのため国民党［台南市党部］指導員の職を辞した。指導員は当然、選挙委員となるからである。離職にあたり党員に対し、離職報告を発表した。原文は以下である。

公務員たる者、その行動は隠さず公であるべきで、公明正大でなければなりません。私はこのたび、国民大会代表選挙に出馬するため、党務指導員の職を辞することにいたしました。これは極めて些細な事ではありますが、私の去就に関心を寄せてくださっている友人の方々に、この場をお借りして事情をいささか説明いたしますことは、無意味ではないと考えます。

思えば、昨年の五月に台北におりましたとき、長官公署の某重要人物から衛生行政の職に請われました(1)。私は公務員になる考えがなかったため、すぐに謝絶いたしました。その次に、党から台南市の党務を引き受けるように請われ、党に対して何らかの義務をつくすべきであると考えて、快諾いたしました。後に、この職務が非常に煩雑で、専任でなければその責務を果たすことは極めて困難であるということを初めて知りました。十七の県と市の指導員の中で、兼職をしているのは澎湖県長のほかに私一人だけでした。私自身、病院を経営しているほか、光華女子中学の校務とその他いくつかの職務を担当しており、(2)毎日非常な忙しさでした。健康上何ら問題はありませんでしたが、わが身を振り返りますと、かくのごとく複数の仕事を兼ね、どの仕事についても十分満足に責務を果たせず、非常に恥じ入っております。

党務については台湾省にはもともと基礎がなく、すべて一から始めなければなりませんでした。事の次第に疎くもあったので、大変骨を折りました。初めの半年は試行期間といってもよく、やっと軌道にのったところで、不幸にも二・二八事件が突然起こり、びくびくと不安な数カ月を過ごしました。幸いにも台南市はわれわれが取り決めた四大原則を堅持しましたので、比較的平穏に過ごすことができましたが、多くの人的、物的、時間的資源が無駄になりました。事件から半年が経ち、長官公署は省政府と改められ、陳長官は魏主席に替わり、新しい施策が推し進められてきました。ですが、一般の人々の気持ちはなお消沈しております。党の立場からは、民心を奮い立たせるには、己を尽くして一生懸命取り組むということしかありませんでした。

党内の団結力を高めるために、改めて党組織の管轄を再編し、会議を励行し、不撓不屈の精神を堅持して、党務の人員とともに切磋琢磨いたしました。私本人はといいますと、労苦を厭わず非難を意とせず、決して辞退せず、ただ国家と民族に重きを置き、いささかも不純な考えを持つことなく、公の立場から、責任を担ってまいりました。同じ境遇に身を置く人であれば、必ずわかってくださると私は信じております。このたび、同志たちの心暖かな後押しを得て、国民大会代表選挙に出馬することにいたしましたが、当落は意としておりません。省党部の指導方針を尊重してこの機会に辞職願を提出し、呉海水同志を後任に推薦いたします。何とぞご承認いただきたく存じます。

呉同志は、民族精神に富む戦士で、日本統治時代には、文化協会、民衆党、そして台湾議会の諸運動に参加し、同胞のために尽くし、奮闘されました。抗日戦争中は、残虐な日本の侵略者に恨まれ、懲役十五年の判決を受けました。光復後にようやく釈放され、高雄州三民主義青年団の準備委員会主任と鳳山屏東区署区長を歴任されました。屏東区署の廃止とともに離職し、台南市の党支部に勤めることを希望して数カ月になります。党の内外いずれとの関係も大変良く、さまざまな方面から協力を得て順調に党務を推し進めていくことができるでしょう。市の党支部設立は目前に迫っており、党務は急速に拡大することが見込まれます。私は指導員の職務を離れますが、党に対する忠誠はいささかも変わることはありませんし、さらに積極的に地元のために尽力する所存です。

この時の国民大会代表選挙には、私にとって不利となる要素が三つあった。一つは、選挙事務所を設立して（一九四七年八月十九日）立候補の届けをしてから、十一月二十一、二十二、二十三日の投票日まで、三カ月しかなかったことである。お金と時間のある立候補者にとっては、選挙運動に奔走するのに十分な余裕があり、極めて有利であった。しかし、一日中忙しく、選挙のために戸別訪問する時間を作ることもできない私にとっては、甚《はなは》だ不利であった。二つめは、選挙運動も山場というときに、私の選挙応援で最も腕利きだった侯全成兄が、あろうことか濡れ衣を着せられて勾留されたことである。釈放されたときには選挙活動に残された時間は幾ばくも残っていなかった(3)。しかし、選挙をあきらめようにも、すでに引くに引けない状態になっており、当落を意に介することなく、ただ勇敢に邁進するしかなかった。

三つめは、選挙演説がたけなわとなったときに、二・二八事件で拘留されていた某氏が、折悪しく刑期満了で出所してきたことである。彼は、ある別の候補人の選挙活動を助け、二・二八事件の処理に対する人々の不満を利用して私をほしいままに攻撃した。このため、私はいたるところで不利な立場に追い込まれた(4)。私は、公正に選挙活動をし、たとえ栄誉ある敗北を喫しようとも、決して恥知らずな勝利はするまいという心意気でのぞんだ。目的達成のためには手段も選ばないという方法はとらず、自分に恥じないということだけを信条とした。このため、選挙の結果がどうなるかは明らかであった。当時の某新聞記者はこう書いた。

目や体の不自由な人が投票できることは、国民大会代表選挙の奇跡の一つであると考える人もいる。しかし、金にものをいわせず勝利を獲得した人がいれば、それは奇跡の中の奇跡である。民主政治のため、このような奇跡が起きてくれることを願うばかりである。アーメン。

開票の結果、私は二一二九票を獲得し、次席であった。当選確実となった候補者（二万二一六九票）の十分の一の票数だった。私はがっかりしたものの、恥とは思わなかった。当時、上からのお墨付きをもらった某候補者が大いに支持を得て、私がさらに多くの票を獲得することを非常に困難にした(5)。当時選挙ではさまざまな手段が駆使され、その様は某新聞で次のように書かれた。「ひたすら選挙に当選しようとするあまり、己を大切にしない候補者は手段を選ばなかった。大勢の運動員を買収し、いたるところで活動させたほか、一般市民の信心深さを利用し、廟の修繕のために寄付をしたり、扁額を贈呈したりした」。これら選挙運動員のうち、特に必死な者は、大立ち回りを演じそうになるほど、その活動は激しかった。

候補者それぞれの活動の仕方の違いについても、次のように書かれた。「本市の四人の候補者は、それぞれ活動の仕方が異なっている。一人は金銭で基層の民衆を獲得し、一人は政治家の風格と手腕で有権者を獲得しようとしている。もう一人は手腕も金銭も同時に使っているものの、惜しむらくは資金が不足していることである。さらにもう一人は、無論いたるところを奔走しているが、そのために心身ともに疲労困憊している」。

我が国の大陸での過去の選挙について聞いてみると、武選（暴力による脅し）と文選（言葉による脅しと贈収賄）とがあり、いたるところで「選災」が起きている。台湾省ではもちろん状況は比較的良いが、選災の発生は免れ難く、選挙の内情は暗い闇に包まれている。例えば蕭公権先生が指摘したように、「資金が潤沢にある富豪や経済力に富む高位高官の名士だけが、選挙で勝利を収める見通しが持てた。たとえ清廉潔白な人望だけを頼りに出馬した候補者がいたとしても、断じて政権取得争いの渦中での多数ではなかった」。

選災。台湾省ではそれも近頃珍しいことではなくなった。選挙のために財産を使い果たして零落する者、当選後に選挙活動で被った「損失」を取り戻そうと法を犯す者などがいた。現に、最近では法を犯して摘発された省県市参議員の数は非常に多い。そのおおもとは推察するに、選挙での不正にあると言わざるを得ない。これはまことに台湾省の民主政治における恥であり、速やかに方策を講じて正さなければならないものである。

選挙を正すことについて私は非常に努力したが、何をしても力及ばず、まったくの無力であった。世の中どこも弁の立つ者ばかりで、それに対抗することができなかった。なんと嘆かわしいことか。

私は何のために国民大会代表選挙に出馬したのか。私はその思いを「憲法の実施に携わる一人の公僕たるべく国民大会代表選挙に出馬する」(「我願做一個行憲的公僕来競選国大代表」)と題して、一九四七年十一月九日に全成戯院で講演した。その全文は以下である。

主席、そして親愛なる市民のみなさま。本日ここにこの大会が開催され、お話をする機会をいただきましたこと、大変ありがたく存じます。このようにお話できますことは、大変意義のあることです。といいますのも、選挙の候補者としてこの場をお借りして、みなさまに私の政見を十分にお伝えすることができるからです。また、選挙という面から見ましても、有権者のみなさまに候補者についてさらに知っていただき、立憲政治についての理解を一層深めていただくことができます。さらに、選出の方法につきましても、開明的かつ進歩的なやり方であると言えますので、たいへん喜ばしいことです。その一方で、私は次のように思っております。このたびの選挙は、全国で多大な人的、物的、財的、時間的資源を費やして、政治的道徳を向上させようとしています。(6) 今回は、立憲政治を実施する最初の一歩であり、国家の将来の命運に大きく関わっています。それを市民のみなさまには、特に心に留めていただきたいと思います。

一、今は民主の時代

フランスのルイ十四世の「朕は国家なり」と中国三代［夏・商・周］以降の「家天下」［一族が権力を独占する］の形態は、どちらも国家を私有物とみなしていました。前者はフランス革命により、後者は辛亥革命によって粉砕され、過去のものとなりました。今は、民主の時代です。民主の大きなうねりは高みを極め、どれほど阻害されようとも、それらを必ず突き破っていくことができます。国家は人民のものであり、政治も人民のものであり、昔は天命によったものの、今は人民の命を受けているのです。民主とは、人民を主とするものであり、民有、民治、民享［人民の人民による人民のためのもの］です。人民とは、すべての人をさします。性別、宗教、民族、階級、党派を分かたず、政治、経済、社会においてみな平等であり、自由であるべきなのです。奴隷を認めず、人の上に人を造らず。それが民主なのです。

したがいまして、リンカーンは次のように語りました。「私は奴隷になりたくないのと同様に、その所有者にもなりたくはない。これが私の民主主義の理念である。この理念と異なるものは何であれ、異なるという点で民主主義ではない」。アリストテレスは、こう言いました。「ある人々が考えているとおり、自由は民主制において最も多く見いだされ、平等もまたしかりだとすれば、それらはすべての人々が同じように国政にできるだけ多く参与するときに最もよく得られる」［田中美知太郎訳『世界の名著8　アリストテレス』中央公論社、一九七二年、一四八頁（1291b: 30–40)］。民主の政治とは、立憲政治です。民主を実行して初めて立憲政治があり、立憲政治があって初めて真の憲法があります。しかし、憲法があるからといって必ず民主であるわけではありません。日本のように、専制君主制であっても憲法があることもありますし、イギリスのように、王制であっても民主であることもあります。

二、民主には憲法が必要、憲法には民主が不可欠

立憲政治の実現には憲法が必要であり、成文憲法（米）であろうが、不文憲法（英）であろうが、硬性憲法であろうが軟性憲法であろうが、民主の流れに従い、国家と民族の需要を汲み取ることができれば、国民の支持を獲得することができます。それによって憲法は全国に遍《あまね》くいきわたるのです。上は国家元首から、下は一般民衆まで、みな平等であり、憲法を遵守しなければなりません。平和的な方法で（会議や投票）国家の大事を取り決め、人民の自由が守られます。社会秩序が保たれ、公共の福祉が増進し、豊かで強い国家が建設されます。こうして、国際社会との協力が促進され、世界の平和を確保するのです。

憲法は、国家の基本的な大法《たいほう》ではあるものの、その国家の政治体制や民主に対する国民意識の度合いにより、必ずしも民主的であるとは限らず、民主の程度もそれぞれ異なります。日本の敗戦前の憲法は、最も民主的ではありませんでした。例えば、「万世一系」であるとか「天皇は神聖にして侵すべからず」などの規定があったのです。イギリスは虚位の君主制で、国民は民主的精神に富み、立憲政治も順調に推し進められています。

われわれ中華民国は今年の元日に民主性に富む憲法を公布しました。国権を強固にし、民権を保障し、社会の安定を築き、人民の福祉を増進することで、民主的精神を十分に体現しようと、本年十二月二十五日の施行を決定しました。この憲法は、大変長い時間と紆余曲折を経て、多くの人々の意見を取り入れ、やっと制定されたものです。善美を極めているとはいいがたいものの、現在の国内の

状況の中にあって、最大の努力を尽くして完成したものです。しかしながら注意しなければならないのは、国父のわれわれへの戒めの言葉です。「国民の習性として、われわれは多くの規則を定めたがります。規則が定められると、万事終わったと思い、何もしようとしなくなります。他日憲法を制定する際、決して同じ轍《てつ》を踏んではなりません。イギリスは憲法を成文化していないものの、それを実行する精神を持っています。憲法を定めても、われわれが実行できなければ、それは紙くずにすぎないのです(7)」。

憲法の施行日までわずか一カ月余りとなり、目前に迫ってきました。最初の国民大会代表選挙は十数日後に行われます。私は、憲法の実施に携わる公僕たるべく、立候補しました。

三、私が国民大会代表選挙に出馬した理由

1．国民を代表して政治的権利を行使し、真の民意を擁護し、民衆を代弁するためです。その話し方は、力強く、建設的で、正確で、公平で、誠意がなければなりません。

2．立憲政治を維持し、建国作業に積極的に参加し、憲法実施の障害を取り除くためです。それは例えば、封建思想の残滓《ざんし》、貧困と無知、利己主義と汚職行為などです。

3．本省と外省をつなぐ架け橋となり、文化の交流をはかり、互いに協力しあうためです。

四、国民大会代表は如何に務めを果たすべきか

1．総統選挙について

総統にふさわしい者は、深い学識と優れた人格を有すること。三民主義をいただき、革命の栄光の歴史を保てること。国家と民族に偉大な功労があること。世界的に際立った名声を有し、国内では全

国人民の信頼と支持を得ていること。さらに、民主的精神に富み、国全体を率いる能力があること。このような人物こそが、十分にその任に堪えるのです。

2．憲法改正について

民主的精神を推し進めるため、全民衆の益となり、三民主義に背かず、さらにその精髄を発揮させるものであれば、法の定める手順に従い、改正することができます。

3．領土について

甲、固有の領土の主権を堅持する。

乙、東北を完全に接収する。

丙、国境地帯の安定をはかる。

4．以上は全国的なものについてです。選挙区からの代表であるため、選挙区の（市民）大多数の人民の意志を反映しながら、なおかつ、全省あるいは全国的な問題について、当然民衆の代弁者とならなければなりません。市民のみなさまは、どうぞ日ごろから地方の事に関心を寄せて、深く考え、みなさまの意識を注いでください。もし私が幸運にも当選しましたら、犬馬の労を尽くし、同胞の多数意見を尊重いたします。万一不測の事態が発生しましたときには、惜しまず国事に身を尽くす所存です。[8]

五、（私の）目下の主張

1．省内外の隔たりを取り除き、互いに協力しあうよう促します。[9]

2．国父の遺訓を遵奉し、早期に地方自治を実現します。

3. 台湾元の為替レートを引き上げ、台湾省の経済的安定を確保します。

4. 日本からの賠償金を、空襲により破壊された台南市とその他の都市の復興建設の補助金に充てます。

5. 台南市の盛衰は台湾海峡の漁場の開拓とかかわっており、安平に近代的で大規模な漁港の建設が必要です。

六、有権者への期待

1. 才能のある、誠実な公僕を選出してください。

今日のこの大会について、婿選びのようだという人もいますが、私は、婿選びではなく、下僕選びだと考えています。では、なぜこのように熱烈に下僕になりたいのでしょうか。この下僕とは、個人に仕えるのではなく、公僕です。民衆に奉公するのです。ですから大変価値があります。みなさま、どうぞ私利私欲で選んだり、軟弱で無能な者を選んだりしないでください。市民に尽くす賢い公僕を厳しく選んでください。

2. みなさまの貴重な一票を、有効かつ合法的に投じてください。

権力は、非常にたやすく乱用されます。治権の側の公務員がその職権を乱用したならば、われわれはその者をひどく恨み、非難するでしょう。ですから、人民は選挙権を有効かつ合法的に使うべきです。それはつまり、情にほだされず、騙されもせず、脅しにも屈せず、利益につられず、不正もしないということであり、特に、封建的思想を一掃するということです。自由、平等であるために、選挙は普選、平等、直接、無記名の方式を採用するのです。

3. 主人となる資格を備えていなければなりません。

甲、自由独立の精神を持っていなければなりません。主人であって、奴隷ではないので、自由独立の精神を持っていなければなりません。奴隷には服従しかなく、自主がないのです。

乙、よく知る力がなくてはなりません。国内外の情勢、さまざまな関連する法令、会議のイロハ、選挙の候補者についてよく知る必要があります。

丙、責任を負わねばなりません。「民主」は人民が主体である以上、失敗も成功も人民自身が責任を負わなければなりません。政権は個々の人民の手に握られています。「国家の興亡、匹夫に責あり」を確実に体現しなければなりません。

市民のみなさま、どうぞ慎重に一票を投じてください。この私でよろしければ、ぜひ票を投じてください。私は、責任をもって職務を全うします。

以上です。市民のみなさまの健康をお祈りします。

結局、この国民代表選挙に落選し、私は心機一転、可能な限り医療に専念し、政治と医務とで共倒れになるまいと心に決めた(11)。

注

(1) この職務は台湾省衛生署署長で、当時このような人事の打診があったが、韓石泉は辞退したため、顔春輝が引き継いだ。

（2）韓石泉は台南市私立光華女子中学の初代校長を務め、校長の職を辞してからは長きにわたり第二代理事長を務め、前後あわせて十八年、誠心誠意、女子教育の発展に尽力した。「その他いくつかの職務」とは、医師公会、信用合作社、赤十字社台南市支会、救済院、ハンセン病診療所などの地方公益活動、非政府団体（ＮＧＯ）の指導者で、そのために「毎日非常な忙しさ」だった。

（3）これは台湾でも最も初期の選挙であったが、あろうことか国民党はすでにこの時から、いつものいわゆる選挙の「奥の手」で「汚い勝利」を得ていた。それは同じ党員である韓石泉と侯全成の二人に対しても容赦なく使われた。

（4）二・二八事件が最も緊迫していた最初の時期に、韓石泉は「二二八事件処理委員会台南市分会」の主任委員を担当し、「無血、不拡大……」の平和の四大原則を維持しようとした。そしてそのために、一方では民衆をなだめて政府との武力衝突を回避させ、他方では、政府に対して民衆の人権が故なき侵害を受けることがないよう求めた。それゆえに、民衆の過激分子と政府の双方の機嫌を損ね、かえってこのような「不利」な情況に陥ったのである。

（5）「某候補者」が誰であったかは、このときの選挙結果がすなわち答えである。［連震東を指す。荘永明『韓石泉医師的生命故事』三四〇頁］

（6）この選挙は、台湾で実施され、なおかつ、かくも早い段階のものであったにもかかわらず、韓石泉はすでに政治的道徳の向上を呼びかけていた。

（7）この孫中山［孫文］の考えから見ると、台湾は、「反乱平定時期臨時条項」（「動員戡乱時期臨時条款」）を事実上の基本法とし、憲法をまさに紙くず同然に扱って数十年の長きにわたり棚上げしてきたのである。

（8）この言葉には、必要とあらば台湾の民主のために命を捧げるのも辞さないという覚悟が込められている。

（9）この主張から、韓石泉は早くも族群［エスニック・グループ］を分かたず、一視同仁（すべてのものを同様に愛する心）であったことがわかる。

（10）この時の国民大会代表選挙で敗れたことは、韓石泉の一生において大変重要な意義があり、災い転じて福となしたといってもよい。韓石泉はこの経験から、後半生で台湾政治の渦中に陥らず、医療活動と政治活動で共倒れになるのを避けることができた。

第十五章　台湾における民主への第一歩——第一期省参議会を振り返る

大陸の情勢は非常事態を告げ、省参議員の任期は再三延長されて臨時省議会が成立するまで〔一九五一年十二月、台湾省参議会から改編〕となった。その間あわせて十回の大会が開催され、最後の会期は一九五〇年十二月十六日から同月二十五日までだった。第一回から第三回の会期の状況については、おおよそ前述したとおりである。その後のことで書き留めるに値するのは、台湾省の貨幣制度改革で、第七回大会の開幕当日（一九四九年六月十五日）に公布された。この歴史的な貨幣制度改革は、台湾の経済界に大きな影響をもたらした。これは時勢の向かうところでもあり、また当局が綿密に計画を立てたこともあって、その後の経過は非常に順調であった。

二・二八事件以来、省民の地方自治に対する望みは日増しに高まった。省参議会ではどの会期でも民意を反映させようと力を尽くし、地方自治を早期に実現させようとした。しかし、県と市の区域が新たに区画分けされ、地方自治施行の関連法が完成するまで非常に多くの時間が費やされた。一九五四年四月になってやっと本市からの臨時省議会議員および市長選挙が執り行われ、二・二八事件のときに陳長官が宣言した約束は、この日に至るまでに実に七年もの歳月を要したのである。以来、民選された県長と市長には、任期中に亡くなった者もあれば、法を犯した嫌疑で検挙された者もあり、再出馬して落選し経済的に零落した者もいた。運が最もよかった者は、省政府委員に抜擢された。

日本降伏からほどなくして、政府は日本の資産を私的に売買することを厳しく禁じたが、法を守る者が割を食い、法を軽視する者がうまい汁を吸った。中には、濁り水に魚を捕まえるごとく、どさくさに紛れて稼ぎ、結託してうまく立ち回る輩などは、機に乗じて日本人と闇取引をした[1]。そのうえ政府は、日本資産の取引停止の期日を、一九四五年八月十五日以降と解釈したり、十月十六日と主張したりしてつけこむ隙を与え、うまい汁を吸った者は決して少数ではなかった。省参議員の任期中、ある豪商に私はつきまとわれた。十月十六日以前の取引は合法だと認定するよう政府に求める請願書に、判をつくよう求められたのだ。少なからぬ省参議員がすでに捺印していたが、私は厳格にこれを拒んだ[2]。この豪商は日本の降伏後に台北でいくつかの大きなビルを購入していたのだ。

私は一九四九年十二月の第八回大会のとき、「選挙における不正取締の徹底について」(「厳格取締選挙舞弊案」)という議案を提出した。というのも、これまで台湾省でさまざまな選挙が行われたが、選挙での不正を取り締まる法規がなく、かつ取り締まる当局も誠意と勇気に欠け、弊害が百出していたからである。有権者は簡単に操られたり騙されたりし、法の網を巧みにかいくぐる輩が跋扈《ばっこ》した。そして反対に、法を遵守する清廉な人士が少なからず割を食い、民主の前途は実に心細いものであった。台湾省で地方自治を施行し、各種の選挙を執り行い、神聖な選挙が金と力に独占されないためには、徹底的に不正を取り締まらねばならない。その方法とは以下のとおりである。

一、選挙不正取締の法規定を整備し、責任当局がそれを徹底して遵守するよう厳命する。

二、饗宴接待、金銭および物品の供与、虚偽事項の宣伝（経歴や学歴の詐称を含む）、戸別訪問、迷信や反社会的勢力を利用することへの取り締まりは特に強化すべきである。

三、郷長、里長、区長、校長、有権者の所属機関の責任者、および、選挙に関係のある公務員が、いかなる候補者を支援することも厳しく禁じる。

四、有権者は勝手に選挙事務所を開設してはならず、選挙運動員の数を制限し、登記しなければならない。

五、選挙にかかる費用は制限し、公開して照合精査する。

六、公共物を選挙運動に勝手に用いてはならない。

この議案は可決されたのであるから、政府は確実に執り行っていただきたい。(3) 選挙の不正および違法行為に対する政府の有効な取り締まりと、候補者が自ら選挙における道徳意識の向上をはかること（例えば、候補者が賢明で軽率な行為を慎み、政治に対して深い認識があること）とは、ともに賢明で有能な人材を選ぶために欠かせない前提条件である。台湾省の今後の選挙が、一歩一歩民主政治の大道へと歩を進めていき、政治の崇高な理想と目的を達成すること、欧米の民主自由国家と肩を並べ、手を携えて理想社会の実現へと邁進していくことができれば、幸甚《こうじん》である。

本市の第一期市議会議員選挙のとき、「選挙におけるいくつかの問題」（「選挙途上幾個問題」）と題して私の考えを『中華日報』（一九五〇年九月二十日）に発表した。原文は以下のようである。

民主政治は、民有、民治、民享です。地方自治は民主政治の基礎であり、国父のご遺訓は、地方自治の実現こそが最も重要な建国の作業であるというものでした。本省は地方自治を実施する条件と規模はともにそろっており、省民も心からこれを切望し、ここ数年来の参議会の大会では毎回盛んに提案と議論が行われてきました。陳前主席（陳誠、第二代台湾省主席。任期は一九四九年一月―十二月）が台湾の政治を取り仕切っていたとき、台湾省地方自治研究委員会が組織され、この画期的な事業についての研究が始められました。呉主席（呉国楨、第三代台湾省主席。任期は一九四九年十二月―一九五三年四月）が台湾政治を引継いでからは、県市自治に向けてのさまざまな手続きが行われ、本市と台北、基隆、台中などの市と澎湖県などは第二期実施区域とされました。本市の議員を選出する投票を九月二十四日に行うべく、選挙の実施に向けた準備作業が八月一日から始められています。［地方自治の一環として、戦後の台南市参議会（一九四六年四月）は一九五〇年四月に台南市議会に制度改正、同九月に第一期議員選挙を実施。］

私の願いは、次のようです。選挙活動を行う人員、有権者、候補者がみな法規を守り、かつ、法規に定められていない選挙の道徳を守ること[4]。本当に民衆のために福利を追求し、国家のために重責を負う賢く有能な議員が選出されること。真の民意が反映され、選挙というこの主要な民権が成し遂げられ、憲政の基礎が着実に打ち立てられること、です。

以下、目下のいくつかの問題について簡単に愚見を述べさせていただき、関係方面の参考となれば幸いです。

一、選挙費用

選挙が富豪により支配され、独占されるのを避けるため、選挙取締規則第九条は、すべての候補者の選挙の費用について次のように規定しています。選挙区内の有権者が二十五万人以下の場合は、その有権者の数に、台湾元一角［〇・一元］を乗じた金額とする。例えば、本市第一選挙区（東、西、南、北、中区）の有権者数は八万四一六五人で、選挙費用は高くても八四一六・五〇元を超えてはなりません。これは裕福な人には大きな額ではありませんが、清貧な候補者からすると実に大きな負担であり、そのうえ、実際の支出はこの数字を超える可能性があります。

台湾省参議会は第九回大会で選挙公費規則を可決しました。これは、清貧の人士が選挙に参加できるようにしただけでなく、多くの不当な選挙活動を防ぐこともできるもので、政府が実施を考慮するに値するものです。仮に政府が現在の財政状況からその予算を確保することが困難であれば、候補者全員が最低限度額を納付し、政府がこの財源を元に一括して取り扱うのも一つの有効的な打開策でしょう。もう一つ、選挙費用について、仮に友人または親族が、金銭あるいは物品（交通手段を含め）を候補者に提供する場合は、これも選挙費用として計上しなければ違法行為となります。

二、選挙活動

選挙取締規則第四条は、選挙活動を規制しています。これは、裕福で時間のある者により選挙活動が独占されるのを避けるためで、文字、絵画、または講演などの手段に限定し、四つの活動方式を通して、政見や経歴などを宣伝することができるというものです。同規則第五条では、脅迫や買収、誹謗中傷などの不正な手段で票をかき集めることを禁止しており、本当の民意が十分に反映され、清廉潔白な議員が選出されるようにしています。

選挙活動のうち、最も普遍的で最も労力を要し、かつ最も弊害を伴うのが、戸別訪問、すなわち、一軒ごとに票を集めることです。道理からいうならば、議員は民衆と国家のために奉仕するものであり、有権者が候補者宅を訪ねてお願いをするというのが合理的です。しかし、実際はそれとは正反対で、候補者が、苦労を厭わず有権者を頻繁に訪問して初めてその支持を獲得することができるのです。したがって、自ら訪問する時間のない候補者にとっては、非常に不利となる可能性があります。候補者の労力、時間、資金を浪費させないためには、やはり候補者が、法で規制されている以外の各種の問題について協議して対処法を決め、それを相互に守ることが、最も妥当な方法だと考えます。

三、選挙運動員

候補者の選挙活動を手伝ってはならない者は、取締規則第三条で次のように規定されています。㈠現役の軍人および警察官、㈡選挙の事務を行う人員、㈢各級の公務員および自治体の人員、これらの者は、候補者の選挙活動を手伝ってはならない。

第一、二項の人員については、おそらく問題はないでしょう。ただ、第三項の人員についてだけ、範囲が広く、有権者と接触する機会も頻繁で近しいため、難しいものがあります。特に、里長、鄰長は、候補者の選挙活動では支持を勝ち取るべき最も主要な対象で、選挙活動期間中は大変もてはやされます。実際、彼らは里、鄰の内情について大変詳しいため、選挙活動を操り、支配する力を持っています。ですから肝心なのは、個々の候補者が自主選択の機会を有することで、里長、鄰長が選挙活動を手伝うことを禁じるのが、最も合理的です。里長、鄰長たちの立場からしても、多くの煩わしい事柄がなくなり、喜んで受け入れるでしょうし、法規を遵守してしかるべきです。(5)

四、有権者が持っておくべき認識

選挙は複雑なものであり、民主の実現のための最も普遍的な作業です。市議会の権限は、これまでの市参議会と違い、市政の前途に大変大きな影響を与えます。個々の有権者は、他者に影響されない主体性と知恵を持つべきで、地域、親族、職業、派閥などの関係によって左右されてはなりません。国家と全台南市のためを思い、慎重に考えなければなりません。候補者が、賢明で公正であるかどうか。努力を惜しまず苦労に耐えるかどうか。かつ、これまで社会に対してどのような貢献をしたのか。日本統治時期はどのような立場であったか。(6) 民族的気概があったかどうか。利己的な行いがなかったかどうか。発表した政見が実行可能かどうか。(7) 履歴、経歴には誇張や偽りがないかどうか。選挙活動が法を遵守しているかどうか。買収や脅迫という手法を用いていないかどうか。すべて改めて詳細に考察し、自ら判断しなければなりません。選挙は絶対的に自主的なものであり、何人《なんぴと》も干渉してはなりません。したがって、己《おのれ》を除いて誰も知ることができないように、投票は秘密を厳重に守る方法で行われなければならないのです。有権者のみなさまは、ぜひ民主的権利である一票を正しく使ってください。

私は省参議員を五年務め、その間、省参議会の大会は十回開催され、合わせて一五三回の会議が開かれたが、欠席、遅刻はしたことがない。わずかに第十回大会の第四回、第五回会議のときだけ、台湾高等法院台南分院［台南の高等裁判所］における医療事故の事案の鑑定に応召したため、一九五〇年十二月二十日に台南に戻り、出席できなかった。ちょうどその第五回会議のとき、当時の台湾大学学長傅斯年が、(8) 郭参議員の質問に答弁したのち壇上で昏倒した。私はその場におらず力になれなかったことを非常に残念に思う。

第六回会議での李副議長（李萬居、雲林県口湖郷出身）の報告は、以下のようであった。

参議員のみなさま、昨日、台湾大学学長の傅斯年先生が、午後六時、質問に答弁したのち突然脳溢血を起こし、午後十一時二十分に亡くなられました。傅学長は、我が国の教育界の権威で、その文章と道徳観は人々から尊敬されてきました。このたび先生がこの世を去られましたことは、台湾大学にとりまして莫大な損失であるだけでなく、国家にとりましても永遠に埋め合わせることのできない損失です。

傅学長は、台湾大学を導かれて幾歳《いくとせ》、真剣に努力され、業績も卓越しておられました。昨日、郭議員が行いました質問はいずれもおしなべて一般的なものであり、態度も極めて温厚でした。傅学長が答弁したときも極めて平静で、憤るようなことはありませんでした。

本日新聞で報じられました「気死《チースー》」［憤死］というのは、「棄世《チーシー》」［逝去］の聞き間違いです。傅夫人が話されたように、傅学長は長年体調がすぐれなかったものの、ほとんど休むことがありませんでした。聞くところによりますと、台湾大学の学生の米国留学定員枠を確保するために、昨日の午前は三時間余り会議に出席し、昼も休憩しなかったため、体は限界でした。傅学長が本会場で不幸にも亡くなられましたことに、われわれ志を同じくする者は深く悲しみ、哀悼の意を表して、ここに、三分間の黙祷を捧げます。

その後、同僚全員で極楽斎場へ赴き、弔意を表した。というのも、ニュースで「逝去」が「憤死」と誤って報じられ、また、郭参議員の質問が台湾大学の奨学金問題にも関わっていたため、不満に思った一部の学生が、集団で参議会に押し寄せて激しく詰問していたからである。李副議長が代表してこれにうまく対応し、騒ぎはようやく収束した。

提出された議案についての審議と決議が、議会の重要かつ中心的な仕事である。第一期省参議会では全部で十回の大会が開催され、各議員からの議案で可決されたものは千件を超えたものの、政府が実際に処理したものは多くなかった。その原因は多々ある。関係当局が誠意を欠いたために放置されたり、そもそも案件自体が実行困難だったりしたため、また、議案が重複していたり、「提案屋議員」のように数でばかり勝負し内容が非現実的であったり、さらには案件の地方性が濃厚過ぎたりしたためである。最も滑稽だったのは、二十余名の署名からなる議案が提出されたが、採決で賛成したのはたった一、二名だった事例である。議員の中には、提出した議案が可決されず、議場で大声でどなり散らしたり、他の議員をばか者と罵ったりする者もいた。政府の参考に供する議案に至っては、たいてい提案者の面子のために可決された。

省参議会には三種類の特殊な選挙がある。それは、参政員、国民大会代表、そして、監察院監察委員の選挙である。医学界の同僚では、陳江山兄だけが監察委員に当選し、立法委員には台湾省籍の医師は一人もいなかった(9)。聞くところによると、全国の立法委員には西洋医学の医師は二人しかいないらしく、道理で医師の権利がまったく保障されていないわけである。

私が省参議会で奉職していたとき、自らを戒めるため座右の銘を作った。

理路整然、公平無私。論鋒鋭く、驕《おご》らず諂《へつら》わず。要《かなめ》を把握し、公正に熟考すべし。見解正大なれば支持を得らるる。過《あやま》たず、労苦を厭《いと》うべからず。

注

（1）このような状況は、第二次世界大戦終結後の混乱期に台湾各地で普遍的に発生し、人間の貪欲な部分を露わにした。終戦後に一変して一夜で財を成した者が誰かをはっきりさせるだけで、「法を軽視」し「うまく立ち回る輩」が誰なのか、たちどころにわかる。

（2）このことから、韓石泉が原則を固く守り、正しさを持して他人におもねず、善きを選んで譲らない人柄でもあることが見て取れる。そしてこのような「頑なさ」は、父である韓子星から受け継がれたといえる。（青少年期の韓石泉をかわいがっていた当房森吉が述べている。）本書第二章図版「プロペラの響：韓石泉君」参照。

（3）政府がこれを「確実に執り行った」かどうかについては、その後の選挙の乱れた状態を見れば一目瞭然である。

（4）韓石泉はおよそ六十年前の一九五〇年に、選挙の際には「法規を遵守」すべきことのほかに、「選挙における道徳」を守らなければならないと強調していた。しかし今日に至っては、実現はさらに難しくなったようである。そのため、さらに唱導し続けなければならない。

（5）韓石泉は、台湾で執り行われる選挙の最大の病根が何であるか（里長、鄰長の役割）をこのときすでに指摘していた。

（6）韓石泉は、政治に明確な理念を有していた。ゆえに、当時の候補者について「日本統治時期の立場はいかなるものであったか」も考慮すべきであると述べた。それは、今のわれわれの社会が、候補者に一貫した理念を求めているのと同じである。そのうえ、戦前は日本に媚びていたあまりにも多くの人士が、戦後に態度を一変させ、「愛国者」に早変わりしたのを目にしたがために、このように考えるに至ったのであろう。

（7）政治家は、むやみに空手形を切って「票を騙し取って」はいけないことは、自明の理である。

（8）傅斯年（一八九六―一九五〇）、中国山東省聊城出身。中国中山大学教授、中央研究院歴史語言研究所所長、国民参政会参政員、政治協商会議代表などを歴任。台湾に来てからは、戦後の第四代台湾大学学長を務め、大学の学長としての風格を大いに示し、自由な学風を創った。

（9）これは、終戦直後から存在した大陸出身者と台湾出身者の間の政治的不平等そのものである。

第十六章　銀婚式

一九五一年三月三十一日、結婚二十五周年の記念日を祝して、自宅三階で銀婚式を挙げた。結婚のとき立会人であった蔡培火兄が、わざわざ台北から駆けつけて会を取り持ってくださった。その日の午後二時半より式典を行った。翌日の『中華日報』には以下のように詳細な記事が載せられた。

台南市省参議員の韓石泉博士と夫人の荘綉鸞女史の結婚二十五周年を祝う「銀婚式」が、三十一日午後五時頃、韓医院の三階で挙げられた。各方面の政府要人と親族、友人、教会の知人たちが続々とお祝いに訪れた。なかには遠く台北、台中、嘉義、屏東などからはるばる駆けつけた人もおり、客人で門前は満ち、錚々《そうそう》たる顔ぶれが一堂に会するという盛況ぶりであった。式場には友人から贈られたという真紅の絹地に金の祝辞を施した掛け物が高く掲げられ、灯燭《とうしょく》が明々《あかあか》とともされていた。韓博士は背広にネクタイ、夫人は細かい花の刺繍があしらわれたチャイナドレス姿であった。お二人は子福者《こぶくしゃ》であるが、銀婚式のこのよき日を迎え、まるで新婚のようにはにかんだ表情を見せた。

韓博士は今年五十五歳、夫人より八歳年上である。民国十五（一九二六）年のこの日に結婚し、現在までに六男三女をもうけ、幸せな家庭を築いている。式典は宗教の儀式の形で行われ、聖歌を歌い、聖書を読み、祈りを捧げて、韓氏ご夫妻を祝福した。結婚当時の立会人であり、現在、行政院政務委員を務める蔡培火氏が祝辞を述べた。彼は、韓氏が結婚以来二十五年間、家庭円満であったこと、そして、夫婦二人が互いに敬い、愛し、助け合って、輝かしい花を咲かせ、豊かな果実を実らせたことを大いに称賛した。

韓博士は来賓からの盛んな拍手のなか、起立してこれまでの結婚生活について報告した。夫人の綉鸞女史は、花束を手に博士の傍らに並んで立っていた。結婚二十五周年のご夫婦の仲睦まじく幸せそうな様子に、来賓たちは羨望の眼差しを送った。とくに、韓博士のかつての……および韓夫人の……には、(1)列席者たちから惜しみない賛辞が贈られた。音楽家の陳信貞女史がお二人に「金婚式」を演奏し、来賓たちはさらに二十五年後、再びこの式場でお二人の「金婚式」を祝うことができるよう願った。

その日、私はこれまでの結婚生活をみなさんに報告した。卒業、縁談、垣間見《かいまみ》、一目惚れ、恋、求婚、婚約、綉鸞への家庭教師、彼女の入学、その間の夜勤、彼女の卒業、そして結婚。新婚旅行、日本留学、瀕死の危機、戦災、終戦、それから事業の再建まで。その中で私は以下の四点を特に強調した。

一、鸞妹と婚約してから、愛情は他へ移ったことはなく、他のいかなる女性も愛したことはない。
二、今に至るまで結婚後の倦怠期を経験したことはない。
三、感情的に衝突したことはない。言い換えるならば、互いを敬い合っており、反目したことがない。
四、経済面で一切隠し事がない。自由に使い、制限もなく、互いを信頼しており、疑ったこともない。

最後に、子どもたちの淑馨、良信、良誠、良俊、淑真、淑清、良博、良平、良憲[2]を紹介した。その日、私は非常に愉快で、新婚の夜と変わらぬ喜びと幸せに浸った。
友人と親族からありがたくさまざまな贈り物をいただき、私はひとしお感激した。いただいた祝賀の詩のうち、いくつかを書き留めて記念とする。

廿五年来美満縁
関雎好補銀婚篇
婦随夫唱春花艶
挙案斉眉秋月妍

博士梁鴻堪比擬
端荘孟女恰相聯
治家経済能明朗
思愛永生楽自然

相敬如賓廿五年
一双白璧出藍田
同心誓結同心帯
並蒂花開並蒂蓮

1951年 3 月31日、韓石泉夫妻の銀婚式で祝詞を述べる蔡培火。左側にかけているのは司会の林占鰲

銀婚式でこれまでの結婚生活について語る韓石泉と夫人

酒宴銀婚欣此日
壺存玉液快如仙
室家美満多清福
享受人間大自然
南陽天水好音流（3）
仁術岐黄道孔周
五五夫妻欣徳配
百年偕老富春秋

銀婚式で多くの友人、親族からいただいた素晴らしい贈り物の数々

注
（1）『六十回憶』の初版ではこの二箇所は「……」しか記されていない。
（2）韓石泉夫妻には、十一人の子どもがいる。長女と長男は不幸にも成人前に亡くなり、成人まで養育できたのはここで挙げられた九人である。このうち六男良平だけが、日本で産婦人科医として開業していたが、病気になって台湾に帰った。三男良誠が全力で一年余り看病したが、妻と二人の幼い娘を残し一九九八年二月に五十二歳にて故郷台南の実家で亡くなった。
（3）韓石泉は「南陽」を雅号としており、詩を贈呈した人は「天水」「好音」という表現で韓石泉の妻と子どもたちをそれぞれ比喩しているようである。

第十七章　これまでの人生を振り返って

終戦から三年間、私は台南市党部指導員、台湾省参議員および私立光華女子中学の校長を務めた(1)。当時、高官や名士のお越しが頻繁にあり、毎日すべての時間が送迎、付添、宴会、会議、式典に費やされた。医療業務に関わる時間もなくなり、経済的にも窮迫するようになった。当時は盛大に儀礼を尽くすことが重んじられ、その派手さたるや、信じがたいほどであった。

高官やお偉方が来駕するたびに、各機関、部署、団体の長、および学生数千名が動員され、整列して出迎え、旗を掲げ、花を贈呈するなどしなければならなかった。しかし、到着時刻は正確でないことが多く、しばしば炎天下で立ったまま何時間も待たされた。ある時など、市政府に訪れる高官を迎えるため、市政府の全職員が整列したまま半日待機させられたこともあった。またある時には、特に地位の高いお偉方が、郊外まで出迎えに来ることを望んだりもした。このような虚礼は実に改革する必要があった。こと送迎については、一番合点がいかなかった。医者としての仕事は忙しく、患者を放っておいて、送り迎えに無駄に走り回ることが耐えられなかった。送迎、会議、式典ばかりのために、限りある人生、無駄に過ごすことができようか。

晩年の韓石泉。下の文言は杜聡明博士による韓医師追悼の詩

また一方では、法令と組織機構の数が多く、しかも頻繁に変更されるため、行政は非常に効率が悪かった。蔣介石総統は「新、速、実、簡」［進歩、効率、堅実、簡素］を呼び掛けてはいたが、実際はまったくその逆であり、実に嘆かわしいことであった。(2) いずれの官公庁においても、とりわけ行政文書に関わる事務が煩雑で大変であった。人と人の間には誠実さと信用が欠如し、責任逃れのため、書類上不備がないことだけが重視された。いわゆる「三保六認」のように何重にも形式上の担保が求められ、保証自体はすでに信用を失っているにもかかわらず、保証人が確かかどうか調べるという皮肉な状態になっていた。「信」たるや、何をいうのであろうか。嗚呼《ああ》。社会道徳がここまで堕落したとは。例えば、自転車同士の接触事故で軽い怪我を負った程度だったら、互いに謝れば済むことでも、ごたごたしたまま解決しない。「恕《ジョ》」［許し］たるや、何をいうのであろうか。(3)

我が医院は一九四九年の春、廃墟となった地に一から建て直した。当時、空襲を受けた都市を復興するため、資金は台湾銀行が土地銀行を通じて貸付けをし、工事は建築合作社が請け負った。私はさらに土地銀行からもいくらか資金を借り入れ、工事費用に充てた。建物が竣工して、やっと医療業務を再開した。一日に診察、治療した患者の数は日本統治時期には及ばなかったが、相変わらず非常に忙しかった。私の時間はほとんど診療に費やされた。自由になる時間はまったくなく、それが得たければ、医院を離れて行方不明になるしかなかった。就寝中であろうが、休憩中であろうが、食事中であろうが、入浴中であろうが、いつでも呼び出される可能性があった。ややもすれば、夜半にも門を敲く音、階段を駆け上がってくる(4)音に起こされた。自由たるや、何をいうのであろうか(5)。

最もつらかったのは、患者が亡くなることであった。一九四七年から一九五五年までの九年間に作成した死亡診断書は、計二九九人分であった。内訳は男性一六四人、女性一三五人、男女の比率は女一に対し男一・二であった。これを日本統治期の大正十二〔一九二三〕年から昭和四〔一九二九〕年までの七年間の計五四六人と比較すれば、死亡者数の激減がわかる。そして男女の比率（男性三〇九人、女性二三七人）は、女一に対し男一・三であった。台湾には「査某《ツアボオ》孩子《ギナア》韮菜《クウツアイ》命《ミイア》」〔女の子の生命力はニラの如く強く、踏まれてもへこたれない〕、「査某《ツアボオ》孩子《ギナア》 捻《リイアム》 頭《タウマア》 飼《チイ》会《エ》活《ウア》」〔女の子は手をかけずともそれなりに生きていける〕のような諺《ことわざ》があり、女の子は男の子よりも生命力が強いという意味である。これらの数値から、それが事実であることが証明されたといえよう。私の病院で受診した患者数と死亡者数の比率をみると、一九五〇年から一九五五年までの平均値は〇・一七七％であり、最も低かったのは一九五三年の〇・〇八％、最も高かったのは一九五〇年の〇・二四％であった。

患者が治癒せず亡くなることは、医者にとって最大の苦痛である。責務を果たしきれたのか、もしくは最善の治療を施せたのか、いつも自問する。いかんとも治療のしようがない患者ならばいざ知らず、たとえわずかでも希望があるならば、労苦を惜しまずあらゆる手を尽くして救わなければならない。しかしながら、人間の知恵には限界があり、病状も瞬く間に目まぐるしく変化する。そのため、しばしば予想外のことが起こり、中には答えを見いだしがたいものもあった。医者として、これにまさる苦痛はない。生死の境をさまよいながらも、患者が懸命に生きようとしている。にもかかわらず、医者がなすすべを知らなかったら、患者の家族に会わせる顔がない。病状が持ち直せば、医者はその成果を分かち合うことができるが、悪化すると、病気そのものが原因であったとしても、医者は一人でその責を負わねばならない。容体が急変したときには、患者の家族から不満をぶつけられ非難されることは勢い免れ難く、医者の立場たるや実に苦しいものである。身内に先立たれてもなお、医者への信頼が揺がない家族の方々は、まことに得がたいものである。

医者を生業《なりわい》として四十年余り、(6)積み上げられた経験はそう少なくはない。しかし、戦災により資料は灰と化してしまった。小著『十三年来我的医生生活』も、日本統治期の『[台湾]新民報』の文芸欄に連載されたが、その単行本は日本の政府当局によって発禁処分となり、取っておいた原稿も、その時一緒に焼かれてしまった。その本は、患者家族の心理と医療経験を記録したものである。もう一度執筆しようと思ってきたが、月日が経つまま、未だに実現していない。今後執筆の機会が訪れて、宿願を果たせることを切に願っている。(7)

一九五三年の第六回医師の日に、「医師の十戒」を書き、自分への座右の銘とした。

医師の十戒

一、医師は、博愛の精神と高尚な人格を備え、現代に必須の基礎的学識を修め、医学に関する専門知識と技術を深く理解し、かつ、それらを適切に運用できなければならない。またその知識と技術は、世界の医学水準に相通じておらねばならず、絶えず進歩を求め続けなければならない。(8)

二、医師の使命は、「攻め」においては、その専門知識と技術を活用して、患者の苦痛の原因を減少あるいは消滅させること。そして、人類の健康増進と寿命の伸長を図り、人々が快適な生活を送り、天寿を全うできるように努めることである。[9]「守り」においては、病魔と闘い続けることにより、患者の苦痛を軽減し、脅威を取り除くことである。

三、医師の仕事は、機敏、かつ、慎重でなければならない。それは、対象としているのが、機能と組織構造が複雑な人体と、毒性の非常に強い微細な病原であり、運用する技術と薬剤は、方法と種類が繁多だからである。適切かつ有効な治療を行うには、慎重に方法を選び、その効果や反応を刻々と注意深く見守らなければならない。現代では治療法が相当進歩したとはいえ、治癒を期待できない病気はなお多く、さらには予想外の病状の変化もあるので、繰り返し検討し、合理的かつ最善の治療法を追求し続けなければならない。

四、最善の医療を達成するには、診断は正確に行わなければならない。病気の原因、病源、および、それにより引き起こされた共通ないし特異な症状、侵されている中心部位、進行経路、身体の反応と抵抗など、さまざまに錯綜している現象を、はっきりと見極めなければならない。適切な精密検査、病理検査を行い、最新の知識、学説を参考にして、慎重に正確な判断をくだす。そうすることで治療のための基礎を築かねばならない。[10]

五、病気の深刻さとそれが治癒可能かどうかは、ある程度予見することはできるが、予測が困難な場合もある。患者が感じる痛みなどの自覚症状と医師から見た他覚症状の所見は、一致するものもあれば、相反するものもある。一致するものはよし、相反するものは、特に慎重に突き詰め、突然容体が急変する可能性を極力防ぎ、予後についての判断が正確であるように期する。

六、病気によって苦痛にさいなまれ、危険な状態に陥った人は、精神的にも肉体的にも正常な状態を保つことは困難である。医師がこうした患者に向き合うとき、和やかな雰囲気で親身に接しなければならず、医師自身の態度と言葉遣いにはとりわけ留意しなければならない。医療の立場では、そこには病体と患者が存在するだけで、患者は一視同仁であり、貴賎貧富などの階級の別はない。その命を救い、苦痛を取り除くことが最優先であり、それ以外のことを考える余裕はない。こうしてこそ神聖なる使命を全うすることができる。(11)

七、医師は、患者の家族および親族、友人には、その病状と摂生、看護の方法について可能な限り説明し、認識不足と無知による過ちを防ぎ、治療および予防をする上で正確な方向へと導かねばならない。

八、医師は、同業者同士たがいに尊重するべきである。診断と治療法の相違により、相手の過失を暴いて攻撃し、妬んで濡衣を着せる行為をしてはならない。傲慢な態度は禁物である。適切な時機を探して互いに研究討論し、功績を鼻にかけず、独りよがりにならず、協力と団結の精神を大いに発揮するのである。そうすることで、一刻も早く患者を苦痛と生命の危険から救うことができる。

九、専門医は、その専門分野の知識と技術には当然精通している必要があるが、専門外の病状についても軽視してはならない。病に侵されている体は人間の体全体であり、正常か病態かを問わず、各種の臓器と組織は微妙ながらも互いに影響し合っており、そもそも内科や外科などの区別はないからである。人間の知恵には限界があり、繊細で複雑な人体に起きた病態変化について、一生力を尽くしてもすべてに精通することは極めて難しい。分野を分けることは便宜上の措置にすぎず、本来のあり方ではない。この道理を理解し、専門という落とし穴にはまらないよう心しなければならない[12]。

十、医師は功績をひけらかしたり、誇大した、あるいは虚偽の宣伝広告を出したりしてはならない。おおむね病気の治療は、主治医の英知に頼るとはいえ、つまるところ、古今の医学に関わる各部門の研究者の、血と汗の結晶の上に成り立っており、個人が自分をひけらかす余地などまったくないのである。学問の世界は汪洋《おうよう》として広大無辺であり、大海を見ている眼には、ありきたりの河川くらいは水のうちに入らず、小さな物など取るに足らない。誇大広告は、かえってその品性、見識の低さを露呈させるだけであり、まったく語る価値もない。

注

(1) 韓石泉は、生涯を通じて女子教育を重視した。若い頃は、結婚前から婚約者に台南第二高等女学校の受験を勧め、卒業まで四年十カ月を待ってようやく結婚した。彼は台南光華女子中学とも縁が深く、初代校長と第二期理事長を務めた。一九六三年六月三十日に逝去する前日においてすら、一日中、学校のために精を出して忙しく働いた。昼間は卒業式と諸々の活動に参加し、夜は理事会の会議を取り仕切り、翌朝脳卒中となってからは、再び床を離れることはなかった。まさに、鞠躬尽瘁《きっきゅうじんすい》［身命を尽くして奉公する］そのものである。

(2) 当時の政府と指導者が、言行不一致でいかに体裁ばかり取り繕っていたかがよくわかる。あのような権威体制下の時代に、「行政の効率が非常に悪かった」「実際はまったくその逆」と、直接蔣介石を批判するとは、韓石泉は実に勇気がある。

(3) 終戦に伴って台湾に持ち込まれ、社会にあふれていた「中国文化」に対し、この段落と一つ前の段落でなされている批判は鋭く、簡潔な言葉で核心を的確に突いている。

（4）門を敲く音は急診の患者によるものであり、階段を駆け上がる音は、韓石泉夫妻の寝室まで急患を告げに来る夜勤の看護師の足音である。本書第Ⅱ部韓良博の詩参照。

（5）韓石泉はいつも、医師の仕事は自由業に分類されるが、実際には最も不自由な者だと冗談を言っていた。ここでは、仕方がないという気持ちをのぞかせているほか、自分自身を激励する意味合いもある。

（6）一九一八年に韓石泉は台湾総督府医学校を卒業し（第十七回生）、一九六三年に台南にて逝去するまで、四十五年にわたり医師であった。

（7）この六年後（一九六二年）に刊行された『診療随想』（私家版）は、短編の形で患者家族の心理と医療経験などを記録している。『十三年来我的医生生活』の構想を引き継いだもので、「もう一度執筆し、宿願を果たした」と言えよう。

（8）一九五三年に、今日強調されている医療従事者が受けるべき「継続教育」（continuing education）という概念を、韓石泉がすでに有していたことは、非常に進歩的であった。また、この十カ条の順序は読みやすさを考慮して、私韓良俊が適宜入れ替えた。しかし、順序は内容の重要性とは関係がない。（初版では箇条書きの各項目の最初にはいずれも「一、」と付されており、いずれも同等に重要であることを示している。）

（9）韓石泉はこの時代に早くも疾病予防の概念を有し、公衆衛生学にみられる三段階の予防および健康促進の理論までも、すでに明確に考えていた。

（10）今は亡き呉尊賢先生が、いつも私韓良俊に以下のエピソードを嬉しそうに話してくださった。呉先生は中年の頃、一時期体調がすぐれず疲れやすかったため、あちこち受診してみたものの、一向に改善しなかった。そこで台南の韓内科で診察を受けた。韓石泉は、呉先生の病状を丁寧に聞いたあと、尿検査と血液検査を行って血糖値の異常に気付き、糖尿病であると初めて診断した。そのおかげで、呉先生は台北でその主治医である元台湾大学附属病院院長の戴東原先生と密接に協力し合い、病状を安定的にコントロールできている、というものであった。こうして呉先生は天寿を全うすることができ、戴先生からは、「最も協力的な患者」と称賛された。

（11）この項目は、今日まさに重視されている医療倫理の最も基本的な原則である。

（12）これも今日行われている専門医制度において、最も注意すべき点である。現在の医学教育で採用されているＰＧＹ（卒業後の臨床研修［Post Graduate Year］）制度も、同じ理念に基づいている。また、医学と歯学は分立しているものの、便宜上の措置にすぎず、本来のあり方ではない。この二つの分野の医師は、「病に侵されている体は人間の体全体である」ことを肝に銘じておかなければならない。

第十八章　おわりに

災いは、突然、夜眠っている間にやってきた。防犯をおろそかにしていたとはいえ、実際に想像もできないことであった。一九五五年四月二十日朝六時、私は夢から目覚め、何時か見ようと、片時もそばから離したことのない懐中時計をいつものように枕の下に探した。もう三十年も使ってきたこの時計を探り当てられなかった瞬間、おかしいと直感した。慌てて床を離れると、箪笥《たんす》の扉が大きく開いている。さらによく見ると、中の引き出しがない。ここで初めて盗みに入られたことに気付いた。そこで、家族を呼び起こして家中を見て回ろうと三階の廊下を見やると、物が引っ掻き回されて散乱しており、宝飾品と現金がすべて忽然《こつぜん》と消えていた。身分証、名刺入れ、鍵、そして鎖に緑玉《りょくぎょく》がついた私の懐中時計は、テーブルの上に打ち捨てられていた。一夜のうちに被った損害は大変大きく、思いもよらない新たな経験をまた一つしたのであった。

私は三階で眠っており、しかも箪笥は寝台の横にあるにもかかわらず、泥棒が自由に物を荒らしまわっていたことにまったく気付かなかったとは、誰が信じられようか。毎日、私は昼食後に必ず一時間ほど休憩するのだが、折しも、その日はちょうど台中から陳茂提兄が台南の赤十字社の産婦人科医院に視察に訪れた。共に視察して回ったことでいつもより疲れていたのと、夜に新聞を読んでから床に入ったときは十二時を回っていたことがあったのだろう。私は毎晩眠る前に芳しいお茶を一杯飲むので、もしそうしていれば夜中の二時ごろに一度目が覚めていたかもしれない。しかし、その晩はお茶を飲む余裕もなく熟睡し、目覚めたときには泥棒が帰った後だった。その晩、良俊（四男）が夜中まで勉強していて、明かりがまだ消えていなかったことも泥棒に味方した。(1) 三階の窓は開け放たれ、鍵をしていなかったことも、犯人につけ込む隙を与えたのだろう。朱子の家訓に曰く、「門戸の施錠は必ず自ら確認すること」。(2) これを私はこれまで心に留めたことがなかった。何と嘆かわしいことであろうか。

右の隣家の某氏がかつて私に、医院の病室側の門と塀は低すぎて、盗みに入られるかもしれませんよ、と注意を促したのを思い出した。私はそのとき、来る者は拒まず、盗まれるようなものもないので、ご心配には及びませんよ、と笑って答えた。盗みに入られる数日前、王受禄兄からも楊眼科医院が盗みに入られたから用心するようにと言われたが、あろうことか私はそれを一笑に付したのである。図らずも数日もしないうちにコソ泥のお越しがあった。私は、金品が盗まれたことによる損害についてはそれほど気にしていない。いささか釈然としないのは、眠っている自分の横で、あろうことか泥棒の好きなようにさせていたことである。

すぐに警察に通報して盗まれたものの明細を記録し、そのまま数カ月、杳《よう》として何の知らせもなかった。それが、五カ月たったある日、私は本院の近くの貴金属店で、失われた妻の白金の腕輪が陳列棚の中で買い手がつくのを待っているところを発見した。急いで警察に通報し、手がかりを得た刑事は台北へと犯人を追いかけた。犯人は背広に革靴姿の一人の青年で、犯人立ち合いの現場検証のために護送されてきた。供述によると、午前二時に屋上から三階に侵入し、私の室内で小一時間物色した後、盗んだものはほとんど売って酒色の限りを尽くしたとのことだった。

キリスト教ではこう教えている。「あなたがたは自分のために、虫が食い、さびがつき、また、盗人《ぬすびと》らが押し入って盗み出すような地上に、宝をたくわえてはならない。むしろ自分のため、虫も食わず、さびもつかず、また、盗人らが押し入って盗み出すこともない天に、宝をたくわえなさい。あなたの宝のある所には、心もあるからである」（マタイによる福音書、第六章十九―二十一節）［日本語訳『新約聖書 一九五四年改訳』日本聖書協会、二〇〇二年］。

私が経験した重要な事件と、とりとめのないことを書いたものは、ここで終わりとする。この六十年の歳月は、宇宙の悠久の時間から見ると、一瞬のことに過ぎない。しかし、人間の営みとして見ると、それなりに長い。この間、二度の世界大戦を経験し、異民族による統治を経て祖国の懐に戻った。そして今また、不幸にも跋扈《ばっこ》する共産主義勢力の脅威に直面し、その激しい侵略の渦中にある。青年期に憧憬した祖国の美しい国土は、またもや鉄のカーテンの向こうとなってしまった。いつかは乗り越えられると信じているものの、国際情勢はめまぐるしく変化し、利害がからみ、矛盾が錯綜している。そのうえ自由主義陣営の団結は緩み、それぞれが持論を言い張り、そこここで敵に付け入る隙を与えている。先行きは予測困難である。(3)

私は老いてますます盛んで、これからまた新たに始めるのであり、去りし者は追わず、来《きた》る者を迎えていく。これまでの日々、少しも怠ることなく、全力を投じてきた自信がある。今後はさらに己の知力を存分に発揮し、博愛の精神に基づき、人々のために尽くす所存である。虚名を求めず、暴力と権力を

韓石泉の同窓で親友でもある簡仁南医師（後列左）の一家と韓良俊［四男］（前列一番右）らの貴重な集合写真。夫人の盧淑賢（二列目左から二番目）、韓石泉の妻の妹荘玉燕（二列目左から三番目）、荘玉燕の夫の弟頼雅徴医師（後列右。戦後の台北鉄道病院院長、外科医）。その他の子どもたちはみな簡家の子女。この写真は中国東北の大連市で、1940年代初期に撮られた。簡医師は1969年、文化大革命のときに、中国で迫害を受けて亡くなった

恐れない。ただ己に恥じないことを求める。永遠の生を求め続けるために、主が導いてくださるよう、朝と夕に祈りをささげる。身《からだ》はこの世にあっても、形あるものを最も優れた拠り所とはしない。すべてのめぐり合わせは、ただ主の御心《みこころ》に従うのみである[4]。

私が生きてきたこの六十年は、幸と不幸が互いに織り交ざっていた。しかし、今日まで生きてこられ、今このようにあることに対して、主へ心からの感謝の念に堪えない。今後、物欲にとらわれず、己が不幸に見舞われても悲しんだりしまい。ただ、己の魂と知恵が、肉体の衰えがもとで前進するのをやめてしまうことなく、さらなる高みへと発展する機会を得て、虚しく生きることがないよう願うのみである。過ぎ去りし時において、いたしかたなく多少の無駄があった。古人曰く、「一寸の光陰は即ち一寸の金」。私はこう言おう。「一寸の光陰は即ち一寸の命」。「一寸の光陰は即

ち一寸の歴史」。六十年という歳月の間、私は活動できる時間のほとんどを現場での治療に費やした。多少の成果を残したという自負はあるが、行き届かない点があったり、知識不足だったりしたところもあった。助かる見込みのあった患者の時機を逸したときは、静まった夜に懺悔《ざんげ》し、深く恥じ入った。

今のわれわれの社会は、まったく無意識に法を遵守し、それが法となっている理由を知らない。それゆえ科学の進歩は阻害され、民主的な考え方も少なからず影響を受けてきた。国を愛する人々よ、古いしきたりに自らを閉じ込めて、頑《かたく》なな国粋を貫くのをやめ、守るべきものについてはそれを守り大いに発展させよう。残してはいけないものについてはそれを捨てておいて、社会発展の足跡としよう。そして、先祖の輝かしい成果を誇るよりも、先人の及ばなかったことを補っていくのである。世界に知識を求め、かすかなものの中に真理を追究し、社会の進歩と文化の広がりをその目で見、すべての英知を尽くして、人類の幸福を追求するのである。互いを信じ、愛し、人の賢徳、才能を妬まず、力を合わせて共に前進するのである。かくして、国家と社会の発展、繁栄を実現していくことができよう。

私が回想録を書いた動機は極めて単純である。私の六十年間の生き様を忠実に叙述しただけである。私を知る人も知らぬ人も、この本を通じて、私の人生の過去も現在もすべて理解することができる。私の人生は、失敗もあれば成功もあり、危険なことも平穏なときもあり、喜びも苦しみもあった。生活のこまごましたことから、国家と社会に関わる問題まで、思い出せることを改めて書き綴り、六十年を一区切りとしてまとめた。これからの日々は、さらに主《しゅ》に敬虔《けいけん》に尽くしつつ、これまで以上の試練には遭わないことを願う。もしそれが避けられないのであれば、ただ主の御心に従い、身は朽《く》ちようとも行いが朽ちないようにするのみである。もしもこの身を通して、真理、生命、道についての片鱗でも示すことができたなら、本望である。
とりわけ後世の人たちには、富の蓄積ではなく、高禄を受けることではなく、それぞれが学術、才能、道徳において、大きな成果を収められることだけを願う。そうすることで人々に貢献し、私の果たせなかった願いをぜひかなえていただきたい。

一九五六年十月

注

(1) のちに逮捕された泥棒の供述からわかったことであるが、その日、私韓良俊は大学の受験勉強のため、夜を徹して勉強していたが、深夜二時には疲れのあまり眠ってしまったため、明かりが消えていなかった。若かりし日に大学受験のために一所懸命勉強していた姿が、あたかも昨日のことのようにありありと目前に浮かんでくる。

(2) この「朱子の家訓」については、のちに往信で胡適氏からご教示いただいた。それによると、出典は中国明末清初期の朱柏盧による『治家格言』であり、「朱子の家訓」ではない。また、朱子ではそのような家訓は伝えられていないという。本書第十九章第二節参照。

(3) この段落は、終戦初期の台湾人の共通した思いである。この文が書かれた当時(一九五六年九月と十月)の国際情勢は、『台湾歴史年表』(薛化元主編、国家政策研究資料中心出版、一九九〇年)では以下のように書かれている。
一、九月十五日　中国共産党が第八回全国代表大会を召集。階級の矛盾は根本的に解決し、社会主義的改造が達成されたと劉少奇が報告したほか、第二次五カ年計画案が可決された。
二、十月七日　日本の鳩山首相がソ連を訪問。
三、十月十日　日本とソ連が十一年間の戦争状態の終結を宣言し、国交を正常化、通商航海議定書を取り交わした。

四、十月二十三日　ハンガリーのブダペストで学生と労働者による反政府暴動が発生、十月二十四日、ソ連が軍隊を出動させてこれを鎮圧。
五、十月二十九日　イスラエル軍がエジプトに侵攻（第二次中東戦争）。十月三十日、イギリスとフランスの軍がスエズ運河に進攻。
六、十月三十日　ソ連が、その他の社会主義国との友好関係を強調し、相互発展の基礎を強化すると宣言。
七、十月三十一日　アメリカのアイゼンハウアー大統領が、イギリスとフランスがエジプトを攻撃したことについて、これは間違った判断であり、信じられないことであると表明する。

（4）ここには、著者の信仰と人生観の精華が表れている。韓石泉の信仰は、日本のキリスト教思想家である内村鑑三や矢内原忠雄などの無教会主義の影響を強く受けているが、実際の信仰の活動は、台湾キリスト長老教会に最も近い。

第十九章　六五続憶（遺稿）——六十五年目の回想

第一節　還暦記念講演茶話会

　時が経つのは実に早いもので、あれからまたたくまに五年が過ぎた。『六十回憶』を発表してから、各方面から論評と激励をいただき(1)、恥ずかしくもあり、また、嬉しくもあった。手元に残った部数もわずかとなり、再版することを考えた。そこでこれを機に、その後の五年間の生活を公私にわたり改めてかいつまんで書き留めるという念願も果たすことにした。この先あと何年生きられるかわからないものの(2)、今のように目もよく見え耳もよく聞こえ、思考も明晰な状態が保たれている限りは、書き続けるであろう。

　さて、私の還暦祝いの記念講演茶話会の日から書き起こすとしよう。その日、台南区合会礼堂に友人や親族が数百名集まった。教会の礼拝ののち、みなさんをお茶菓子でもてなし、『六十回憶』を発表した。そして、蔡培火兄、杜聡明兄、沈栄兄の三人の方々に、それぞれ「人生の目的についての私見」、「中日現代医学教育の起源」、「家庭における若干の問題について」という特別講演をしていただいた(3)。私は嬉しく喜ばしい気持ちで、大勢の友人と親族の方々に次のようにお話しした。

みなさま。今日は私の六十歳の誕生日です。みなさまに祝っていただき、さまざまな贈り物までいただき、さらに、遠路はるばるお越しいただけましたことに、大変感激しております。私は、今日のこの誕生日をいかに祝おうかと、去年よりずっと考えてまいりました。慣例にしたがうべきだろうか。それでは時代遅れではあるまいか。考えに考えて、今日のこのような形で祝うことにいたしました。新しい試みゆえ、みなさまに失礼となることがあるかもしれません。その際にはどうぞご容赦のほどお願いいいたします。

私は今年六十歳になったところです。時間の長さという観点から見ますと、人生の三分の二が過ぎたことになります。といいますのも、九十まで生きられれば十分満足だからです。ですが、寿命というものは極めて神秘的なもので、人類にそれを操る権利はほとんどありません。いつこの世を去るのか、自分では予め知ることはできません。終戦後に台南市で他界した八名の医師の平均寿命は、わずか五十二歳。私は六十歳になっても健在ですので、幸運であるといえましょう。時間の長さからはこのように言えますが、精神面、事業面では、私はこれまでをひとつの区切りとし、今日からは、これまでの六十年間の経験と学識を基礎に、第二の新しい人生を踏み出そうと思います。

これまで私たちは「老い」の始まりを低く設定しすぎてきました。「人生七十古来稀《こらいまれ》なり」ということわざがあるように、四十、五十歳になると、もうよぼよぼで老いて役に立たなくなるとみなされてきました。ですが、医療と薬剤の発達、衛生面の向上に伴い、「老い」の始まる境界線は徐々に高められるべきです[4]。欧米では多くの政治家、科学者、芸術家が、八十歳前後で傑作を生みだし、事業を大成させています。彼らと比べますと、われわれは大変遅れています。ですから私は、精神面でわれわれは早く老いるなかれ、どんどん仕事を探し、考え、健全な趣味を追求し、脳細胞に新鮮な刺激を与えて、青春の息吹を保つべきだと主張するのです。

私のこれまでの公私にわたる人生については、拙著の中でおおよそを書き記しました。古人曰《いわ》く、「書、未だ曾《かつ》て我読まざる有り。事、人に対して言う可からざる無し」。回想録は率直でなければなりません。恥を恐れず、厚かましくなければなりません。しかし、決して恥知らずであってはなりません。私は多くの苦労をしてきました。早くに父を亡くし、二度危篤に陥り、逮捕投獄され、長男は夭折し、長女は罹災し、個人医院は焼け落ち、盗みに入られるなど、数え挙げていくと不幸を一身に集めたかのようです。ですが、ひとつ、とても幸せだったことは、家庭問題で困ることがなかったことです。もしこのように平和な家庭でなければ、私の一生は荒涼とした砂漠か、荒々しい大海のようなものとなっていたことでしょう(5)。

また、医学を志してそれを滞りなく成し遂げ、想い人とも結ばれたことは、私生活での成功です。公的な活動では、日本時代から戦後ののちも、民族と国家のために幾ばくかの責任を果たしました。省参議員の任期中および二・二八事件の対応には、最大限の努力をし、ひとつの悔いもないと自負しています。惜しむらくは、当時一部の人士と当局に誤解され、大変悔しい思いをしたことです。今では、これらの事の是非は自ずと明らかになったと思います(6)。

四十年近くにおよぶ医者生活において、私はその大半を現場での治療に費やしました。自問するに、果たすべき職務は全うしてきたと思います。——心に悔いはいくらかあるものの、いくつか犯した過ちのすべてを防ぎ得るものでもありませんでした。残念なのは、自分の長所を発揮できなかったことです。もし若い時分に研究に没頭できる環境にあったならば、期待される成果を達成しえた自信があります。(7) 今後は、自分の置かれた環境と時間を可能な限り有効に活かし、医者としての至上の責務を果たしたいと思うばかりです。

第二節　『六十回憶』によせられた読者の反響

『六十回憶』は、私のある時期の暮らしを描写したもので、ただ、私の平凡な経験をのちの人々に伝え残そうと思ってしたことである。それがはからずも、社会人や青年学生に愛読され、激励や批評のお手紙などを頂戴し、大変恐縮している次第である。ここに、お手紙をいただいた中からひとつふたつを収め、記念とする。

その一

石泉先生

昨年、先生の大作『六十回憶』をお贈りいただきました。当時は忙しくしており、拝読できませんでしたが、今年、やっと精読することができました。この回想録は、稀にみる台湾の戦後初期の自伝で、先生がご自身と向き合いながら身を立てていく記録であるだけでなく、六十年間の重要な史料でもあります。

先生が自伝執筆を世に呼びかけておられることに、非常に敬服いたしました。将来、蔡培火先生や

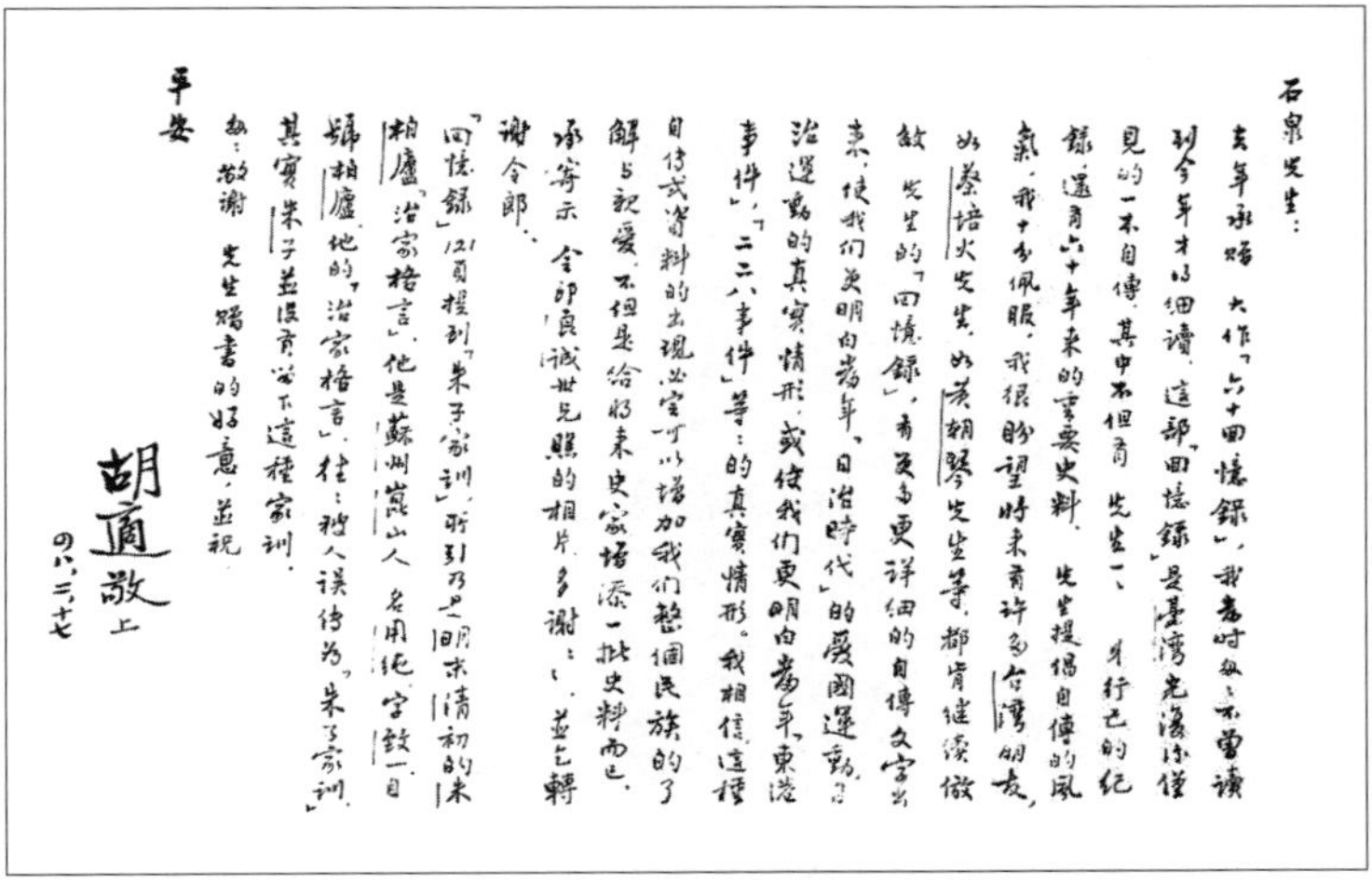

石泉先生：
去年承贈 大作「六十回憶錄」，我當時匆匆未曾讀，到今年才得細讀。這部「回憶錄」是臺灣光復後僅見的一本自傳，其中不但有 先生一生行己的紀錄，還有六十年來的重要史料。 先生提倡自傳的風氣，我十分佩服。我很盼望將來有許多台灣朋友，如蔡培火先生，如黃朝琴先生等，都肯繼續做 先生的「回憶錄」，有更多更詳細的自傳文字出來，使我們更明白當年「日治時代」的愛國運動、自治運動的真實情形，或使我們更明白當年「東港事件」、「二二八事件」等等的真實情形。我相信這種自傳式資料的出現，定可以增加我們整個民族的了解與親愛，不但是給將來史家增添一批史料而已。
承寄示 令郎良誠世兄照的相片，多謝多謝，並乞轉謝令郎。
「回憶錄」121頁提到「朱子家訓」，所引乃是明末清初的朱柏廬「治家格言」，他是蘇州崑山人，名用純，字致一，自號柏廬。他的「治家格言」，往往被人誤傳為「朱子家訓」，其實朱子並沒有寫下這種家訓。
匆匆敬謝 先生贈書的好意，並祝
平安
胡適敬上
四八、二、廿七

胡適博士が1959年に『六十回憶』初版を読み終えてしたためた自筆の書簡。「稀にみる台湾戦後初期の自伝」「60年間の重要な史料」であると称賛した

黄朝琴先生など、たくさんの台湾の友人たちが、先生の回想録に倣ってさらに多くの詳細な自伝を書き記すことを願ってやみません。「日本統治時期」の愛国運動や自治運動、あるいは「東港事件」[8]や「二・二八事件」などについて、当時のまことの具体的状況がさらに明らかになることを期待します。このような自伝的資料の出現は、将来の歴史家に史料を提供するにとどまらず、きっとわれわれ民族全体の理解と親愛の情を深めるでしょう。ご令息の良誠殿の写真もお送りいただき、感謝いたします。[9]ご令息にも私からの謝意をお伝えください。

回想録の一二一ページで挙げられた「朱子家訓」は、明末清初期の朱柏廬、『治家格言』からの引用です。蘇州崑山の出身で、名は用純、字は致一、雅号を柏廬といいます。彼の『治家格言』は、往々にして「朱子家訓」と誤って伝えられています。ですが、朱子はそのような家

訓は残していません。
末筆ながら、著書をお贈りいただきましたことにお礼申し上げます。
みなさまの平安をお祈りいたします。

胡適　敬上

［民国］四十八［一九五九］年二月十七日

その二

石泉仁兄《じんけい》のご高覧に拝します。先月、大作の『六十回憶』をお贈りいただき、拝読させていただきました。その誠実さと温かさに心動かされました。まさに不朽の作であり、感服に堪えません。著作の中では拙作の一部を引用してくださり、二・二八事件の善後策について評されました。今昔の感に堪えません。国家と地方の現状は、われわれの期待とは未だ程遠いにもかかわらず、われわれは徐々に老いてしまいました。国家の統一、民族の繁栄、台湾の安定の中、石泉兄の忠義をかけた業績について、七十年回想録、八十年回想録、九十年回想録をさらに拝読させていただきたいと切に願います。ここに謹んでお礼申し上げます。
みなさまのご健康をお祈りいたします。

愚弟　丘念台　上

［民国］四十六［一九五七］年十二月六日

他にも多くのお手紙をいただいた。中には大変長いものもあり、残念ながらすべてを書き留めることができないものの、一部を『六十回憶』読者感想文集として本著の巻末に付す予定である。(10) いただいた感想には、そのほか、私を過度に称賛するものもあれば、世の激しい変遷に隔世の感を禁じえなかったものもあり、また、社会と後世の青年や医学界に対し役立つであろうとするものもあった。内容や書き方についても論評をいただいた。本来ならば、私個人を称賛する内容のものについては公にすべきではないが、読者のご好意を尊重したかったため、あわせて発表することにした。これは私への激励の言葉として受けとめ、自画自賛するつもりはいささかもない。

私が非常に嬉しく思ったのは、台湾大学医学院の良誠の何名かの級友が、『六十回憶』の中でも重要な部分である、「医師の十戒」〔第十七章〕や「診察の際の留意点」〔第七章〕などを、勉強机の前に貼ったり手帳に抜き書きしたりして、いつでも目を通すことができるようにしていることである。また、恋心の芽生えた級友が、配偶者を選ぶ条件を暗記しているとも聞いた。中には私の恋愛史を議論の種にし、良誠にこう冗談を言うものもいたらしい。「君のお父さんは、君のこの年齢のときにはもう……君はどうして女の子もまともに見ることができないのかい。女子寮が開放されているときにも入ろうとはしないし。君のお父さんはもう六十なのだから、お孫さんの顔を見たいだろうに、それでも君はまだかい。看護婦さんたちが何人か君に会いたがっていたけど」などなど。もっとも、良誠にも本人の考えがあり、まだ良縁の機が熟していないだけで、興味がないわけではないようである。(11)

第三節　次男良信の結婚

私はこれまでの人生において、いわゆる普通の父や母と同じように、子を産み育てた。全部で七人の息子と四人の娘に恵まれた。しかし、長男良哲は夭折し、長女淑英は空襲で犠牲となり、今は息子六人と娘三人である。幼児期の養育の後に続くのは教育の問題である。小学校から中学、高校を経て大学まで、文字通りいつも心配し、注意を払った。幸いにも、子どもたちはみな自主的に勉強したので、これまで何度かひやひやさせられ、何度か挫折を味わいもしたが、みな何とか段階を追って進学した。今では、願いもかなったということができよう。しかしながら、父母たるもの、生きている限り、日々、親としての責務があるのであって、永遠に終わることはない。子どもたちが成人すると、結婚問題がやってくる。次女淑馨が結婚すると、次は次男良信の伴侶探しの番となった。

良信は内向的な性格で、社交的な活動はあまり好まなかった。そのため友人も限られていて、まして女友達となると、なおのことであった。良信が大学で学んでいたのは深淵かつ難解な数学である。台湾大学数学科で学んでいた時期は、毎日授業に出席した後はまっすぐに帰宅し（台北市上海路の叔母の家）[12]、めったに外出しなかった。街をぶらつくのが大の苦手で、女友達と親交を深めるような優雅なこととも縁遠かった。本人はもともと、大学卒業後は研究のためすぐに留学するつもりで、学問が一段落してから結婚のことを考えたいと思っていたようである。良信はこう言っていた。「一、自分は今学問に励んでおり、結婚を考えるべきではない。二、誰と婚約しても、留学中の四年間は、おそらく相手の精神的負担を増やすことになるだろう。三、一人前の学者となるには、結婚は、おそらく精神的にも時間的にも経済的にも負担となり、このマイナスをプラスに変えることは極めて難しい」。しかし、私たち夫婦は、良信のもともと二番目であった兄弟の序列が長男となっていたため、少しでも早く結婚してくれることを願った。これは、単に孫の顔を見たいという切なる願いからきただけではなく、普通の家庭がこのくらいの時期にもなれば当然抱く強い希望でもあった。

本人に至っては、勉学に専念してはいたものの、異性に対してまったく関心がないというわけではなく、ひそかに周りの女性を注視して、自分自身の理想の相手を思い描いていた。とはいえ、在学中は誰かが縁談を持ってきても常に消極的であった。あるとき、仲人と慧嫻⑬の母親が何かしらの口実を設けて上海路を訪れ、良信を「内々《ないない》に」見に来た。しかし、彼はこれが何を意味しているのかまったく理解していなかったのであった。

このようではあったが、良信の縁談は総じて順調に進み、さほど紆余曲折もなかった。卒業後、周りの取り計らいに勧めを断り切れず、ついに良信はお相手と一目会うことに同意した。一九五七年二月二十四日、慧嫻が取り持ったピアノ演奏会に、彼は良誠と良俊とともに赴き、快い音楽を鑑賞した。当然ながら、「酔翁《すいおう》の意は酒にあらず、聴く者の心も音になし」、本当のねらいは他にあった。意外にも、一時間にも満たない間での視線のやりとりと、数分の間に交わした二言三言《ふたことみこと》のやりとりで、良信は一目ぼれしたのである。閉会後、すぐにWonderfulと賛嘆の辞を発した。三日後送られてきた手紙にはこうあった。「人選についてはもう終わりました。挙式の時期については父上にお任せいたします」。数日もしないうちに（三月三日）、彼女を陽明山へ桜の花見に誘い（姉と弟がお供して）、帰ってから述べた感想は、ひとこと、Excellent!であった。

こうして相手側の同意を得ようと動き始め、数カ月の自由な交際を経て、ついに同年七月六日、台北の延平教会で李嵈助牧師を立会人として婚約の儀を執り行った。その後、良信は澎湖にて兵役に服し、私と家内は慧嫻とその母を伴い四人で澎湖へ飛んで良信を訪ね、数日遊覧して青春の喜びを大いに味わった。

良信はかつて自身の伴侶についての考えを述べたことがある。女性は、良妻賢母が一番で、職を持っている女性はあまり好きではないし、ただ流行を追いかけているだけのaprés-guerre（戦後派）はなおさら好みではない、と。そして今、良信が選んだ女性は、職を持ってはいたが、しかし、まったくといっていいほど「戦後派」ではなかった。

縁談が順調に進んだもう一つの理由は、家庭の事情であった。双方がお互いのことをよくわかっていたのだ。慧嫻の父親の李添枝氏と私の弟の石福とは台北医学専門学校の同窓で、母親の烱忻女史と私の家内は台南第二高等女学校の級友だった。しかも以前、彼女の父親の家が台南にあったとき、私もしばしばお邪魔していたのである。

良信と慧嫻の結婚式は、一九五八年九月十四日、台南第一商業銀行三階の儲蓄銀行紀念館で執り行った。高篤行氏と蔡培火氏のお二人に立会人をお願いし、キリスト教式で行った。最後に私は以下のように謝辞を述べた。

私ども夫婦は、今日、こうして舅《しゅうと》姑《しゅうとめ》になれましたことを大変嬉しく思います。私どもの年齢からいいますと、決して早くはありません。ですが、今日ここで、結婚式を執り行うことができまして、心中、感謝の気持ちに堪えません。良信が李家に受け入れられ、昨年七月六日に婚約してから今日まで、一年二カ月が過ぎました。この間、二人は仲好く交際し、お互いへの理解を深めて参りました。もともと二人はもう少し後に結婚したかったようですが、年齢のこともあり、私は、今結婚するのが最良であると二人に勧めました。

子どもの結婚につきましては、私はこう考えております。「父母は、相手となる人物の調査、見定め、判断の責任を負うことができますが、最終的にはやはり二人の自由な意志で決定するべきです」。このたびの縁談は、話が上がってから結婚するまで、それ相応の日時を要しましたが、最終段階に入ると比較的早かったと思います。慧嫻の父親である李添枝氏は、台北医学専門学校の出身ですが、愚弟の石福と卒業が同期です。母親の烱忻女史は、台南第二高等女学校の第二期卒業生で、家内の級友です。良信と慧嫻は、日本統治時期から終戦まで、すべて同じような教育を受けてきました。ですから、日本語、国語、英語の程度もほとんど同じです。しかも、一人は数学を、もう一人は医学を学んでおり、どちらの分野も、近代国家、とりわけ我が国が最も切実に必要としているものです。

みなさま方、私が一昨年六十歳の時にまとめました『六十回憶』では、最後にこう書きました。「とりわけ後世の人たちには、富の蓄積ではなく、高禄を受けることではなく、それぞれが学術、才能、道徳において、大きな成果を収められることだけを願う。そうすることで人々に貢献し、私の果たせなかった願いをぜひかなえていただきたい」。自分の子どもたちの将来について、私はこの方針で教え導いて参りました。ご友人と親族のみなさま方には、今後とも、大いに助けていただき、大いに支えていただきたいとお願い申し上げます。最後に、私ども夫婦はひとつお約束いたします。私たちは、必ず良い舅姑となり、嫁を自分たちの子どもと同じように愛し、慈しみ、決して辛い思いはさせません。みなさま方からは、このたびの婚礼にあたりまして、心温まる大変貴重な贈り物をいただきました。心より、お礼申し上げます。何かしら行き届かない点、至らぬ点などございましたおりには、どうぞご容赦のほど、よろしくお願い申し上げます。

第四節　ひき継がれていく命

一九五九年九月二十四日に、喜ばしくも男の子の孫が誕生し、私が「信一」と名付けた。この名前には、宗教、数学、生まれ順の三つの意味を込めた。生まれた場所は台南の陳産婦人科医院で、産後母子ともに健康で五日後に退院した。家に着くとすぐに家族全員で記念写真を撮影した。私は以下のような祝いの言葉を書き、期待を綴った。

九月廿四　信一出世
韓氏家庭　充満喜気
願主賜福　発育順利
長大成人　懐抱大志
純真感情　精微理智

研鑽精神　衝天志気
発明創作　歴史新誌

良信と慧嫻は夫婦ともに台湾大学に勤めていて、勤務中は子どもの世話をすることができない。満一歳で台南の私のところに連れて帰ってきてから、妻が信一の養育を引き受けるようになった。妻はこれまで十一人の子どもを育てて苦労を重ねてきた。しかし、孫の世話となると楽しくて疲れを感じないらしく、毎日ほとんどの時間を孫に費やした。食事、入浴、おむつ替えのほかに添い寝などをし、寝ても覚めても赤ちゃんの世話で妻はてんてこまいであった。それにしても、信一は実にとてもかわいい子である。物事や言葉の習得が早く、模倣する力も高い。そして、早くも彼自身の性格が垣間見える。個性が強く、何事であれ自分でしようとする。例えば、あるときジープから降りるのに、どうしてもおばあちゃんに抱っこしてもらいたがった。それを同乗していたお客さんが先に抱っこして降ろしたところ、泣きに泣いてどうあってもきかず、もう一度車に乗せてもらい、わざわざおばあちゃんに抱っこして降ろしてもらわなければ承知しなかった。また、階段を下りる時、必ず自分で下りようとする。その意志を無視して抱っこして階段を下りると、信一はすぐに階段を上り始め、一段目から下りるのをやり直すことになる。こうしてやっと満足するのである。

岳母の曾赤は、長い間私たちと同居し、病気療養していた。(14) 不幸にして一九五九年十一月十七日午後五時半にこの世を去った。翌日火葬した後、同月二十六日午後三時に太平境教会堂にて告別式を行った。善良で聡明だった義母を記念し、私は「岳母頌」〔義母をたたえる詩〕を書き、墓碑の裏面に刻んだ。

岳母頌

幼失怙恃　長帰荘氏
相夫教子　一心一意
勤倹劬労　翁姑奉侍
中年喪偶　戦禍踵至
晩歳入信　遵従主意
病患糾纏　光明失去
信仰不渝　七三別世
息労主辺　敬此永誌

西暦一九五九年十二月

――『六五続憶』はここで筆が止まり、未完のままである――

注

（1）韓石泉は、読者の声を非常に重視した。特に手紙や書面でいただいたものについては、私韓良俊に、詳しく読んだ後その要点を抜き書きして、ひと綴りにまとめるよう言いつけた。この「六五続憶」第二節にはその一部が収められている。

（2）これを書いてから二年もたたない一九六三年六月三十日、韓石泉は急逝し、この「六五続憶」は遺稿となり、未完の遺作となった。本章のタイトルは、一九六四年に私韓良俊が遺稿を整理した際につけたものである。二〇〇八年に第三版をまとめたときには、章分けをし、それぞれに見出しをつけた。

（3）特別講演のそれぞれのタイトルをみても、韓石泉の人となりと長期的関心がうかがえる。

（4）韓石泉は、このように「老い」を認めないこと、老いても自分自身の前進、進歩をやめたりしないことを強く心に決めていた。ゆえに、「おじいちゃん先生」と呼ばれるのを嫌がり、台南市が「古都」と呼ばれることにも反対し、代わりに「名都」への改称を提案した。客人が、「歳を重ねられてもお元気そうで」と讃えたときには、お礼を言いながら、「歳を重ねても」はいりませんよ、と笑顔で答えたものである。

（5）和《なご》やかな家庭というものを、韓石泉は大変重視し、実現するべき目標として努力した。一番わかりやすい例は、子どもに対して言葉を荒らげて叱ったことがないことである。特に、まだ子どもたちが幼かった頃、食卓で大人がその過ちをいちいち説教するのを一番嫌った。また、決して男尊女卑もしなかった。夫婦互いにとても尊重し合い、家計もすべて包み隠さず、制限も設けなかった。

（6）韓石泉は台南で二・二八事件への対応をした際、一部の人士と当局の双方から誤解され、批判されたことからも、彼の立場が公正無私であったことがわかる。しかも、「一部の人士」とは武力で対抗すべきと主張していた過激な人々であった。「当局」の不理解は、韓石泉が日頃から民衆の安全のために奔走し、彼らが公平に扱われなければならないと主張して努力していたことに起因した。実のところこれらはすべて、平和を守り、無益な流血と死傷を避けようとする、医師を天職とする者の本分からきていた。この件の「理非曲直」について、今日どれだけの人が理解しているだろうか。

（7）韓石泉の博士論文は「燐脂質代謝ノ研究」で、三男良誠によると、彼の医学生時代の台湾大学医学院の生化学の担当教員が、その論文の学術的価値を大いに認めたという。本書第Ⅱ部韓良誠「父の教え」参照。
（8）「東港事件」の詳細については、本書第十章参照。
（9）一九五八年台湾大学創立記念日の全学体育祭で、韓石泉の三男良誠が当時中央研究院院長であった胡適に偶然お会いした。その折に写真を撮って差し上げたのを後日郵送したもので、胡適はこのことについて謝意を表している。胡先生は何事もおろそかにされない丁寧な方である。
（10）韓石泉がさらに『七十回憶』を出版するときには、私韓良俊がこれらを文集として編集するよう言いつかっていたが、物事は思い通りにはいかず、この任務は果たせぬままとなった。
（11）この後には、以下の諸原稿があった。「光華女子拾年回顧」「写給青年学生」「祝校慶談学問」「台湾医学会第五届地方医学会開会辞――医界現勢展望」「値得敬愛的学人」。
（12）林森南路、徐州路付近。叔母は荘玉燕［韓石泉妻の妹］。
（13）後日、韓石泉の次男の妻となる李慧嫻医師である。一九五一年に台南女子中学を、一九五八年に台湾大学医学部を卒業し、台湾大学病院実験診断科（今日の検査医学部［臨床検査医学科］）で働いていたことがあった。親戚と友人の間では、彼女は頭がよく、ピアノが非常に上手であると評判だった。
（14）韓石泉の義母は晩年糖尿病を患い、それがもとで後に失明した。長い間彼らと同居して、娘婿による細心の医療介護を受けた。

『六十回憶——韓石泉医師自伝』刊行までのあゆみ

韓良俊

『六十回憶』の初版は、一九五六年十月二十五日に印刷され、十一月四日（旧暦十月二日、父の六十歳の誕生日）に世に出された。第二版は、父が他界して三周年の一九六六年六月三十日に、私がそれまでに整理した「六五続憶」と「診療随想続誌」を初版の巻末に添える形で、「韓石泉先生逝世三周年紀念専輯編印委員会」から出版された。そして、それに続いて十月二十五日に『韓石泉先生逝世三周年紀念専輯』が刊行された。

この二冊の出版は少なくとも四十数年前のことであり、いずれも私家版であった。そのため、読みたくとも書店で購入できないと、多くの親族や友人から本の入手方法について直接ないし間接的によく問い合わせがきた。この状況は二〇〇五年四月に荘永明先生の『韓石泉医師的生命故事』が出版された後も解消されなかった。そのうえ、家族の手元にもこの本の初版と第二版はほぼなくなり、適当な出版社から第三版を刊行する必要性がますます高まっていた。

今年〔二〇〇八年〕十月二十七日は父の生誕百十周年であった。誕生日と言えば、あと数日経つと私も満七十二歳になる。一九九六年の六十歳の誕生日の時、妻の満恵に微笑みながらきかれた一言がある。そのとき以来、その言葉は私の脳裏にこびりつき、繰り返しよみがえった。「お父さんが六十歳になったときには、台湾のためにさまざまな仕事をやり遂げていたわね。そのうえ『六十回憶』も出版された。あなたも何か書きたいのではないの」と。彼女に気付かされてから、私は次のような出版計画を決意した。一、長い間構想してきた『六十回憶』の第三版を整理して出版すること。二、台湾社会にどうしても欠かせない専門書『檳榔的健康危害』〔ビンロウの健康被害〕を執筆すること。（その後これは二〇〇〇年十二月に健康文化事業から出版された。）

一九九七年六月にアメリカから一時帰台した次兄の良信は、親友でもある頼東昇教授の退職講演会に出席する予定だった。しかし、思いがけないことに台南のあるレストランの地下駐車場で転び、右足の大腿骨を骨折してしまった。台南の新楼医院に緊急搬送され、手術して整復と固定の治療を受けた。術後の経過は順調だったが、アメリカに戻る予定が一カ月以上も遅れてしまった。しかし兄自身によれば、この思わぬ事故は彼にとってまさに人間万事塞翁が馬だったという。より長く故郷に滞在でき、三冊目の数学専門書（これまでの二冊はアメリカで英文で出版された）の執筆のほかに、重要かつ一生忘れられない非常に有意義な仕事もできたからである。

その一つは、五十数年前に父が著した自伝『六十回憶』の改訂、出版についての話し合いと作業に参加できたことである。その年の七月のある日、次兄の良信、三兄の良誠、妹婿の黄東昇、そして当時まだ健在だった弟の良平と私は、時間を割いて台南の韓内科の二階に二、三回集まり、父の生誕百周年記念はどうすれば最も有意義なものにできるかについて話し合った。その結果、『六十回憶』を迅速に再整理して第三版を刊行すべきだということで全員一致した。

しかしその後、別の考え方が持ち上がった。それは、まず荘永明先生に協力して、当時先生が執筆中であった『韓石泉医師的生命故事』を早目に完成していただいてはどうかというものであった。同書が二〇〇五年四月十五日に遠流出版社より刊行されたことで、引き続いてのわれわれの努力すべき目標は、再び『六十回憶』第三版の完成作業に戻ってきた。そこで私は、熟考と協議を重ねた結果、新版『六十回憶』は韓石泉著、韓良俊編『『六十回憶』修訂第三版――韓石泉医師自伝』として、雑誌『健康世界』に二〇〇五年四月から連載を始めた。

連載の期間中、月一回雑誌に掲載される約三ページの内容を準備するため、私は自伝の内容を繰り返し精読したほか、原文の句読点、段落などを再び整える作業に着手した。それから注を必要とする箇所を見出し、私自身の個人的な見解で注を付けた(大部分は三人称を用いた)。たまに難解な字や言葉が出てきた場合は、辞書をめくることもあった。三年八、九カ月の努力を経てようやく連載が終わり、単行本の出版に向けて進むことになった。

『六十回憶』第三版とこれまでの初版、第二版の違いは以下のとおりである。

一、五つの序と二つの付録を新たに加えた。付録一には、『韓石泉先生逝世三周年紀念専輯』のなかから代表的な七編を収録した。付録二には、弟や妹たちが新たに書き下ろした追悼の詩文を加えた。そして、付録二に収録する予定だった、妹淑真による父の自伝の英文抄訳は、紙幅の関係で割愛せざるをえなかった。将来何らかの形で改めて出版できればと思う。

二、自伝の初版、第二版では、章節はとくに設けていなかったが、読者が内容を理解しやすいよう、全書を十九章に分けることにした。このうち第十九章はさらに四つの節に分け、それぞれに見出しを付けた。そのほか、今日にはなじまない句読点の使い方、長すぎる文や段落についても、読みやすくするために改めて手を加えた。

三、言うまでもなく、最大の違いは本書に新たに付けた四五四箇所の注である。読者の便を図り、原文の中でさらに説明が必要と感じた箇所、とりわけ父に対する私の理解と感想をなるべく注に入れた。また、辞書を引き、いくつかの漢字や言葉についてはその意味と〔中国語の〕読み方も解説した。原文のほとんどは古文調で書かれているが、私の注釈を通して、より読みやすく、また読み応えのある本になればと願う。

四、年代の表記については、極力西暦に改めた。

五、初版の誤字、誤植、あるいは時代と政局の変化ゆえに生じた「用語や表現上の不都合」についても修正を行った。若干そのまま保留した以下のような言葉、「暴徒」「光復」「共匪」「祖国」「赤禍」、および、「偉人」名の前を一文字空けるなどの表記法に至っては、当時と今日のまったく異なる時代背景への考慮、そして白色テロの時代に使わざるをえなかった用語、慣用表現への尊重のため、あえて手直ししなかった。読者のみなさまのご理解を得られればと思う。

六、第二版に収録した「診療随想続誌」は、もともとの回想録の性質と直接関連しないため、割愛した。

一九六六年十月に出版された『韓石泉先生逝世三周年紀念専輯』の中で、私はこう書いた。「父はこれまで私の修正意見を信頼をもって受け入れてきた。この私の最後のわがままを許してくれることを願うのみである」。いま再び同様の作業を行ったが、私はあの時と変わらぬ気持ちで本書の企画、編集に取り組んだ。そして、天国で安らかに休んでいる父にもう一度同じことを願うほか、至らぬところについては、読者のみなさまのご指摘とお許しがいただければ幸いである。

本書の第三版が完成をみたことについては、特に雑誌『健康世界』編集室の丁淑敏編集長、デザイン担当の邱春桃さん、およびその他のスタッフのみなさま方に、長期にわたる連載への協力と支援をいただいたことに感謝を申し上げたい。そして我が家の長年の畏友《いゆう》である荘永明先生、私の親友であり和信ガン治療センターの模範的名医である頼其萬教授が、まさにご多忙の中、第三版の序の執筆を快諾してくださったことにも謝意を表したい［本書第Ⅱ部「韓石泉を語る」所収］。この感謝の気持ちは、もちろん我が家の兄弟姉妹にも伝えなければならない。みなは、以前の文章を提供することに同意してくれたり、新たに思い出を書き下ろしたりしてくれた。十年前に不幸にも他界した弟の良平の場合でさえ、その妻の琬瓔が代わりに文章を寄せてくれた。こうして我が家の九人兄弟は、二番目の兄嫁はじめ、妹婿、弟嫁なども加わって、一人も欠くことなく、全員が父を想う気持ちを筆先に託して文字として残すことができた。このように一丸となって協力し合えることに、私は感動し、感激し、そしてまた、誇らしく思う。

最後とはなったものの忘れてはならないのは、あきらめることなく励ましてくださり、本書の第三版を望春風文化出版社から発行することを引き受けてくださった、林衡哲医師とその作業チームである。ここに心より御礼を申し上げたい。おかげで父の筆による自伝『六十回憶』を再び新しく世に出すことができた。また、私の前著『檳榔的健康危害』から、『健康世界』での四年近くにおよぶ連載、そしてこのたびの『六十回憶――韓石泉医師自伝』第三版の出版に至るまで、パソコン操作や文書の編集作業を手伝ってくれた助手の林さんにも深く感謝したい。

本書は、甘きも、苦きも、酸《す》きも、渋きも、辛きも、およそ父の人生のあらゆる苦楽と、人を己のように愛し、波瀾に満ちたその壮大な一生を一つひとつ忠実に読者のみなさまの目の前に繰り広げた。本書が、一般読者だけではなく、現在そして未来において医療関係の仕事に従事する人々、とりわけ若い学生たちにとって、自分のライフプランを計画し、あるいは調整する際の、卓上の参考書となれば幸いである。

二〇〇八年十二月三日　第十一回ビンロウ予防治療の日に

*「韓良俊——編註者序」『六十回憶——韓石泉医師自伝』第三版（二〇〇九年）所収。

私韓良俊が2、3歳の頃。一番上の兄良哲を除く兄姉たちとの現存する唯一の集合写真。上から順に、長姉淑英、次姉淑馨、次兄良信、三兄良誠（前列右）、私（前列左）。日本の熊本市にて。1938年もしくは1939年

II　韓石泉を語る

韓石泉先生と私

黄朝琴(1)

民国九年から十二年（一九二〇—一九二三年）にかけて、台湾の青年たちは文化運動を起こした。その目的は民衆を喚起し、日本統治当局に対して自由を要求することであった。そのため、これは実質上の反日革命運動であった。当時、早稲田大学で修学中だった私は、毎年夏休みを利用しては台湾に戻り、この運動に参加して各地で講演を行った。そして、この活動を通じて韓石泉先生と知り合った。

韓先生は当時まだ若かったが、医学の道ではすでにその名が通り、文化運動においても中心人物であった。民族を愛する情熱から、彼は走り回って人々に呼び掛け、宣伝活動をしていた。各地で行った彼の講演はいずれも現実に焦点をあて、真摯で人の心を動かすものであった。そのうえ、鋭い見解と主張を持っていたため、大変人気があった。これは当時の短い交友のなかで得た印象である。

しかし、私は民国十二（一九二三）年にアメリカに留学し、それから直接祖国［中国］に戻ったため、遠く離れたまま会うことがなかった。戦後二年目に台湾で省参議会が設立されると、韓先生が台南市から、私は台北市から選出され、互いに省参議員となったことでようやく再会を果たした。

省参議会で共に働いた五年間、韓先生は昔と変わらず活力に溢れていた。その穏健な言論と的を射た批評は同僚から高く評価された。そのため、委員会の幹事には決まって彼が選ばれた。当時、省参議会

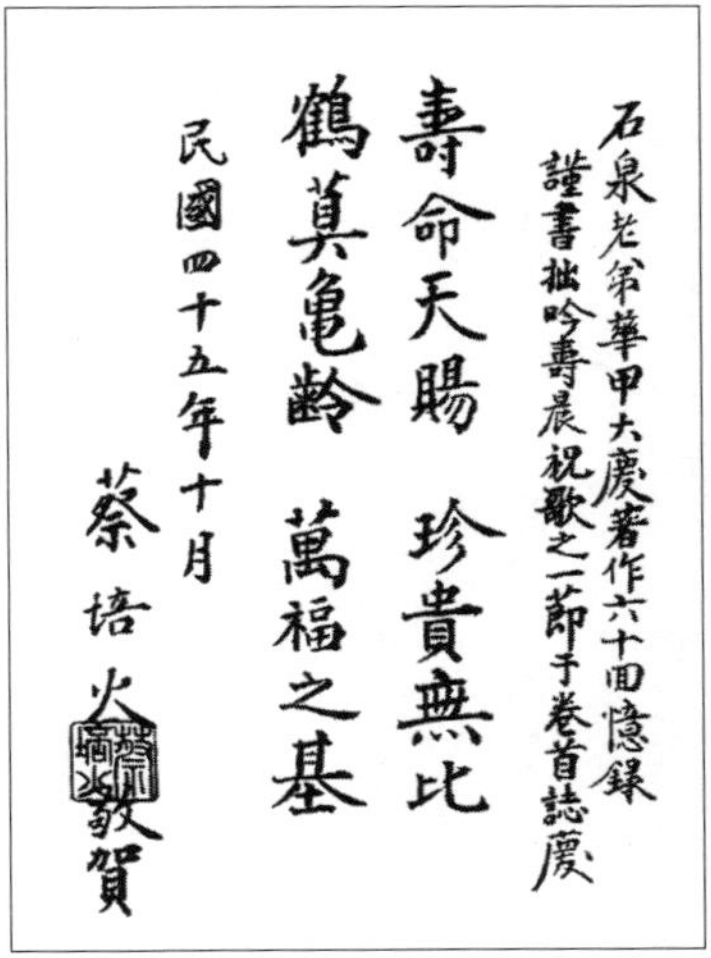

石泉老弟華甲大慶著作六十回憶録
謹書拙吟壽辰祝歌之一節于巻首誌慶
壽命天賜　珍貴無比
鶴算亀齢　萬福之基
民國四十五年十月
蔡培火敬賀

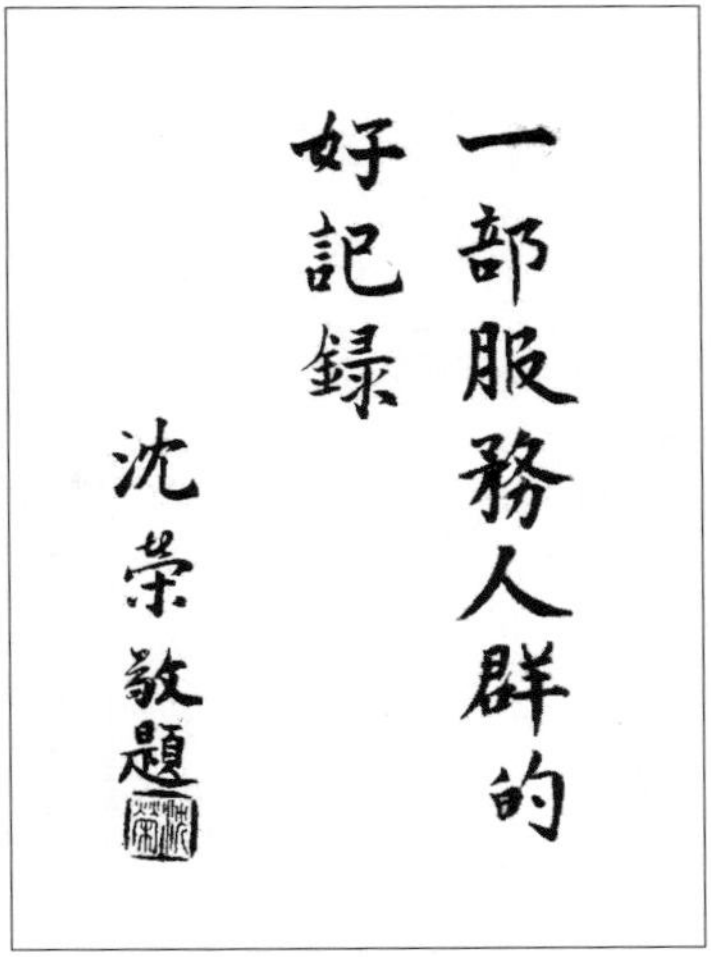

一部服務人群的
好記録
沈栄敬題

沈栄は韓石泉と同時期の台南市の著名な弁護士。二人の交誼は深く、韓石泉の60歳の誕生日に記念講演茶話会が開催されたとき、沈栄は蔡培火と杜聡明とともに特別講演に招かれた（本書第十九章参照）

は大会の開催ごとに宣言を発表することが恒例だった。その宣言を起草する労も、ほとんど彼が担った。その内容も充実していて筋道がはっきりしていたため、省参議会内外の人々に賞賛された。彼の輝かしい功績がよくわかる。

残念ながら、彼は医者として非常に忙しく、多くの苦しんでいる患者が彼を必要としていたため、臨時省議会［一九五一年十二月に台湾省参議会から改編］に継続して参加することができなくなった。引き続き民意の代表として地方のために尽力することができなくなったことは、誠に残念であった。

思い返すに、二・二八事件が起きた時、私が台北の二二八事件処理委員会の会議に出席していると、韓先生が人を遣《つか》わして手紙を送ってきた。台南市では人心が動揺し、その対処の方策を講じて協力しているところであり、官と民で互いにもめ事のない、平穏な状態を確保したいと伝えてきた。そして何らかの助言を与えてほしいということだった。当時の台北も非常に混乱していた。私は極めて切羽詰まっている中、筆に任せて短く返事をした。大意は、同胞たちが冷静さを貫くことによってのみ、台湾を救うことができるというものであった。事後に聞いたが、呼び掛けの効果を高めようと、彼はなんと私の直筆をつけた布告を随所に張り出し、またその内容をラジオで流したのだ。私は日ごろから台南市の同郷の人々に何かと親しみを持たれ、信頼されてもいた。あの時、不幸な事件が起こらなかったのには、私が書いたあの何文字かが果たした効果も少しはあったろう。しかし大部分は、韓先生の呼びかけと熱意によるものであった。この功績は不滅であろう。

韓先生は学識豊かで、ものを見る目が研ぎ澄まされており、研究意欲に富む人である。普段は寡黙であるが、話を始めるとその内容は明瞭で、決して口先だけで空論を並べるようなことはしない。それ故、緊急事態に直面したときには、彼はいつも慌てず騒がず、落ち着いて機を逸せず決断ができる。そして、正確な見解を示し、全力で最後までやり通す。これはまさに彼を熟知している友人たちが共通して持っている印象である。

韓先生は現在還暦を迎え、その優れた文才で『六十回憶』を著し、奮闘してきたその数十年来の経験を広く世に公開した。国事、世界情勢の変化から、日常生活の些細な事についてまで、本書から情報と啓示を得ることができる。実に一個人の伝記をこえた書物と言えよう。おそれ多くも題辞の依頼をいただき、韓先生とのご交誼の数々を以上のように述べさせていただいた。先生には、楽しく健やかな日々を過ごされ、幾久しく長寿を重ねられますようお祈り申し上げる。

注

（1）黄朝琴（一八九七―一九七二）、台南塩水鎮の出身。早稲田大学政治経済学部卒。その後アメリカのイリノイ大学で国際公法を専攻し修士号を取得。台湾省参議会議長、台湾省臨時省議会議長（第一―三期）、台湾省議会議長（第一、二期）を歴任し、合わせて十七年間議会の議事を統括していた。また駐米サンフランシスコ総領事、駐印カルカッタ総領事、外交部亜洲司科長［アジア局課長］、初代台北市長、第一銀行および国賓大飯店［アンバサダーホテル］の理事長などを務めた。

*「黄朝琴序」『六十回憶』初版（一九五六年）、『六十回憶』第三版（二〇〇九年）所収。

十室の邑《ゆう》、必ず忠信ある者あらん

鄭震宇(1)

人生とは、前後が切れ目なくつながった連続した輪のようなものである。生まれ、育ち、栄え、老い、そして衰える。それぞれ密接に関連し合い、因果は互いに受け継がれ、明確に分けることができない。進化論と因果律の原則が、同じように人生のすべてを支配している。人類の文化という角度から見れば、ひとりの人間が生まれる前から人類はすでに存在し、文化もとうにあった。そしてその人が亡くなった後も、人類は相変わらず存在し、文化もたゆまず発展し続けるのである。しかし、人間の命は、歴史という観点からみれば、その人生を無駄にさえしなければ、大いに意味を持つものになる。つまり、祖先が残してくれたものを受け継ぎ、生きている間にそれを理解し享受し、さらに大きく発揚することさえできれば、その命は歴史と共に永遠に続くのである。生きては楽しみ、死しては後代に名を残す、これが永遠に続く人生というものである。人生とは、このようなものであると考える。

こうしたことから、人生について書かれた伝記、自伝、回想録などについて、私は自分なりの見解を持っている。地位とは、手段である。功績の著しい事業を築き、人々に幸福をもたらすためのものである。そのため地位のある人は、とくにその期間が長いほど、何らかの勲功を立てているものである。功績があってはじめて伝記が書かれ、自伝や回想録を残す価値が出てくる。称える価値のある功績もなく、敬慕すべき気風もなく、ただ権力と地位にしがみつくだけで、牽強付会《けんきょうふかい》するどころか、果ては事実を捏造し、歴史を改ざんしてまで自分の歴史を作ろうと、世間を欺き、名誉をかすめ取る者もいる。先ごろある国の大統領が回想録を発表した際、事実関係をめぐって若干の論争が起きたことは、まさにその好例である。功績そのものがすでにひとつの伝記であり、しかも最も価値の高い伝記でもある。したがって、この類の人は、自分の功績に自信がありさえすれば、何も自伝や回想録の執筆を急ぎ、ひいてはあちこち文人に伝記の執筆を頼む必要もないのである。

その実、地位のある者は、ただその功績と貢献を問うのみでよい。伝記物を書くか書かないかはむしろ二の次である。しかし、地位のない者の事情は異なる。その人生において、感動を呼ぶ奮闘の事跡があり、処世に貫かれる原則があり、凡俗を超越した独自の生活スタイルがある。そして、民衆と国家を愛する時代精神を有し、己の研究と創造は、達成されれば天下に利益をもたらし、失敗すればひとりわが身を慰めるという哲学と抱負を有する。このような人生は、地位なきがゆえに、伝記を書いてくれる人もいない。したがって自伝、回想録を執筆する必要性と意義があるのである。

台南の韓石泉先生との交誼は近ごろ始まり、まだまだ日が浅い。しかし、見聞きした韓君の生活には、敬慕し感服するところが実に多い。そして今さらにその『六十回憶』を拝読し、ますます聖人の言う「十室の邑、必ず忠信ある者あらん」を確信するようになった。ゆえに、喜んでこの序の筆を執り、人生に対する私見をあわせて述べる次第である。

中華民国四十五［一九五六］年九月

注

（1）中華民国の元駐パナマ公使。韓石泉は以前、英語の家庭教師として鄭を招聘していたことがある。韓石泉は『六十回憶』の原稿が完成したとき、鄭に序の執筆をお願いし、目を通していただいた。当時、言論統制が厳しかったため、鄭は当局の逆鱗に触れないようにと、多くの箇所の修正と審査への送付を韓に忠告した。しかし、韓石泉は歴史の真実を残すべきだと信じ、手を加えなかった。

＊「鄭震宇序」『六十回憶』初版（一九五六年）、『六十回憶』第三版（二〇〇九年）所収。

医師の鑑——韓石泉先生

侯全成(1)

台南市の興文斎書店の主人である林占鰲《りんせんごう》君(2)から、私は次のようなことづてをもらった。「医学博士の韓石泉先生が六十年の回想録を著したので、親交の深い君にぜひ序文を寄せてほしいとのことだ」。その後博士にお会いすると確かにその通りだとおっしゃるので、私は大変嬉しく思った。ただ、私は省政府の公務の関係で南北を奔走していて時間がなく、文章も不得意なため、しばらく躊躇していた。しかし、石泉先生が著作を刊行されることは極めて有意義なことであると考え、浅陋《せんろう》ながらもお引き受けすることにした。

古人曰《いわ》く、「前事を忘れざるは、後事の師なり」。回想録とは、個人の年譜であるばかりでなく、読む人にとっても、物事に対処する際のよりどころを提供してくれるものである。したがってそれは、過去を反省し、現在のために努力し、将来を激励してくれる書物である。トルーマン米大統領とチャーチル英首相両氏の回想録はまさにそうである。それらは近世の米英政治を読み解く手掛かりをわれわれに与え、ここ数十年来の世界の変化についてもその謎を垣間見せてくれた。著名人の回想録の重要性はまさにこの点にある。

韓石泉先生は台南市医師界の先駆者であり、人望の厚い人として台湾の名医の中でも屈指の存在である。そしてこのたびはご本人のお考えで、その回想録を世に問う運びとなった。思うにおそらく本書には、先生のこれまでの難病治療の経験やそこから体得した教訓が必ず記されているはずで、医師界においても貴重な記録となるに違いない。またその本職以外の社会奉仕の史実などは、自由民主の士にとっても参考に値するところが多く、公共の福祉にも大いに益となるだろう。時代と地域的な要素を考えると、本書の価値はトルーマンやチャーチルの回想録と同等なものと評しても過言ではない。そのため本書の刊行が決まるとたちまちにして市民の間に広く知れ渡った。

私が台湾総督府医学校に入学したのは、韓先生がちょうどそこを卒業された年だった(3)。故郷で開業してから私は先生に直接教えを賜ることができた。もっと早くにお会いできていればと思ったものである。語りて行い、行いて語る先生の言行一致の作法を私はずっと心より敬慕している。

先生は公の場で発言なさる時、雄弁たろうとせず、高遠な見地に立たれ、人々が言いにくいこともはばかりなく直言される。その言葉は簡潔で意を尽くしており、筋が通っていて聴衆の心を打つものであった。人生の哲理について実に多くの教えを得た。

先生は才知に溢れ、学問に邁進された。医学校に在学中、成績は常に上位にあり、官費生試験にも合格、医学校を首席で卒業された。学問、品行とも群を抜いておられた。その後、日本の熊本医科大学に留学なさり、優秀な成績を収められ、博士の学位を授与された。これは特別な栄誉であり、一大快挙でもあった。勉学と研究の時期を通じて、模範的な知識人であったというに相応《ふさわ》しい。

先生は結婚相手の選択、恋愛の道においても、独特な風格を備えておられた。はじめはお相手を探し、次に薫陶して互いに才能を高め、情を深めていかれた。堅固な土台を築きあげたあとは、ともに幸福を求めていかれた。これは決してせっかちな普通の人が真似できることではない。先生がお相手の方と恋愛されていたときは、お相手の徳、言葉、容姿、功について、五年ものあいだ気を配られた。この長い期間、ある時は師弟、ある時は兄妹のように、互いに情を交わし、礼をもって対されたのである。若き二人が寄り添い、心を通わせながら、五年ものあいだ分をわきまえ続けた。このような純潔な愛は、ほかの人には難しいことかもしれないが、先生はそれを貫かれたのだ。『詩経』の関雎《かんしょ》篇には「しとやかな淑女は君子のよきつれあい」という文があるが、まさにこれは先生の経験をそのまま言い得ている。

結婚後、先生は常に「世の中の女性で一番美しいのは僕の妻だ」と語っておられた。これは生涯にわたり先生が最も誇りにされていたことであり、ひと筋に愛し、二心を抱くことは決してなかった。模範的な家庭の、模範的な父親となり、台南市の友人や知人の間では称賛の的だった。先生は崇高な人柄で、医学の知識は広汎で深く、医者としての人徳と技を兼ね備えておられる。政府機関に勤務した際も院長や同僚から敬愛され、模範的な医官と称された。開業後も金儲けのような、医師として決してあってはならない商業的な考えとも一線を画していた。人々から医師の鑑と称賛される所以《ゆえん》である。

さらに、先生その人が得がたく貴いのは、医師として世間に知られているだけでなく、強い民族意識を持つ革命家でもあった点である。日本統治期に蔡培火先生などと生死と苦楽を共にされ、如何なる犠牲も惜しまれず、毅然として異民族の植民権力に抵抗されたのである。威嚇を恐れず、金銭などによる懐柔を拒み、圧迫されている同胞を全力で支援し、教育事業を興された。台南市の文化の隆盛について、多くの識者がその功績は先生の啓発によるものであるとしている。誠に正論である。

戦後、先生は政治に参加なさり、省参議会議員を務め、愛国の心で世を正す論を展開された。その言葉はいずれも中立かつ穏やかで、常に公平を持したものであり、議会に良い模範を示した。黄朝琴議長や議員同士、そして政府の首脳からも尊敬を集めた。

先生は物事に対処するのに、忠恕《ちゅうじょ》を常の道としておられた。災難に遭遇したときには、さらに智、仁、勇の精神を発揮して臨機応変に対処し、世間を安定させることに大きな成果を収められた。「二・二八」の乱が台南市にも波及して人心が動揺し、社会も騒然となった時、先生と私は秩序を安定させるために一緒に奔走した。ある日の朝、群衆が解決策を聞こうと市議会のホールに集結した。それに応じて約束の時にやってきたのは先生、李国沢君と私の三人だけであった。

時間の経過につれ、参集者は増し、不穏な空気が高まった。韓先生は神に祈りを捧げ、この十字架を背負うべきかどうかを伺おうと提案された。われわれは一緒に地面に跪いて神の導きを請うた。その後、それぞれの考えを述べると、はたして三人とも同じ意見であった。そこで贖罪《しょくざい》の心でもって、自らの命は顧《かえり》みず、民衆が暴動に走らないよう働きかける行動に出た。途中、幾多の紆余曲折と困難を経ながら、幸いにも神のご加護と偉大なる力のもと、十字架を背負うその精神に感化されて、ついに台南市では事件を無事に乗り越えることができた。これは台湾全土でも特出した事例であった。韓先生のご指導による功績は実に大きい。この秘話を決して埋もれさせることはできない(4)。

韓先生は現在、地元の公益事業に力を注いでおられ、医務の他に医師会理事長、赤十字社台南市支会長など、兼務されている公務は十を超える。特に女子教育を重視され、社会に広く貢献なさっている。台南市私立光華女子中学には、その復興のために全力を尽くしてあらゆる方策を練ってこられ、その理事長として事に当たられている。いまでは教え子が古都台南のいたるところにおり、郷里に大きな恩恵をもたらした。

総じていえば、先生の人となりは、物事の本質を明らかにしたうえで、それを社会的に実践してゆくことである。その一生を二段階に分けて論じると、前半の三十年は、生来の優秀な素質にその後の勤勉さが加わり、物事の本質を明らかにされた。後半の三十年は、前半で築いた優れた基礎に立脚して、キリスト教の真善美の人生観、および愛を実践する奉仕の精神を具現化されてきた。今日、台南市の人々が先生のことを欠点のない人と称するのは、決してお世辞などではない。先生が今後も食事に気を配られて摂生に努められ、ますますご活躍されること、そして、人々を励まされ、世に益する活動を永遠に発展していかれることをお祈り申し上げる。先生からの有形無形の薫陶なくして、今日の私は存在しない。その厚徳を敬仰し、その高尚な精神を敬慕する。ここで述べたのは、先生の偉大なる功績の万分の一にも及ばぬ。私の言葉では意を尽くしきれず、乱筆拙文、何かと至らぬ点についてはご寛恕《かんじょ》を請いたい。

台南市私立光華女子中学のキャンパス建設を視察する厳家淦台湾省主席（前列右から三人目）。韓石泉はこれに随行した（前列一番左）。二人の間、やや後方が侯全成

注

（1）侯全成（一九〇二—一九七三）は、韓石泉と同業の医師であり、同郷の台南出身であり、また、同じくキリスト教徒である。この文の執筆当時（一九五六年）は、台湾省政府委員であった。それ以前には台南市参議員を務めた。この後、政府から任命されて嘉義県県長となったが、県長在任中に交通事故により逝去した。韓石泉とは親交が深かった。一九四七年に選挙区制の国民大会代表に韓石泉が立候補した際にはその選挙運動員を務めた。しかし捏造された事由により拘留された。韓はその他の不利な要因も重なって落選した。

この選挙については、侯全成が一九六六年六月五日夜に書いた「悼石泉兄、憶旧往事」のなかに詳細な記述がある。「［民国］三十六［一九四七］年秋、韓先生は私に国民大会代表に立候補する決意を語った。私は大いに賛成し、道義上その選挙運動員を買って出た。その時の候補者には、連震東［前国民党主席連戦の父］と葉禾田の両氏の名がすでに挙がっていた。みな同じ党に属していたが、選挙は自由競争であり、何か制限があったわけではなかった。市民らの声を聞いたところ、有能な人物を選出しなければならないので、韓先生のような方こそ適任だとのもっぱらの噂であった。これで私は自信を持ち、この公職に就くのは先生をおいてほかにはないと考えた。

しかし、これは大間違いだった。韓先生の動員力を恐れ、また、私からの後援を警戒した選挙関係者が、途中でわれわれに罠をしかけて打撃を与えたため、一気に形勢不利となり、われわれは九仞《きゅうじん》の功を一簣《いっき》に虧《か》く結果となった。連と葉の両陣営は先を争うように市参議員の同僚たちを一人残さず支持者として取り込み、早くから段取りを固めて態勢を整えていた。結局、韓先生の選挙運動員および責任者として登録できたのは、私一人しかいなかった。しかも当時、先生の経済状態は非常に逼迫しており、私も同様であった。互いに医療に従事していたため、時間的な余裕もほとんどなかった。そのため選挙活動は短期攻勢型の戦略を採ることにした。

選挙までには参議会が閉会した後にまだ一カ月あるので、活動を展開するには十分だろうと判断し、その時になってから本格的に取り組むつもりでいた。しかしいったい何の恨みを買ったのか、それは今に至っても判然としないが、あろうことか議会が閉会したちょうどその午後六時半、私は突如としてわけのわからない罪で拘留され、台北に移送された。根拠のない逮捕ゆえに、何度も移送されて拘留先を転々とし、結局二十日もの間留置された。

その間、韓先生は私のために南北を奔走したので、選挙活動に支障を来たすこととなった。私が突然釈放されて帰ってきたのは投票日のわずか十日前、選挙活動を開始するには遅すぎた」(『韓石泉先生逝世三周年紀念専輯』[韓石泉先生逝世三週年紀念専輯編印委員会、一九六六年]、四四—四五頁)。韓石泉の急逝後、侯全成が台南市私立光華女子中学の校長を引き継いだ。氏は台湾大学医学院病理学科を退職した侯書文教授の父親である。

(2) 本書二四八頁注(1)参照。

(3) 一九一八年のことである。この年、台湾総督府医学校には専門部が新設され、第一期の新入生を募集していた。

(4) これについては、当時、台南の著名な弁護士であった沈栄の記述は参考に値する(沈栄「思念韓石泉先生」『韓石泉先生逝世三周年紀念専輯』四八—四九頁)。「卓高煊市長は『表に出て頂き、民衆を救わなければ』と思い、平和の維持に協力するよう韓先生に懇願した。韓先生はそれを当然の責務として引き受け、四大原則を提げた。すなわち、一、不拡大、二、無血、三、既存の行政機構を否定しない、四、政治的な問題は政治的に解決する、である。そして、黄百禄、侯全成、許丙丁、李国沢の諸氏と共に、生命の危険を冒しながら、各方面に対して大局のために冷静に対処するよう呼びかけた。このため、台南市は突発的な事件が起きることもなく、秩序を迅速に回復した。思うに、韓先生が提起した四大原則は、穏健かつ正当であり、民衆と政府双方の利益および信望に配慮したものであった。しかしながら、こうした姿勢は当時の過激分子からは無能、弱腰だとの不満を向けられた。平穏を取り戻した後、地方当局は中央の御意をくみ取れず(実際は地方と中央の双方に責任があるはずだが)、多くの人士を検挙した。韓先生に対しても、自白書を強要して罪状をなすりつけようとした。これに対し韓先生は断固として拒否し、告発された人々を救助するためにあらゆる方策を講じた。国家、民族、正義、合理性のためには、権力をも恐れない韓先生の姿勢がここからわかるであろう」。

*「侯全成引言」『六十回憶』初版(一九五六年)、『六十回憶』第三版(二〇〇九年)所収。

人生の奮闘記

林占鰲[1]

今年、石泉先生はちょうど還暦を迎えられました。先生は世間によくある派手なふるまいはなさらず、親戚やご友人方と一堂に会して神に感謝の祈りをささげる礼拝の儀を行われました。そして蔡培火先生、杜聡明博士、沈栄弁護士に特別講演をしていただいたほかに、『六十回憶』を出版されました。これは六十年の間に経験された、つらいこと、苦しいこと、悲しいこと、そして喜びを記した人生の奮闘記です。ありのままを飾らず率直に語り、みなさまからご教示をいただいて、より精進せんと、還暦の記念とされました。これはまさに先生の人格の表れといえます。

本書はさまざまな苦難を乗り越えてこられた先生の人生を実直に描写しています。それが果たす歴史的意義、そして文化的貢献は大きく、まさに賞賛に値するたいへん貴重なものです。

先生と私の友情はちょうど台湾文化協会が創設されたときに始まりました[2]。三十年の交誼は淡々としていましたが、堅固なものでした。私が知っております石泉先生は、普段は言葉数が少ないものの、肝要なときには直言をはばからず、何事もごまかさず、誠実に対処されます。国家と民族を深く愛し、神への信仰も篤く、何事も楽しみ、己を愛するように人を愛します。脅しに屈さず、賄賂も受け取らない人格者です。先生は高い技術と深い徳を兼ね備えた優れた医師であり、また台湾民族革命運動の革命家でもあります。清朝打倒と辛亥革命の成功、共和政の定礎の実現を目にし、孫中山先生［孫文］の精神に感銘を受け、韓先生は一人でひそかに『三民主義』を精読されました。胸に芽生えた革命の思想はこのように成長していきました。植民統治下に置かれた台湾で、同胞への迫害と日本の愚民政策が日増しに強まっていくことに心を痛め、民族救済の大志を抱き、同志とともに共和医院を創設して[3]、そこを台湾革命活動の南部の根拠地としました。

しかし当時は中国各地で軍閥が群雄割拠し、祖国は台湾を顧みる余裕がありませんでした。先生は民族を愛する一心から、権力を恐れることなく、同志たちと手を携えて身に寸鉄も帯びずに異民族に立ち向かわれました。これは民族精神を呼び覚まして革命のうねりを引き起こし、それに伴ってさまざまな運動が次々と沸き起こりました。台湾文化協会、台湾議会期成同盟会、そして台湾民衆党において先生は先鋒に立って活躍されました。日本当局からの懐柔と脅迫に対しても先生は動揺せず、屈さず、終始、革命戦線で異民族と闘われました。先生は孫中山の「革命の基礎は高尚で深い学問にある」という主張に深い感銘を受け、絶えず知を求め、たゆまず勉学に励んでこられました。六十歳になられた今も診察の合間を縫い、暇さえあれば医学に限らず、語学、歴史、伝記、時事問題などの書物を読まれています。

戦争が終わったとき、『大公報』が主催した座談会で先生が大衆に向けてこう警告されたのを覚えています。「大陸の赤禍［共産主義化による災い］を警戒しなければなりません。けっして対岸の火事ではないのです」。そして、何度も省参議会で政府にさまざまな議案を提出なさり、人が口にできないことをあえて口にされ、人が言えないことをあえて言われたのです。先生の将来への見通しと気魄は、まさにその好学の賜物でした。先生は謙虚で穏やかであり、同僚たちにも兄弟のように接しました。そして、公務に携わるとき、官僚主義や縄張意識を取り除いてこそ本当の民主政治が実現できるとよくおっしゃっていました。

先生はまた、家庭を深く愛され、夫婦は互いに尊重しあい仲睦まじく、台南ではおしどり夫婦として知られていています。日常生活は簡素で慎ましく、財を成し有名になることが素晴らしいとは考えておられません。自らが恵みを受けることを喜びとせず、常に救世の心を持ち、節約した資金で「人助けの喜び」を味わい、(4)友人たちに慈善行為の模範を示してくださいました。先生はキリスト教への信仰心も篤く、仁愛の心で、争いごとを好まず、危機に瀕したときには祈りをささげ、責任は一人で負い、力にものをいわせることもなく、殉教者の心に満ちておられます。私はそうした先生の人格から大変大きな影響を受け、師として仰ぎ、友として敬愛しております。このたび『六十回憶』を上梓されるにあたり、この一文を巻末に添えさせていただき、崇敬の念を表して祝辞といたします。先生のますますのご健勝とご活躍、さらなる長寿をお祈り申し上げます。

主の御名のもとに。アーメン。

一九五六（民国四十五）年双十節［十月十日、中華民国建国記念日］

注

（1）林占鰲《りんせんごう》（一九〇〇—一九八二）は、蔡培火、沈栄、王受禄、荘松林の各氏とともに、韓石泉の台南市抗日運動の仲間の一人であった。二人は一九二〇年、韓が台南医院の内科医として勤務していた頃知り合った。『六十回憶』初版（一九五六年）の巻末には、林占鰲による一文が収録されている。

韓石泉が他界して三周年となるとき、林は率先して原稿を集め、『韓石泉先生逝世三周年紀念専輯』を編集し、一九六六年十月二十五日に出版した。同書には「憶良師念益友」(一三〇―一三四頁)という自らの一文を収録している。それは、二人が初めて顔を合わせた時から始まり、「慈愛にあふれた顔、人を愛する心が磁石のように私を引き付けた」と述べている。そして終わりには次のように述懐している。「いわゆる台湾の『二・二八』という不幸な事件が起き、人々が最も心を痛めた時、君は党務指導の責任者として(当時の韓石泉は「二二八事件処理委員会台南市分会」の主任委員を務めていた)、『私が地獄に行かずして、誰がいったい地獄へ行く』という覚悟で台南市を救わんとした。君が殉教者のごとき決意で勇敢に責任を担い、侯全成先生と共に適切に対処したからこそ、台南市は危機を乗り越え、秩序をいち早く回復することができた。だのに、君はかえって少なからぬ人たちに誤解された。それでも、君は最後まで耐え抜き、事を穏便に終わらせた」。林と韓の親交は、このように大変深かった。

林占鰲は台湾文化協会の台南における中心メンバーの一人であった。当時台湾には北部、中部、南部でそれぞれ漢文書籍を扱う専門書店があった。南部のそれは、一九一九年に林が設立した興文斎である。また、林は赤崁労働青年会、『赤道報』の重要メンバーの一人でもあった。

子どもの頃、私韓良俊と兄弟姉妹は、林氏が父と一緒に何か相談しているのをよく見かけた。彼に会うと私たちは台湾語で「占鰲おじさん」とあいさつしていた。林占鰲は髪が短く、白髪交じりの丸い頭で、いつもニコニコしていた。小柄だが、動作は機敏で、元気旺盛、歩くのも速かった。

(2) 一九二一年十月十七日、台北市静修女学校が開校したときである。

(3) 共和医院は、黄金火医師とともに(二人とも台湾文化協会台南支部の中心メンバー)、台南市西門路の近くの民権路(旧名称本町)に開設した。黄医師が外科を、韓医師が内科を担当した。二人は台湾文化協会時代に新劇で共演したことがある[口絵参照]。

(4) これらはありのままの描写である。「人助けの喜び」とは、韓石泉が日本統治時期には抗日運動者や組織に絶えず寄付をし、終戦後にも公益事業への支援を惜しまなかったことを指す。

*「『六十回憶』第一版跋」『六十回憶』初版(一九五六年)、『六十回憶』第三版(二〇〇九年)所収。

韓石泉君を憶う

杜聡明［橘千早訳］

国手　信徒　志士の三にして　（優れた名医　敬虔なクリスチャン　抗日の志士という三つの顔によって）
万千の救療　一身に担ふ　（数多の人々を救い癒す重責を　一身に担っていた）
功を立て徳を立て　人を完《まった》くして後　（功績をあげ徳を示して　人としての責務を全うした後）
骨を青山に埋め　晩嵐起つ　（その骨を墳墓に埋めて　夕闇の中にもやが立ち込めている）

（一九六六年六月三日　杜聡明「韓石泉君を憶う」）

韓石泉君は台南市出身で、清朝の光緒二十三年丁酉（西暦一八九七年）十月二日に韓斗華氏の次男として生まれました。一九一八年に台湾総督府医学校を卒業して、母校の赤十字社医院で吉田、小島両教授に就いて内科学を学び、その後、台南医院明石内科に転任して引き続き医療活動に従事しました。一九二二年からは台南市で開業し［黄金火と共和医院、二八年から韓内科医院］、一九三五年に日本へ渡ると、熊本医科大学明石内科、小宮内科にて内科学を研修し、また生化学教室にて加藤教授のもと生化学を修めて、医学博士を取得。故郷に錦を飾ると、再び台南市の韓内科医院に戻り、その間日本統治時代の政治文化運動に参加しました。光復［主権回復］後は、省参議員、台南市私立光華女子中学校長および理事長を務めたほか、台南市医師公会理事長、台湾医学会第五回地方医学会会長、景福会第五回連合同学会会長などを歴任されました。一九六三年六月三十日、病のため逝去。享年六十七歳でありました。

わたくしが韓君をとりわけ尊敬するのは、以下に述べる各点からであります。

第一に、わたくしと韓君との友誼においてです。はるか五十余年前の医学校時代、わたくしは韓君より四歳年長でしたが、学生寮にて彼と一年間の共同生活を送り、頗《すこぶ》る友情を深めました。当時、韓君は台南市における優秀な学生の象徴的存在で、一九一八年に第一位の成績で卒業した後、慣例によって高名な吉田、小島内科へ優先的に配属され、内科学を修めました。その後は故郷の事情で台南医院に戻り、医療活動に携わっていました。

韓君が台北にいる頃、わたくしはすでに京都に留学しておりました。一九二一年に帰国すると、彼はすでに台南へ戻った後でした。けれども、わたくしは台南を訪れる機会があれば必ず韓君を訪ねましたし、とりわけ一九五四年に高雄へ移ってからはたびたび往来し、親交はますます深まりました。また、台湾医学会第五回地方医学会会長、および景福会第五回連合同学会会長として会の主宰をお願いするなど、公的な立場でも、韓君には少なからぬ援助をいただきました。一九五六年十一月四日に開かれた韓石泉博士還暦記念講演茶話会でも、わたくしが講演者の一人を務め、「中日現代医学教育の起源」という演題で講演をいたしました。そして、その記念著作『六十回憶』に題字を書きましたことも、均しく光栄の至りと思っております。

最後に、韓君はかつてわたくしの身体を心配して、「年をとったら西子湾で泳がない方が安全だよ」と忠告をしてくれたことがあります。わたくしはその時、「海中遊泳は陸路を歩くのと一緒さ。ゆっくり泳げば、大した影響はあるまい」と答えました。思いがけず、彼が脳内出血により逝去してから、すでに満三年となりました。誠に残念至極であり、追慕の念に堪えません。

第二に、わたくしは韓君の学問研究に対する態度に感服しております。韓君は頭脳明晰であり、優秀な内科学の専門家でした。彼は一九二八年に台南市で韓内科医院を開業しましたが、当時専科を標榜するのは韓君が初めてであったため、多くの患者の信頼と尊敬を得ることとなりました。開業中は、繁盛して非常に忙しい中でも読書を続け、新しい医学をなお深く究めておられました。特筆すべきは、病院が順調でてんてこ舞いの時に、突如休業して、家族を連れて一路日本へ渡る決心をし、熊本医科大学で内科学と生化学を研究して、「燐脂質代謝ノ研究」「胆汁の分泌作用及びその成分に関して」の論文を完成させ、医学博士を取得されたことです。こうした好学の態度は、一般の人の到底及ぶところではありません。また、光復後はさらに英文への研鑽も深め、*New York Times* などは彼の愛読するところでした。まさに、新しき時代を切り開くリーダーの先陣に相応《ふさわ》しい人物でありました。

韓君の著作は、以下のものです。一、『死滅より新生へ』。二、『十三年来我的医生生活』。三、『六十回憶』、「六五続憶」。四、『診療随想』、「診療随想続誌」。

第三は、韓君の政治文化運動に関してであります。韓君は革命の志士であり、時代の意識を持った先覚者でした。最初は黄金火氏と共に台南市に共和医院を設立して、台湾南部における政治文化活動の基地とし、台湾議会期成同盟会や文化協会、民衆党等に加わって、多大な金銭的、労力的犠牲を払いながらも日本の植民地政治に抵抗し、台湾文化の発展を促進しました。光復後は、省の参議会議員、台南市医師公会理事長、台湾医学会第五回地方医学会会長、景福会第五回連合同学会会長等に選出され、新台湾の建設に対しても計り知れない貢献をされました。

第四は、彼の私立光華女子中学に対する貢献です。当校は最初、一九二九年に王兆麟氏によって開校され、私立台南家政裁縫講習所と呼ばれておりましたが、後に和敬商業実践女学校と改められました。光復後、韓君は私立光華女子初級中学の初代校長に任ぜられ、翌年には理事長に選任されました。日本式の教育から我が国の教育システムに改め、苦心惨憺し、ようやく今日の発展を見たものであります。伝え聞くところでは、一九六三年六月二十八日〔二十九日〕、彼が当校の卒業式を主宰し、続いて理事会を招集したところ、深夜に至って過労に陥り、翌朝、突如脳内出血を発症して病没されたとのこと。彼は最後まで当校のために己が身を犠牲にしたのであり、その功労は千古不滅であります。

第五に、韓君は一九二六年三月三十一日に荘綉鸞女史とご結婚され、円満な家庭を築くことと子女の教育に情熱を傾けること、そのどちらにも成功されました。長男の良哲氏は早逝されましたが、次男良信氏は台湾大学数学科を卒業後、アメリカのスタンフォード大学で数学博士を取得し、現在はアメリカで暮らしています。三男の良誠氏は台湾大学医学院を卒業し、現在は家業の韓内科医院を継いでいます。四男の良俊氏は台湾大学歯学部医学科を卒業後、日本大学大学院歯学研究科で口腔外科を専攻しています。五男の良博氏は〔台湾の〕東海大学化学科に、六男良平氏は台北工専に、七男良憲氏は台湾大学地質学科に在学中であります。次女の淑馨嬢は何耀輝教授に嫁がれ、三女淑真嬢は台湾大学心理学科を卒業後、アメリカのカンザス大学で修士号を取得し、化学工学の博士に嫁がれました。四女の淑清嬢は台湾大学心理学科を卒業して、現在はアメリカでさらに研鑽を深めています。このように、一族門下は多士済々《たしせいせい》であります。

第六に、韓君は敬虔なキリスト教徒でありました。医師たるものは、学問や技術が優れているだけでなく、人柄や行為もまた道徳や品性に則っているべきである。甚《はなは》だしくは、修養を積んで、生涯、無数の病人を救うのだとまで、つぶさに言を立て、徳を積み、功績を立てられました。誠に、台湾医学史上稀に見る偉大な医師であります。

最後に、韓君は四十余年にわたり積み重ねた医師生活の経験を次のように述べています。「僕は医業とは、人間が生きていく上で最も重要な職業の一つだと深く信じている。何故なら、人生はただ一度きりであり、命がつまり人生の根本であるからだ。健康を促進させて疾病の予防と治療をし、老衰を遅らせて寿命を延ばす。どれも医者の知恵や学識、経験と技術に頼らなければならない。医者がもしも一心不乱に職務に励むとしたら、彼の人生は最高の価値を持つだろう。一心不乱に励むとは、病人の苦しみをあたかも己の身に受けるかのように見なして、関連する新しい薬、技術、医療機器を絶えず詳細に研究し、さらに新しい知識を切に追い求めて、広く病例を探すことにほかならない。情熱を持ち、我慢強くあれ。勤勉で、かつ慎み深くあれ。そして、何よりもまず病人の愁いを愁い、後には病人の楽しみを楽しみとせよ。人命を第一とみなし、財物を珍重するな。そうして初めて、医師としての神聖な使命を果たすことができるのであって、その楽しみは窮まることがない」。これは、若い医師たちに対するよき医訓であり、実に不朽の名言であります。

韓石泉君への弔辞

中華民国五十二年七月四日、高雄医学院院長であるわたくし杜聡明が謹んで追悼文を奉り、親友韓石泉君の霊前にお別れの言葉を申し述べます。

ああ、石泉君。君は文化教養の士であり、死しては世に聞こえる高賢となられました。抗日戦線では陣頭に立って旗を掲げ、巷間《こうかん》においては医師として世を救い、正義のためにひたすらに、金銭などは一顧だにしなかった。その一挙一動には気高い風格やきっぱりとした節操があったし、言舌《ごんぜつ》は名論、かつ巨視的でありました。先人の経験と成果を受け継ぎつつ、新たな未来を切り開いてゆく、まさに、人のふみ行なうべき道にて功を立てんとするその時に、豈図《あにはか》らんや、突然、不帰の客となられるとは。まことに、黒雲《こくうん》　赤崁城を覆い尽くし、台南の海域を怒濤逆巻《どとうさかま》く――そんな思いであります。

ああ、石泉君。君と僕は同学の誼《よしみ》を結び、僕が数年の長上ではあるけれども、志や目指す方向が似通っており、かつ同じく性格の偏向から、共に教育のため力を尽くし、滄海桑田《そうかいそうでん》の浮世に在《あ》って常に志を抱いていました。君は、光華女子中学を運営しながらも、長栄大学の開校を計画し、時世の如何など気にかけず、歳を重ねる毎に、志はますます堅固でありました。叶《かな》わぬことと知りながら、奔走していたのだろうか。しかし、大学の設立はまた、誰もが「そうして欲しくない」とは言うはずのない行為であります。というのも、文化は国家を守る後ろ盾であり、教育は政治をつくる先鞭を付けるものです。それ故に、その代価は支払うに足り、己の命をなげうつに値するものであるからです。どんなに暗澹《あんたん》たる風雨の時でも、暁になれば一番鶏《どり》は時を作る。どんなに凍てついた霜雪の中でも、山の頂では松樹が生い茂る。天と人の心でも、永久《とわ》に真《まこと》の道理を擁護します。然《さ》ればこそ、君の創業の志は永久に天地と共にあり、創業の果実は永久に金石に刻まれることでしょう。まさしく、君には果たすべき宿願があり、人のために長らえるべく望まれていたのに、どうして天は君を哀れまず、あろうことか、志半ばの恨みを飲んで逝ってしまったのだろうか。ああ、悲しいかな。涙は漣々《れんれん》と流れるばかりであります。

ただ、百歳《ももとせ》の人生を考え直してみれば、どんなに身体が丈夫であっても、天に召されてしまえば、その名声が遍《あまね》く伝えられるよう願うだけです。最後に、君のために歌いましょう。

松間の明月　　(松林の間から見える明るい満月)
石上の清泉　　(山間の岩の畔から湧き出る清らかな泉)
千秋万歳　　(こうした美しい光景と同様　君のなした功績はどんなに時が経とうと)
永遠に新鮮たり　　(永久に生き生きと鮮やかで　消えることはない)

(「韓石泉先生弔辞」、民国五十二[一九六三]年七月四日、台南市の光華女子中学大礼堂にて　当時七十一歳)

＊「追念韓石泉先生」『韓石泉先生逝世三周年紀念専輯』(一九六六年)、『六十回憶』第三版(二〇〇九年)所収。

義と慈愛の人——韓石泉先生

犀川一夫

韓先生が逝去されてから三年経ち、最近、有志たちが先生の記念文集を出版するという話を耳にしました。私は先生とは数年にわたる交誼があり、先生の人となりを大変敬慕してまいりました。そこで、ここに短いながらも一文を寄せ、先生への追悼の念を表します。

韓先生との交流は、一九四九年の春に始まりました。その時、私は台湾省衛生処と台湾ハンセン病救済協会の招聘《しょうへい》を受け、台南市特別皮膚科診療所でハンセン病患者の整形手術を担当していました。韓先生は同診療所の理事長でした。仕事を通じて私は先生と知り合い、近しくお付き合いいたしました。

韓先生はいつもご自身の医院の勤務時間を犠牲にして、不幸なハンセン病患者の人たちを熱心に診察なさっていました。私はそのお姿に非常に感服いたしました。ある年の春、私は先生に招かれて民権路の先生のご自宅に伺いました。そこでは手厚くもてなされ、ハンセン病について語り合いました。先生のあふれる情熱と愛情は私に深い印象を与え、まさに「義と慈愛」の方だと感じました。それ以来、先生との数年の往来の中で私は多くの有益な教えを得ることができました。いま振り返っても、誠に尊敬すべき友人だと思います。台湾では何人かの敬服すべき友を得ましたが、先生はその中のお一人です。このことに私はいつも幸運と喜びを感じます。

一九六〇年の春に私は意を決し、日本での職を辞して家族を連れて台湾でハンセン病患者の治療に専念することにしました。前後して暮らした台南での五年半の間、先生からは多くの激励とご支持をいただきました。

ある日先生が突然診療所を訪れ、アフリカで医療活動に従事しているアルベルト・シュヴァイツァー(Albert Schweitzer)博士の写真をくださいました。その写真は現在もそこに飾られています。シュヴァイツァー博士に見習うよう私を励まされた先生のご厚意に、非常に感動いたしました。

公務の他でも私たちはよく雑談しました。先生の真摯な態度に私は大いに引き付けられたものです。先生はよく、内村鑑三先生の言う「信仰の自立」と「信仰の重大性」を強調されました。先生はキリスト教徒として特に人目を引くようなところはありませんでした。「形式的なキリスト教徒」は先生のもっとも嫌悪するものだったからです。先生のお考えでは、キリスト教徒は「義と愛」の生活実践者でした。そのため、先生は信仰の形骸化を排除し、生活のなかで仕事を通じて熱心に実践されていました。

韓先生は私に、ご自身が壮年だった頃、台湾の自由のために奮闘したご経験と、日本植民政策への批判を語られたことがあります。日本の誤った政策について私は矢内原忠雄先生の著書を読んだことがあったので、お話しされていることがよくわかりました。先生のお話に私は大いにそのとおりだと思い、そして先生が正義を勇敢に実践されていることに敬服いたしました。

私と話をしている間、先生は私が日本人であることを意に介していないようでした。先生はまったく遠慮なくかつての日本の植民政策を批判しました。私は、先生が正義の立場から発言されているのであって、一個人の不満をもらしているものではないと深く理解しておりました。ですから少しも不快に感じることなく、注意深く耳を傾けました。

あるとき私が先生をお訪ねした折、こう話されたことがあります。「犀川君、明日日本からの弁護士を出迎えに台北に行ってきます。日本時代に私が逮捕、入獄されたとき、正義を訴えて弁護してくださったので、御礼を申し上げたいのです」。先生は正義と不義を厳正に判別しておられました。正しい道を通される先生の気宇に私は心酔しておりました。

さらに、先生は愛国心の強い方でもありました。また、先生の医院で診察を求める患者はみな同情とぬくもりを得ることができました。人々から敬遠されるハンセン病の患者に対しても、先生は熱心に助け、治療を支え、逝去なさるまで診療所の理事長を務められました。

診療所で困ったことが起きると、私は必ず先生にご教示を願い、熱心な助力を得ました。先生も何度も私の自宅まで訪ねてこられ、私生活についても気にかけてくださいました。そのうえ、出版された著書も頂戴いたしました。二番目のご令息のご結婚の際にも、特にお式にお招きいただきました。こうした思い出は数えきれません。

私は今、台南から台北に居を移しましたが、かつて韓先生と行き来しておりましたあの日々を、永遠に忘れることはありません。

(医学博士。世界保健機関(WHO)顧問)

＊「義而慈愛的人」『韓石泉先生逝世三周年紀念專輯』(一九六六年)、『六十回憶』第三版(二〇〇九年)所収。元の日本語原稿が散逸したため、本文は中国語訳から日本語に再訳した。中国語訳は王英忠によるものである。

故韓先生を偲ぶ

何耀坤

ちょうど二十五年前、私の家族は文廟の前の石門巷に引っ越してきました。当時、私は州立台南第二中学校二年生、弟の耀輝は一年生でした。ある日の夕方、往診カバンを携えたお医者さんが玄関先に突然現れました。私たちは、それが久しく会っていなかった韓先生だとすぐにわかりました。先生は私と弟にどの学校で勉強しているのか聞いた後、微笑みながらうんうんとうなずいて去っていかれました。幼年時代の私たちは、韓先生の「お得意様」でもありました。当時の韓先生は熊本医科大学で学位を取得して台湾に帰ってこられたばかりでした。その日はおそらく、近所への往診の帰りだったのでしょう。たった三分のことでしたが、幼い頃に父を亡くした私たち兄弟には大きな励ましになりました。先生の慈悲深さと思いやりは今でも忘れられません。

それから十年たった後、韓先生は弟の岳父となりました。親戚になったことで関係は一層深まりました。私は中学校時代から生物や哲学などの書籍を読んだり集めたりすることが好きでした。ですから非常に多くの蔵書がある韓先生のお宅を訪れては、よく本を借りてきました。私は中学で生物の教員を務めるかたわら、余暇を利用して科学の著作を書きました。整理して書き上げると、必ず韓先生に添削をお願いしました。先生は普段は無口でしたが、科学の論文に対する批判は鋭く厳しいものでした。

先生はまた、優れた文学者でもありました（その自伝『六十回憶』は、胡適先生から賛辞を寄せられました。また、多くの若き学生たちに感動を与えました）。私が先生の書籍をお借りしたかったもう一つの理由は、どの本も先生は確実に読まれていて、本には赤い線が引かれていたことです。これは私にとって読書時間の節約になっただけでなく、要点も示してくれました。わからないところが出てきた時にも教えを請うことができます。診察の合間には、時事や科学、教育について雑談することもできました。先生の言論は穏健で、批判は適切であり、社会問題と科学についての考え方において、先生から多くの啓発を受けました。

韓先生は若くして医術ですでにその名を馳せていました。抗日文化運動においても中堅の人物であり、民族意識に富む方でした（先生は京劇を非常に好み、幾度も京劇の鑑賞法を教えてくれました）。先生のキリスト教信仰の告白の書である『死滅より新生へ』は、子どもを亡くして哀哭する人々を感動させ、慰めました。韓先生は特に日本の矢内原忠雄先生を称賛し（先生の医院には矢内原氏から贈呈された写真が飾られています）、「日本の胡適先生」と呼んでいました。先生と付き合いのあった人々はみな、先生はいつも正義を貫き、事実に即して話をし、その見解と主張は深く鋭い、と思いました。先生は優しく寛容で、決して人の是非について口にしませんでした。若い頃から政治活動に参加しましたが、普通の政治家のように弁舌を弄したり、日和見主義であったり、公正を偽ったり、金で釣られたりすることなどは一切ありませんでした。先生は何度も私に「ポケット版の英語辞典は眼鏡をかけなくても簡単に引ける」と言いました。確かに、先生の視力と記憶力は並々ならぬものでした。その気力と能力はわれわれをはるかに凌いでいるといつも思いました。

韓先生が他界されてから三年経ちました。葬儀の夜、豪雨が降りしきる中、稲妻が走り、雷が鳴り響いていたのを今でも覚えています。それはあたかも慈愛に満ちた先生との別れを惜しんでいるかのようでした。台南のキリスト教墓地を訪れて、韓先生の墓石の背面に刻まれている後代への遺言を読むたびに、私はその一字一句に、人を深く感動させ、激励する力が込められているといつも感じます。

（淑馨夫兄）

＊「回憶故韓医師」『韓石泉先生逝世三周年紀念専輯』（一九六六年）、『六十回憶』第三版（二〇〇九年）所収。

台湾史の本音と台湾人の尊厳の再現

荘永明

二十年前に私は『自立晩報』の本土副刊で「郷土紀事」を三年間担当していた。編集長の向陽氏によれば、「郷土紀事」は同紙の文芸欄では「最も人気が高く、連載期間が最も長かった」コラムの一つであった。このような栄光は、当時コラムを支えてくださった良き師、良き友の諸氏、とりわけ韓良誠、韓良俊ご兄弟とぜひとも分かち合いたい。

「郷土紀事」はその後、『台湾紀事』上下二冊として出版した。それは『台湾第一』『台北老街』『台湾鳥瞰図』とともに、私の代表作となった。『台湾紀事』の内容は幅広く台湾の文化と歴史に及んでいるが、中でも日本統治時代を主たる対象時期としていた。戦後に関わる歴史資料が入手困難なこととも関連しているが、その時期の資料にはまだ議論の余地のあるものが少なくないばかりでなく、さらに多くが「新たに解読しなおす」ことを必要としていた。また、当時の社会環境では言論の統制が相当厳しく、史料は意図的に隠されたか、インタビューを行っても敏感な話題は意識的に避けられたため、真相を明かすのが難しかったということもある。それゆえ、私も「活用」できるわずかな残存史料を何とかして広く収集するしかなかった。

韓石泉博士が一九五六年に出版された『六十回憶』は、言うまでもなく私の入手したい資料であった。しかし、この本は［私家版で］市販されておらず書店で入手できなかった。当時の私は韓家の方々と交流がなく、唐突にその書を所望したら先方はどう思うだろうかと憂慮し躊躇していた。それが思いがけないことに私の希望を伝え聞いた韓家の方が、『六五続憶』も含まれた『六十回憶』の増補版を送ってくださった。このようなご厚情を賜り、あれから何年も経ったものの、当時、封を開けてその本を手にした時の興奮を私は忘れることができない。

『六十回憶』の著者は、自身の家系、学歴、婚姻、医師の仕事、そして日本統治時期の非武装抗日民族運動への参加についても明らかにし、批判している。それのみならず、戦後の政治参加における不愉快な経験についても明らかにし、批判している。しかし、韓石泉の回想録がさらに味わうに値するのは、何といってもその肉親の情を記したところにあろう。その温かく和やかな場面は、われわれに羨望と憧れの念を抱かせるのである。韓石泉博士は残念なことに長寿に恵まれなかったため、子孫の一人ひとりに対する思いを綴りつくすことができなかった。

『六十回憶』のなかで、韓石泉は「隔世の感を禁じ得ない」という言葉を二度使っている。一度目は、台湾が日本の植民統治のもと鬱積された五十年の憤りから、ようやく解き放たれたことを振り返ったときである。二度目は二・二八事件の後に省参議会が召集されたとき、同僚の議員が亡くなるか、入獄もしくは指名手配されて、出席者がわずかだったのを嘆いたときである。

「隔世の感」という表現はその後、二・二八事件がまだタブーだった時期に事件について触れる際の「形容詞」として多くの台湾史研究者に使用された。はっきり語れず、語られても理解することが難しく、真実を解きほぐせない、そんなときが長く続いた時代において、この語は真に迫った表現だった。

なるほど、『六十回憶』は決して厚くて重い書物ではないが、白色テロの時期に統制されていた歴史の謎の一部を解き明かしてくれたわけである。

韓石泉博士は一九二九年［ママ］に台南の韓内科を設立した。当時、特定の診療科を掲げて開業した先駆的な存在としてその歴史を築いてきたこの病院は、今日、九十歳の高齢を迎えようとしている。目下、韓家の後代が台南市の民権路で引き続き同院を経営している。韓内科はあたかも台南市民に共有される歴史的記憶となっているようである。

一九八九年の韓内科創業六十周年のことが忘れられない。当時台湾国内と海外各地に在住する韓家の九名の子女、第三、第四世代、および二名のアメリカ人の孫嫁の、総勢約五十名が世界各地から帰ってきた。一家が一堂に会し、韓石泉博士を追慕する家族礼拝を行った。光栄なことに私も招かれ、追悼講演を行った。当時、韓家の一族が心を一《いっ》にしていることに大いに感動した。韓家は祖先に永遠に孝行し続ける念を有するだけでなく、郷土に対しても深い敬意を持っている。講演の中で述べさせていただいた以下の言葉は、韓家への賀詞に止まらず、時を隔てても色褪せたりしないと信じている。（この追悼講演は台湾語で行った。）

私たちの祖先は非常に意味深い諺を残してくれました。それは、「木が大きくなれば枝が分かれ、子どもが成人すれば新しく一家を構える」［人大分家、樹大分枝］というものです。外へ打って出て、発展を求めることは、われわれ海洋民族の性格であり、本来の性質でもあります。今日、韓家の子孫は台湾と海外各地に、東と西半球に分かれて所帯を持って独立しているうえ、みなが立派な仕事をされています。まさに人々が羨望し敬服することです。木が大きくなると、枝が分かれ、葉が茂り、実がなります。木影もますます大きくなり、根もさらに深く伸びていきます。木の枝は揺れますが、人間の魂はひとつの土地に永遠にしっかりと根付きます。みなさまは台湾というこの島、この故郷、血縁の地に戻られる機会がありました。これは韓家の根であり、美麗島の根でもあります。

『六十回憶』は、台湾史の本音と台湾人の尊厳を再現しているものとして、学界では広く知られている。本書は長い間絶版となっていたが、一九九七年に韓家の子孫が韓石泉博士の誕生百周年を記念し、修正して再版しようと考えた。それは、博士の三女韓淑真による英訳を付し、中英対照本の形で出版するという楽しみな企画であった。

しかしその後、韓家のご兄弟は計画を変更し、私の手によるそのご尊父の伝記『韓石泉医師的生命故事』（遠流出版社、二〇〇五年）の執筆を優先してくださり、『六十回憶』の再版はそのままとなった。このたび、韓良俊氏がご尊父の遺作である『六十回憶』を章ごと、文ごとに解読され、韓石泉の一生をその歴史的背景と結びつけたことは、実に素晴らしいことである。韓良誠氏と韓良俊氏の「畏友《いゆう》」として（これは韓家のご兄弟から私への過分な言葉であるが、私もお二人にこの呼称をもって返礼したい）、また、台湾省文献委員会が企画する「台湾先賢先烈専輯」の一冊目となる『韓石泉伝』の著者として、私は本書の序をその場でお引き受けした。そして、この『六十回憶』第三版（韓良俊による注釈付）と、私が韓家の賛助を得て一九九八年二月に脱稿した拙著『台湾医療史』の二冊が、台湾医学界の人文史の叢書となるだけでなく、台湾史の城壁を構築する永遠の煉瓦《れんが》のひとつとして積み上げられることを切望するしだいである。

——一九九七年九月二十五日、初稿。二〇〇八年九月二十三日、台南に向かう途上、台湾高速鉄道四一一号七号車の座席番号七Eにて改稿。

＊「荘永明序——重現台湾史真言　再顕台湾人尊厳」『六十回憶』第三版（二〇〇九年）所収。

親子の共著

頼其萬

雑誌『健康世界』に長期にわたり韓良俊教授が連載した韓石泉医師の『六十回憶』を、私は断続的に拝読していた。そして、韓教授がご尊父の大作を人々に紹介しようとした努力と労力を無駄にしないためにも、この連載を単行本にまとめて出版してはどうかといつも思っていた。喜ばしいことに、連載が終わると私から提案するまでもなく韓教授から電話があり、それらをまもなく出版するつもりであることを知らされた。そして同時に、ぜひ私にと序の執筆を依頼されたのである。義として辞すことを許さず、私は直ちに快諾した。

実は韓石泉医師の名は、歴史家の荘永明先生の大作『韓石泉医師的生命故事』と、韓医師のご子息である韓良誠、韓良俊の両教授がそれぞれ医学界と歯科医学会において収めた優れた成果によって全国に広く知れ渡っており、韓石泉は人口《じんこう》に膾炙《かいしゃ》される模範的な人物となっていた。それだけに、韓石泉医師自らの手によるこの回想録は、日本統治時代と国民政府による接収後の台湾社会と医学界の歴史に興味を持つ者にとっては、第一人称による豊富な観察記録を提供してくれるものである。そしてとりわけ本書には、幼い頃から著者の側にいた医師でもあるご子息によって、細部にわたり詳細な注釈が付されており、当時の時代背景について読者は一層理解を深めることができるのである。正直なところ、『健康世界』の連載を拝読していたとき、韓教授の注釈がなければ、私自身もわからないか、誤読してしまう箇所がいくつかあった。特に私自身は日本語を解さず、日本時代の生まれでもないので、韓教授の文献に依拠した詳細な注釈は大変役に立った。

このように充実した貴重な注釈であるがゆえに、序の執筆を韓教授から依頼された時、私はこらえきれずに聞いたのである。本文と注とではどちらの分量が多いのかと。韓教授からの返答も印象深かった。「父が書いた本文は約六万字、私が付けた注は約三万字でした」。

韓石泉医師の人となり、医業、政治参加、教育と慈善事業の各方面での活動に対して私自身が抱いている崇敬の念は、私がこれまでに荘永明先生の著書『韓石泉医師的生命故事』に寄せた序文、および雑誌『当代医学』雑誌のコラム「今月の一冊」の中で荘永明先生のこの著書を紹介した際にすでに詳しく述べたので、これ以上贅言《ぜいげん》しない。ここではむしろ、韓石泉医師の『六十回憶』の序文を書くに際し、韓医師のご子息である韓良俊教授、つまり本書をより特色のある作品に仕上げた人物を紹介したい。

韓良俊教授は台湾大学歯学科を退職されたベテラン教授である。台湾の歯科医学会および教育界における その貢献は広く認められている。私は幸運にも衛生署〔現在の衛生福利部。日本の厚生労働省に相当する〕のいくつかの委員会で韓教授と一緒に働いたことがある。善悪、よしあしをはっきり区別することを譲らず、権力を恐れないその態度にいつも感動した。これまで韓教授は、さまざまな反対勢力からのプレッシャーに耐え、ビンロウ〔檳榔《びんろう》の種子を噛みタバコのように嗜好する風習がある〕は口腔の健康に害があると指摘し注意を喚起し続けてきたため、医学界から一目置かれた。そして、韓石泉、韓良俊という二人の医師の親子の共著でもあるこの大作を拝読して、私はこれまでの観察から得た結論は正しかったとますます確信した。つまり、「父親の行いが子どもの人格形成に最も影響力をもつものだ」という考えである。今日、多くの人が乱れた世情とすさんだ人心を嘆いているが、実は、それら一切、まず自分自身から始めて、子どものよき手本となり、家庭教育を着実に行うことの方が、学校や社会の改善に期待することよりもはるかに有効なのである。

本書を通じて私たちは、韓石泉医師本人の、人、事、物に対する考えを知ることができる。そしてそれだけに止まらず、韓良俊教授が非常に苦労して付した注釈から、父から子へと模範となるべき姿勢が受け継がれていくことの、社会的、教育的意味も理解することができるのである。韓家の父子が一体となって出版されたこの好著を、みなさまに心よりお薦めしたい。

＊「頼其萬序――為韓石泉医師『六十回憶』作序」『六十回憶』第三版（二〇〇九年）所収。

慈父を想う

次女　韓淑馨

父の遺影はどれも慈愛に満ち、人情味あふれるものでした。ですがこの三年というもの、私は自分の心の傷がさらに深くなりそうで、それらを一目見ることすらできずにいました。まして、回想の文を書くなどなおさらでした。先日、母は鏡の前で嘆きました。「自分の顔を見るのさえ苦痛だわ。写真でも鏡でも、四十何年もの間お父さんといつも一緒に映っていたのよ。署名や判でさえも一緒に並んでいたのに。急にお父さんがいなくなって、心にぽっかり穴が開いてしまったみたい……」。母の気持ちを聞いた私は、はっと悟りました。母の哀しみは、子女の私たちよりもはるかに深いものだったのです。

父が世を去る二日前、私は夕食の後片付けを済ませると、どういうわけか急に実家に帰り、父に会いたくなりました。いまでもはっきり覚えていますが、その夜帰宅した私を見て、父はとりわけ嬉しそうでした。手にしたばかりの『矢内原忠雄全集』と新調した家具を見てほしいなどと私に言いました。そして舐犢《しとく》の愛たっぷりの口調で、「馨、最近少し太ったね」と言いました。二階に上がると、外のぶどう棚を指さして、「ほら、実が鈴なりだ。もう少し熟したらまたみんなで食べよう」と楽しみにしていました。ですが、人生に何が起こるか、誰が予測できるでしょうか。そのわずか二日後、健康で慈愛に満ちた父は、突然帰らぬ人となりました。そしてそれと同時に、私たちは家のぶどう、花、鳥などへの関心をすっかり失ってしまいました。

一九六三年六月三十日の前の晩の夕食時に、自宅で光華女子中学理事会を開催するため、父は自ら十数名のお客をもてなす茶菓子の準備を取り仕切りました。当時母は家におらず（台北にしばらく滞在）、父は自分の良友たちに対する接待が粗末なものにならないか心配していました。弟たちは、「近くの八百屋さんで買えばいいじゃないか。家にはマクワウリもまだあるし」と口をはさみました。しかし父は、「お父さんは友情を重んじる質《たち》だ。しっかりと接待しなくてはいけない」と言いました。結局、父はアイスクリームとライチ（赤茘枝）を買うように指示しました。父が普段どのような姿勢でお客様に接していたかがよくわかります。その夜、夕べの集いが終わり、父が三階に上って就寝したのはもう十二時近くでした。

翌朝八時半、ふだんから生活リズムの規則正しい父が、起床時間を過ぎても二階に下りてこなかったので、不審に思った弟嫁の慧嫻が、すぐに三階に様子を見に行きました。あろうことか、父はベッドの上で身体を折り曲げ、苦しみ悶えていました。慧嫻の叫び声に、私が驚き恐れながら駆け上がっていくと、父はすでに話もできない状態で、徐々に意識を失っていきました。私はショックのあまり、「お父さん！」と呼ぶ声も出ず、苦しんでいる父の顔を見るに耐えませんでした。そんな私にできたことといえば、父の両足を懸命に揉みほぐすことだけでした。ああ！　親の愛に恩返しもできず、断腸の思いでした……。父は一生の間に、何度も大きな災難に見舞われましたが、神の御加護でいつも乗り越えてきました。今回も同様に切り抜けられますようにと、私は心から切に祈りました。

それから臨終までの一日余りのうちに、父のことはあっという間に知れ渡りました。面会謝絶の札も目に入らず、親戚や友人たちが次から次へと見舞いに来ました。しかし残念なことに、父はとうとう重篤な脳溢血から回復することなく、倒れた翌日の午前九時四十五分、私たちに永遠の別れを告げました。父を突然襲ったこの急変は、父に誰かと別れを告げる暇を与えなかっただけでなく、今際《いまわ》の願いを家族に伝える機会も与えませんでした。

あの頃、父は大変多忙でした。繁忙な医務の他に公益事業にも全力を尽くし、一生懸命、社会に貢献しました。個人的利益についてはあまり考えませんでした。かくも多忙を極めながら、父が家族にまったく寂しい思いをさせなかったのは、実に得がたいことでした。「年寄りと赤ん坊がいると、家の中はますます温かく、楽しく、幸せになる」というのが父の口癖でした。母方の祖母が健在のころは、長いこと私たちと楽しく同居していました。祖母に仕えるときも使用人に接するときも父は人情に厚く、思いやり深い態度でした。そのうえ、忙しい中にもなんとか暇を作り、一家団欒を楽しむことも忘れませんでした。市内に有意義な社会教育活動があると、決して見逃さず、いつも先頭をきって真っ先に参加しにいきました。知らないことをもっと知りたいという童心がまだ失われていないようでした。景勝地を見て回ることも、ゴルフをすることも父の趣味でした。どうりで父はいつも精力満ち溢れる青年のようだったわけです。

父のように艱難辛苦をなめ尽くした人でも、映画を観るとストーリーに感情移入して涙を流していました。『梁山伯と祝英台』を観に行った時のことでした。映画の終盤で梁山伯が臨終を迎えたとき、母親が「白髪の年老いた親が黒髪の若きわが子を見送るとは……」と嘆き悲しむ場面がありました。父はその場面に心を打たれ、涙で服の胸元をぬらしていました。当時、四番目の弟の良俊が予備士官として鳳山で兵役中でした。その弟が日曜日に帰宅すると、父は良俊をしきりに誘ってその映画を再度二人で観に行きました。

日本統治時代、父はよく家で京劇のレコードをかけてひとりで鑑賞していました。あの時の私は幼く無知だったので、父のそのような趣味はあまり上品ではないと思っていました。友達に、あの「いー、あー」の音を聞かれるのも恥ずかしい思いでした。意外なことに、父はそれを通して祖国（遠い彼方の無に近い国）を懐かしんでいたのです。終戦の年、父は中国の国語文に夢中になり、近所に夜間の友好国語講習会（講師は上海帰りの母の弟）を設立しました。第一回省参議員に当選した時、父はすでに中国語を話せるようになっていました。父が議会で活躍していた時期には、私はあまり流暢ではないながらも、中国語で父に慰労の手紙を何とか書けるようになっていました。

父は家族を常に愛していました。そして、家族写真を撮ることも大変好きでした。家族の記念日という日には、父は必ずと言っていいほど写真屋さんを呼んできました。毎年春節［旧正月］には、父は何とかして必ず家族写真を撮りました。一九六二年の春節には、台湾大学に在学中の弟や妹たちがみな帰省してきました。一番上の弟の良信がまもなくアメリカに留学することになっており、今後一家全員が集まることも難しくなるので、父はこれを貴重な機会ととらえ、何としても家族写真を撮らなければならないと考えていました。当時私の子どもたちはまだ幼く、交通機関の混雑を恐れて高雄から実家に帰ることを躊躇《ちゅうちょ》していました。ですが、嫁に行って九年も経った娘をおろそかにすることなく、私たちの帰省を望んだ父は、わざわざ台南から留守番役にと人を遣わし、なるべくタクシーを使ってみなで帰ってくるようにと伝えてきました。私たちはとても感動しました。今、実家の「文化回廊」（父が考案したもの）の壁に飾ってある家族写真は、まさに父が将来を見通した結果残された「家宝」です。尽きることのない父への思いは、とても書き尽くすことができません。父が最後に高雄を訪れたときの、玄関の外から呼びかけてきたあの優しい声は、今なお私の耳元で響いています。この世を去る前日まで公事と私事に追われる中でも、父はいつも満面に笑みをたたえていました。時が流れても、父の面影、父の声は、私の中で決して色褪せることはありません。

＊「憶慈父」『韓石泉先生逝世三周年紀念専輯』（一九六六年）、『六十回憶』第三版（二〇〇九年）所収。二〇一五年にご本人が若干の加筆をされた。

父と私

次男　韓良信

私が幼い頃、父韓石泉は熊本医科大学（今の熊本大学医学部）で研究をしていて、一家は熊本市の新屋敷町に住んでいた。まだ幼稚園にいたある日のこと、私は月刊雑誌『一年生』の新刊を欲しがって拗《す》ねていた。もう八十年近くも前のことだが、父が寒い夜の雪道を本屋まで歩いて買いに行った思い出に、今でも胸を締め付けられる。

父は台湾総督府医学校を卒業し（一九一八年）、日本赤十字社台湾支部医院内科に一年間勤務した後、故郷の台南医院に転勤し（一九一九年）、院長の明石真隆博士に四年近くご指導を受けた。その後開業し、連日患者数が二百名にも達する盛況ぶりであったものの、長男良哲が一年と十三日で夭折した無念さに、さらに医学を深く学ぶ決心をし、熊本医科大学の教授になられた明石博士を慕って、一九三五年熊本に留学した。開業十三年の韓内科医院は、弟の石福に託しての日本留学であった。（父は医学校卒業後、弟たち石福、石爐の教育の面倒も見ていたが、それも終えた頃であった。）

私はミドリ幼稚園から白川小学校に進み、二年生の時に、父は医学博士号を取得し（一九四〇年）、一家は台湾の台南市に戻った。帰台する数週間前から、当時私たちの家に同居して、県立済済黌高等学校に通っていた母の末弟の荘洪楅叔父に、繰り返し「台湾は、道中紙切れ一枚ずっと持っては居られないほど、遠いのだ」と脅かされて心細くなった。熊本を発つ前夜、友達との別れが辛くて私は一睡もできなかった。

荘洪樞叔父は彼の母校である末広公学校（今の進学国民小学）を私の転校先として薦めた。しかし同校の米田亀太郎校長は私の日本語が他の台湾の子どもたちより遥かに流暢であったので、私が日本人のための南門小学校へ行くことを提案した。（当時台湾では公学校は台湾人の子弟のため、小学校は日本人の子弟のため、と分けられていた。台湾は日清戦争による下関条約（一八九五年）から第二次世界大戦の終わり（一九四五年）まで半世紀の間、日本の植民地であった。）父は日本人の子どもたちの虐《いじ》めに、内気な性格の私が負かされてしまうのではないかとの配慮から、粘り強く米田校長と交渉し、やっと末広公学校への入学が許可された。

奇《く》しくも南門小学校は、私の通う末広公学校と私の家の中間にあった。両校の生徒たちは下校中なぜか出会うたびに喧嘩になった。私は子ども心にも南門小学校に行かなくて良かったと思った。南門小学校に入っていたら、どちらの側に付くべきなのか、本当に迷ったであろう。

私の内気は建前で、反日本統治の父は、私が「日本人化」するのを嫌ったのが本音だった、と私は信じている。戦時中、日本政府の皇民化政策で、人望家であった父が、日本風に改姓名をすれば絶好の宣伝の種になるとでも思ってか、警察は再三改姓名を父に強要してきたが、父は「親から授かった名前より良い名前はない」の一点張りで押し通した経緯がある。父に習って私もアメリカに半世紀も住んでいるが、欧米流の名前を持たない。因《ちな》みに長男良哲の夭逝後、父母が基督《キリスト》教に入信してから生まれた最初の男児である私は良信と名付けられた。医学博士号取得後に生まれた最初の男児である五男は良博と名付けられた。

一九四五年三月一日に台南市は連合軍による最初のかつ最も激しい空爆に見舞われた。それまで連合軍の飛行機は、朝十時頃に飛んできても、爆弾を落とさずに昼前には帰って行った。だから台湾の人々は、毎日午後に日常生活を営んでいた。しかしこの運命の日の午後一時頃、二度目の空襲警報が鳴り響いた。普段ならこの時間には、生後九カ月の良博は二階で昼寝をしているはずだった。だが虫の知らせか、私は彼を抱いて防空壕に入った。防空壕の扉が閉まるのとほとんど同時に爆弾の炸裂音がいたるところから聞えてきて、防空壕の中は砂埃《すなぼこり》で充満した。次姉の淑馨と妹たち（淑真、淑清）は大声で泣き喚《わめ》いたが、私は良博を胸にしっかり抱き締めて、私の体で彼を砂埃から防いだ。しばらくして周りが静かになったので、外に出ようとしたら、扉が瓦礫で開かなかった。苦心惨憺の末、防空壕の外に出てみたら、みなまさに蓬頭《ほうとう》「砂《さ》」面《めん》だった。また妹たちの口には砂が一杯だった。かつ私たちは瓦礫の山をひとつずつ登り越えなければ、表に出られなかった。韓内科医院と家宅は直撃に遭い、完璧に倒壊した。不幸中の幸いにも、普段は待避したがらない身重の母綉鸞も含めて、在宅者全員防空壕に避難していて無事であった（父と長姉の淑英は各自の救護隊に向かっていた）。終戦のちょうど一カ月後に生まれた六男は、平和の一文字を入れて良平と命名された。

家宅は全壊したが、火の手に呑み込まれる前に早く貴重品を掘り出すように、と韓内科医院の職員たちは、父に進言した。父は「そんな余裕があれば、行方不明の淑英を手分けして探してほしい、淑英さえ無事であれば全財産の十倍を失ってもかまわない」と人手を四方八方に手配して必死に捜索したが、姉は見つからなかった。その夜父一人を残して、みなは着の身着のまま台南市から徒歩で逃げ出した。

もうかれこれ七十年以上も前のことであるが、その夜振り返るたびに見た烽火連天の台南市は、まさに地獄図として私の脳裏に焼き付いている。父は淑英姉を捜すために一人台南市に居残った。悲しいかな、姉は近所の家の瓦礫の下敷きとなって、翌日遺体で発見された。友達を誘って、女子救護隊の任務に向かう途中であった。健気にも負傷者を救おうとして、自ら命を落とした姉が不憫でならない。

長姉の淑英は、一年早く就学を開始したため、台南第二高等女学校を卒業したとき級友たちより一歳若かった。もともと卒業後は日本に留学するつもりだったが、日台航路も危険な状況となり、断念せざるを得なかった。女子救護隊員を志願したのはその頃である。開戦直後、淑英姉に「日本は必ず米英に負ける」と言われて、私は唖然となったことをはっきり憶《おぼ》えている。当時そんなことを言って他人に聞かれたら、「非国民」と罵られて警察に突き出されるし、また事実日本軍は南洋の各地で連戦連勝、負けるとは信じ難かったからである。高《たか》が十五歳の小娘に、何でそんな先見の明があったのだろうかと、今でも不思議に思っている。

私たちの疎開の当初の目的地は、韓内科医院の職員の故郷である土城仔《トシャアー》であった。しかし途中、本淵《プンアン》寮《リャアウ》で父の患者だった人の父親に出会うと、そこは無医村なので、どうか滞在して欲しいと懇願され、私たちはその村に留まることになった。その夜、私たちは麻の米袋を一人一枚、布団代わりに与えられたが、夜の寒さと空襲の怖さで、私は全然眠れなかった。

疎開中、私たち子ども等は学校にも通えないので、毎日田舎で遊んでばかりいた。日本の学期制度は四月に始まり三月に終わるのだが、空襲で卒業式どころではなかった。(結局私は幼稚園から大学院を通して、自分の卒業式に一度も出席することはなかった。)最初の数週間、父は姉の遺体を埋葬するために台南市に残り、韓内科医院は空襲で影も形も無くなってしまったのにも拘《かかわ》らず、一家の生計のために、何とか診療をしなければと模索していた。ある日父は本淵寮に突然現れ、台南第二中学校の入学試験が行われるからと、私を台南市に連れ戻した。（当時の台南一中は日本人のため、台南二中は台湾人のためで、戦後両校は名称を交換したが、校舎はそのままだった。）私たち父子は父の親友である王受禄医師の家に滞在させて貰《もら》った。不運にもその翌日（一九四五年三月十七日）台南市は連合軍による二度目の大空襲に見舞われた。父と私は防空壕に避難したが、その激しさはまるで地殻が左右に一メートルも振動しているかのようだった。私は子供心にも「僕はまだ生きているぞ、生きているぞ。たとえ死んだとしても大好きなお父さんと一緒なんだ」と心の中で叫び続けた。

度重なる空襲の脅威の下では、入学試験に筆記試験を行うことは、当然できるはずがなかった。われわれは防空壕から一人ずつ口頭試験に呼び出された。私はその時の幾何学の問題を、今でもはっきり憶えている。試験官が提示した図には、長方形の一辺の中点と対辺のひとつの頂点が直線で結ばれていて、その頂点から対角線が引かれていた。「問題：これによって、長方形の中に描かれた三角形と長方形の面積の比を求めよ。」

生来鈍感な性格であったので、私は試験にあがって緊張するということがなかった。（おそらく試験の成績を気にしたことがなかったからだと思うが。）この問題は考えるまでもなく即答した。幸いにも私の答えは正解であった。口頭試験のほかに体力検査があった。戦争中は体を鍛えることが何より重視された。受験生は決められた時間内に千メートル走り、続いて腕立て伏せをやらされた。私は人生で多分最高記録であろう四十数回をやり遂げた。体力検査中、父は運動場の端に立って私に微笑んで応援してくれた。私はこの時の受験票を未だに大切に保存している。受験番号は二三四であった。

私の両親は子どもの教育に熱心であったが、私は成績にはまったく無頓着だった。当時の私は「点取り虫」と言われるのが大嫌いで、「試験勉強せずに合格できてこそ、真に才能の有る者だ」と自負していたのである。今思うと若気の至りとはいえ、あまりにも愚の骨頂である。歯医者で従兄の韓龍門兄や、医学検査員の陳培能氏、薬剤師の蔣米氏を相手に、毎日のように象棋（日本の将棋とは異なる）三昧、兼卓球狂で、おまけに伝書鳩オタクときていた。つまり「指す、打つ、飼う」（象棋、卓球、伝書鳩）の三拍子で、勉強はそっちのけであった。偶《たま》に机に向かっていても、必ずといってよいほど課外の本を読んでいた。当然ながら、私の成績は常に悪かった。だから中学時代は数えきれないほど追試験を受けた。特に卒業試験に地理の追試験を二度も受けたことはよく憶えている。まさに危機一髪で卒業できなくなるところであった。

台湾の教育は丸暗記を重視し過ぎていると思う。地理では農産物、気候、人口、市を結ぶ鉄道の駅名等が、うんざりするほど問われていた。さらにこれらはすべて中国に関する事柄であって、故郷の台湾に関する事柄ではなかった。事実、学校教育で台湾の地理も歴史も私は全然教わったことがない。これらの理由からすべてが鬱陶しく無意味に感じた。実際にその土地に旅行する時に、地図で調べれば十分ではないか、どうせ旅行する頃には大きく変貌を遂げて無駄となる多量の事柄を何故《なぜ》今、暗記せねばならないのか。

その点、数学は面白くかつ何よりも美しいと思った。しばしば奇想天外な論点の展開には、どんな詰将棋より鮮やかで素晴らしいものを感じさせられた。私は小学校三、四年の頃に子ども向けの雑誌で読んだ、数当てゲームの面白さが忘れられない。

手品師はまず観客に、一から三十一までの好きな数をひとつ、秘密の数として選ばせる。そしてそれぞれに十六個の整数が書かれている五枚のカードを観客に渡し、それらのカードのうちのどれに秘密の数が書かれているのかを、観客が手品師に伝えるやいなや、手品師はその秘密の数をぴたりと、当ててしまうのである(1)。

私はこの手品に即座に魅せられてしまった。当時この手品の裏に潜んでいる二進法を知らなかったのにも拘らず、このゲームを拡大して七枚のカードにし、秘密の数の範囲を一から一二七にした。その後機会があるたびにこの手品を披露して、子どもの頃の私のようにこの拡張を試みた人物に出会うことを期待しているのだが、残念ながら今日に至るまで、まだ巡り会っていない。

数学ほど面白いものはない。私は地理や歴史の無味乾燥な丸暗記には悪戦苦闘を強いられたが、数学のように、論理の展開が系統的なのは、憶えるまでもなく、自然と頭の中に吸い込まれるようであった。どんな定理であっても、私は証明さえ理解できれば、定理と証明を難なく諳《そら》んずることができた。

学生時代、学生を前にして、教授が教壇で本やノートを読んでいるのに出会うたびに、私は苛《いら》立《だ》ちその講義への興味は急速に消え失せた。たった一時間の講義で、教授が本やノートを読まねばならないのなら、期末に学生に本を閉じての試験を課するとは何たることだ。だから私は自分が教える番になったら、けっして本やノートを見ずして講義をすることを、当時決意した。そして三十数年の教鞭生活中、一度もその誓いを破ったことはなかった。実際私にはそれがごく自然なことであってまったく負担ではなかった。

これについては、二〇〇八年三月に台湾に帰省した際に、長年の良き友人である頼東昇教授が、台湾大学数学教室の助手だった頃の私の思い出を語ってくれた。Khinchin の名著『数論の三つの真珠』〔邦訳：ア・ヤ・ヒンチン著、蟹江幸博訳・解説、日本評論社、二〇〇〇年〕の中の van der Waerden の定理の講義中、私がこの定理の長くて複雑な証明を、最初から最後まで、まったく本を見ず、条理整然と、一歩一歩解き明かしていったことに、未だに感服していると。

物理や化学の推論は数学のそれと比べると、全然厳密ではなく、論点は飛躍し、ギャップだらけで、それ故必然性と説得力に欠け、その結論をすんなり快く受け入れることは、私には抵抗があった。台湾大学在学中、化学概論を二度も受講したが、見事に二度とも落第した。主な原因は、明らかに勉強不足だが、それは私が化学の推論を信じ難いと思っていたからだ。

そのため私の成績は小学校から大学まで常に低空飛行だった。それは台湾総督府医学校在学中、ずっと首席で通した父の子に相応《ふさわ》しくなかった。私は両親に私の将来について心配ばかりさせた、親不孝な不肖の子であった。

しかしたった一度だけ私は優等生であったことがある。それは私がスタンフォード大学大学院に在籍していた最初の一年であり、また父の人生の最後の一年でもあった。通常大学院生は、多くて一学期に三科目受講する。ところがスタンフォード大学大学院での最初の一年間、私は毎学期、実解析学、複素解析学、抽象代数学、関数解析学と演習討論会（Problem Seminar）の五科目を受講した。当時これらの科目はスタンフォード大学大学院数学科の必修科目であった。だから二年分の必修科目を、一年で終えてしまったのみならず、自分で言うのもおこがましいが、ほとんどの科目で私はクラスのトップだった。この一年目の成績が評価されて、二年目には当時数学教室主任だった David Gilberg 教授の助手に抜擢された。彼の教えていた高等微積分学の学生たちのために、私が毎週書いていた演習問題の解答の明快さに、彼はたびたび舌を巻いていた。

当時演習討論会担当の Charles Löwner 教授はスタンフォード・バークレー共同講論会で、私をスタンフォードに推薦した王九逵博士に会うたびに、私のことを褒めちぎった。（私はこのことを当時バークレーの客員教授だった許振栄教授を通じて知った。許教授は私の台湾大学での恩師で、一九六二年の中秋の日に、私と同じ飛行機でアメリカに飛んだ。東京のホテルで二人とも眠れず、月見をしていたのが忘れられない。）

私のこの活躍のニュースが父のもとに届いた時に、父がとても満足していることを知って、私は嬉し涙が出た。しかしそれは私が学業のことで、父の期待に応えられた唯一の出来事であった。この直後に父は突然脳溢血で亡くなった。父の葬式に私が台湾に帰る旅費のなかったことが、深い悲しみとして今も悔やまれてならない。

スタンフォードで生き残れることがわかって安心し、私の生来の悪癖が戻ってきて、一年後はそれほど勉強に精を出さなくなった。その後、私の博士号論文が数冊の権威のある書物に引用された時、父はもうこの世に在《い》なく、喜びを分かち合うことはできなかった。私の著書が出版された時にも、また一九九八年に米国数学会（AMS）からパブリック・サービス賞を受賞した時にも、祝賀の報告を父の墓前でするのみであった。

話は戻るが、私の台湾大学での成績があまりにも芳しくなかったので、私は卒業を前にして、自分の将来に不安を感じていた。そのため結婚のことなど考える余裕もなかった。しかし長兄の良哲が夭逝しており、次男の私が両親の事実上の嫡男となった以上、早く結婚するのが当然のことと期待されていた。かつ両親は私が終生貧乏教授で終わるのを心配して、仲人に女医の嫁を探してもらうよう依頼した。私には特別に断る理由もなかったのでその考えに従った。この時点で私は就職に心を砕いていて、結婚のことは一切合切両親任せにしていた。だから慧嫻の母と媒酌人である彼女の叔母が私の品定めに尋ねて来られた時、私はまったく縁談に気がつかず、お客さんたちが門を出た途端にすぐ下の弟の良誠に何と鈍いのだろうと嗤《わら》われた。

慧嫻は高校時代、ピアノ・コンクールに二回優勝しており、台湾大学医学部在学中も学業の傍ら子どもたちにピアノを教えていた。私が初めて彼女に会ったのは、彼女のピアノの生徒たちのリサイタルに招かれた時だった。これが私たちの「お見合い」だった。初期のデートで彼女は「貴方が将来良い夫になると如何《どう》して解かるのでしょうか」と単刀直入に尋ねてきた。「僕には良いお手本がいます。僕の両親を真似れば十分です」と私は答えた。振り返ってみると、私は何と未熟であったか。言うは易く、行うは難し。今になってやっと父の偉大さが身に沁みて解ってきた。

公平に言って、結婚初日から慧嫻がみなに愛される韓家の嫁としての務めを果たしてくれたことに、私は心の底から感謝せねばならない。しかし私自身は良き夫、良き父親であったとは、とても言えまい。完璧主義の傾向があり、厳しすぎたことも多かった、と反省している。さらに自分の若き日の不勉強から、三人の息子たちには、少し度を過ぎた教育パパであっただろうとも思っている。私は申し分のない家庭と家族を持つに相応《ふさわ》しかったかな、と自問してもいる。

就職に関しては、親友の頼東昇氏のご尽力で、大学卒業後、母校台湾大学数学教室の助手の職に就けた。そして数年の間に先輩の王九逵氏がスタンフォード大学で博士号を取得して帰国された。彼は外国での博士号取得後、台湾に戻ってきた最初の留学生として、当時のトップ・ニュースとなった。と言うのは当時毎年何千人もの大学卒業生が海外留学に出国したのにも拘らず、蔣介石政権下の自由のない台湾に戻ってくるものは、一人も居なかったからである。彼のバナッハ代数討論会と、彼とRobert Kuller教授共同主催の調和解析討論会に、私は毎週出席した。(Robert Kuller教授はフルブライト・スカラー(フルブライト奨学研究員)としてダートマス大学から台湾大学数学教室を訪れていた。)多分私を「離《え》れぬ朽《きゅう》木《ぼく》」[『論語』「朽木は雕《え》るべからず、糞土の牆《しょう》は杇《ぬ》るべからず」。精神の腐った人間は教育のしようがないこと]ではない、とでも思ったのだろう。彼が母校に推薦状を書いてくれて私はスタンフォード大学への入学が許可された。(王九逵博士も一九六二年の秋に、私と前後して再度渡米した。)このことで私は頼東昇教授と王九逵教授に、一生感謝せねばならない。

しかし私の成績があまりにも芳しくなかったので、私には奨学金が出なかった。私は「スタンフォード大学は私立で、一学期(quarter)の学費が四二〇ドルもするので、留学をあきらめる」と父に言ったが、「何故他人の金なら使うが、自分の父親の金なら使えないのか」と反問され、私は返す言葉がなかった。(後日スタンフォードで初めての小切手を切る時、数字で四二〇ドルと書いたが、英語では、Four hundred dollarsと書いたので、ウエルズ・ファーゴ銀行から「大学の請求どおりFour hundred twenty dollarsにします」と通知が来たのを憶えている。)

私はスタンフォード大学にだけ願書を提出していたが、Robert Kuller教授に「ひとつの大学にだけ願書を出す者はいない」と言われてダートマス大学にも願書を出し、ダートマス大学の数学教室主任

John G. Kemeny教授（後のダートマス大学の学長）が、「われわれダートマス大学は、新学年から大学院数学科を新しく開設するので、早く優秀な卒業生を送り出して、できるだけ早く良い大学院と公認されるようになりたい。貴君はダートマス大学でPh.D.を取得する意志があるのか」と書いてきた。私は馬鹿正直にも「私はダートマス大学で修士号を取得後、Ph.D.は他のIvy League大学で取りたい」と返事をしたので、ダートマス大学からは、入学許可がおりなかった。従って私はスタンフォード大学以外に行く所がなかった。

結局、父の長年の憧れであった自由と民主主義国家の米国を直接見学するための預貯金（三二〇〇ドル）が私の米国留学費用となり、父の機会は消失した。このことは私への愛情がゆえに、父に犠牲を余儀なくさせた、私の胸痛む思い出のひとつである。

おまけに、この三二〇〇ドルの留学費用の手続きで、私は大失敗をしてしまった。当時台湾は蔣介石政権の戒厳令下で、出国手続きは大変手間が掛かり繁雑であったのみならず、本人が台北でやらねばならなかった。手続きがある程度進んだ時点で、私は電信局に行き、送金するよう、台南の父に電報を打った。（一般家庭には電話がまだ普及しておらず、長距離電話は電信局でしか掛けられなかった時代のことである。）翌日私は書留速達で為替手形を受け取り、銀行に行った時、あまりの大きな金額に、銀行員がことさら時間をかけて何度も印鑑を確かめていたことを憶えている。一切の手続き終了後、台南に帰った時、あのお金は満期直前の定期預金を潰して工面したことを知り、電報でなく電話だったなら、まだ数日の余裕があることを伝えられたのにと、悔しがったが、後の祭りであった。金額が大きかっただけに、無用な解約金を父に支払わせてしまったことを考えると、胸が痛む。

当時の三二〇〇ドルはまさに大金であった。私はスタンフォードでの四年間、最初の三年間は、大学構内のSanta YnezとMayfieldの交差点の近くにあったTamarack Lodgeに住んでいた。その一学期(quarter)の寄宿費は、今では信じ難い、五十五ドルだった。米国の歯磨きの値段は台湾の七十倍もすると聞き、歯磨きを沢山準備して留学したことも憶えている。また当時は留学生が国外で反蔣介石活動をしないように、家族は人質として、台湾に残して外国留学せねばならなかった。一九六五年の夏、私のホスト・ファミリーであったWinstonとShala Swansonご夫妻のご尽力で、慧嫻と息子たちの信一と信仁と、やっとスタンフォードで一家団欒を迎えることができたが、当時初めて買った車(一九五八年のChevrolet)が一二〇ドルであった。その翌年スタンフォードからボルチモアまで引越すためにクライスラーValiantを買ったが、五〇〇ドルであった。だから当時の三二〇〇ドルは、貧乏国家、台湾からの留学生にとっては、如何に大金であったか、推して知るべしである。

当時貧乏留学生一家でボルチモアへ行くには、航空券を買うゆとりはなく、やむなく、中古車で米国大陸横断を決行せざるを得なかった。案の定、後席には車で長旅の経験のない五歳と七歳の息子たちが、酔って嘔吐し続けたうえ、助手席には臨月の妻と、まさに危機を賭しての大冒険であった。

ボルチモアにやっと到着した日に、車を止めて左折の機会を伺っていたら、十代の娘さんの運転する車に追突された。車のトランクが開かなくなってしまったので、翌日ホスト・ファミリーのChapmanご夫妻から招かれた席に、一家四人とも「着たきり雀」で、清潔な服装で出席できなかった。奇遇にも、Chapmanご夫妻の娘さんのEddieは、何と私の車に追突したその車の助手席に乗りあわせていたのだった。そして二週間後に、三男信宏が無事生まれた。

私にとって人生で最も楽しかった時期は熊本時代である。すぐ下の弟の良誠と捕虫網を手に、蝶々やトンボを追い回して、近所の花畑を荒らし、小言を言われたことも何回かあった。子どもの頃から良誠は動植物に詳しく、「昆虫博士」との渾名《あだな》が付いていた。彼とはよく白川のせせらぎで、めだかを掬《すく》ったりもした。

ミドリ幼稚園では毎日のように弁当を食べるのが遅く、他の子どもたちがとっくに昼寝をしている間も一人でゆっくり食べていた。とうとうある日マリアン・イ・バック先生が痺れを切らして、弁当を取り上げたので、大声で泣いたのもよく憶えている。台湾に帰る際このミドリ幼稚園には、私たちと同居して九州学院に通っていた従兄の韓龍門兄に頼んで、私たちの三輪車や玩具を寄付した。

また足指の霜焼けで、陳培能氏（父が上消化道出血で明石内科に入院中、熊本に手伝いに来ていた。父は母からの二回の輸血でやっと一命を取りとめた）に負われて登園し、友達にからかわれたこと、魚売りが車を曳きながら「鰯《いわし》百め十銭エー」と叫びつつ表通りを通って行った姿、第五高等学校（戦後に熊本大学となった）の学生たちが角帽を冠《かぶ》り、太い鼻緒の下駄をガラガラ引き摺りながら、肩を組んで、高歌放吟しつつ通って行った姿、隣に住んでいた家主の石井巌氏が、朝早く、褌《ふんどし》一丁で玄関の前を掃除していた様子、凡《すべ》てが走馬灯の如く蘇ってくる。

白川小学校の入学式前夜、こっそり起きて母が枕元に準備してくれた制服を着、制帽を冠って、一人で悦に入っていたことも生涯忘れられない。こんなにも学校に上がるのを楽しみにしていた私が、何故もっと勤勉に勉強しなかったのか、自分でも不可思議に思えてならない。

白川小学校では、浅井周三君と一番仲が好かった。彼は勉強が良くできた。帰台後も彼と文通をしていたが、戦時中、音信不通となった。ご健在ならお会いしたい。また家主の娘さん石井光子さんにも。当時彼女はお転婆娘で、しょっちゅう私と喧嘩をした。それも今では愉《たの》しいひとときであったと思っている。

しかし最も懐かしい想い出はやはり一家揃って遊んだときである。冬の夜にはみなでトランプやカルタをやった。阿蘇山や日奈久温泉、雲仙温泉にも何回か行った。苺狩り、栗拾い、潮干狩りと想い出は尽きない。苺畑では食べ放題で、持ち帰る分だけ払えばよいので、いつも鱈腹《たらふく》食べた。何と温かい家庭に生まれたのだろうと感謝している。

父にとって、最も挫折感を味わった時期は、戦後政治活動に関与した時ではないかと思う。一九四七年の二・二八事件において、父は中国国民党の陰険かつ残忍な行為を思い知らされた。この事件中、父は親友の侯全成医師および林占鰲氏たちと、連日連夜命を賭して流血を避けるために奔走した。その結果、台南市からは犠牲者が一人出ただけであった。台南市以外の県や市では、何百、何千もの犠牲者が出た。少なくとも二万人（二万八千人という報道もある）が、それも主に知識階級で各分野のリーダーである人たちが連行され消え失せた。ところがこの悲惨な事件後、父の命賭けで尽した功績は認識されるどころか、屈辱的にも、事実を捻じ曲げられ、悪意に満ちた非難を浴びせかけられた。しかし正義のため、故郷のために尽力しきった父には、世間の評価等は二の次であった。ただ数年後、台湾大学入学のために台北へ向かう私に、父は低い冷静な声で、決して学生の政治活動に関わってはいけないと警告した。

また当初、父は民主主義や選挙について、あまりにも理想的でかつナイーブとも言える概念を持っていた。それは腹黒い野心家のものとは正反対であった。父は選挙活動とは、有権者たちが自ら進んで能力があり尊敬している人を推せばよいのであって、中傷や賄賂等は言語道断、賤《いや》しむべきことである、と考えていた。だから一九四七年末の国民大会代表選挙には、中国国民党の卑劣な策略に惨敗を喫した。しかし政治道徳とまったく無縁である中国国民党を敵に回して、この選挙戦を正々堂々と戦った父を、私は最も誇りに思う。

戦後父は自由と民主主義の殿堂である米国を直接見学訪問することを決意し、英語を勤勉に学び始めた。最初は Unterberger 女史による英会話であった。女史がドイツへ帰国されると、台中農学院（現在の中興大学）の鄭震宇教授の授業となった。彼は前パナマ公使であった。彼の授業には六名が最低人数とされていたが、授業料を賄うために、他の五人を探すのは難しく、長年父は三人分を負担していた。そのためか、父は私が学期間の休みに台南市に帰っている間は、鄭教授の授業に出席するよう勧めた。鄭教授はほとんどの授業でニューヨーク・タイムズを教材にしていた。

父が自叙伝の『六十回憶』の原稿を鄭震宇教授に見せると、彼は後日禍《わざわい》の種になるといけないから中国国民党本部の審査を受けるようにと、再三進言した。しかし一旦検閲に提出すれば、内容を歪曲されることは、火を見るより明らかなので、父は鄭教授のこの提言に耳を傾けなかった。事実を後世に伝える義務があると父は信じていた。これは勇気のいる決断であった。蔣介石政権下で、四十年近く続いた戒厳令中に二・二八事件を云々することは、禁忌であった。

弟の良俊が父の『六十回憶』の中国語版の増補改訂にあたって、私にその序文を書くことを促してきたが、私の漢文〔中国語文〕は披露できたものではない。（事実、大学一年生の時に、入学試験の漢文の成績順に学生は二十数クラスに分けられたが、私は一番ビリのクラスであった。）だからどうか勘弁してほしい、と何度も嘆願したのだが彼は頑として受け付けない。とうとうこのようなとりとめもない拙文で代用させてもらうこととなった。父は「六五続憶」において、私の結婚について細かく描写しているので、私の方からの話も伝えたい気持ちが無意識に働いたのかも知れない。

私たち兄弟姉妹は、父の思い出を多少なりとも後世に伝えたいと思っている。父を想い出すたびに、父の短すぎた生涯で、多くの人たちの人生に与えた影響の深さに、敬愛の情と誇りの念が交錯する。私たちを心から愛し、また私たちも心から愛している父が築いた我が家が、二〇一六年四月に、台南市文化局から「歴史的人物の旧居」と指定されたことを嬉しく思う。

筆を擱《お》くに当たって、自叙伝の著者としての父の心得、「恥ずかしがりやでも、恥知らずであってもならぬ」に背かなかったのであれば、と願っている。父の生涯の思い出よ、永遠に。

注

（1） Liong-shin Hahn（韓良信）, *Mathemagical Buffet*, 国立台湾大学出版中心、二〇一三年、四三―四五頁参照。

＊著者の韓良信氏から、「韓良信序――父親和我」『六十回憶』第三版（二〇〇九年）をもとに、新たに日本語で加筆・修正された原稿をいただいた。

いまなおはっきりと目に浮かぶ往事の数々

次男妻　李慧嫻

初めて義父にお会いしたのは、大学入試のため統一試験会場となった成功大学に行ったときでした。その時の印象は、慈愛に溢れ、和やかで親しみやすく、さらに威厳のある学者というものでした。義父の前では、身長、体格からいっても、あるいは学識においても、自分が小さく感じられました。そして、義父に頼り、庇護を受け、指導を請いたいという念が自然にわいてきました。

結婚式当日、最も印象深かったのは、式場での義父の言葉でした。「私たちは良い舅と姑になるように努めます。ご列席の友人と親族の皆様も、私たちが本当にそうであるかどうかを見守ってください。家には未婚の五人の息子と二人の娘がおります。どうぞご令息、ご令嬢をご紹介くださいますようお願い申し上げます……」。義父はその約束を確かに果たしました。嫁の私を自分の娘のように可愛がってくれました。何事にも公平で分け隔てなく、私は韓家で何の違和感も、束縛も、疎外感も感じたことはありませんでした。

義父は上から下まで一家全員（看護婦、スタッフ一同を含め）を引き連れてピクニックに行き、新鮮な空気を吸うことが好きでした。医者の仕事は、それは忙しいものでしたが、時間を捻出し、家族と楽しむことを決して疎かにしませんでした。義父は記念写真を撮ることが好きでした。もちろん、これはかなりの出費になりましたが、いくらお金があっても買えないものもあることを義父はよく理解していました。

ある日、生まれてひと月にも満たない長男と二階にいると、義父が時間を割いて初孫の穏やかな寝顔を覗きに来ました。しばらく見つめてから、「まことに不思議だ！　一つの細胞から、母体の中でこのような完全で美しい成体が造り出されるとは。なんと奥深いことではないか！」といたく感心していました。

医務も一段落して、雑務にも邪魔されないめったにない夜には、義父は書斎にこもり、医学雑誌を読んだり、原稿の執筆に取り組んだりしていました。十二時近くになって二階の義母から休むよう促されると、ようやく本を閉じて明かりを消し、寝室へと上がっていきました。

義父からの手紙は、私にとってこの上ない心の栄養剤でした。忙しい中、義父が時間を割いて手紙を書き、家を離れて外で就学や就職をしている子どもの私たちを教え諭し、激励してくれていたことを思い出すたびに、それらの手紙がどれだけ大切なものなのかがわかります。たまには新聞の切り抜きや役に立つ書類なども同封してくれました。義父にいつも見守られているように感じ、ある種の安心感を得られました。

講演会に出かける前、義父が家で背広に着替えたとき、あるいは、新しいネクタイを締めたとき、それまで六、七十歳の年配者だったのが、一瞬にして、新調した服に喜んで興奮し、自分の姿に見とれる男の子のようになっていました。私はこのことで義父の口癖の意味を理解しました。「外見からみれば私は少々老けてしまったが、まだ老いてはいない。中身はまだ三十歳くらいで、心は相変わらず若者のままだ」とよく言っていましたが、まさにそのとおりでした。

夕食の後、私はよく二階の吹き抜けから、義父と長男の信一が一階の廊下で彼らのいう「青年歩行運動」を繰り返しやっているのを見ていました。それはとても微笑ましい光景でした。祖父の大きな背中の後ろを、信一が小さな腕を大きく振って、祖父の一歩を二、三歩かけて歩いていきました。義父はときどき振り向いて愛しい孫を見、満面に笑みを浮かべていました。

私が台湾大学附属病院で勤務しながら二人目の子どもを妊娠したとき、義父母は親切にも信一を養育する重責を引き受けてくださいました。それからというもの、義父母は穏やかな夜を楽しむことができなくなりました。義母が粉ミルクを溶かしているとき、義父は最もまめに働く「尿瓶《しびん》の持ち手」(夜中に孫が寝小便しないよう、小さい尿瓶を義父が持って排尿させていた)でした。お二人とも昼間も大変忙しいのに、夜中にも孫の世話をさせていると思うと、とても後ろめたく思いました。

義父は京劇のレコード鑑賞をするのが好きでした。私たち子どもや孫たちに囲まれているとき、義父は歌詞を読み上げ、一緒に盛り上がるようしきりに勧めました。ときには興が乗って高唱することもありました。

義父は診察が忙しく、日曜日に教会に行くことはできませんでしたが、聖書に対する理解は非常に深いものがありました。ある日、私は外でショックな出来事があり、帰宅後に泣き出してしまったことがありました。義父は診察を終えた後、聖書を持ってきて「マタイによる福音書」の第五章第十から十二節を開き、読んでみるように私にやさしく声をかけてくれました。その三節を読み終わった後、私は本当にすっかり心が落ち着いているのを感じました。その三節は以下のとおりです。

「義のために迫害される人々は、幸いである、天の国はその人たちのものである。わたしのためにののしられ、迫害され、身に覚えのないことであらゆる悪口を浴びせられるとき、あなたがたは幸いである。喜びなさい。大いに喜びなさい。天には大きな報いがある。あなた方より前の預言者たちも、同じように迫害されたのである。」［『新約聖書』『聖書 新共同訳――旧約聖書続編つき』共同訳聖書実行委員会、一九八七年］

義父は義母の手料理がとても好きでした。ときどき義母に「今夜はトマトの鶏肉炒めにしてくれないか」と注文を付けていました。夜になると、義父は待ちきれないようにとりわけ早く上の階に上がってきました。義母は義父のそばに座って、美味しそうに食べている義父を満足した顔で見ていました。「この料理はレストランより何倍も美味しいよ！」と義父が褒めると、義母は微笑みながらひとこと、'Thank you！と答えていました。

まれに義母が一人で高雄や台北にある子どもの家を訪ねて何日か泊まり、帰りを数日遅らせることがあると、義父はいつも食卓でこのようにつぶやいていました。「おかしいなあ。何日も経ったのに。まだ帰ってこないのか」。私が、「お義父さん、寂しいですか」と笑いながら声をかけると、「そんなことはないさ。でもそろそろ帰ってこないと」と答えました。その限りなく寂しそうな背中を見ると、私は義父の代わりに筆を執って、早く帰ってくるよう義母に催促の手紙を書かざるを得ませんでした。

一九六六年六月五日　アメリカ、カリフォルニア州にて

＊「往事歴歴在眼」『韓石泉先生逝世三周年紀念専輯』（一九六六年）、『六十回憶』第三版（二〇〇九年）所収。

三度目の命日によせて

三男　韓良誠

窓を開けると、雨が幾日も降り続いている。昔、父はよくこのような天気で比較的暇となる時を利用し、家族を集めて楽しくおしゃべりをしたり音楽を聴いたりした。いまとなっては、一緒にいたあの頃の常に優しい微笑みと慈愛に満ちた顔を思い出すことができるだけで、私たちの生活のなかに彩り、楽しみ、刺激と慰めを与えてくれた父は、もうここにはいない。このことを思うと、涙が止まらなくなる。

月日の経つのは早いものだ。父が私たちに別れを告げてからすでに三年も過ぎてしまった。この三年の間、慈愛に溢れた父の顔を思い出さない日はなかった。なぜなら父と過ごした二十数年間、その慈愛は、私に息子であることの悦びを教えてくれたからだ。その卓越した知恵によって、私は学習を通じて如何に進歩するかについて啓発を受けた。またその同情心と思いやりに満ちた崇高で無私な心によって、私は日々の生活の中で、己を愛するが如く、如何にして人を愛することができるのかを理解することができた。

九人の兄弟姉妹の中でも、私は最も幸運だった一人であろう。子ども時代に動植物に夢中になった私は、父の予想したとおりに、最も早く医学の道に進んだ。そのため父と接触する機会も多くなった。医学部に入学後の夏休みと冬休み、弟や妹らが自分のことに没頭している中で、私はいつも診察室で父の仕事に関わった。父の指導と励ましの言葉は勉学中の私に楽しみを与えた。珍しい症例については、父はいつも労を厭わずに詳しく説明してくれ、私の研究への興味を引き出した。いま思うと父の一つひとつの言動とこれらの貴重な経験は、私の人生において最も素晴らしい贈り物となった。

父は歳を取っても、若いままの永遠に老いることのない心を保っていた。若者と同様、考え方に柔軟性があり、楽観的で向上心も強かった。頑固であったり、保守的であったりという欠点はまったくなかった。私が妻と婚約して間もないころ、父からの手紙にはこのように綴られていた。「憧憬、希望、夢に溢れたこの時期を上手に過ごすように……」と。あの頃、私はいつも口実を設けて台北から台南の家に帰っては、台南と彼女のいる高雄の間を行ったり来たりしていた。このことは父と兄弟姉妹たちの冷やかしの的になった。父はその独特な笑い声と表情で二歳くらいの信一（次兄の長男）に聞いた。「高雄に一番よく通っている人はだあれ？」「三番目のおばさんを一番大事にしている人はだあれ？」。そうすると信一は「みんな知ってるよ。三番目のおじさん！」といたずらっぽく答えた。そしてみな大笑いをした。家庭内のこうした愉快な雰囲気は、ほとんど父が診療時間外に作り出したものだ。

子どもの教育についても、父の配慮は行き届いていてまったく申し分がなかった。挫折に遭っても強い意志を持ってくじけないよう、父はその険しい人生を通じて悟った道理をもって、いつも慰めてくれた。私は六年前、つまり大学を卒業したその年に、兵役で遠い離島の馬祖に配属されることを知って大いに落胆し、努力する勇気もほとんど失ってしまった。そのとき、多くの親戚と友人から激励と慰めの言葉をもらった。特に父は、終始変わらず慰めの手紙を送り続けてくれた。これらの手紙は今も宝物として大事にとってある。いま読み返すと、あたかも父がそばで耳打ちしているように感じられる。

「誠、人生は多方面にわたる経験の集合体だ。このことになんとか気付く人もいれば、一生気付かない人もいる。つまり、健康と勇気さえあれば、いかなる経験であろうと、たとえそれがどんなに不本意なものであっても、決して無意味ではないのだ」。

「前線の馬祖にいる軍隊と住民のために力を尽くして奉仕し、同胞の病苦を取り除くべきだ。そうすれば故郷を遠く離れての使命を全うすることができ、また、後から振り返ったときに、一生の中で最も記念すべき有意義な時となるだろう。聖書を読み、祈りを捧げ、体を鍛え、本を読み、愛を実践するのだ。この経験が美しい人生の一ページとなるように……」

「エミリー・ディキンソン〔十九世紀アメリカの女性詩人、一八三〇—一八八六〕のこの言葉を知っているかい。『気を失った駒鳥を巣にもどすことができるなら、私の生きるのは無駄ではない』〔エミリー・ディキンスン著、中島完訳『エミリー・ディキンスン詩集 自然と愛と孤独と』国文社、一九六四年、七二頁参照〕。

ここまで手紙を読み返していたら、悲しみがまたこみ上げてきた。私は遺憾にも、一人の慈父を失い、一人の良き師を失ってしまった。私の失ったものは、あまりにも大きい。

いつかは父がすべてを残して私たちのもとから離れて去っていくとわかってはいた。しかし、それはあまりに急で、早すぎた。私は取り乱し、どうしたらいいかわからなくなった。さらに学問を究めるという当初の計画は、父との死別によって引き裂かれた。父が四十年の心血を注いで築き上げた台南の韓内科医院の廃業を見るに忍びなく、弟と妹たちのその後の教育と一家の生活を想像するに堪えられなかった。このように言っても信じてもらえないかもしれないが、当時、我が家の経済状況は医院を売却しない限りは半年も維持できない状態だった。それに次兄の留学費用でさえ、看西街の教会の頼母子講《たのもしこう》で調達してきたもので、その他の大部分はまだ分割払いで返済しなければならなかった。父は自分の人生がこれほど早く幕を閉じるなどとは、思ってもいなかったことだろう。そうでなければ普段あんなにも他人のことばかりを気にかけていた父が、なぜ自分と家族の経済を顧みなかったのかの説明がつかない。

兄としての責任を担うため、そして、父の崇高な医徳を引き続き大いに発揚していくため、私と妻は無尽の悲しみを胸に苦痛の涙をこらえ、ついに敬愛する台湾大学医学院と外国文学学部の先生方に別れを告げて、故郷に戻ってきた。思えば、父は無理に私に家業を継がせようとはしなかったが、こう言っていた。「父親の仕事の後を継ぐこと、とくにかねてより名声のある医院を継ぐことは、確かに難しい。しかし、誠や！　誠ならきっとできると信じている。なぜなら私より先天的にも後天的にも良い条件に恵まれているからだ。開業医には、特別な秘訣などない。ただ、医聖のシュヴァイツァー［Albert Schweitzer, 一八七五―一九六五］のように患者を愛し、パスツール［Louis Pasteur, 一八二二―一八九五］のごとき研究態度を持って、進歩を求めるだけだ」。いまや、これらはすべて私にとっての励ましとなり、信念を確固たるものにする言葉となった。

帰郷して最初の数カ月は、一日に診察する患者の数はいつも十人に満たなかった。私は手探りで前に進んでいくしかなかった。もう父から指導を受けることはできなかった。唯一慰めになったのは、多くの人が真心を込めて私を支えてくれたことであった。そのなかには、直接もしくは間接的にかつて父の世話になった人も少なくなかったと思う。そして今、彼らは父を愛する気持ちでその息子の私をいたわり、父がこの世に残した光を私に浴びせてくれている。父が尽くしたすべての努力により、私の前に平坦な道が切り拓かれ、高い地位に私を就かせ、患者からの信頼と敬愛を与えてくれた。このことだけでも自分は十分に幸せ者だと感じている。

振り返ってみると、父はいかにして一生のなかであれほど多くの成果を挙げ得たのか実に想像し難い。父は良き夫、良き父、良き医師であり、なおかつ教育事業と社会福祉に熱心な活動家でもあった。そのうえさらに、父は素晴らしい学者であり、いつも敏感かつ謙虚に新しい知識を学んでいた。やるべきことがあまりにも多かったので、一分一秒でも時間を無駄にしたことがなかった。父はいつも言っていた。「一寸の光陰軽んずべからず。一寸の光陰は即ち一寸の命」。父の臨終直前の丸一日の不屈の苦闘は、あたかも私たちに「心配しなくていい。まだまだやらねばならぬことがある！　まだ逝くわけにはいかない！」と伝えているようであった。人々に奉仕し続けたいという父の願いは、ついにかなわなかった。しかし、その一生涯は人々に敬慕され、深く偲ばれている。

一九六六年六月三十日

＊「追憶我的父親——写在先父逝世三周年紀念日」『韓石泉先生逝世三周年紀念専輯』（一九六六年）、『六十回憶』第三版（二〇〇九年）所収。

父の教え

三男　韓良誠

今年［二〇〇八年］は台湾大学医学院の百十一周年である。父が生きていればちょうど百十一歳になる。また、台南の光華女子中学は、頼其萬教授のおっしゃるように、進学率ではなく人間重視を最高の教育理念とする学校である。同校は一九二九年に日本人によって創立され、戦後、父が初代校長および第二期理事長を前後合わせて十八年ほど務めた。そして同じ一九二九年に台南の韓内科も正式開業した。これもまたもう一つの喜ばしい巡り合わせである。

私は台湾大学医学部および成功大学医学部の医学教育に関わっているため、しばしば医学部の学生が医師のライフプランについて我が家に相談に訪れる。そのとき私はいつもこのように助言している。医師として成功するには生活面で三つのことをおさえておかなければならない。第一に、学究生活（Academic life）、第二に、社会生活（Social life）、第三に、家庭生活（Family life）である、と。限りある人生において時間を如何に有効に配分し生活の各方面に行き渡らせるかに至っては、人それぞれの知恵によるものである。しかし、父はいずれもできたのである。

父は第一の学究生活においては、己を充実させるため、評判が良く繁盛していた医院をやめ、齢《よわい》三十九にしてそれまで数年来の貯蓄をとり崩し、家族を連れて自費で日本に渡った。かつて台湾で教わった恩師の明石真隆先生につき従い、また、その他の教授の門下に入り、五年をかけて博士論文「燐《リン》脂質代謝ノ研究」を完成させた。私が大学三年生で生物化学を履修したとき、［台湾大学医学院の］陳定信院長を手塩にかけて育てた宋善青教授（荘瑞楼教授の弟）は、この父の論文は非常に優れた研究であり、その分野を研究した際に参考としたことを教えてくださった。学生時代の私にとってこのような父をもったことは、感謝すべきことであり、また、とても誇りに思う出来事であった。

父は開業医をしながら、いつも医学雑誌を読むことを心がけていた。（当時は現在のような各種の生涯教育課程はなかった。）診察室の机の上には当時の内科学において最も優れたテキスト（Cecil）［『セシル内科科学』］を置いていた。診察の傍ら、あるいは疑問に思うことがあった時には、いつもページをめくっていた。そのため私は自分自身が開業した当初、書斎や診察室で本を読んでいた父の姿を思い浮かべるたびに、医学雑誌を手にした。最初のうちは医学雑誌とは「読まなければならない」ものだったのが、徐々に興味も湧いてきて、そのうち読むことによって医療に対する自信も持てるようになった。これは父が身をもって手本を示してくれたことである。

第二の社会生活については、父は医務の傍ら同じような理想を持つ友人たちと「民衆文化講座」を開設し、民衆の啓蒙に力を注いだ。医師は一定期間医療活動に従事すると、ある程度の社会的地位と影響力をもつようになるからである。『台湾民報』に掲載された何篇かの講演テーマをみても、なぜ大炎天やどしゃ降りの悪天候にもかかわらず、いつも聴衆で満員になったかがわかる。当時の父の演題には、「専制政治下の台湾」、「解放運動への道」、「台湾社会の改造観」、「時代錯誤と植民政策」、「台湾統治政策と台湾議会」、「台南市の政治に対する批判」、「健全な社会と家庭」、「台湾学制の改革」および「医学上の理想的な文化生活」などがあった。テーマの幅広さから、父は間違いなく多くの書を読み、常に深く思考していたことがわかる。

第三に父の家庭生活についていえば、いつも私たちの成長を傍らで見守っていてくれた。そして、私たち九人兄弟は夜になるとよく父の寝室に集まってお喋りをしたものである。今思い出してもとても楽しく温かいひとときであった。紙面の関係からここでは二つのエピソードにしぼって、父が自らの行動と言葉で教えてくれたことを紹介したい。まずは行動の形で示してくれた教えである。一九五九年の八七水害の時、私はちょうど台中の成功嶺で兵役の軍事訓練を受けていた（大学生の一期目）。八月七日の夜、私は兵舎の二段ベッドの上段にいたが、下段の人たちもみな上がってきた。兵舎の中に一メートルを超える量の水が流れ込んできたからである。翌朝、夜明けとともに外に出て見ると、隣の家族営舎の建物とその入居者たちがみな水で押し流されてしまっていた。危ないところであった。

ほどなくして休暇になり台南に帰省した。朝食後、父はダイニングのとなりの洗面所でうがいをしていた。離れたところから何となく目に入ったのは、父が大きいコップでうがいをした後、コップの中に残っていた水で手を濡らして顔を洗ったことだった。私は不思議に思い、父に訳を聞いた。すると父は、「水害の後、水道管が何箇所も壊れたから、政府は人々に節水を呼び掛けているだろう。もしみんながいつもどおりに水を使ったら、水圧の足りない地域の住民は、炊事の水にさえ困るようになるのではないか」と答えた。当時私の家は蛇口をひねれば水害前と変わらず水が出た。それは韓内科が台南市でも比較的低い土地に位置していたからである。水道料金を払えないわけでもなかった。しかし、父はこのようにいつも他人の身になって考える人だったのである。

父が言葉の形で示した教えは、次のようである。父は忙しい医務の傍らにも多くの時間とエネルギーを光華女子中学の教育事業に費やした。幼い頃の私はその姿を見ていて忍びなかった。その理由を尋ねると父はこのように答えた。「誠、教育への投資ならば、人の子か自分の子かを問わず、どのように大きな投資であっても、時間であれ金銭であれ、いずれも有意義なことだ。将来もし機会があれば、誠も必ずやるのだよ」。

振り返ると父の私たちへの期待とは、まさに父が『六十回憶』の中で書いたように、「とりわけ後世の人たちには、富の蓄積ではなく、高禄を受けることではなく、それぞれが学術、才能、道徳において、大きな成果を収められることだけを願う。そうすることで人々に貢献し、私の果たせなかった願いをぜひかなえていただきたい」というものである。私たち兄弟姉妹は、父の期待に応えるべく、今も引き続き努力をしているところである。みなさま、何卒ご指導ご鞭撻のほどよろしくお願いいたします。

二〇〇八年十一月

＊「韓良誠序——憶述父親対我的影響」『六十回憶』第三版（二〇〇九年）所収。

父に捧ぐ

四男　韓良俊

父の遺稿の最後の一字を写し終えたとき、払暁の三時だった。あたりは静寂に包まれ、眠気はどこかにいってしまっていた。握っていたペンを置いて椅子から立ち上がり、そっと部屋のドアを開けて医師寮四階の屋上に向かった。(1) 冷たい風が正面から吹き、まばらな星が遠くでかすかに瞬いた。私は深く息を吸うと、縁にある低い壁に腰を下ろし、時が慌ただしく過ぎていくのにまかせた。突き上げてくる思いを抑えることができなかった。

父が亡くなってからもう半年も過ぎたとは信じたくない。あの慈悲深い笑顔、あの恰幅のよい姿、嬉しいときにたてる笑い声、診察のときの真剣な顔つき、そのひとつひとつすべてが、目を閉じればはっきりと思い出されるではないか。亡くなる前日、私を連れて台南市私立光華女子中学の卒業式に出席し、私を俄《にわか》カメラマンにして、たくさんの写真を撮った。その日の晩には、最後となってしまった光華女子中学の理事会を取り仕切り、新しい講堂の建設について話し合った。傍らで聞いていた私も引き込まれて討論に加わり、散会して床についたときには十二時近くになっていた。これは、今となっては血涙の思い出となってしまった。

父は書き物を好んだ。医者としての仕事は多忙を極めたが、それでも、わずかな時間を見つけては考えを練って筆を執った。『六十回憶』の本文は文語文で書かれているが、白話文も同じように思い通りに書くことができた。昨年出版された『診療随想』のほかにも、二つ著作がある。ひとつは『十三年来我的医生生活』で、こちらは残念ながら逸失してしまった。もうひとつは日本語で書かれた『死滅より新生へ』である。ここ数年は『六十回憶』の続編について話すのをよく耳にした。初めの頃は「今ちょうど良信のことを書いている」と言い、その後は、「良信のことは書き終わった。次は良誠のことだな」と言っていた。時にはこうも言っていた。「ああ、時間がない。そうでなかったら、もっといろいろ書けるのだが」。我々は、その続編の中身を一目見てみたいと日々胸中に思ったものだ。まさかこんな形でそれを目にすることになろうとは、誰が想像できただろうか。

しかしながらこの未完成の遺稿は、我々にとっては何にも代えがたい父の形見である。それを読むと、父の心から発せられた愛の光と情をはっきりと感じ取ることができる。同時に、父が大切にしていた考えは、第一に、簡単に老いを認めない、第二に、絶えず新しさを求める、であることがわかる。私たちはここからも教え導かれるのだ。生前、父はいつも自らを青年であると自負していた。何と最も模範的な青年ではないか(2)。

父の遺稿はここまでである。父は自分で最後まで書き上げることはできなかったが、その未完成の部分──父の「人類に貢献するという、果たせなかった願い」──については、必ず、我々がそれぞれの生き方を通して書き続けていくであろう。去年［一九六三年］、父を手伝って『診療随想』の原稿を整理していた時、父は私に次は名医伝を選《よ》って書こうと思っていると話していた。今日、この名医伝は書物の形で世の人々の前に著されてはおらず、父が書き物をしていた時に、理想あるいは実在の人物の言動から資料を集めていたかどうか、私は知らない。しかし、父を知っていて、その平生や業績をよく知っている人ならば、きっと誰でも同意するに違いない。父の一生こそが、ひとつの最も感動的な「名医伝」である、と。

ひとりの医者として父がずっと崇め模範としていたのは、細菌学者パスツールの研究精神とアフリカの医聖アルベルト・シュヴァイツァーの献身的な行いである。そして、父がかつて熟読し、我々にも必読書としていたのが、アメリカのD. W. Cathell（一八三九―一九二五）による*Book on the Physician Himself from Graduation to Old Age*（ダニエル・W・キャセル著、飯田芳久訳『鬼手仏心《きしゅぶっしん》：医人強典病本宝函』改訂、金原出版、一九五九年）である。これらのすべてが、父の医者としての信念と修養鍛錬の精神を物語っている。去年の七月二日の『中華日報』はこう報じた。父は、「キリスト教の博愛精神を基に、医学を通して人々に尽くし、己を愛するように人を愛し……」。まさに、このような人であった。

父の他界は、我々にこれまで経験したことのない筆舌しがたい悲しみをもたらした。しかし同時に、我々は身に染みて悟った。命には必ず限りがあり、絶えず人を愛し助けることこそが、人類にとって至上の心のよりどころとなるのである、と。台湾大学医学部出身の喬暁芙医師が「遥遠的唏嘘」［かなたの嘆き］という文で書いたように、(3)今後はまさに、「かつて、私たちは父の庇護のもとで育った。そしてこれからは、父が我々の中に生まれ変わり、我々の手と父の意志とで、その果たせなかった仕事を実現していくのである。我々と我々の子孫が存在する限り、父もまた存在するのである」。

我々が父の期待に応えられることを願う。

一九六四年三月二十五日

注

（1）ここは私韓良俊が病棟担当医師だったときに暮らしていた台湾大学病院の医師寮である。現在の旧館の後ろに位置しており、その三階は台湾大学歯学部の教室とゼミ室として使われている。

（2）若い心の持ちようを大切にしていた韓石泉は、六十歳の自分は「三十公歳」の若さだと冗談を飛ばしていた。これは、重さの単位「斤」が約五百グラムであるのに対し、「公斤」がその約二倍である一キログラムを表すことから、「斤」と「公斤」の関係を「歳」に適用した洒落である。

（3）この文章は一九六四年の『中央日報』副刊に発表された。

＊「『六十回憶』第二版後記」『六十回憶』第二版（一九六六年）、『六十回憶』第三版（二〇〇九年）所収。

父は私どもの心に生けり

四男　韓良俊

三年前、まったく予想外のことで心の準備もないなか、突然襲った病が私たちから慈父を奪っていった。その時、私は自分の父への愛がどれほど深かったかをようやく知った。同時に、本当の心の寂しさとは何なのかをも初めて悟った。

一、覚えているのは、九歳のある日、疎開先で父と外出したことだ。帰りに池を通った際に、父はうっかり足を滑らせ、池に転落したのだ。あの時の私は幼く臆病で、突然の出来事に驚いて顔面蒼白となり、「お父さん！　お父さん！」と泣き叫んだ。

父を失う恐怖を覚えたのはこのときが初めてだった。あれから十数年、父は私を同じような恐怖に陥らせることはなかった。しかし、誰が想像できただろう、二回目に訪れた危機は、何とたった二十六時間のうちに、容赦なく父を私たちから永遠に引き離してしまったのだ。

二、父が危篤状態に陥った時、普段滅多に教会に行かない私も、ただ懸命に祈るしかなかった。そして心の中でしきりに叫んだ。「行ってはだめだ！　行かないでくれ！　そうならないでくれ！」しかし、父が昏睡状態から目覚めることなく、見る見るうちに呼吸が苦しく浅くなっていくのを目のあたりにして、私は一夜にしてこの世の最も深い苦しみをなめ尽くし、この世界にはもう未練など何もなくなったとさえ思った。

三、父が最後を迎える少し前の日々は、私の一生において最も懐かしい思い出となった。母は、妹の淑清の卒業式に参加するために台北へ行った後、そのまま兄の良誠のところで数日滞在することになった。父は医院を長く留守にすることができず、先に台南に戻った。私はその時、台湾南部の鳳山で兵役に就いている最中で、毎週日曜日に帰省することができた。毎回帰宅するたびに、母がそばにいない間の父がどれほど孤独だったかが一目でわかった。この寂しさを紛らわすためか、家に帰るたびに父は私を映画に誘った。

「俊、延平映画館で上映中の映画はいいらしい。観に行かないかい?」一日の診察で疲れ果てた後、当日の最終上映が始まる前に、父はいつもこんなふうに声をかけてきた。親友から映画に誘われただけでも嬉しいのだから、ましてやそれが自分の父親から誘ってくれているとなれば、なおさら嬉しくないことなどあろうか。「いいよ! 観に行こう!」私はいつも、一刻もじっとしていられないというように喜んで応じた。しかし幼い時からの経験として、父と映画を観に行くと、決まって途中から観ることになるか、観ている最中に急患で呼び戻されるかのどちらかだったため、いつも興ざめだった。幸い、晩年のこの時期には、そのような事にはほとんどならなかった。

放映が始まると、私たちは映画館の椅子に並んで座った。暗闇の中で私はよくスクリーンから視線をはずして、父の表情に目を向けた。映画を観る時の父はいつもの癖で、一定の間隔で時々軽く頷いたり、ストーリーの展開につれて短い笑声を出したり、低く嘆いたりしていた。なので、父と一緒に映画を観賞するとき、こうした小さな仕草を観察するのも私の楽しみの一つとなっていた。暗闇の中で父を見ていて、私もこらえきれずに声を抑えたまま一人で笑い出すこともあり、幸せな気持ちで胸が一杯になった。

映画の後はいつも父に連れられて、映画街の有名な夜市（当時は「さかりば」と呼ばれていた）に夜食を食べに行った。父の一番の好物は肉圓《バアーウァンン》［サツマイモ粉の皮で肉などを包んだ蒸し物］だったので、私はいつも父に付きあってそれを注文した。父が嫌いだったのは、「棺材板」（棺おけ板。後に「鶏肝板」と改称）という食べ物で、その名を口にすることさえ避けていた。私から見ると、父は生き生きとした精神を信条としており、「死」を連想させる物事によって平穏な日々を邪魔されたくなかったのだろう。

帰宅する時間になって一緒にその夜市を出ると、父は手を挙げて人力三輪車を呼んだ。父は先に乗り込むと、意味ありげに一言も発せず黙って私を席につかせた。もしその車夫が心得ていて、何も聞かずに三輪車を走らせたら、父は必ず得意気に「よし、今日も一番目のタイプに乗れたぞ」と言う。なんと父は、たわむれに映画館の前の車夫を三つのタイプに分類したのだ。一番目は何も指示しなくても家まで送ってくれるタイプである。私の経験ではこれが最も多かった。二番目のタイプは「韓内科」と伝えなければならない者だった。三番目は、伝えても韓内科の所在地を知らないタイプであったが、これは最も少なく、その大半は台南に来たばかりの人間だった。たまにこのタイプに出会ってしまうと、父はどうしても承服できないというように、「ほら、まだ韓内科の場所を知らないのかい」と聞く。そして父子二人で顔を見合わせながら苦笑したものである。

しかし、いずれのタイプの車夫に対しても父は平等に扱った。自宅前に着くと必ず一束のお札を渡す。その金額は当然のように相場以上のものだった。父は決して車夫と値切り交渉をしなかった。時に払い過ぎではないかと私たちがもったいながると、父はいつも「彼らは貧しい労働者たちだ。少し多めに払ってもいいじゃないか」と答えた。

帰宅後、診察待ちの患者がいなければ、私たちは直接二階に上がった。そして映画の内容について議論したり、感想を述べたりした。あるとき『脱獄十二時間』という映画を一緒に観た。帰ってきてから、その主人公の悲惨な末路について父と私はただ向かい合って首を横に振り、「本当にかわいそうだった」と繰り返し嘆いていた。するとそのうち二番目の兄嫁が三階から下りてきて、「二人ともまだ余韻に浸っているの」と笑ったほどだった。

ああ、私にとって父は慈父であり良き師であり、そして一番の親友でもあった。私は幸運にもこのような父親に恵まれ、そして不幸にもこのような父を失くした。

四、父についての私の思い出の多くは、一九六二年に出版した『診療随想』に関するものである。文章の執筆と語句の細かい校正、書名の決定、それに表紙のデザインに至るまで、すべて父との思い出に関わらないものはない。

兄弟姉妹の中でもとりわけ書きものを好む私を見て、父は執筆に関わるあらゆることについて私に手伝わせた。『診療随想』の草稿が完成した時も、その整理と清書は私が行った。あの時私は読みながら書き写し、一字一句、推敲していた。たまに修正の提案をすると、父は私に全てを任せた。父から全幅の信頼を寄せられて、私はそのたびに驚き喜んだ。書名を決める際の最初の案は、『診療随筆』だったが、私は少し俗っぽいと思った。父は次に『診療断片』と提案したが、それもあまりしっくりこなかった。私はクラシックの「綺想曲」［カプリッチオ］から「随想」という語を思いついた。それを私が口に出す前に、父の方が「『診療随想』はどうだろうか」と提案してきた。私はすぐ拍手して賛同し、それが最終案となった。

表紙のデザインも、私にとってはさらに忘れがたい経験である。父が私に試しに作ってみるのを任せてくれたとき、私はひとしきり興奮した。あの晩、父の聴診器をいろいろな角度で机の上においてみて、それを画筆でデッサンし、色をつけて、深夜の二時過ぎにようやく完成した。翌朝父に見せると、「よし、これを使おう！」と笑って言ってくれた。あの時は、言葉で言い表せないほど嬉しかった。

その後、校正作業にも何度も関わり、父とともに高長印書局という出版社に行き打ち合わせをした。父と一緒に仕事をすること、父のために仕事をすることの喜びを深く感じた。

再版された『六十回憶』の巻末にある「六五続憶」と「診療随想続誌」は、父が他界した後、父の日記帳といくつかのメモの中から発見したものである。当時、台湾大学医学院の雑誌『青杏』に掲載するため、台湾大学附属病院の医師宿舎三階の三〇一号室の片隅で、三日三晩徹夜して、人々が寝静まった夜にも、父の遺稿を整理した。父の字は判読が難しかった。本人によれば、医学校時代に素早くメモを取らなければならなかったため、速記の習慣が身に付いたからだ。私は一字一字泣きながら父の筆跡を判読して清書していくしかなかった。不明な点があっても以前のように父に教えてもらうことも、清書をし終えて文章を書くことの楽しみを父と分かち合うこともできなくなってしまったのだ。

原稿に父は題名を記していない。丘念台先生が手紙の中で語ったように、父はきっと『七十回憶』『八十回憶』もしくは『九十回憶』を出すつもりだったと私は信じている。しかし、私が父のために増補の手伝いができるのは『六五続憶』までとなってしまった。これは到底、人生を愛した父の望みではなかったろう。父はこれまで私の修正意見を信頼をもって受け入れてきた。この私の最後のわがままを許してくれることを願うのみである。

父の著作の中に、『十三年来我的医生生活』というものがある。日本統治時代の『台湾新民報』に連載されたそうだ。その内容を精読してみたかったが、残念ながらすでに散逸してしまった〔二〇〇九年に荘永明氏から韓家へ複写が贈呈された。韓良誠、韓良俊編著『景福兄弟耕心集』国立台湾大学医学院、二〇一四年、七四六頁〕。

五、ある時期、私は日本語を独学するため、数篇の和文の中国語訳を『中央日報』の副刊に続けて投稿し、いずれも掲載された。「生命的奉献」（内村鑑三より）、「初做父親的感想」「孩子誕生之後」（松山平助より）、「人生」（芥川龍之介より）、「喜、厭」（武者小路実篤より）などである。父は興味を持ってくれたようで、よく切り抜きを親友たちに見せては、「息子が訳した文章だ。彼の日本語はほとんど独習したものだよ」と言っていた。このことによって私の文学と語学への興味は大いに触発された。

六、俗に「厳父慈母」と言うが、私たちの父のイメージは、非常に和やかで親しみやすい「慈父」である。私の記憶の中では、父にぞんざいな言葉や怖い顔で叱られたことは一度もない。あったのは、必要な時に、しきりに忠告を受けたというくらいなものである。私たちに対してそうだっただけではなく、知人またはまったく知らない人々に対しても、父は穏やかで近づきやすい人柄だった。例えば、三輪車で父と外出した時に、街中で「あの人は韓石泉だ」としばしば指差された。ひとこと「先生」と付けて呼んでくれたほうが、耳触りがいいのにといつも思ったが、父は逆に「そんな必要はないだろう。韓石泉と呼ばれる方が、韓先生よりも、ずっと親しみやすいではないか」と微笑んだ。

それだけではない。父は人の過ちなどを咎めないようにも努めていた。あるとき我が家の永康郷にある果樹園が、繰り返し侵入されて果樹を盗伐され、なかなかそれを防ぐことができずにいたが、ついにやっとのことで泥棒を捕まえた。家族はみな非常に憤慨し、泥棒を警察に引き渡すことでほぼ全員の意見が一致したのに、父一人だけが「私たちキリスト教徒は、なるべく人を許さなければならない。彼をあまり苦しませたくない。改心する機会を与えよう」と主張した。最後には、通報することなく、注意して戒めるだけで済ませた。

七、父が自分自身の著作の中で最も気に入っていたのが、『死滅より新生へ』のはしがきだった。私にこのように語ってくれたことがある。「俊、このはしがきはよく書けていると思わないか。われながら今読んでも胸打たれるよ。おいで。読んであげよう」。そして本を手にして、椅子の背もたれによりかかり、頭をゆらゆらと揺らしながら朗読し始めた。私は腰を少しかがめて父の後ろに立ち、白髪が交じって薄くなった父の頭髪に顔を近づけた。開いた本を見つめ、父の朗読に耳を傾けながら、敬愛と誇りで胸がいっぱいになった。なぜなら、これが私の父だからだ。父はこれを書き、そして実践したのだ。父の他界後、親友たちが父の遺した言葉を集めようとした時、私は張り裂けんばかりの悲しみと、父に対する果てしない思いを胸に、彼の最も好きだったこの文章を中国語に訳した。

良哲の生に由り、私共に親の愛を示し、良哲の死に由り、私共に隣人の愛を示し給ふた。

良哲の生に由り、私共に肉体の限りある生命を示し、良哲の死に由り、私共に永遠の霊の生命を示し給ふた。

良哲は永遠に私共の心に生きるのだ。

良哲は永遠に私共の心に生きるのだ。

そこに、良哲の死に、価値あり、意義があるのだ。

良哲の生れて来た使命があるのだ。

良哲の死に由り、私共は始めて確に人生を知つた。

一人の良哲の死に由り、無数の苦しみつゝ死に瀕しつゝある良哲を発見した。

［日本語で執筆された原書より引用。韓石泉「はしがき」『死滅より新生へ――愛児の死を通うして』初版一九三〇年、私家版］

八、「民族の志士」とは、父が与えられた多くの呼称のうちの一つである。しかし、父は決して偏狭なナショナリストではなかった。なぜなら、父が抵抗したのは台湾人を横暴に抑圧していた一部の日本人だけだったのであり、むやみに日本人だけを敵視したのではなかったからである。それと同時に、頑固で保守的、腐敗して汚職に手を染める自国民のことを軽蔑してもいた。

実際、父が尊敬していた日本人も少なくなかった。思いつくままに名を挙げると、堀内次雄、明石真隆、内村鑑三、矢内原忠雄などである。とりわけ東京大学総長を務めていた矢内原先生は、父が最も尊敬する近代の日本人である。父は常に彼のことを「日本の胡適」と呼び、氏の肖像を、胡適のものと並べて一階の「文化回廊」に掛けていた。そして氏の発行による雑誌『嘉信』も長く購読していた。他界するしばらく前にも、新版の『矢内原忠雄全集』を購入し、『胡適文存』と同様に愛読していた。

父は『胡適文存』全巻を精読していた。本の随所に赤い線が引かれているのである。残念ながら胡適、矢内原の両先生は相次いで逝去し、父は最も敬愛する二人を失ってしまった。その寂しさに耐えられず、父は二人の後を追ったのかもしれない。『胡適文存』第四巻六一三頁には以下の文章に赤い線が引かれている。「現在ある人はあなたたちに言う。『あなたたちは個人の自由を犠牲にして、国家の自由を追求しなさい』と。しかし私はあなたたちに言う。『あなたたちが個人の自由を争うのは、国家のために自由を争うのである。あなたたち自身の人格を争うのは、国家のために人格を争うのである。自由平等の国家は、決してひと群れの奴隷根性の人々によって建設できるわけがない。』」〔胡適「介紹我自己的思想」一九三〇年十一月二十七日。和訳は、陳玲玲「胡適の人生観について――イプセン主義を中心として」『多元文化』第六号、二〇〇六年三月、七五頁より〕

『胡適文存』第四巻の巻末（六二三―六二四頁）にも、赤線でマークされている文章があった。「私がみなに教えたいのは、疑った後に信じること。調べた後に信じること。それから十分な証拠がそろった後に信じること。……若い諸君はこの方法で学問をすれば、大きな間違いを犯すことはないだろう。こうした態度で人と接すれば、人に盲目的に従うこともないだろう。……私自身も人を従わせるようなことはしたくない」。そして巻末の最後の一行のあとに、赤いインクで「一九六二年（民五一年）四月四日夜、全集読了　韓石泉」と書かれている。

九、鳳山での兵役中は、毎週のように送迎バスで帰省していた。ある日、バスの中で偶然ある台湾人の兵士に出会った。彼は口を開くなり、「韓医官は台南人でしょうか。お父様は韓石泉先生ではありませんか」と聞いてきた。私は彼と面識がなかったので、不思議に思いながら「そうですが」と返事をすると、彼は「やっぱりそうですね」と言った。そして彼は初対面なのに古い友人のように話し始めた。

「僕の命は韓先生が救ってくださったものです。母はこの御恩を忘れないようにといつも僕に言い聞かせていました。小さい頃、僕は重い病気にかかり、先生のところで二、三カ月入院しました。お父様が全力で治療してくださったお陰で、幸いにも一命を取り留めたのです」。

彼は嬉しそうに真心のこもった表情で続けた。「あの頃、先生の家では鳩をたくさん飼っておられました。少しずつ回復した僕は、鳩を見るのが楽しみでした。お父様は僕の頭を撫でて『ゆっくり休んでね。病気が治って退院できたら、何羽かあげるから』と言ってくださいました」。この話を耳にした周りの兵士たちは微笑みながら頷いていた。兵士の素朴な表情を眺めつつ、私は黙って彼の言葉に耳を傾けた。医師の家に生まれた幸せと喜びを心の中で噛みしめた瞬間だった。

十、父が最もよく口にし、しかも私たちにそれを実践するよう最も期待していた格言は、「事上錬磨」の四文字であった。父に頼まれた仕事について、私がその任に堪えないと感じて辞退しようとすると、父は必ずこの四字熟語をとりあげた。そして、実際の仕事の中から経験を積むべきだ、何かを始めるのに、成功する確かな見込みがなくとも構わない、と熱心に励ましてくれた。今年（一九六六年）の三月、四月の間、私が第三十九回日本歯科医師国家試験を受けた時、この四字熟語が大きな効果を発揮した。試験勉強中に困難にぶつかったり、自信を失くしかけたりした時、父のこの教えを思い出すと、たちまち勇気百倍となり、己を奮い立たせて行動に移すことができた。そして、試験に合格することができた。

十一、私が最も誇りに思うのは、兄弟、親族、友人もみな認めているほどに、自分の容貌が若い頃の父に酷似していることである。父本人すらそれを好んで口にしていた。来訪客があると、父はいつも私を指して「この子は四男坊だ。二十代の頃の僕にそっくりだ」と言いながら、『六十回憶』の中の自分の結婚写真を開いて見せ、「ほら、そっくりだろう」と得意気にしていた。父に一番似ていることが、どれほど嬉しく思えたことだろう。一人で鏡に映る自分の顔を見つめ、不思議に言い表せないほど誇らしく思ったことが、何度あったことだろう。

しかし一つだけ、父に似ておらず、そのために苦労したことがあった。それは、父の期待通りに医科に進学しなかったことである。当時の私は台湾大学医学院の歯学部と高雄医学院の医学部に同時に合格し、かつてないほどの苦渋の選択を迫られた。父は自分の職業上の愛好から当然、私が高医〔高雄医学院〕に入学することを期待した。しかし私は一旦台大歯学部に入学しておき、入学後に転部もしくは転学するつもりだった。ところがそのうち「大丈夫有所不為」〔士は以って為さざる所あり〕と思うようになり、他人に倣って人気の学部に駆け込む必要が果たしてあるか、と考えるに至った。加えて、当時一般の受験生が歯科を軽視するのを見て、私は逆に心を動かされ、身をもって歯学の真の価値を体験してみようと思うようになった。そのため父の期待に背くことにはなったが、台湾大学を選び、卒業まで歯学を続けることになった。途中で一度、高医に転学する具体的な話を持ちかけられたが、それも謝絶した。しかし最後には、父の方から新聞の切り抜きを送ってくれて、私が「最後まで堅持すること」(切り抜きの文章の題名でもある)、あれこれ迷って気を散らさないようにと、積極的に励ましてくれた。

このことについて、私は今に至るまで後悔はしていないが、幾ばくかの心残りと後ろめたさがなくはない。忙しい父の診療を横目に見ながら、自分が手助けもできないようなときは特にそう感じた。大学時代の夏休みの帰省中には、三階の寝室で眠れない夜をいくつか過ごさねばならなかった。一階と三階の間を下りたり上がったりする父の重い足音を聞きながら、私はいくども自問していた。この選択は間違いだったのだろうか。

父はもう六十いくつなのに、ほとんど毎晩のように急患の診察に起こされて一階に下りていった。こんなとき父は口癖のように「まったく。こんな時間に……」と呟いていた。それを聞いた私は最初、患者の方を心配した。しかし間もなくそれは父の本心ではないということがわかった。急患の診察を済ませて三階に上ってくると、父は決まって同情した満足そうな口調で、母に患者の状況を説明するのである。強く印象に残った急患については、翌日の朝食の時、私たちにも話してくれた。これでわかるように、うわべの「不平」とは裏腹に、父は医学をもって人に奉仕することを確かにその喜びとしていたのだ。

十二、最後に、『死滅より新生へ』の中にも引用された、父の好きだったAlfred Tennysonの詩に倣い、永遠に変わらない私の心境を記す。

Peace, let it be! for I loved him, and love him for ever:

My father is not dead but alive.

そうだ。父は永遠に生きている。愛情に溢れた私たちへの手紙の中に、毎回、楽しく撮影した沢山の写真の中に、読み終えて赤線の引かれた多くの書物の中に、積み重ねてきた数えきれない善行の中に。いつでもどこでも、父は私たちに手を振り、話しかけ、胸襟を開いて微笑みかけてくれる。そして慰め、励ましてくれる。生前、いつもそうであったように。

＊「感憶慈父」『韓石泉先生逝世三周年紀念専輯』（一九六六年）、『六十回憶』第三版（二〇〇九年）所収。

はるかに慈父を想う

三女　韓淑真

父がこの世を去ってから、四十五年もたったとは、本当に信じられません。あの夏休み、私は大学院の一年目を終えたところでした。妹が大学を卒業し、両親は台北に来てその卒業式に出席しました。それから、母は私たちと台北に残っていました。そこへ突然、父が危篤だとの知らせを受けたのです。すぐにみなで列車に飛び乗り、台南に駆け付けました。父がベッドで無言のまま必死に耐えているのを見て、私の心はすっかり恐れおののき、父の意識が戻るようずっと天に祈り続けました。あの耐え難い一日は、四十年以上たった今も何度も私の脳裏によみがえってきます。白髪の人が黒髪の人をあの世へ見送ること、親が子どもに死別されることが、最もつらいことであると人は言いますが、私たち黒髪の兄弟姉妹が白髪の親を見送ることも、同じようにつらいことでした。

父は私にとって、完璧な父親でした。父の子ども時代は清貧な家庭環境にあり、一生のうちに多くの災難に遭いました。ですが、世の親たちが好んでするように、自分の苦しかった経験を子どもたちのものと比べて、子どもたちに「罪悪感」を抱かせるようなことはしませんでした。父は常に前向きで楽観的でした。子どもたちに良好な生活環境を与えられることに心から満足していました。小学校に上がる前のこと、寝る前に妹と何度か父のそばに寄り添い、父が西洋の童話を読んでくれたことを覚えています。ですが、父はとても忙しくて、これは長くは続きませんでした。今思い返しても、非常に多忙な中、私たちに深い愛情を注いでくれた父に、胸がうたれます。中学の時、私は機会があれば自分の作文を父に読んでもらいました。父はとても喜んで、感想や考えなどを話してくれました。そのほとんどが励ましの言葉でした。父と考えを分かち合えたことを、私はとても誇らしく思いました。

ある晩、父はある友人をわざわざ家に招き、王雲五が発明した四角号碼の漢字検索法を教えてもらいました。私と兄の良俊はちょうどその場に居合わせて興じ入り、私は検字法の十個の番号を覚えてしまいました。今でも、それを使って中国語の字典を調べるたびに、学問好きだった父を懐かしく思います。母は子どもが多く、しかも倹約家でした。父はときどき母に、私と妹に服を新調するように促しました。私たちが新しい服を身に付けて父に見せた時の嬉しそうな顔を思い出すと、今でも心が突き動かされます。

夏休みに家にいると、父は私たちを映画館に連れて行ってくれました。そして映画の後は、必ず「さかりば」と呼ばれた夜市に夜食を食べに行きました。父の好物はエビ入り肉圓《バアーウアンン》でした。私は渡米したのち、機会があれば待ちかねたように必ず食べに行きましたが、あの時の美味しさに出会ったことは一度もありません。もしかすると、当時の思い出が美しすぎるせいかもしれません。『椿姫』を見たことも覚えています。ヒロインを哀れみ、同情したせいか、父は椿の花がとても好きでした。兄の良誠は父を偲んで、わざわざ自宅の庭に椿の花園を造ったほどです。私には、父と各地を旅した思い出が少なくありません。あるときは、どこかの廟〔道教の寺院〕へ父の出家した友人である梁加升さんを訪ね、いくらか喜捨《きしゃ》もしました。父が開けた考え方をしていたことがわかります。私が思うには、父はどちらかというと形式にこだわらない無教会主義のキリスト教徒に属しています。父はあらゆる宗教と人類全体に対して、一視同仁でした。

毎年中秋になると父はいつも人力自転車を数台雇って、一家全員を月見の町内めぐりに連れ出しました。父はそれを「遍街旋《ペンケエセエ》」と呼んでいました。もし父がアメリカに来られたなら、ドライブにもたくさん連れて行ってあげられたことでしょう。そして、世界中の国々へ旅行に連れて行ってあげることもできたでしょう。新しい知識を積極的に取り入れる父は、どんなに喜んだことでしょう。

夜の診察が終わると、父はいつも一階の書斎で読書をしたり（聖書もよく読んでいました）、書き物をしたりしていました。十時頃になると、母は決まって中庭に面する上の階から、Dr. Baby（ロータリークラブに参加した時に使った名）と親しく声を掛けました。すると父は、気を利かせてすぐに本を閉じていました。私たちも父が早く上に上がってきて、父と母の寝室にみなで集まって、父のおしゃべりを聞くのを楽しみにしていました。私たち兄弟姉妹は結婚適齢期になると、夜よく親の寝室に集まり、「相手」のことを話したり、あれこれ品定めをしたりしました。時には父も諧謔《かいぎゃく》詩を作ってみなをひとしきり笑わせました。

本当に心温まる時でした。ああ。父の前でもう一度「阿爸《アバア》」［お父さん］と呼びたいものです。

二〇〇八年十月　アメリカ、北カリフォルニアにて

＊「遥憶慈父」『六十回憶』第三版（二〇〇九年）所収。

岳父に一目お会いできた縁

三女夫　黄東昇

韓石泉先生は台南市の名医でした。私の父の黄純儒は、台南市で産婦人科の開業医をしていましたので、幼い頃からときどき韓医師のご高名を耳にしていました。先生は慈愛にあふれ、台湾社会と台湾の将来に大変関心を抱いている方だと聞いていました。一九四七年に二・二八事件が起きた時、私は十一歳でした。韓医師は自分の命の危険も顧みず、有志の方々と群衆を落ち着かせたため、台南市で流血事件を減らすことができたと聞いています。

韓家は台南市ではみなが羨望する一家でした。私は以前、「今日写真館」（民族路のキリスト教長老教会の隣にある）に引き伸ばして飾られた韓家の家族写真を見たことがあります。台南第一中学に在学していた時、韓良誠さんは私より一つ上、韓良俊さんは私より一つ下の学年でした。当時はお互いを知りませんでしたが、韓医師の息子さんだと知っていました。二人とも賢くて成績も優秀でした。

一九五八年六月に私は成功大学の化学工学科を卒業しました。予備軍官として十八カ月の兵役を終えた後の一九六〇年の春、私はアメリカのカンザス大学の博士課程に留学するため、その準備をしていました。

台南第一中学のクラスメートたちは、アメリカに留学する数人を歓送するため、台南市の第二信用合作社でダンスパーティを開催することにしました。韓医師は当時の第二信用合作社の理事長でした。友人たちは私の父と韓医師が知り合いだと知っていましたので、私を代表に推挙し、合作社のホールを会場として貸してもらえるように韓医師に頼みに行かせました。あの当時、ダンスパーティはあまり社会的に認められていない、受け入れられない社交活動でした。私は腹を決めて韓内科に赴くしかありませんでした。

診察室に入ると、韓医師は問診しているところでした。診察が一段落するのを待って、私は自分が黄純儒の息子だと自己紹介しました。そして、第二信用合作社を借りてダンスパーティを開催したい旨を切りだしたところ、先生は私の顔を何秒か見つめました。その後先生の口から出た第一声は、問題ないというものでした。当時私が驚き喜んだことには、韓医師がこんなにも進歩的な思想の持ち主だということでした。以外にも、流行したての若者の風潮をすぐに理解してくれたのです。

一九六〇年の夏に私は故郷の台南を離れ、留学のために渡米しました。韓医師は、私と淑真が結婚する前の一九六三年に逝去しました。結婚後、父親を慕う淑真の気持ちがよく伝わってきました。残念ながら私は岳父とお会いしたり、お話ししたりする機会にはもう恵まれませんでした。あの時、韓内科に伺ったのが韓医師にお会いした唯一の時でした。当時の私は、もちろん韓医師が将来自分の岳父になるとは思いもよりませんでした。いま振り返ってみますと、このようなきっかけで岳父にこの世で一目お会いできた「一度の縁」に感謝します。

二〇〇八年十一月　アメリカ、北カリフォルニアにて

＊「與岳父的一面之縁」『六十回憶』第三版（二〇〇九年）所収。

父と母から授かったすばらしい信仰

四女　韓淑清

覚えているのは、まだ小学校に上がる前、何回か姉と一緒に教会の日曜学校に行ったことです。毎回「今日の金句」を暗記できた子は、日曜学校の先生からご褒美がもらえました。ですが私は一度ももらったことがなく、たいへんがっかりしていました。それからというもの、何となく教会に行かなくなり、それは大学卒業まで続きました。

私が神の無償の恵みを受けることにしたのには、両親からの影響が一番大きかったと思います。中学高校の頃のこと、毎夜九時以降の患者が少なくなった時間帯に、父が合間を縫って書斎で聖書を読んでいる姿をよく見かけました。その印象は非常に強く残っています。父も、自分は毎日努力することで聖書を読み続けてこられたと、教えてくれました。すでに五十何年も前のことですが、父がかみしめるように語ってくれた言葉は、いまなお私の耳元で私を励ましてくれます。

医務に従事する父は患者がとても多く、大変な忙しさだった上に、公職も兼務していました。診察のために夜半に何回か起きるのも日常茶飯事でした。あの当時、患者が重病なときには、父は人力三輪車に乗って往診までしなければなりませんでした。毎日出たり入ったり非常に忙しくて、夜明けまで一晩ぐっすり眠れない日もよくありました。多忙を極めてはいましたが、それでも父はできるだけ時間を作って聖書を読んでいました。信念をうち定め、聖書の中から知恵を汲み取り、自分の人生を導く指標としていました。父はわれわれ兄弟姉妹に入信するよう言葉で勧めることはほとんどありませんでした。そのかわり、家と医務、そして社会奉仕の職務で、行動を通してキリストの愛を示し、称賛しました。ですから、父の主を信じる立派なお手本は、小さい頃からすでに私の心に深く刻み込まれていました。

大学卒業の時、父と母は私の卒業式に出席するために台北へ来ました。式のあと父は台北で一泊し、翌日一人で列車に乗って台南の病院に急ぎ戻りました。病院では外来患者と入院している多くの患者たちが父を必要としていたからです。ですが、それが慈父と一緒に過ごす最後の時になろうとは、まったく思いもしませんでした。

数日後、台南の家から電報が届きました。そこにはあろうことか、父が脳卒中で意識不明、とありました。父はその前日、いつも通り患者を診て、それから台南市私立光華女子中学の卒業式と理事会などに忙しく奔走しました。そして翌日、もう目覚めることはありませんでした。父は一九六三年六月三十日に私たちのもとを去っていきました。このとき私は初めて、予見できない人生の無常さを身をもって知りました。私は数日前まで無限の幸せと喜びのなかに浸っていました。両親と兄弟姉妹にかわいがられ、それまで苦痛や寂しさを味わったことがありませんでした。そのうえ大学の学士号まで得られて、将来への憧れと希望に満ちていました。それが一瞬にして覆されたのです。父がこの世を去り、まるで揺ぎない柱が突然倒れてしまったかのようでした。家族はみな心身ともに大きく深い衝撃を受けました。私の心の悲しみと苦痛は言葉で形容しがたく、あたかも急に言葉の能力を失ってしまったかのようでした。毎晩のように夢でうなされ、もう二度と永遠に父のやさしい笑顔を見られなくなったという現実を受け入れられませんでした。

母の悲しみと苦しみたるや、もっと深かったに違いありません。母は父と一緒に台南に帰らなかったことを絶えず悔やんでいました。もし自分がそばに居たならば、父の卒中に早く気付いて、手遅れになる前に病院に急いで搬送でき、父がこんなに早く他界することはなかったかもしれない。母はずっと自分を責め続け、自分自身を許すことができませんでした。

太平境教会の謝再生牧師が何度か訪ねてきて、洗礼を受けて入信する意思があるかを私たちに聞きました。キリスト教徒である父が人としてあるべき立派な処世の範を示してくれたのを、私は小さい頃からずっと見てきましたので、洗礼を受けて主に従うことを何のためらいもなく決心しました。そうして一九六三年八月十八日、母、二人の姉、二番目の兄嫁と私の五人は、一緒に洗礼を受けました。その後、私の心の内は大きく変化しました。主の慰め、平安、永遠の命への希望が、それまでの悲しみと苦しみに取って代わりました。私は台北に戻って大学院に進学する機会を棄てました。実家に戻って母親に寄り添い、慰め、突然伴侶を失くした後のつらく寂しい日々に母が適応していくのを手伝いました。母と過ごした一年余り、私たちはいつも一緒に太平境教会へ礼拝に行きました。

一九六四年九月に私はアメリカに留学しました。馴染みのない新しい環境の中、勉強も大変忙しく車も持っていなかったため、大学院の二年間はほとんどキャンパスの中で過ごしました。教会へ礼拝に行った回数も多くはありませんでしたが、神が黙って見守ってくれているのを感じていました。その後、私は結婚して二児の母になり、家事に追われて礼拝にはあまり行きませんでした。一九八〇年にカリフォルニア州の小さな町に引っ越し、子どもたちも大きくなりました。小さな町での生活は純朴で、私は子どもを連れて規則的に毎週日曜日の礼拝に行くようになり、英語の聖書勉強会にも参加しました。その後は婚姻が失敗して離婚し、何回も引っ越しました。幸いにも、兄、兄嫁、姉、弟、甥たちの協力を得て、少なからぬ苦しみの日々を乗り越えました。私は小さな町から南カリフォルニアのアーバイン（Irvine）に引っ越し、ほどなくして今度はハワイのホノルルに、それからテキサス州のラボック（Lubbock）に移り住みました。苦労したこの不安定な七年の間、私はますます強く神に頼り、そこから安らぎと慰め、力と喜びを得ました。教会では、キリストの愛でもって人に接し、親切で優しく、霊性の成熟した姉妹と兄弟たちにいつも会うことができ、私の心にたくさんの潤いを与えてくれました。

不思議な出会いは、ラボックに引っ越してから六カ月後に起こりました。あるチャイニーズ・ミッション教会（Chinese Mission Church）の集会に参加した時、思いがけずして Mr. Frank Ford と出会い、その後結婚したのです。これはまったく予想外のことでした。自分が再婚するなどとは、自分でも信じられませんでした。私は確かに神の差配を受け、私たちはもう一度楽しく幸せな婚姻を享受する機会（Second Chance）を賜わりました。主は、私たちに豊かな恵みと喜びをお与えになりました。

ここで、私の信仰に大きな影響を与えた母についても触れたいと思います。母は二〇〇一年元旦に神の御許に召されました。享年九十六歳でした。私が離婚してから再婚するまでの七年間、私は毎年母に会いに台南に帰省しました。そのとき母はすでに立ち居振る舞いの自由があまりきかなくなっていました。私たちはしばしば母の部屋で一緒に賛美歌を歌い、母もよく電話で十五分の聖書の説教を聴いていました。その後、外出するのに車椅子が必要となっても、母は教会の礼拝に行き続けるのをやめようとはしませんでした。夏休みに娘の清音が台南に帰ってきてＹＭＣＡで英語を教えた年がありました。そのときは夜になると私たちは母の部屋に集まり、清音がバイオリンで伴奏して、好きな聖歌を一緒に歌いました。そこに流れてくる、窓の外の小さな池の水の音、鳥のさえずり、花の香り。まるでこの世の天国のようでした。後に、夫のFrankが私と一緒に台南に帰った時も、同じように一緒に聖歌を歌いました。この楽しく幸せな情景は、いつも脳裏に浮かんできます。神は必ずお答えになるのです。神が私にお与えになった喜びは、私の杯《さかずき》を溢《あふ》れさせてくださいました。

母は花を育てるのが好きでした。私も幼い頃から母の影響を強く受けて、花を植えることが好きです。この趣味のおかげで、私の人生は限りなく豊かなものとなりました。花園のなかでリラックスして、心身の不調を忘れられるだけではありません。もっと重要なのは、よく花園にいるときに神が万物を創造したことの奥深さ、素晴らしさ、面白さを悟ることができるのです。神は、植物に太陽の光、水、空気、土壌から必要なものを取らせ、かぐわしい香りのさまざまな美しい花を咲かせました。なかには美味しくて栄養豊富な野菜や果物となったものもあります。私は毎日自分の花園で神の愛を享受し、植物を通して神が私に与えてくださった啓示について深く考えています。

植物を通して次のようなことが見えました。時として私が植物たちに与えるのは臭《にお》いが空まで立ちのぼる腐った物です。それなのに、植物たちは香りのよい美しい花、果物をもって報いてくれます。私たちの口、目、耳をも十分に楽しませてくれ、私たちの体も丈夫にし、健康をもたらしてくれます。神の愛たるや、なんと誠実で偉大でしょう。ですから人類も植物に見習い、穏やかな愛する心で誠実に人に接しなければなりません。時には相手の態度が悪いこともあるかもしれません。それでも主のおっしゃるようにしなければなりません。「敵を愛しなさい」。

親愛なる父と母との死別を通して、私は突然の別れの悲しみを味わい、心の中で深く迷い、最も大切な愛を失ったと感じました。今でも両親との思い出と二人を偲ぶことだけが心の空しさを埋めてくれます。同時に私は深く次のようにも感じています。私たち兄弟姉妹の小さい頃からの成長過程は、非常に幸せなものでした。なぜなら、愛があり、よきお手本があり、全身全霊をもって愛を注ぎ育ててくれた父と母がいたからです。このため、私はいつも心からの感謝の念を抱いて、両親のことを懐かしんでいます。

二〇〇八年十一月　アメリカ、カリフォルニアにて

＊「父母親伝給我的美好信仰」『六十回憶』第三版（二〇〇九年）所収。

父を想う

五男　韓良博

病院の廊下を歩くとき
長く、遠く、そして孤独
静まり返った真夜中に
父を想う。
診察のため階下へ降りる
父の疲れた足どりが
いくたの深夜にこだまする
みな遠い田舎から
父の神の手と仏の心を求め
はるばる歩いてやってきた。
父の慈愛、情熱と智慧を思う。
おのれの長くつらい日には
父の長くつらかりし数えきれぬ日々を思う。

めったに人の行かぬこの道を
わたしもまた歩み
父の道のりを思う
長く、遠く、そして孤独。
父が触れた多くの心と体を思う
深く、優しく。
父を想う
いくつもの昼と夜に。

＊「THOUGHT OF MY FATHER（想起阿爸）」『六十回憶』第三版（二〇〇九年）所収。

あの日を思い出して

故六男良平妻　阮琬瓔

二十二年前のあの日、私は義母が宝物として大切にしていた義父の著作『六十回憶』と、一九六二年十一月八日に義父が台南市太平境礼拝堂で行った証《あかし》の原稿「聖書の真実性」（荘永明『韓石泉医師的生命故事』遠流出版社、二〇〇五年、四四六頁）をいただきました。そのとき義母は微笑んだまま何も言いませんでした。私は韓家の嫁となりましたが、義父に会ったことがありません。義母の考えは言わずとも明らかでした。それらを読んでみると、思ったとおり、そこには義父が倦まずたゆまず台湾のために奉仕し、成し遂げてきたことがすべて綴られていることに私は気付きました。

結婚後の生活のなかで、良平はよく「父さんが」「父さんが」と口にしました。私は良平が父親を追慕する情が一貫して変わらないのを感じました。そして、家庭生活と医務活動における、数々の大切なことや人への愛を、父親から受け継いでいると思いました。義父は非常に智慧があり、キリストを深く信じていました。限られた人生において、唯一の真の神を信じ、自らの力を捧げて神を讃え、人に尽くしました。

『六十回憶』のこの第三版がさらに多くの人に役に立つことを願います。韓石泉博士の後代がみなその遺志を継ぎ、真剣にそれぞれの前途に向って邁進し続けるように祈ります。まさに「テモテへの手紙二」第四章第七節が示すように。「わたしは、戦いを立派に戦い抜き、決められた道を走りとおし、信仰を守り抜きました」。また「フィリピの信徒への手紙」の第三章第十三節、第十四節が示すように。「後ろのものを忘れ、前のものに全身を向けつつ、神がキリスト・イエスによって上へ召して、お与えになる賞を得るために、目標を目指してひたすら走ることです」。

義父の美しき足跡につき従い、その精神を見習うことができれば、その先に私たちが望むものとは、まさに次のとおりのことです。「今や、義の栄冠を受けるばかりです。正しい審判者である主が、かの日にそれをわたしに授けてくださるのです」（「テモテへの手紙二」第四章第八節）〔「新約聖書」『聖書 新共同訳――旧約聖書続編つき』共同訳聖書実行委員会、一九八七年〕。

二〇〇八年十二月一日　日本にて

＊「憶及那一天」『六十回憶』第三版（二〇〇九年）所収。

父との思い出

七男　韓良憲

私は十一人兄弟の末っ子である。一九六三年に父が他界したとき、私はまだ十六歳にも満たなかった。父があまりに早くこの世を去ったため、成長期もそして成人してからも、より多くの教えを請うことができなかった。これは四十五年を経た今も私が人生で最も遺憾に思うことである。しかしこの数年来、少しじっくり観察しさえすれば、目に見える形であれ見えない形であれ、私は父の影響を受けていることに次第に気付いた。ここにいくつかの例を挙げてみよう。

まず最も顕著な点は、自分もまた父と同じく医学の道を歩むことになったことである。父は医業を深く愛していた。私はそれを幼い頃から毎日感じ取っていた。一家全員で食事をしているとき、父はしばしばその日にあった診察室での出来事を家族に話してくれた。当時、私はいつも人力三輪車に無理に乗り込み、父の往診（普段は看護婦一名も一緒）に同行した。患者宅ではいつも人々の父への感謝と敬意を感じた。今考えると、のちに私が医師になる道を選んだのも、ごく自然なことだったといえる。さらには私の二人の娘の思杏と思香も、現在医学部に在学中である。もしかすると二人も、私から間接的に祖父の影響を受けたのかもしれない。

父は医学を熱愛した。その最たる理由は、医業を通じて、自分が学んだことを直接社会に恩返しできることにあったと思う。杜聡明先生が高雄医学院で陳啓川先生と対立した時、父は直ちに公開状を書いて杜先生を支持する立場を表明した。また、父は毎年のように赤十字社のチャリティーバザーに協力するよう母を促した。他にも、「医師の十戒」を執筆し、それを母に毛筆で清書してもらったことなどなど。いずれも父の医学に対する愛、社会に対する責任感を物語っている。

次に、子どもと家庭に対する父の態度についてである。父はよく休日（通常は春節［旧正月］）を利用して、看護婦と薬局生も含め、家族全員を連れて春のピクニックに出掛けた。中秋には「遍街旋《ペンケエセエ》」［韓淑真の文章参照］という家族行事があった。数台の人力三輪車を雇って全員で乗り込み、隊を成して出かけた。そうして月見をしながら台南の町景色を楽しんだ。また、小さい頃に楽しかったことの一つは、一家で夜の部の映画（たいてい延平映画館で、韓内科から歩いて十分足らずのところにある）を観に行ったことである。いまも覚えているが、父が映画館に連れて行くと承諾してくれると、私はいつも百パーセント安心した。なぜなら、父はどんなに忙しくても、必ず約束を守ったからである。これはその後、私も決して二人の娘を「騙したり」しない習慣となって引き継がれている。

映画のあとは帰る道すがら、いつも「度小月」という店に寄って担仔麺《ダーアーミ》［台南の名物料理。エビのだしが効いたラーメン］を食べた。真冬の寒い夜にあれはまさに極楽だった。今でも台南に帰省するたびに、「度小月」に行ってラーメンを何杯かいただくのが、欠くことのできない恒例の行事となっている。ある日の晩、映画を観たあと帰宅すると、十五歳前後の男の子が家の門前でしゃがんでいるのに気付いた。おおかた家出をしてきたか、親に追い出されたのであろう。あの時、父は彼をすぐに家の中に呼び入れて、部屋のひと隅に寝かせ、寒い冬の夜から逃れさせた。翌朝早く、男の子は出て行ったようだった。

この出来事は私の脳裏に深く焼き付けられた。博愛を父が行動を通して教えてくれたのである。私は覚えている限り、これまで一度も父から体罰を受けたことがない。小学校一年生のとき、私はある日学校をさぼって家に帰り、二階の階段の下の小さなスペースに隠れた。あの時は本当に大騒ぎだった。後で聞いた話によると、担任の先生（許賢女史）は妊娠中の大きなお腹を抱えて、進学小学校の校庭の隅から隅まで探してくれたという。階段の下から見つかったとき、私は父の顔色をうかがった。そして内心、今回はおそらく「竹の子の肉炒め」（鞭打たれるの意）の運命から逃れないと覚悟した。幸いにもそのとき、看護婦さんが上がってきて、下で待っている患者さんがいると伝えた。すると父は（内心ホッとしたのだろう）診察しに一階へ下りていった。その後は何事もなく、私も一難を切り抜けた。

父が行動で示してくれた教えを受けた私は、のちに二人の娘を授かってからも、娘たちに体罰を加えたことはない。中学校一年生の時、私は台南第一中学の夜間部に通っていたが、二年生に上がる時に昼間部への編入試験を受けた。国文の作文のテーマ「水害」（その年はちょうど八七水害の年だった）は、なんと父の推測どおりだった。父は本当に素晴らしい。

近年、歳を重ねるにつれ、物事への理解も深まって、私は比較的理性的な無神論（Atheism）を選択した。そのため、「君の両親は二人ともクリスチャンなのに、君はなぜクリスチャンではないのかい」といつも友人たちに聞かれる。端《はた》からは確かに、父から深い影響を受けたという話と矛盾しているように見える。しかし実際には、父は非常に自由で開明的な人だった。私を強制的に日曜学校に行かせなかったことについて、心から父に感謝している。それゆえに私は成人後に自ら理性的な選択をすることができた。実のところ私の一番の願いは、人、事、物についての自分の考え方を、宗教も含めて父と語り合うことである。それができたらどんなによいだろう。父はきっとわかってくれるに違いない。

私には良い習慣がある。読書である。毎日本を一冊手にすれば、心は落ち着くし心の中に喜びが満ちてくる。これもまた父からの影響だと思う。当時、夕食のあと父はかならず一階に下りていって自分の書斎で本を読み、母は二階で針仕事をしていた。少し夜が更けると、母は吹き抜け回廊から父に上がってくるよう声を掛けた。父が上がってくると、母は自ら羽毛をきれいに取り除いて料理したツバメの巣のスープを、いつも父の夜食として出した。父の他界後、父の大きな本棚には医学書のほかに、『胡適全集』、梁啓超の『飲冰室全集』などの書籍が並んでいたことを覚えている。

父は台湾という土地をこよなく愛していた。この点についてはすでに多くの記述がある。例えば、若い頃は台湾文化協会に参加し、中年になると一九六一年の国慶日に「国内外の情勢とわれわれの覚悟」（荘永明『韓石泉博士的生命故事』遠流出版社、三九九—四〇四頁参照）を発表したことなどが挙げられる。ここでは一つだけ紹介しておきたい。一九六〇年にアメリカのアイゼンハワー大統領が台湾を訪問したとき、父は焦りながら廊下で行ったり来たりし、それればかりか、懐中時計まで取り出して「飛行機はそろそろ到着したころだろう」とつぶやいたのを覚えている。あのとき私はまだ若かったため父の気持ちを理解できなかった。今思うに当時台湾のおかれていた国際環境を考えると、アイゼンハワー大統領の訪台が台湾にとってどれほど大きな意味を持っていたかは言うまでもないだろう。あのとき父は台湾の安危を心配していたのだ。きっとアイゼンハワー大統領の訪台を通じて、台湾の安全が一層保障されることを期待していたのだろう。

二〇〇四年の台湾総統選挙のとき、投票するために私は台湾に帰った。投票所で偶然に、道を教えて

いる人の声が耳に入ってきた。「韓石泉さんのところを右にまがって……」。他界から四十一年経っても
なお、「韓石泉」は変わらず台南のランドマークであった。台南における父の影響を知ることができる。
父を懐かしく思う。心から懐かしく思う。

二〇〇八年十一月　アメリカ、ハワイにて

*「父親與我」『六十回憶』第三版（二〇〇九年）所収。

戦中戦後の思い出——むすびにかえて

韓良信

父が医学博士号を取得して、私たち一家が熊本から故郷の台南に帰って来てやっと落ち着いた、と思ったら「大東亜戦争」勃発でした。父は「戦争が始まる、死ぬなら故郷で」と博士論文の完成を急いでいました。案の定、帰台翌年に真珠湾攻撃、その後香港陥落、マニラ攻略、シンガポール占領と皇軍は破竹の勢いで「師走八日の感激を孫子《まごこ》の代まで忘れまい」と日本国中が沸いたのもほんの束《つか》の間《ま》、真珠湾奇襲から約一年後には局面一転、米軍が太平洋のいたるところで津波のように押し寄せてきました。日に日に物資欠乏、配給制度、闇市横行、金属回収と生活が酷《きび》しくなっていました。

戦争中は本当に生きていくことに無我夢中でした。台南二中の疎開地は二箇所でしたが、小生は近い方の大湾に行きました。（もう一箇所はどこだったのか憶えていません。）大湾では父の患者であった劉札氏のお宅に寄宿し、満十二歳でまだうぶな小生は、劉氏の新婚早々の長男「春哥」とお嫁さんの閨房《けいぼう》で三人で起居していました。今から考えてみれば、何と罪なことをしたのだろうと、恥ずかしい思いです。毎週土曜日の午後、春哥は小生を自転車で大湾から疎開地の本淵寮まで送り返して下さいました。

小生は週に一度の帰省を楽しみ、日曜日の夕方、徒歩で本淵寮から大湾に戻っていました。灯火管制で真っ暗な田舎の一本道はほとんど人影がなく、よくも毎週一人で一時間半ぐらいの道程《みちのり》を歩けたと自分でも感心しています。余計なことを考えればますます怖くなるので、月夜には夢中で自分の影を追っていました。遠くから飛行機の爆音が聞こえてくれば、真っ先に隠れ場を探し回っていました。この爆音に対する「過敏症」は戦後も長い間尾を引いていました。終戦直後は自動車の爆音に（当時の自動車のエンジンは今日のように静かではありませんでした）、反射的に米軍爆撃機B－29か戦闘機P－38が飛んで来たと鳥肌が立ったのをよく憶えています。

余談ですが劉札氏はある美しい女性から「体の弱い貴方のお嫁さんにはなりません」と断られたので、「どうか私の胃腸を治してください」と父に縋《すが》って来られたそうです。後日憧れの女性と結納を交わすことができて、父を恩人として慕っていました。

戦争中は軍事訓練や防空壕掘りで、勉強らしい勉強はほとんどありませんでしたが、大湾で呂清波先生から幾何学入門を教わったことはよく憶えています。先生が二〇一三年の陰暦大晦日に満九十五歳で御逝去なされるまで、小生は帰台するたびに、先生のお宅を訪れ、四方山話《よもやまばなし》に花を咲かせて、お互いの再会を愉《たの》しんでいました。ご冥福を祈っています。

大湾におられた先生方では、呂清波先生以外には「チンピラダッシュ」の渾名《あだな》にふさわしく、背の低い意地悪な内地人の先生しか憶えていません。（「チンピラ」先生は大湾分校に来られなかったので会ったことはありません。）お名前はもう忘れましたが、終戦直後台南二中の本校で黒板に暗記で楽譜を書きながら、「故郷の空」を口ずさんでいた内地人の音楽の先生も印象的でした。送還される前の望郷の心境でしょう。

戦後台南二中は台南一中となり、呂清波先生は大学卒ではなく、検定試験合格者でしたので、最初は中国から来られた新任の蘇恵鏗校長からあまり信頼されていませんでしたが、他の数学の先生方が後退《あとずさ》りをした難しい課目も難なくこなして、蘇校長から見直されたそうです。

小生は台南一中の初中部で短期間でしたが王育徳先生の教えを受けました。王先生は東京帝国大学の学生でしたが、終戦で故郷の台南に戻って来られました。演劇などで蔣介石政権を批判したのが祟《たた》り、二・二八事件中危うく台湾を脱出して、日本に亡命し、東大に復籍しました。（お兄上の王育霖氏は運悪く捕まって、中国国民党に銃殺されました。）明治大学で教鞭を執りながら、東大で博士号を取得して、後に明治大学の教授となり、東京で雑誌『台湾青年』を創刊して、台湾独立運動の先鋒となったのは衆知のとおりです。しかし残念ながら、情熱に駆られたのか、史料が乏しかったのか、『台湾青年』には事実ではない記述があまりにも多過ぎます。

昭和十八年頃から「大本営発表」は嘘八百と感づいた人は少なくないと思います。日ごとに空襲警報が鳴るようになった当初は零戦が迎戦していましたが、台湾での空中戦で撃ち落されたのは日本の戦闘機ばかりでした。その後は空襲警報が鳴っても、日本の飛行機は逃げたのか、もうないのか、全然姿を現さず、米空軍が完全に制空権を把握していて、自由自在に飛び回っていました。口にこそ出さないが、もう誰の目にも敗戦の色は濃く映っていました。

ラジオで「海行かば」を聴くたびに父は「海に行っても死に、山に行っても死ぬのなら、どうして勝てるのか」と呟《つぶや》いていました。日頃のバケツを使った防火訓練も、昭和二十年三月一日の台南大空襲下では、ままごとみたいで、何の役にも立ちませんでした。

「一億総玉砕」を喚き出したこと自体が、敗戦の必至を意識していたと言えるでしょう。このスローガンの下では、米軍としては原子爆弾を使わざるを得なかったと解釈するのは不当でしょうか。もっとも長崎の原爆投下は如何にしても正当化できないと思います。特に広島での原爆投下から長崎での投下までたった三日間だったのは、大変性急だと思います。もう日本は抵抗力が全然ないのは明らかでしたから、もう少し待てば投下せずにすんだと思います。

昭和二十（一九四五）年八月十五日の玉音放送は台湾でも放送されたと思いますが、小生は聴きそびれました。当日は恒例の空襲警報がなく、不気味なほど静かな一日だったことは憶えています。翌日になってから、日本は無条件降伏したのだと知りました。玉音放送はあまりにも遅過ぎました。

君死にたまふことなかれ　　与謝野晶子

君死にたまふことなかれ、
すめらみことは、戦ひに
おほみづからは出でまさね、
かたみに人の血を流し、
獣《けもの》の道に死ねよとは、
死ぬるを人のほまれとは、
大みこころの深ければ
もとよりいかで思《おぼ》されむ。

（『明星』明治三十七（一九〇四）年九月、第三連）

〔『日本現代文学全集37』講談社、一九六四年初版、一九八〇年増補改訂版、一四二頁〕

日本では毎年八月になるとNo more Hiroshima！をメディアが一斉に叫びますが、「孫子の代まで忘れまい」の歌詞とは裏腹に、真珠湾奇襲、Bataan〔バターン〕半島の死の行進、生体実験などはおくびにも出したことはないようです。東南アジアから来られた小生の友人や学生たちは、口を揃えて、戦時中の日本兵はとても残虐で放火、掠奪、強姦、殺人、なんでもやったと訴えていました。また「日本車は買うな！」「日本観光には行くな！」と祖父から禁じられた白人の学生もいました。彼の祖父はBataan半島の死の行進の生存者でした。小生に日本人の友人が沢山いたことに納得できないような目付きでした。盧溝橋事件（昭和十二（一九三七）年七月七日）に戦端を発した支那事変（日中戦争）はすでに四年半も続いていて、泥沼状態に陥っていたのに大東亜戦争とは、国力の差があまりにも明らかで、初めから勝ち目のない戦争であったことは、教育を受けた人なら誰でも判断できたはずです。東条英機をはじめとする軍部の愚行と言うか、無謀と言うか、まったく理解に苦しみます。

戦時中の日本兵の暴行、「一億総玉砕」など正気の沙汰ではありません。すべては戦争が人々を狂わせたのだと信じています。「鬼畜米英」と洗脳されていたからこそ、Bataan半島の死の行進のような残忍な行為に出たのでしょう。日本の友人としてとても遺憾だと思います。加害者が加害者であったと認めない限り、被害者としては、反省しているとは思えないのは、当然すぎるほど当然なことでしょう。被害者意識から抜け出し、加害者でもあったと、もっと素直に過去の非を認め、未来志向に立っては如何でしょう。

戦争には断固反対です。しかし武力しか信じず、国際法をも無視する中国を隣国に持つ台湾と日本は引越しもできず、どうすれば良いのでしょう。

二〇一五年十一月三日／二〇一六年一月加筆

＊本書のための書き下ろし

解説

洪郁如

一　韓石泉と本書の時代背景

韓石泉（一八九七—一九六三）は、一九二〇年代から六〇年代、台湾の政壇と医学界で活躍した知識人である。その経歴を簡単に紹介しておきたい。日本の台湾領有二年後に古都台南で生まれた彼は、日本が植民地台湾で実施した近代的学校教育を受けながらも、漢学塾の教師である父の指導のもとで、堅実な古典中国学の薫陶を受けた。学校卒業後、しばらく台南州庁の給仕として働いた後、台湾総督府医学校に入学した。五年後に卒業し、日本赤十字社台湾支部医院で一年間勤務した後、一九一九年に台南医院の内科に移り、一九二二年に市内で友人黄金火と共和医院を開業し、一九二八年に独立して韓内科医院を設立、その後は亡くなるまで医療活動に携わった。政治活動に関して言えば、韓が開業医として自立した一九二二年、近代台湾民族運動のもっとも重要な組織である台湾文化協会、そして台湾議会設置請願運動に参加したのが始まりであった。一九三一年に台湾民衆党の解散に失望した彼は、一度は政治活動から離れ、一九三五年には熊本医科大学に留学、医学博士の学位を取得して一九四〇年に帰台し、韓内科医院の経営を続けた。戦後、脱植民地過程の台湾における民主政治の実現に新たな希望を抱いた韓は、早い段階から政界での活動を再開し、一九四六年、第一期の台湾省参議会議員に当選し一九五〇年の任期満了まで台湾中央政界で活躍した。一九四七年に台湾戦後史上最大の悲劇である二・二八事件が勃発した際、彼はその処理委員会の台南市分会の主任委員として選出され、同事件の非常に貴重な証人として事件前後の過程を経験した。そのほか、一九四六年からは私立光華女子中学の校長、理事長、一九四七年には台南市防疫委員会の副主任委員、一九五二年には台湾省赤十字社台南市支会の会長などを務め、一九六一年にすべての政治活動から身を引くまで、精力的に社会活動に参与した。

本書の中国語原著の出版経緯について、詳しくは韓良俊の『六十回憶――韓石泉医師自伝』刊行までのあゆみ」に譲りたいが、ここでは三回にわたる本書の出版の時代背景と意義について解説したい。一九五六年、本書の初版は韓石泉の還暦記念として刊行された。回想録を執筆した理由について、「はしがき」と「第十八章」の末尾に綴られた著者自身の言葉によれば、「動機は極めて単純である。六十年間の生き様を忠実に叙述しただけ」であり、生活から国家社会との関わりまで、「六十年を一区切りとしてまとめた」という。しかし、近現代台湾の政治状況の下で、このような「単純な動機」から文字記録を残すことは、実は決して容易ではなかった。日記が日本統治側による政治弾圧の根拠として利用された戦前の体験については、その「はしがき」で述べられている。この経験から、韓は長い間、日記をつけることをためらっていたが、植民地支配から解放された戦後になっても、政治について語る行為自体の危険性は、依然として存在した。本書収録の鄭震宇の祝詞について韓良俊が付けた注によれば、韓の英語の家庭教師だった鄭震宇は、中華民国の元駐パナマ公使という経歴の持ち主であった。韓石泉は本書の完成原稿を鄭に送付し、序の執筆を依頼した際、鄭からは政治的トラブルを避けるため改稿し、当局に審査送付をしたほうが宜しいとの忠告があった。しかし韓は自らの信念を貫き、あえて修正を加えなかった。こうした事情もあり、一九五〇年代の権威主義体制下の台湾では、本書の初版は私家版（自費出版）の形でようやく刊行されたのである。

第二回の出版は、韓石泉の逝去三周年を記念し、四男韓良俊が整理した「六五続憶」と「診療随想続誌」を巻末に加えた一九六六年版である。台湾の政治環境から言えば、第一版、第二版が私家版として刊行されたのはともに戒厳令が敷かれていた時代であった。部数が少なく、市場に流通するものではなかったため、本書を入手しようとする者は、韓家の関係者に直接問い合わせるしか方法はなかった。

一九九〇年代以降、台湾の民主化が進むなか、政治的なタブーは後退していき、とくに日本統治期、そして戦後初期の台湾政治の歩みを再検討しようとする社会的気運は高まってきた。そうした中で、五〇年代半ばという戦後の比較的早い時期に、実体験としての歴史を克明に記録した本書は、その価値が再認識され、「隠れた名著」とも呼べる存在となっていった。韓家の子女たちの話し合いの結果、二〇〇九年に本書の三回目の刊行が決まり、台北の望春風文化出版社を通して正式出版されたのは、以上のような経緯による。なお、このたび本書が日本語で刊行されることになった経緯については、「日本語版によせて」および「訳者あとがき」を参照されたい。

二　本書の特徴と意義——世代の意味

本書は「世代」、「医師」、「政治」という三つのキーワードから位置付けることができる。まず「世代」の視点から本書の特徴を示したい。韓石泉が生まれた一八九七年は、日本の台湾統治が始まった直後の時期であった。彼は幼少期から青年期、壮年期を通して日本統治のほぼ全期間を経験し、その後の台湾の脱植民地化と中華民国に編入後のさまざまな政治変動を生き抜いたことになる。終戦時、彼は四十七歳だった。すでに幕を閉じた日本時代、そして新たに幕を開けつつあった中華民国の時代の双方について、韓はその豊富な人生遍歴から余すところなく語りきっている。

日本統治期を経験した台湾人は三つの世代に分けられる。台湾史学者の周婉窈の区分によれば、「旧世代」とは伝統社会のなかで育てられ、日本に領有された一八九五年にはすでに成人していた人々である。たいして「乙未《いつみ》新世代」とは、日本の領有前後に生まれ、新式学校教育を受けたものの、それ以前の時代にも接触した経験のある人々である。さらに「戦争世代」とは、第二次世界大戦期に青少年期を過ごし、ほとんどが日本による初等教育を受けた人々であった。[1] 本書の著者である韓石泉は、一八九七年、すなわち日本の台湾領有二年後に生まれており、まさに「乙未新世代」の一人である。これまでの日本の読者に馴染み深い、いわゆる「日本語世代の台湾人」による書物の作者は、ほとんど一九二〇—三〇年代生まれの世代に属す。すなわち、日本の台湾統治が比較的安定した時期に入り、日本語を中心とする植民地学校教育が確立された時期に生まれた人々である。一九二三年に生まれた元台湾総統の李登輝、一九二四年生まれの日本経済界で著名な実業家の邱永漢などが代表的である。

台湾人のなかの「日本」と「中国」の存在は、こうした世代の違いによって大きく異なってくる。台湾知識人の思想的展開は、各世代が経験した時代環境や教育背景により異なる様相を呈している。同じ日本の近代教育の洗礼を受けたといっても、「乙未新世代」はその親たちが清朝統治期の台湾を生きたので、日本領有前後の台湾社会の状況を家族の記憶と語りによって直接に継承している。これは物心がつくようになった頃、すでに日本による植民統治が四半世紀以上も経過し、確立したあとに生まれた「戦争世代」とは大きく異なる。「乙未新世代」は、過去の歴史や文化について、幼少時の体験から一定程度、それらを継承し、その後の人生で経験することになる政治的変遷を相対化する素質と柔軟性を備えた世代であった。

「世代」という視点からみれば、台湾史における韓石泉回想録の特徴は明らかである。清朝統治下の台湾社会を生きた人々が、幼少期の彼の周囲にはまだ大勢いた。その文化、記憶と語りは日常生活の中に色濃く漂っていたはずである。父祖の代が抱いていた漢人移民の故郷、「祖国」への思いはその最たるものであろう。他方、日本統治期生まれの世代にとって、「祖国」とは、生活経験においてほとんど「見知らぬ土地」にすぎず、「概念としての〈唐山〉」と呼ぶべきものである。帝国日本との関係性を意識しながら、アイデンティティを模索し確立していく過程のなかで、絶えず想像としての「祖国」に新たな意味と機能を付与していったのである。(2) こうした概念の調整を促した最大の要因は、ほかならぬ台湾社会に生きる人々が、激動の歴史の中で圧倒的な権力を有する他者に直面・対抗しなければならなかった政治的、文化的な現実（他者に対抗する際の寄り所の一つとして機能する）であり、それはアイデンティティの模索と確立という大きな課題でもあった。

同じ家族のなかにおいても、「日本認識」や「中国認識」は世代間の相違が顕著に表れてくる。この意味において、本書の「注」に留意することが重要である。注釈を付けたのは、韓石泉の四男である韓良俊氏である。父親が執筆した本文の字数の約半分にも及ぶ注釈の意義は、単にわかりにくい箇所の解説という次元を超えて、むしろ台湾史をめぐる父子の歴史的な対話と見なしてもよかろう。「光復」「祖国」に寄せた父親の思いについて、子世代は理解を示しながらも時代の変化がもたらした自らの見解を提示している。注の一部は紙幅の関係で残念ながら割愛せざるを得なかったが、関心のある読者は是非、二〇〇九年出版の中国語原著を参照されたい。

本書の第Ⅱ部「韓石泉を語る」に文を寄せた韓家の子世代の人々についていえば、厳密には二つのグループに分けることができる。戦前生まれで少なくとも植民地期の初等教育を受けた人々は、仮に「日本植民期グループ」と称してもよい。もう一つは戦後生まれで、当然ながら植民地学校教育を受けることなく、完全に中華民国の台湾移転後に実施された教育を受けた人々で、「戦後初期グループ」と呼べるだろう。(3) 留意したいのは、「日本植民期グループ」においても、中学校あるいは高校以降は、戦後の中華民国の教育を受けた経験を有しているという点である。そのため、二つのグループは歴然と区別されるわけではない。「日本植民期グループ」は、日本・中華民国の教育をともに受けたため、上・下世代の時代経験に共通する土台を持つことができた。そして「戦後生まれグループ」も、日本経験を有していないにもかかわらず、家族の語りや、戦前からの台湾の日常生活における名残などから、「日本植民期グループ」の経験に一定の親近感を持っていたことも否定できない。のみならず、彼らは中華民国の台湾移転から民主化まで、国民党による長期間の一党独裁の時代環境も実体験として共有している。引き続き本書の社会文化的意義を考えてみたい。世代の違いは、政治面だけでなく、文化面においても顕著に表れる。とりわけ、韓石泉が属す「乙未新世代」にみられる「伝統」と「近代」の同居は興味深い。娯楽として韓が京劇鑑賞を好んだことは、子女による追悼文でもしばしば触れられている（何耀坤、韓淑馨、李慧嫻の文章を参照）。そして西洋音楽教育を受けた次世代は、京劇に対する違和感についても綴っている（第Ⅰ部第二章の韓良俊による注、第Ⅱ部の韓淑馨の文章を参照）。台南第二高女の卒業生でもある次女の韓淑馨によれば、日本統治期から、父親は京劇のレコード鑑賞を愛好したが父親が流した音楽が自分の友人の耳に入るのが恥ずかしかったという。四男の韓良俊も、父親からの京劇鑑賞の誘いを毎回、拒絶したことが後ろめたかったと述べている。こうした韓石泉の音楽の嗜好は、旧世代に属する父親の韓子星の影響によるところが大きい。本書第Ⅰ部第二章によれば、韓石泉は常に父親の京劇鑑賞に同行し、内容についての解説を受けていた。もっとも、こうした伝統的な嗜好は、彼が西洋起源の娯楽文化を忌避する要因とはならなかった。韓石泉は、大衆の啓蒙のために台湾文化協会が主催した文化劇に出演し、家庭生活においては子女と頻繁に映画館に足を運び、米国映画を楽しむような側面もあった。

筆者が初めて韓石泉という人物に注目したのは、一九九〇年代後半に博士論文を執筆した際である。韓石泉夫妻の恋愛と結婚の在り方は、台湾社会文化史において独特の意義を持つように思われたのである。[4]すなわち、親世代を主体とする縁談、結婚の形態をとらず、友人関係を通じて自然に知り合い、交際するという出会いの様式、そして婚礼の形式そのものも、当時としては極めて「先進的」であった。自宅で挙行される伝統的婚礼ではなく、当時の台南公会堂を式場として、現代の「人前式」のように参列者らの前で新郎新婦が二人並び、自ら作成した誓いの言葉を読み上げたのであった。特筆すべき点は、婚礼自体だけではなく、それに伴う「随嫁」や嫁入り道具の誇示（第Ⅰ部第六章参照）などの旧慣をあえて廃除したことである。こうしたやり方は当時、自由恋愛を実践する同世代の知識人にあってもかなり稀であった。韓の事例は、近年の台湾では日本統治期の文化変容を取り扱った書籍でも頻繁に引用されている。

また知識形成の側面からみれば、韓石泉は漢学と日本教育とをともに受け、同時代の中国と日本の書物を広く読んでいた。そのなかで、中国の胡適と日本の矢内原忠雄は彼の最も敬愛する人物であり、特に二人の著作を愛読していた。前述した世代区分に対応させてみれば、台湾文学研究の分野でも、日本統治期に生きた台湾人は、その習得した読み書き能力により概念的に三世代に分けられる。もっぱら伝統的な漢学教育を受けた「父の世代」、漢学と日本教育の双方を受けた「兄の世代」、そして漢学から遠ざかり、もっぱら日本教育で育てられた「弟の世代」である。この分類によると韓石泉は「兄の世代」に属す。戦後の台湾政治、ひいては中台関係、日台関係の舞台で活躍した人物を観察すると、兄の世代の中・日双方の知的背景に影響を受けつつ形成された東アジア観（とりわけ日本と中国に抱く感情と距離感）が、とくに下の弟世代と微妙に異なることに気付くであろう。

三　台湾医学史における位置付け

本書のもう一つの重要なキーワードは「医師」である。台湾近現代史における医師の社会的意味は、植民地支配という外的環境から理解しなければならない。日本の台湾における植民地統治上の必要性から、医師という近代的な専門職が生み出され、多くの台湾人エリートが医学の道に進むようになった。その背景には、台湾社会に文明と進歩をもたらす可能性は医学にこそあると考える青年たちの理想があった一方で、植民地青年の立身出世の道が植民地政府により厳しく制限されていた、という制度的な要因もある。日本統治期において「医師」（医学校進学）や「教師」（師範学校進学）になることは、優秀な台湾人子弟の「二大進路」とされていたが、同じく国家から資格を付与される専門職であっても、収入と社会的地位において前者は後者を上回っていた。(5) また社会活動の面において、前者は開業医の形態を選んだ場合はある程度の自主性を保つことができるのに対し、後者は植民地政府の厳格な管理下に置かれていた。(6) 本書の著者は、前者の道を選択した一人の青年知識人であった。

二十世紀に入り現在に至るまで、医師たちは台湾の政治や社会活動において極めて重要な役割を演じてきた。直近の例を挙げれば、二〇一七年現在の行政院院長（首相に相当）と台北市長はそれぞれ内科医と外科医の出身である。また地方議会から国会に至るまで、医師出身の議員は少なくない。アメリカの社会学者ミンチェン・ローは、現代台湾におけるこうした「医師の社会的な役割が大きいという社会的遺産」の歴史的な起源を、日本統治期に誕生した医師という専門職集団に求めることができると指摘

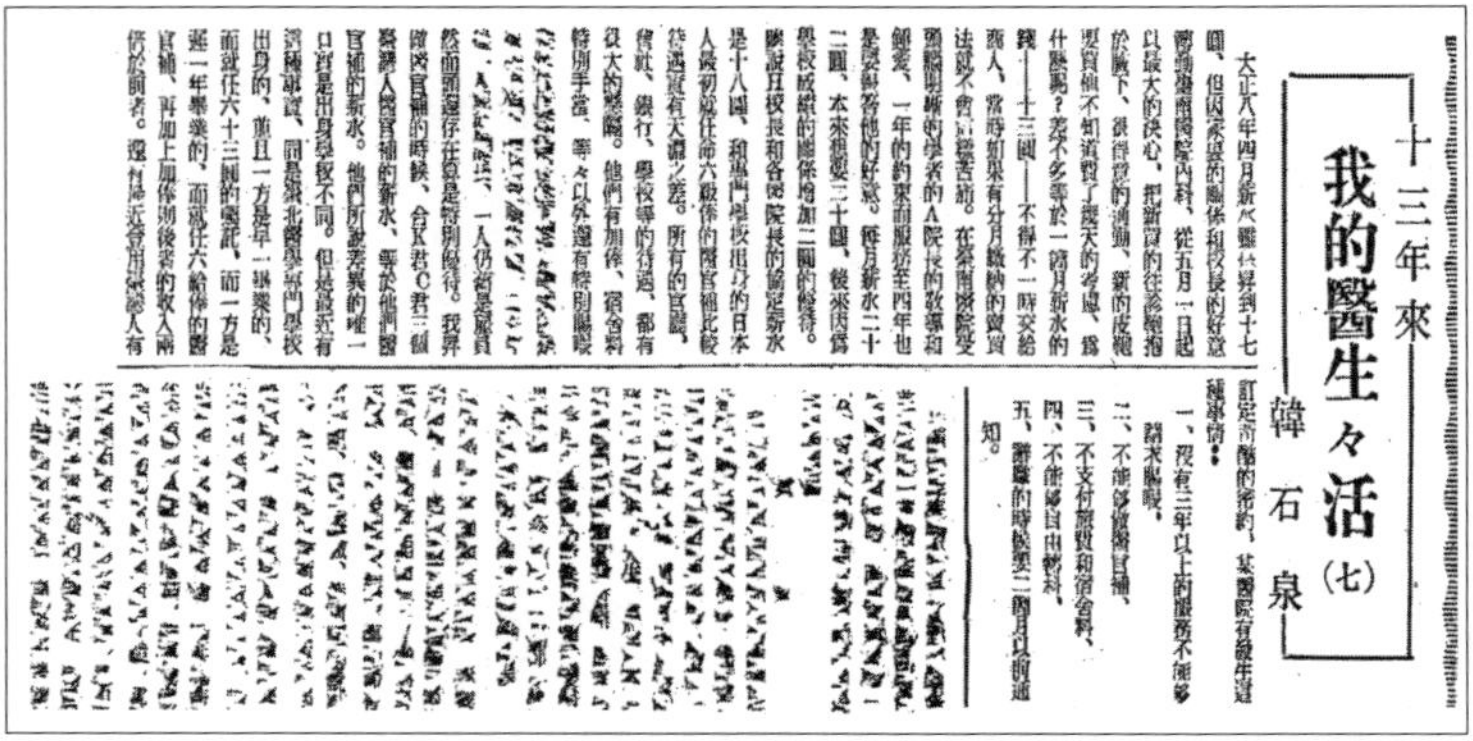

黒塗りされた「十三年来我的医生生活 七」『台湾新民報』1932年5月22日

している(7)。台湾人医師の集団としての立ち位置、実践と矛盾について詳しく知りたい読者には、ローの著書は一読の価値がある。特筆したいのは、本書の中国語原著『六十回憶』が、ローの論著にも多数引用されていることである。台湾の医師集団の理解にとり、韓石泉の経歴が歴史的な意義をもつことが示されている。

韓の回想録を通して、日本の近代医学史ではすでに忘却された植民地版の「白い巨塔」の存在が浮かび上がる。その特徴は、医学界のヒエラルキーの上に民族的差別が加わった二重の抑圧であった。第二章、第三章で述べられているように、台湾人への差別は、医学校時代をはじめ、卒業後の勤務先の台南医院でも体験されている。理不尽な扱いに対する台湾人青年の抵抗は、常に植民権力者からの退学や免職などの処分を受ける恐れのある、自らの運命を賭けたものとなった。帝国の植民地という外枠を取り外し難い状況のなかで、不合理と差別の撤廃に立ち向かう実践は個人の次元にあっては決して容易なことではなかった。それを理解し、力になってくれた日本人恩師たちへの深い思いが、文中に綴られている。これは「親日」「反日」

のような単純な図式からは説明できるものではない。民族差別が集団的かつ日常的に認められる植民地日本人コミュニティのなかで、あえて台湾人に手を差し伸べた勇気と良識のある人々への韓石泉の敬意であろう。このような評価と同時に、植民地版「白い巨塔」に対する彼の批判は決して生ぬるいものではない。一九三二年から『台湾新民報』紙上で連載された「十三年来我的医生生活」では、台湾人の医学校卒業生に対する昇進、給与待遇などを含む差別の実態を容赦なく暴露したため、検閲の下に複数の箇所が黒塗りされる運命となった。

戦時下の植民地台湾における空襲と疎開について、近代日本史においてはあまり知られていない。台南で開業していた医師の目から、回想録の第十章は台湾の民間人の死傷について詳細に記録している。軍部の強制徴収による民間の医薬品不足、医師の軍事徴用、疎開に伴うマラリアの発生などの状況が述べられている。また、戦後初期台湾の医療の実態について、自身の「韓内科」における死亡統計データ、男女比、日本統治期との比較などを記載しており(第十七章)、現場の医療記録として極めて資料的価値が高い。こうした地域医療の実践と理念は、韓石泉の他界後、台南に戻った三男の韓良誠医師にも受け継がれた。さらに、台湾の赤十字社、ハンセン病治療への貢献にも注目すべきである。回想録ではあまり言及されていないが、犀川一夫(一九一八―二〇〇七)が寄せた追悼文のなかからその多彩な医療活動の一端が窺える。

四　台湾政治史の証言者

韓石泉の政治参加は二段階に分けてみることができる。第一段階は日本植民統治期である。彼は一九二〇年代から始まった台湾人知識人による非武装抗日政治社会運動に身を投じ、一九三〇年代半ばに社会運動に対する台湾総督府の弾圧が強まり、台湾民衆党が解散させられるまで活動を続けた。韓石泉は、台湾文化協会（以下、「文協」）の台南支部の活動、その後の治警事件という総督府が全島で展開した大逮捕、その後の文協分裂後の台湾民衆党などを経験した。第二段階は一九四五年以降、台湾が日本の植民地統治を脱して、台湾省として中華民国政府の治下に置かれてからの戦後期であった。戦時中に長く弾圧を受け、ほとんど潰えたかに見えた台湾人の社会運動が再興してきた。「祖国」への復帰に新たな希望を人々は抱き、地方自治の枠組みの下で積極的に各種の選挙に出馬するようになった。韓石泉もそのなかの一人であった。戦後初期の混乱した政治情勢の中で、彼は台湾省参議会の第一期参議員、国民党台南市党務指導員、「二二八事件処理委員会」台南市分会の主任委員を務めた。

第二段階について、とりわけ省参議会での政治活動は重要である。台湾省参議会（一九四六―一九五一）は戦後まもなく設置された台湾史上初の議会であり、その存続期間は二・二八事件、行政長官公署から台湾省政府への改制、国共内戦の敗北に伴う国民党政府の台湾移転などを含む台湾現代史における幾つかの決定的な局面と重なっている。そして議会自体もしばしば政治変動を引き起こした場所であったという意味で重要である。(8) 台湾省参議会の議員選出は間接選挙であり、実質的には立法権、議決権を持たない諮問機関に過ぎないが、当時にあっては選挙を通じ民意を反映できる唯一の機関であったため、社会から大きく期待された。台湾各地から省参議員三十名が選出され、その中では高学歴者、資産階層出身者が多くを占め、民衆の信望を集めた。韓石泉はそのうちの一人であった。

自らの統治権力に干渉、制限を加えられることを許容しない行政長官公署側にとってみれば、省参議会とは、台湾人エリートに与えた政策批判の「ガス抜き」の場に過ぎず、そこに民心の安定、民衆との意思疎通、政策協力以上の役割は望まなかった。(9) 参議員たちは民意の代弁者を自任し、政府に対する監視・監督などの権限を行使し、省政全般に参与しようとしたが、審査、議決、請願などにおいては、政府への実質的な強制力を持たない議会の限界性も感じることになった。だが、台湾社会の不満が高まっていた時期に、省参議員らは官と民の唯一の架け橋として最大限、政府に働きかける一方で、地元に対しても政府の意志を伝達し説明することに努めた。本書第Ⅰ部の第十一章、第十二章、第十五章は、その過程を詳細に記述している。台湾民衆に関わる案件を参議会に送付せず、議会の決議、建議を軽視し、実行を怠った政府の態度に、韓石泉は容赦なく批判を行っている。回想録のなかに記録されていない韓石泉による政府への質問、提案なども、省参議会の関連史料を基にした先行研究ではしばしば引用されている。(10) 第一期省参議員の任期内には十回の大会が開催され、合わせて一五三回の会議が開かれた。韓石泉は、第十回大会の第四、五回会議のみ、台湾高等法院台南分院での医療事故の鑑定のために欠席したのを除き、欠席、遅刻などは皆無であり、このため参議会の回想部分は大きな史料的価値を持つ。とくに二・二八事件前後の議会内部の変化についての観察は重要である。

台湾近現代政治史から韓石泉の立場を位置付ければ、彼は戦前・戦後を通じ一貫して穏健派であったといえる。医学校卒業後、故郷に戻り医業を始めた彼は、一九二二年に成立したばかりの台湾文化協会に参加し、林献堂、蔡培火らの活動に積極的に関わり、同時期に始まった台湾議会設置請願運動の一員としても活動した。講演会、読報社、文化劇団などの大衆啓蒙活動をはじめ、大会開催の協力、運動資金の提供まで尽力した韓石泉は、文協の台南地域での中心メンバーであり有力会員であった。しかしながら、社会主義、共産主義が次第に高揚し、これまでの「合法的な抵抗運動」に対し疑念や批判が生じたことから、右派、左派を問わず人々が集結していた文協は分裂した。文協の主導権が左派に握られると、蔣渭水、蔡培火らは一九二七年七月に台湾民衆党を結成し[11]、王受禄、韓石泉、呉海水らも、分裂後の文協を離れ、同党に加入した。しかしその後、台湾民衆党内の左派と右派の対立が激化し、一九三一年に左傾化という理由で、台湾総督府により強制解散させられた（本書第五章参照）。こうした植民地抵抗運動における台湾知識人の間の路線の対立とあつれきは、戦後の中華民国政府の樹立後まで影を落とすこととなった。

以上のような植民地の傷痕を、この自伝のなかに生々しく感じ取れるであろう。日本の植民地支配、そして国民党の台湾統治に対して、武力行使と流血の手段を断じて拒んだ韓は、体制内での改革を求め、地道な政治活動を続けた。彼が選んだ路線は急進派や左派のように政治当局や体制そのものを否定し打破することではなかった。左右に分化したそれぞれの路線は、いずれも台湾の社会と民衆の未来を案じたうえの、異なる理念と実践の選択だった。しかし、被支配者側の分裂は支配者にとって好都合な事態となった。被支配者内部の不信と疑念は根深いものとなり、植民地支配が去った後も容易に修復できるものではなかった。

二・二八事件という台湾現代史における重大事件をめぐる韓の体験には、いくつかの特徴がある。第一に、年齢は四〇代であり、壮年層の視点からのものであること。第二に、台南市で省参議員と党務指導員の情勢を維持する責任のある職を務めていたこと。第三に、穏健な立場に立っていたこと。すなわち、「四大原則」(不拡大、無血、既存の行政機構を否定しない、政治的な問題は政治的に解決する)を主張し、武力による解決や国府との対決を避ける姿勢を取っていた。本書の第十三章には、当時の台南市で市参議会のその他の台湾人エリートたちとともに、政府、軍、議会と民衆の間で奔走し、市の最大の危機を回避した経過が、一日単位で克明に記録されている。ここからも本書は、地方の視点から二・二八事件を捉え直す貴重な一次史料であるといえよう。

穏健な立場を取り、国民党の軍・政当局との衝突と対決を極力避け、民衆の興奮した情緒をなだめすかし、事件を乗り越えた韓石泉であったが、事件当時のみならず、その後にも少なからず攻撃と批判を受けることになった。その原因は、一部の議員がとった「大衆迎合的」な態度に韓が同調しなかったこと、また新しい支配者への評価は別にして、まず何を置いても暴力と流血を回避するために統治権力との根強い交渉を優先した韓の態度にあると思われる(12)。回想録でも、二・二八事件前後の政治処理についてたびたび誤解を受けたことについて、無念な気持ちを表明している。

植民地時期、そして民主化以前の権威主義体制の時代において、理不尽な政治権力に直面した台湾人に動員可能な資源と政治的な選択肢はそもそも限られていた。二・二八事件に際し、その立場、境遇、対処の仕方により、それまでの人間関係に亀裂が入り、台湾人の家族や友人との間にねたみ、不信が生じたが、その傷痕は実に二十一世紀の現在に至っても生々しく残っている。

最後に、本回想録の日本統治期と戦後中華民国期の筆致の違いについて指摘しておきたい。著者は、前半の日本の責任、暴力性については比較的明確に書き記しているのに対し、戦後に関してはややぼかした筆致で記している。(13) 本書の読者には、一九五〇年代という執筆時期の台湾史上の意味について思いを馳せていただきたい。

当時は、日本統治の終焉から約十年を経た時点にあり、植民地支配の五十一年間はいったい何であったのか、時間的な距離を保ちながら、自分の誕生から社会の中堅世代になるまでの生涯を通して、歴史として俯瞰することが可能であった。これは「日本時代」の総決算、植民地批判の作業でもあった。戦前や戦中の政治的な制限や言論統制から解放され、「日本」を語ることは、「あの時代」を語ることであり、率直に突き放した語り方が可能となった。

これに対し、戦後の部分については、当時の厳しい政治環境を配慮しながらの筆の運びであることが窺われる。国民党政府の統治に移り、一九五六年当時までの記述は慎重に行われざるを得なかった。戦後初期の過酷な時代背景の下で、それでも著者は最大限に歴史の証言を残してくれた。韓石泉の冷静で控え目な記述の行間からは、二・二八事件、白色テロなど、一連の政治暴力による血なまぐささを嗅ぎ取ることは難しいかもしれない。それでも読者の方々は、慎重に推敲された本書の一字一句から滲みでる緊張感を感じ取ることができるのではないかと思う。

注

（1）周婉窈『台湾歴史図説』台北：聯経、一九九八年、一四七―一四八頁。邦訳は石川豪、中西美貴、中村平訳『増補版 図説 台湾の歴史』平凡社、二〇一三年、一三〇―一三二頁。

（2）日本統治期に生まれた世代が抱く「概念としての〈中国〉」は、後々の戦後中華民国期に生まれた世代が持つ「概念としての〈日本〉」と非常に類似している。その特徴は、（1）実体ではなく関係性のなかの産物であること。つまり「中国」は実在の、実体として認識されるというよりも、「日本」との関係性のなかで生成・調整されてきた概念である。（2）流動的であること。こうした概念は決して固定化されたものではなく、現実の「日本」／「中国」との関係性の変化により、概念としての「中国」／「日本」も絶えず変わっていくのである。

（3）韓良俊氏との雑談の中で、氏は「十一人の兄弟姉妹は〈日本（時代生まれ）組〉〈戦後（生まれ）組〉〈女性組〉の三つのグループに分けられる」と教示してくださった。姉妹の絆という意味合いはさておき、女性組も前の二組で分けられるので、ここではとりあえず世代で捉えておく。

（4）洪郁如『近代台湾女性史――日本の植民統治と「新女性」の誕生』勁草書房、二〇〇一年。

（5）呉文星『日据時期台湾社会領導階層之研究』台北：正中書局、一九九二年、一五一―一五五頁。

（6）Ming-Cheng Miriam Lo, *Doctors within Borders: Profession, Ethnicity, and Modernity in Colonial Taiwan*, Berkeley: University of California Press, 2002, pp. 48–49. ロー・ミンチェン著、塚原東吾訳『医師の社会史――植民地台湾の近代と民族』法政大学出版局、二〇一四年、六七頁。

　ただし邦訳書は著者の中心概念と論旨を誤解させるような固有名詞の誤訳が少なくないので、十分に注意する必要がある。

（7）Lo, p.4. ロー、六頁。

（8）鄭梓『本土精英與議会政治――台湾省参議会史研究』私家版、一九八五年、二、四七頁。台湾省参議会議員の任期は二年だったが、国共内戦の結果、一九五一年まで延期された。一九五一年十二月に台湾省臨時省議会に移行、一九五九年六月に台湾省議会に改称した。台湾省参議会の所在地は現在の二二八国家記念館である。

（9）許禎庭『戦後初期台湾省行政長官公署與省参議会的関係（一九四五―一九四七）』台湾、東海大学歴史研究所碩士論文、一九九四年、六八―六九頁。
（10）例えば、許禎庭『戦後初期台湾省行政長官公署與省参議会的関係（一九四五―一九四七）』九一頁。
（11）伊藤潔『台湾――四百年の歴史と展望』中公新書、一九九三年、一四四頁。
（12）こうした方向性は親交のある蔡培火に似通う面もある。流血と暴力を避けて社会秩序と安定を図るためには、国民党政府・軍当局と台湾人社会の間に意思疎通の媒介役が必要であると考え、その役を引き受けたが、異なる理念と運動路線をもつ台湾人エリートからも批判を受けていた。
（13）この点は本書の訳者でもある杉本公子氏による指摘である。

訳者あとがき

本書の和訳のお話をいただいてから出版に至るまでに実に五年もの歳月を要してしまった。まったく慙愧に堪えない。

韓石泉の回想録は、医療や政治活動だけでなく小さなエピソードや家族の思い出など、日常の断片も数多く含まれており、そういった視点を通して台湾社会が描き出されている。そしてそこに付された膨大な注と、韓石泉をめぐる家族や友人からの文章により、韓石泉の生きた時代がさらに立体的に浮かび上がってくる。翻訳に際してはそれらをきちんと表現することに努め、誤訳のないよう細心の注意を払った。

韓家のみなさまには心より感謝申し上げる。韓良信さんと韓良俊さんは翻訳にあたり数多くの質問にいつも快くお答えくださった。韓良信さんが李慧嫻夫人と東京へいらした際にはお会いすることもできた。韓良俊さんからは本書に関わる多くの資料をご提供いただいた。また現地視察の際には、韓良誠さんと龔芳枝夫人のご配慮により、限られた日程の中で関連の地を回らせていただいた。台南の駅では韓良誠さんご夫妻、韓良俊さん、韓良憲さんご夫妻のみなさまに迎えていただき、韓石泉の眠る墓所を訪れることができた。韓内科では韓淑馨さんにもお会いすることができた。韓良俊さんには台北の台湾大学医学部にもご案内いただいた。ご兄弟のみなさま、みな立ち居振る舞いや面影などがどことなく似ておられ、温厚で、芯の通った強さも感じられた。ご両親である韓石泉と荘綉鸞の人柄と雰囲気も、このようであったろうと想像された。

台南の地をめぐり、台北に移って見聞きしているうちに、「府城」としての台南、清朝台湾の首府であった台南という認識が私の中で芽生えてきた。それまで台湾といえばまず台北であり、何の疑問も持たなかった。しかし、はたと、そうではないということに気付かされた。台南は十七世紀から台湾の中心であり、台北に政治の中枢が移ったのは清末の一八八〇年代のことである。韓石泉は、そうなってからまだ二十年も満たない頃に誕生した。当然、台南の人々には「府城人《みやこびと》」としての意識がその後もずっと続いていたと考えられる。本文中にそれを意識させるものはないが、根底にそのような考えがあると思って読めば、また一つ違った側面が見えてくると思われる。

日本人としての私は、ある意味、複雑な思いを胸にこの翻訳作業にあたった。この回想録の時代に日本人として生きていたら、私はどのような生き方をしたであろうか。常に自問せずにはいられなかった。台南が空襲を受けていたことも知らなかった。回想録の空襲の描写は、東京大空襲を連想させた。これは当然、私がこれまで受けた戦後教育、当時の写真や映像、戦後に出版された書物、作られた映像などで「知っている」あるいは「想像している」東京大空襲である。本書の中に記載はないが、長女の淑英さんの見つかった場所は、本当に、自宅のすぐそばであった。台南はなぜ空襲されねばならなかったのか。同じ時代、日本を起因として深くかかわりあっているはずのことであるのに、それを知らない。他にもたくさんあるに違いない。私たちは、当時の戦争の時代から、今、そしてこの先、何を記憶し、何を守ろうとしているのだろうか。ともに生きる未来を見据えたい。

この日本語版は、奇しくも韓石泉誕生一二〇周年に出版されることになった。そして台湾では、台湾語版が夏に出版された。本書が、台湾、日本、わたしたちの未来、そしてみなさまに、少しでもお役にたてれば、幸甚である。

杉本公子

＊　＊　＊

この「あとがき」の文章を書き始めた今、韓石泉の足跡をたどる私たちの長い旅も終わりを告げようとしている。二〇一二年、韓石泉の次男である韓良信さんから『六十回憶』の中国語原著をいただいた時の喜びは、いまでも忘れられない。訳者（洪）が博士論文を執筆した際に最後まで入手できなかった資料の一つだったからである。

本書の和訳作業に取り組み始めた当初の思いについて少し述べておきたい。日本統治期に執筆された台湾人による日本語の書物は、書き手の世代の関係上、台湾領有前後に生まれた世代のものが実に少ない。この世代は、過ぎ去りし清朝統治期の記憶を持ち、日本植民時代が自身の成長期と重なっており、成人もしくは壮年期に戦争と出遭い、そして中華民国期を迎えている。一八九七年生まれの韓石泉から見た台湾、中国と日本の叙述は、とりわけこのような世代論的な観点から意義深いものである。特に日本植民時期に過ごした学生時代、熊本での留学時代、そして戦時中に医師として経験した故郷台湾での過酷な動員、疎開と空襲は、その後の同世代の台湾人を「親日」か「反日」かの単純な二分法では捉えられなくしている原体験となっている。日本近現代史から台湾を考え直すうえで、また台湾近現代史から日本を見つめ直すうえでも、本書はこれまでになかった貴重な当事者からの叙述を提供してくれている。以上が、邦訳を日本社会に届けたいと思った所以である。

韓石泉の人となりについて深く理解するため、翻訳の過程では次女の韓淑馨さん、三男の韓良誠さん、四男の韓良俊さんに対し複数回のインタビューを行った。また次男の韓良信、李慧嫻ご夫妻はお二人が日本にいらした際に、そして七男韓良憲さんは訳者（洪）のホノルル滞在中に面談の機会を設けてくださり、さまざまな質問に答えてくださった。とりわけ一九三〇年代生まれの淑馨、良信、良誠、良俊の四人の方々は、親への思いだけではなく、それぞれが受けた戦前の学校教育、戦争体験、戦後台湾政治社会の激動、その後の学業と人生のあゆみについても詳細に語ってくださり、子世代の視点から本書の「その後」について有益な情報を寄せてくださった。

和訳作業に関して、特に以下の方々に感謝の意を表したい。台湾国立台北教育大学の黄雅歆教授は、古典中国文の意味について煩をいとわず、数えきれないほどのメールのやり取りを通じて一つ一つ丁寧に解説してくださった。一橋大学の安田敏朗教授には、漢文の読み下し文について助言をいただいた。また、中央大学非常勤講師の橘千早氏が、杜聡明「韓石泉君を憶う」の翻訳を引き受けてくださった。訳者にとってこれほど心強いことはなかった。そして、戦後政治構造を理解するのに必要な台湾省参議会関連史料については、台湾国立政治大学台湾史研究所の林果顕教授がこれらを提供してくださった。

台湾国立師範大学大学院博士課程の邱比特氏は、図版入手のために台北の各図書館を奔走してくださり、一橋大学大学院博士課程の松葉隼氏には、韓石泉ゆかりの地を示した台南地図の制作と一次文献の確認を快諾していただいた。

本書の刊行にあたっては、あるむの吉田玲子氏、そして仲介の労をとってくださった愛知大学の黄英哲教授に感謝の意を申し上げたい。

また刊行にあたっては米国Stone Spring Associationによる出版助成を受けたことも付記しておきたい。

洪郁如

韓石泉年表

西暦	日本	中国／台湾	年齢	主な出来事	時　事
1897	明治30年	光緒23年	0歳	10.27（旧暦10.2）台湾、台南に生まれる。	1.21 台湾総督府、アヘン専売実施。4.1 台湾銀行法成立。5.8 台湾住民の国籍選択最終期限。6.18 京都帝国大学設立。
1898	明治31年	光緒24年	1歳	弟、石福誕生。	2.26 児玉源太郎、台湾総督就任、3.2 後藤新平、民政局長就任。6.11 中国で戊戌変法始まる（9.21 戊戌の政変）。7.28 公学校、小学校の教育制度公布。8.31 保甲条例、11.5 匪徒刑罰令公布。
1899	明治32年	光緒25年	2歳		3. 中国山東で義和団蜂起。4.1 総督府医学校設立。9.6 米国務長官、中国における門戸開放・機会均等提案。10.2 台北師範学校開校。
1900	明治33年	光緒26年	3歳		3.15 台北天然足会成立。6.20 北京で義和団事件。清朝が列国に宣戦布告。8.14 八カ国連合軍北京侵攻。11.28 台南―打狗間の鉄道開通。
1901	明治34年	光緒27年	4歳		6.1 台湾総督府専売局設立。5.26 上海で東亜同文会設立。10.25 臨時台湾旧慣調査会設置。10.27 台湾神社鎮座式。
1902	明治35年	光緒28年	5歳		1.30 日英同盟協約調印。2.1 清国で纏足禁止令発布、満漢通婚禁止解除。3.31 高木友枝、台北病院院長就任。
1903	明治36年	光緒29年	6歳	弟、石爐（石麟）誕生。	3.1 大阪で第五回内国勧業博覧会開催。12. 塩水港製糖会社設立。12.17 ライト兄弟が飛行機を発明。

1904	明治37年	光緒30年	7歳	私塾（台南の重慶寺）に入学。	台湾総督府による土地調査事業完了。2.8 日露戦争勃発。5.20 総督府、大租権整理令公布、「一田多主」現象の消滅を図る。11. 蔡元培ら上海で光復会組織。
1905	明治38年	光緒31年	8歳	台南第一公学校に入学。6.26 荘綉鸞誕生。	8.20 孫文ら東京で同盟会結成。9.2 清朝、翌年からの科挙廃止決定。9.5 日露講和条約調印。10.1 彰化銀行開業。
1906	明治39年	光緒32年	9歳		4.1「六三法」を「三一法」に。5.23 陸軍大将佐久間左馬太、第五代総督就任。11. 明治製糖株式会社設立。12. 大日本製糖株式会社設立。
1907	明治40年	光緒33年	10歳		1.1「三一法」発効。3.21 日本内地で小学校令改正、義務教育六年制に。4.1 南満州鉄道開業。11.14 北埔事件。
1908	明治41年	光緒34年	11歳		4.20 縦貫鉄道全線開通(基隆―高雄)。11.14 光緒帝没、翌日西太后没。12.2 愛新覚羅溥儀(宣統帝)即位。
1909	明治42年	宣統元年	12歳		9.4 清朝、日本に撫順・煙台炭坑採掘権許与。10.26 伊藤博文がハルビンで暗殺される。
1910	明治43年	宣統2年	13歳		総督府「蕃地討伐五カ年事業」開始（～1915.7）。5.14 日英博覧会。8.22 韓国併合、日韓条約調印。8.29 朝鮮総督府設置。
1911	明治44年	宣統3年	14歳	公学校卒業。台南州庁の給仕として勤める。	2.8 阿里山鉄道開通。2.11 黄玉階、台湾で断髪不改装会発起。10. 中国で辛亥革命。11.20 各省代表、武昌政府を中央政府として承認。
1912	大正元年	民国元年	15歳		1.1 中華民国成立、首都南京。孫文、臨時大総統就任。2.12 宣統帝退位。3.10 袁世凱、臨時大統領就任、首都北京。3.23 台湾、林圮埔事件。6.1 台湾総督府新庁舎着工。

西暦	日本	中国／台湾	年齢	主な出来事	時　事
1913	大正2年	民国2年	16歳	台湾総督府医学校入学。	3.4ウッドロウ・ウィルソン米大統領就任。10.6日本政府、中華民国承認。11.20台湾、苗栗事件、12.18羅福星逮捕。
1914	大正3年	民国3年	17歳		4.1長老教会、淡水中学創設。5.17佐久間総督、軍隊、警察を率いて最大規模の原住民鎮圧戦とされる太魯閣の役発動（〜8.19）。7.28第一次世界大戦勃発。12.20林献堂、板垣退助ら台湾同化会結成。
1915	大正4年	民国4年	18歳		1.18日本、袁世凱政権に二十一カ条の要求提示（5.9受諾、5.25調印）。1.26総督府により台湾同化会解散。8.3タパニー事件（西来庵事件、余清芳らの抗日蜂起に関連する住民虐殺）。
1916	大正5年	民国5年	19歳	父韓子星逝去。	3.22袁世凱、帝制政計画撤回。6.29臨時約法復活、段祺瑞国務総理就任。8.13鄭家屯事件。
1917	大正6年	民国6年	20歳		ロシア革命。10.6中国南北間に内戦勃発。
1918	大正7年	民国7年	21歳	台湾総督府医学校を卒業(第十七回生)。台北の日本赤十字社台湾支部医院、内科勤務。吉田坦蔵と小島鼐二教授の指導を受ける。	6.6陸軍中将明石元二郎、台湾総督就任。夏、林献堂ら東京で六三法撤廃運動開始。夏、日本で米騒動。9.29原敬内閣成立。11.11第一次世界大戦終結。
1919	大正8年	民国8年	22歳	台南医院内科に転勤。院長明石真隆博士の指導を受ける。	1.4台湾教育令発布。3.1朝鮮三一独立運動。3.15林熊徴ら華南銀行設立。5.4中国五四運動。11.24初代文官総督田健治郎着任、内地延長主義政策を掲げる。
1920	大正9年	民国9年	23歳		1.10国際連盟発足。1.11在日台湾留学生を中心に新民会結成、7.16『台湾青年』発刊。
1921	大正10年	民国10年	24歳	6.26荘綉鸞女史の誕生日に婚約。	1.30林献堂ら帝国議会に第一回台湾議会設置請願提出、台湾議会設置請願運動開始。4.1三一法を法三号に。6.1総督府評議会発足、評議員24名任命。7.23中国共産党結成。10.17台湾文化協会結成。

1922	大正11年	民国11年	25歳	4. 荘綉鸞、台南第二高等女学校に入学。医官補に昇進して判任官となる。年末、台南医院を辞職、黄金火とともに共和医院経営。台湾文化協会に参加、理事となる。台湾議会設置請願運動に参加。	1.1 法三号発効、三一法廃止。2.2 ワシントン会議。2.6 台湾教育令改正。4.1 日本人と台湾人の共学制開始。4.23 総督府高等学校（1926年に台北高等学校に改称）開学。7.15 日本共産党結成。12.28 台湾で治安警察法施行。
1923	大正12年	民国12年	26歳	12.16 治安警察法違反事件で逮捕される。二カ月半後釈放。	1. 勧業銀行台北支店設置。1.30 台湾議会期成同盟会結成。4.15『台湾民報』発刊。4.16 皇太子裕仁摂政宮（のちの昭和天皇）台湾行啓。9.1 関東大震災。10.18 台湾文化協会、本部を台南に移転。12.16 台湾議会設置請願運動を取り締まる治安警察法違反事件（治警事件）発生。
1924	大正13年	民国13年	27歳	3.1 韓石泉起訴される。7.25 初審公判（～8.7）、8.18 一審無罪。10.15 第二審、10.29 二審無罪。台南州庁時代の先輩、当房盛吉の名で雑誌『南洋及日本人』に「韓石泉君」掲載。	1.20 第一次国共合作。3.1 治安警察法違反事件関係者として韓石泉を含む18名起訴、8.18 一審判決全員無罪、検察側控訴、10.15 第二審、10.29 無罪判決者は結審、有罪判決者は上告申立。
1925	大正14年	民国14年	28歳	6.6 台湾文化協会台南支部読報社、設立一周年の講座にて「医学上理想的文化生活」講演。11.21 王受禄、黄金火とともに「台南政談講演会」開催。台湾議会設置運動の理念を宣伝、台南青物市場撤廃を訴える。	1.20 治警事件、上告棄却。4.22 治安維持法公布、5.12 台湾で施行。5.30 上海で五・三〇事件。6.28 台湾農民運動の嚆矢である二林蔗農組合が成立。7.1 広州に国民政府成立（汪兆銘主席）。10.22 蔗農と製糖会社が衝突、二林事件勃発。11.15 簡吉ら鳳山農民組合結成。
1926	大正15年 昭和元年	民国15年	29歳	3.27 荘綉鸞、台南第二高等女学校卒業。3.31 荘綉鸞と結婚。	6.28 全島の農民組織を統合する台湾農民組合設立。12.25 大正天皇没、摂政裕仁親王践祚、昭和と改元。
1927	昭和2年	民国16年	30歳	2.16 長女淑英誕生。7.10 台湾民衆党成立。中央委員に選出される。8.7 台湾民衆党台南支部成立。常任委員に選出される。その後主幹となる。12. 台南で行われた台湾議会政談講演会に登壇。「治台政策與台湾議会」	1.3 台湾文化協会分裂。3.15 金融恐慌勃発。4.12 上海で蒋介石の反共クーデター。4.18蒋介石、南京で国民政府樹立。6.15 第一次国共合作崩壊。7.10 台湾民衆党結成。8.1『台湾民報』、島内で正式発行。

西暦	日本	中国／台湾	年齢	主な出来事	時事
				講演。12.26「時代錯誤與殖民政策」講演。	
1928	昭和3年	民国17年	31歳	2.16 台南労工会発足式で「対於台南市政的批評」講演。3.3 台南市本町で韓内科医院開業。7.15 台湾民衆党が台南市で第二次全島党員大会を開催。副議長となる。議長は王受禄。	2.19 台湾工友総連盟結成。3.16 勅令により台北帝国大学設立。4.15 上海のフランス租界で日本共産党台湾民族支部として台湾共産党結成。5.3 済南事件。6.4 張作霖爆殺事件。
1929	昭和4年	民国18年	32歳	2.10 長男良哲誕生。3.24『台湾民報』に韓内科医院新設広告を掲載。9.22 台湾民衆党台南支部の講演会で「台湾学制的改革」講演。	3.29『台湾民報』が『台湾新民報』と改名。4.16 四・一六事件、共産党員の全国的大検挙。7.30 石塚英蔵、台湾総督就任。10.10 矢内原忠雄、『帝国主義下の台湾』刊行。10.24 世界大恐慌始まる。
1930	昭和5年	民国19年	33歳	1.18 台湾民衆党台南支部開催の阿片撲滅講演会で「鴉片的毒害」講演。2.23 午前6時10分、1歳と13日の長男良哲急死。3.9 蔡培火、王受禄と新生堂財団設置。7.28 長男良哲を記念し『死滅より新生へ』出版。	4.1 嘉南大圳竣工。8.17 台湾民衆党分裂、台湾地方自治聯盟を結成。10.27 台湾原住民による抗日蜂起、霧社事件勃発、軍隊出動（12.26 鎮圧）。10.29「支那」を「中華民国」と呼称するとの閣議決定。
1931	昭和6年	民国20年	34歳	1.31 次女淑馨誕生。「十三年来我的医生生活」を『台湾新生報』に連載。単行本は台湾総督府により発禁処分に。	2. 民衆党、6. 共産党、11. 農民組合などが台湾総督府による政治弾圧で消滅。9.18 満州事変。11.7 江西瑞金で中華ソヴィエト共和国臨時政府樹立。
1932	昭和7年	民国21年	35歳	9.20 次男良信誕生。	2.29 国際連盟のリットン調査団来日。3.1 満州国建国宣言。5.15 五・一五事件、犬養毅首相暗殺。11.28 台湾最初の百貨店、菊元百貨店落成。
1933	昭和8年	民国22年	36歳		1.30 ヒトラー内閣成立。3.27 日本、国際連盟脱退。12.23 皇太子明仁親王誕生。
1934	昭和9年	民国23年	37歳	6.4 三男良誠誕生。	5.6 台湾文芸連盟結成。6.3 日月潭発電所竣工。8.2 ヒトラー、総統就任。9.2 台湾議会設置請願運動中止。10.16 中国で紅軍、長征開始。11.5 張深切ら雑誌『台湾文芸』創刊。

1935	昭和10年	民国24年	38歳	3.22 一家で熊本市に渡り、熊本医科大学に留学。明石内科学教室に所属。後に生化学教室に転入。4.9 母逝去、台湾に帰省。11.27 岳父逝去、妻綉鸞再び台湾に帰省。	1.15 遵義会議（～17）、毛沢東の党主導権確立。2.18 天皇機関説事件。10.10 施政四十年記念博覧会、台北で開催（～11.28）。11.22 台湾最初の地方（市・街・庄）議員選挙。
1936	昭和11年	民国25年	39歳	12.12 四男良俊誕生。	1.1 楊逵ら雑誌『台湾新文学』創刊。2.26 東京、二・二六事件。9.2 海軍予備役大将小林躋造、台湾総督就任。12.5 台湾拓殖株式会社設立。12.12 中国で西安事件。
1937	昭和12年	民国26年	40歳		7.7 盧溝橋事件、日中全面戦争に突入。台湾では皇民化運動開始。4.1 台湾総督府、新聞の漢文欄廃止。7.15 総督府の命令により、台湾地方自治聯盟解散、政治結社消滅。9.23 中国で第二次国共合作。10.12 日本内地、国民精神総動員中央連盟設置。
1938	昭和13年	民国27年	41歳		4.1 国家総動員法公布（5.5 施行）。11.3 近衛文麿首相「東亜新秩序」声明（第二次近衛声明）。12.22 第三次近衛声明。
1939	昭和14年	民国28年	42歳	5.6 三女淑真誕生。冬に上消化道出血で倒れ、意識不明に。明石教授の救護を受け、約二カ月入院。退院後は研究に復帰。	5.19 総督府が皇民化、工業化、南進基地化の三大政策公布。9.1 独軍、ポーランド侵攻、9.3 英仏が対独宣戦、第二次世界大戦勃発。12.26 朝鮮で創氏改名実施。
1940	昭和15年	民国29年	43歳	論文「燐脂質代謝ノ研究」で熊本医科大学医学博士号取得。4. 台湾に帰る。秋に韓内科医院の職員陳培能とともに熊本医科大学に戻り、学位記を受け取り、各教授にあいさつ。妻の妹婿頼雅修を福岡に、恩師新家鶴七郎を名古屋に訪問。12.2 四女淑清誕生。	1.1 西川満ら雑誌『文芸台湾』を創刊。2.11 総督府、戸口規則改定、台湾人の改姓名開始。9.27 日独伊、三国同盟に調印。11.27 長谷川清、台湾総督就任。
1941	昭和16年	民国30年	44歳	1. 兄石岩（石頭）逝去。	4.1 小学校、公学校の別を廃止、国民学校に統一。4.19 皇民化推進の皇民奉公会発足。7.15 雑誌『民俗台湾』発刊。12.8 真珠湾攻撃、太平洋戦争勃発。

西暦	日本	中国／台湾	年齢	主な出来事	時　事
					12.9 中華民国（蔣介石政権）、日独伊に宣戦布告。
1942	昭和17年	民国31年	45歳		4.1 台湾で陸軍志願兵制度開始。6.5 ミッドウェー海戦。11.1 大東亜省設置（拓務省、興亜院など廃止）。
1943	昭和18年	民国32年	46歳		4.1 六年制義務教育実施。5.12 台湾で海軍志願兵制度実施。11.22 カイロ会談（～26）。
1944	昭和19年	民国33年	47歳	5.20 五男良博誕生。	4.1 台湾各紙を統合した『台湾新報』発行。4.17 中国国民党、重慶で台湾調査委員会設置。7.7 サイパン島で日本軍全滅。9.1 台湾人に対する徴兵制実施。10.12 台湾沖航空戦（～16）。12.30 安藤利吉、台湾総督兼台湾軍司令官就任。
1945	昭和20年	民国34年	48歳	3.1 台南市が連合軍による爆撃を受け、長女淑英を失う。韓内科医院全壊。本淵寮に疎開、臨時開業。四カ月後に台南市に戻り、楊元翰医師の養生医院を借りて開業。8. 韓内科は（文廟路の）孔子廟の向かいに移る。9.15 六男良平誕生。	5.31 台北大空襲。8.15 日本敗戦、第二次世界大戦終了。8.16 台湾治安維持事件。9.1 重慶で台湾省行政長官公署組織大綱布告。9.9 南京で日本の降伏調印式。10.17 国民党政権の部隊と人員、台湾に到着。10.25 台湾省行政長官公署成立。安藤総督、降伏式典で行政権を台湾省行政長官陳儀に引き渡す。11.1 台湾人の国籍、中華民国に。11. 在台日本資産の接収開始。12.5 在日台湾人の帰国開始。12.25 在台日本人の引揚開始。
1946	昭和21年	民国35年	49歳	1. 台南市私立光華女子初級中学校長に就任。3. 県市参議員選挙に出馬するも落選。4. 第一回台湾省参議会議員に当選。台湾省行政公署の命を受けて、植民地時代の日本資産である信用組合台南友信社を接収し、台南第二信用合作社と改名。7. 台湾銀行に監査人として招聘される。	4.20 在台日本人の引揚完了。4.2 台湾省国語推進委員会設立。5.1 台湾省参議会設立。5.5 重慶の国民政府、南京遷都。5.31 勅令により台湾総督府廃止。6.26 国共内戦の本格化。10.3 台湾では新聞の日本語版発行禁止。
1947	昭和22年	民国36年	50歳	2.28 台南市防疫委員会成立。卓市長は主任委員、韓石泉と荘孟侯は副主任委員。3.4 当	1.1 中華民国憲法公布（12.25発効）。2.27 タバコ密売をめぐり市民と警察が衝突、2.28 二・二八事件に

				局と交渉、韓石泉が「四大原則」を提出（一、不拡大。二、無血。三、既存の行政機構を否定せず。四、政治的な問題は政治的に解決。3.5 二二八事件処理委員会台南市分会が成立、主任委員に選出される。7. 台南市私立光華女子中学の校長を辞任、理事長に就任。7.3『中華日報』に「一個省参議員的感想」を発表。11. 第一回国民大会代表選挙に落選。医療の仕事に専念することを決意。11.22 七男良憲誕生。	発展。3.2 二二八事件処理委員会召集。3.8 国民党政権の増援軍上陸、台湾人に対する大虐殺開始。4.22 台湾省行政長官公署を台湾省政府に改組。11.21 中央民意代表選挙（中華民国国民大会代表選挙）開始。
1948	昭和23年	民国37年	51歳		5.10 動員戡乱時期臨時条款施行、憲法凍結。5.20 蒋介石、第一期総統就任。8.15 大韓民国樹立宣言。9.1 台湾再解放同盟の廖文毅ら国連に台湾の信託統治を請願。9.9 朝鮮民主主義人民共和国成立。10.1 米華連合の中国農村復興連合会設立。
1949	昭和24年	民国38年	52歳	春、本町（民権路）の廃墟にて韓内科の再建に着手。12月、省参議会第八回大会に「厳格取締選挙舞弊案」を提出。	1.5 陳誠、台湾省主席就任。4.14 三七五減租実施。5.20 戒厳令施行。6.15 新台幣発行。6.21 懲治反乱条例、粛清匪諜条例を実施、白色テロを拡大。8.5 米国務省『中国白書』発表。10.1 中華人民共和国建国。11.20『自由中国』創刊。12.7 国府、中央政府を台北に遷移。12.10 蒋介石、台北到着。12.21 呉国楨、台湾省主席兼保安総司令就任。
1950	昭和25年	民国39年	53歳	9.20『中華日報』に「選挙途上幾個問題」を発表。	6.25 朝鮮戦争勃発（〜1953.7.27）。6.27 トルーマン米大統領、台湾海峡中立化宣言発表。米第七艦隊、台湾海峡で恒常的に巡視開始。
1951	昭和26年	民国40年	54歳	3.31 銀婚式。	1. 米国の国府援助再開。5.30 立法院、公地放領規則採択。9.8 サンフランシスコ講和条約、日米安全保障条約締結。11.30 李友邦、共産党スパイ容疑で逮捕（翌年銃殺）。12.10 台湾省臨時省議会成立。

西暦	日本	中国／台湾	年齢	主な出来事	時事
1952	昭和27年	民国41年	55歳	6.2 台湾省赤十字社台南市支会成立、支会長に就任。	4.28 サンフランシスコ平和条約発効。4.28 日華平和条約締結。10.31 蒋経国、救国団結成。
1953	昭和28年	民国42年	56歳	10.10 次女淑馨と何耀輝が結婚。11.12 第六回医師の日に「医師の十戒」を発表。	1.26 実施耕者有其田条例公布、施行。4.10 呉国楨、省主席辞任、5.24 米国に亡命。7.27 朝鮮休戦協定調印。8.8 米韓相互安全保障条約調印。
1954	昭和29年	民国43年	57歳	8.16 外孫何明聡誕生。	9.3 第一次台湾海峡危機。12.3 米華相互防衛援助条約調印。
1955	昭和30年	民国44年	58歳	8.16 外孫何明道誕生。	2.5 国民党軍、浙江省大陳島放棄。8.20 孫立人事件。11.15 日本、自由民主党結成。
1956	昭和31年	民国45年	59歳	10.25『六十回憶』刊行。11.4 韓石泉博士還暦記念講演茶話会開催。	5.2 毛沢東、百花斉放・百家争鳴提起。12.1 台湾省政府、台北から南投県の中興新村に移る。12.18 国連総会、日本の加盟を可決。
1957	昭和32年	民国46年	60歳		5.24 台湾、劉自然事件。6.8 中国、反右派闘争開始。8.1 台湾で雑誌『自由中国』社説、大陸反攻を批判。
1958	昭和33年	民国47年	61歳	9.14 次男良信と李慧嫻が結婚。	5.15 台湾警備総司令部設置。8.23 第二次台湾海峡危機。8.29 中共中央政治局拡大会議、農村人民公社化決議。
1959	昭和34年	民国48年	62歳	9.24 内孫信一誕生。11.17 岳母逝去。	1.1 キューバ革命。4.10 皇太子明仁親王結婚。8.7 台湾、八七水害。8.21 ハワイ、米国の一州に。
1960	昭和35年	民国49年	63歳	10.29 外孫何明昌誕生。	1.19 日米新安全保障条約締結。3.21 蒋介石、総統に三選。6.18 米アイゼンハウアー大統領台湾訪問。9.4台湾で『自由中国』事件、雷震逮捕。
1961	昭和36年	民国50年	64歳	8.23 内孫信仁誕生。10.10 台南市政府の招聘を受け、「国内外情勢和我們的覚悟」講演、政府および社会の混乱を批判、政界への決別宣言となる。	1.20 ジョン・F・ケネディ、米大統領就任。4.11 イスラエル、アイヒマン裁判始まる。5.16 韓国、朴正熙らによるクーデター。

1962	昭和37年	民国51年	65歳	8.24 最後の著作『診療随想』脱稿。11. 同書刊行。	2.9 台湾証券交易所開業。4.28 台湾初のテレビ局、台湾電視公司開業。10.22 キューバ危機。
1963	昭和38年	民国52年	66歳	3.8 三男良誠と龔芳枝が結婚。6.30 脳溢血で逝去（65歳8カ月）。7.4 午後3時、台南市私立光華女子中学のホールにてキリスト教式の追悼礼拝。韓内科は良誠が引き継ぐ。	11.22 米、ケネディ大統領暗殺事件。12.17 朴正熙、韓国大統領就任。
1966	昭和41年	民国55年	逝去3周年	6.30『六十回憶』初版に「六五続憶」と「診療随想続誌」を加えた増補第二版刊行。10.25『韓石泉先生逝世三週年紀念専輯』刊行。	
1969	昭和44年	民国58年	逝去6周年	四男良俊と城満恵が結婚。	
1989	昭和64年 平成元年	民国78年	逝去26周年	12.29～31 韓家の子孫が世界各地から韓内科に参集、追悼式挙行。	
1990	平成2年	民国79年	逝去27周年	12.24 国立成功大学医学部に「石泉広場」完成。ヒポクラテスの「医師の誓い」が刻まれた碑壁を公開。	
1991	平成3年	民国80年	逝去28周年	『六十回憶』第二版英語版、Shyr Chyuan Harn, *Sixty Year Memoir*, translated by Susan Shu-Jen Huang（韓淑真訳）、私家版。	
1993	平成5年	民国82年	逝去30周年	荘永明『韓石泉伝』、「台湾先賢先烈専輯」叢書の第一冊目として台湾省文献委員会から刊行。	
2005	平成17年	民国94年	逝去42周年	荘永明『韓石泉医師的生命故事』遠流出版社から刊行。	
2006	平成18年	民国95年	逝去43周年	6.18 韓良信ら子世代七家族が堀内次雄台北医専校長の墓参（東京都品川区）。	

2008	平成20年	民国97年	逝去45周年	4.6 韓良信ら子世代七家族が明石真隆教授の墓参（熊本市）。
2009	平成21年	民国98年	逝去46周年	韓良俊編『六十回憶――韓石泉医師自伝』望春風文化出版社から第三版刊行。
2016	平成28年	民国105年	逝去53周年	3.17 韓内科医院が台南市文化局から「歴史的人物の旧居」に指定される。
2017	平成29年	民国106年	逝去54周年	7.黄元興訳『六十回憶：韓石泉医師自伝』（台湾語版）、茄苳出版社から刊行。

※逝去後の主な出来事について出版と記念活動などに限定した。
※年齢は、その年の誕生日を迎えた時の年齢を記載した。
※講演等のタイトルは、原題のまま表記した。

年表参考文献

韓石泉については、荘永明『韓石泉医師的生命故事』（遠流出版社、二〇〇五年、九三―五〇八頁）を一部修正。

時事については、以下を参照。

横澤泰夫編訳（呉密察監修／遠流台湾館編著）『台湾史小事典 増補改訂版』中国書店、二〇一〇年。

伊藤潔『台湾――四百年の歴史と展望』中公新書、一九九三年。

王育徳『新しい台湾――独立への歴史と未来図』弘文堂、一九九〇年。

若林正丈『台湾――変容し躊躇するアイデンティティ』ちくま新書、二〇〇一年。

歴史学研究会編『新版 日本史年表』岩波書店、一九九二年。

た

な

事項索引

た

な

は

ま

人名索引

編注者

韓良俊（かん・りょうしゅん）

1936年熊本市生まれ、韓石泉の四男。台湾大学医学部歯学科卒業後、日本大学大学院歯学研究科に留学。口腔外科学専攻、歯学博士。東京医科歯科大学歯学部第一口腔外科医員。1972年帰国後は台湾大学医学部歯学科主任教授、台湾大学付属病院歯科部主任、台湾衛生福利部口腔医学委員会第一～四期主任委員を歴任。現在は台湾大学名誉教授。台湾民衆のビンロウ嗜好による疾患、口腔ガンの予防に長年貢献し、「医療奉仕功労賞」「台湾大学教員社会貢献賞」「健康促進貢献賞」「一等衛生福利専業賞」などを受賞。共著書に『薬物濫用與防治』（台北：橘井文化、1997年）、『檳榔的健康危害』（台北：健康文化、2000年）、『景福兄弟耕心集』（台北：台大医学院、2014年）などがある。

編訳者

杉本公子（すぎもと・きみこ）

法政大学非常勤講師。米国スタンフォード大学大学院東アジア研究科修士。東京大学大学院総合文化研究科博士課程単位取得退学。専門分野は米中関係史。共訳書に、姫田光義・山田辰雄編『日中戦争の国際共同研究1　中国の地域政権と日本の統治』（慶應義塾大学出版会、2006年）、周而復『長城万里図6　霧の重慶(下)』（教育評論社、2017年）など。

洪郁如（こう・いくじょ）

一橋大学大学院社会学研究科教授。東京大学大学院総合文化研究科学術博士。専門分野は台湾近現代社会史。単著に『近代台湾女性史—日本の植民統治と「新女性」の誕生』（勁草書房、2001年）、共著に『ジェンダー表象の政治学—ネーション、階級、植民地』（彩流社、2011年）、『モダンガールと植民地的近代』（岩波書店、2010年）、『台湾女性研究の挑戦』（人文書院、2010年）など、共訳書に王甫昌『族群—現代台湾のエスニック・イマジネーション』（東方書店、2014年）。

著者

韓石泉（かん・せきせん）1897–1963

台湾台南市生まれ。台湾総督府医学校を経て1935年に熊本医科大学に留学、1940年に医学博士。1928年3月に台南市内で韓内科医院を設立、生涯、医師として勤めた。日本統治期、台湾人による政治社会運動に参加し、1923年に治警事件で逮捕され、のちに無罪放免となる。戦後、第一期台湾省参議員、台南市私立光華女子中学校長および理事長、中華民国赤十字社台南市支会長、台南市医師公会理事長などを歴任。著書に『死滅より新生へ—愛児の死を通うして』（私家版、1930年）、『六十回憶』（私家版、1956年）、『診療随想』（私家版、1962年）などがある。

韓石泉回想録——医師のみた台湾近現代史

2017年10月27日　第1刷発行

著　者——韓石泉

編注者——韓良俊

編訳者——杉本公子・洪郁如

発　行——株式会社 あるむ

〒460-0012 名古屋市中区千代田3-1-12

Tel. 052-332-0861　Fax. 052-332-0862

http://www.arm-p.co.jp　E-mail: arm@a.email.ne.jp

印刷——興和印刷　製本——渋谷文泉閣

Printed in Japan　ISBN978-4-86333-132-7